[redacted]

Ein ländlicher Außenbezirk von Stockholm: Inmitten von leeren Schnapsflaschen liegt ein Toter. Der junge Zeitungsausträger, der ihn findet, verständigt pflichtschuldig die Polizei und gerät umgehend selbst in Verdacht. Aber schnell scheint der Fall klar und der junge Mann entlastet: ein Saufgelage ist ausgeartet, ein Zechbruder hat den anderen umgebracht. Nur dumm, dass der neue Verdächtige sich von selbst auf dem Revier meldet und ein Alibi vorweisen kann. Als wenig später der Zeitungsausträger von Badenden tot aus dem Meer gefischt wird, horcht man auf. Hinter dem Fall steckt wohl mehr, als man dachte. Genau das Richtige für den unkonventionellen Kommissar Bäckström, der noch nie viel Rücksicht genommen hat – weder auf seine Gesundheit noch auf offizielle Anweisungen von oben ...

Leif GW Persson, lange Zeit als Profiler im Polizeidienst tätig, ist Professor der Kriminologie, Medienexperte und seit mittlerweile 30 Jahren einer der erfolgreichsten Krimiautoren Schwedens. Er wurde mehrfach mit dem Schwedischen Krimipreis ausgezeichnet, daneben erhielt er den Dänischen und den Finnischen Krimipreis. Seine Romane stehen regelmäßig auf Platz 1 der Bestsellerliste und verzeichnen Millionenauflagen. »Mörderische Idylle« ist der erste Fall der Serie um Kommissar Evert Bäckström. Der aktuelle dritte Roman »Der glückliche Lügner« hat in Schweden alle Verkaufsrekorde gebrochen. Die Serie ist nun in Hollywood von »Dr. House«-Produzent Hart Hanson verfilmt worden.

LEIF GW PERSSON

SÜHNE

Kriminalroman

Aus dem Schwedischen
von Lotta Rüegger und Holger Wolandt

btb

Die schwedische Originalausgabe erschien 2008
unter dem Titel »Den som dödar draken«
bei Albert Bonniers Förlag, Stockholm.

MIX
Papier aus verantwortungsvollen Quellen
FSC® C083411

Verlagsgruppe Random House FSC® N001967
Das für dieses Buch verwendete FSC®-zertifizierte
Papier *Lux Cream* liefert Stora Enso, Finnland.

1. Auflage
Deutsche Erstveröffentlichung 2009

Published by agreement with Salomonsson Agency
Umschlaggestaltung: semper smile, München
Umschlagmotiv: Danita Delimont/Getty Images
Druck und Einband: CPI – Clausen & Bosse, Leck
SL · Herstellung: sc
Printed in Germany
ISBN 978-3-442-74924-9

www.btb-verlag.de
www.facebook.com/btbverlag
Besuchen Sie auch unseren LiteraturBlog www.transatlantik.de!

Dies ist ein böses Märchen für erwachsene Kinder.

Leif GW Persson

1

Ein bekleckerter Schlips, ein Topfdeckel aus Eisen und ein gewöhnlicher Hammer mit abgebrochenem Holzstiel. Das waren die drei augenfälligsten Funde, die die Polizei Solna bei ihrer ersten Untersuchung des Tatortes machte. Mit größter Wahrscheinlichkeit waren diese Gegenstände dazu verwendet worden, dem Opfer das Leben zu rauben. Um das einzusehen, brauchte man kein Kriminaltechniker zu sein. Es genügte, zwei Augen im Kopf und so gute Nerven zu haben, dass man den Anblick überhaupt aushielt.

Was den Hammer mit dem abgebrochenen Stiel anging, würde sich recht bald herausstellen, dass man sich geirrt hatte und dass der Täter ihn nicht dazu verwendet hatte, das Opfer umzubringen.

Während die Spurensicherung am Werke war, erledigten die Ermittler alle Routineaufgaben. Sie klingelten bei den Nachbarn und in den Nachbarhäusern und erkundigten sich nach dem Opfer und nach Ereignissen, die eventuell etwas mit der Tat zu tun haben konnten. Eine Zivilbeamtin setzte sich in der Dienststelle an den Computer und brachte alles in Erfahrung, was sich auf diesem Wege herausfinden ließ.

Recht bald gelangten sie zu dem bedauerlichen Schluss, dass es sich bei dem Betroffenen um das typische Mordopfer schwedischer Kriminalgeschichte handelte, wie sie während der letzten hundertfünfzig Jahre aufgezeichnet worden war. Vermutlich repräsentierte es sogar eine länger zurückliegende Zeitspanne ganz gut, da die Gerichtsprotokolle aus dem frühen Mittelalter dasselbe Bild vermittelten wie die Gerichtsstatistik der Industriegesellschaft. Das klassische schwedische Mordopfer des letzten Jahrtausends gewissermaßen. In der Sprache von heute: »Ein alleinstehender Mann mittleren Alters, ein Außenseiter mit schweren Alkoholproblemen.«

»Kurz und gut, ein gewöhnlicher Alki«, wie der Ermittlungsleiter der Polizei Solna, Kriminalkommissar Evert Bäckström, den Verstorbenen bei der ersten Besprechung mit seinen Fahndern und seinem Chef beschrieb.

2

Worauf die Erzählungen der Nachbarn und die Recherche in den Datenbanken bereits hinwiesen, wurde durch die eindeutigen forensischen Beweise der beiden Kriminaltechniker noch bestätigt.

»Ein typischer Mord im Suff, wenn du mich fragst, Bäckström«, fasste der ältere der beiden, Peter Niemi, die Sache zusammen, als er bei der ersten Sitzung die Einschätzung der Spurensicherung vortrug.

Schlips, Topfdeckel und Hammer waren Eigentum des Opfers gewesen und hatten sich in der Wohnung befunden, ehe die üble Sache ihren Anfang genommen hatte. Der Schlips lag dem Opfer noch um den Hals, ordentlich unter dem Hemdkragen, aber etwa fünf Zentimeter zu fest zugezogen und dann noch unter dem Kehlkopf sicherheitshalber mit einem normalen Knoten verankert.

In der Wohnung schienen sich zwei Personen, von denen die eine den Fingerabdrücken nach zu schließen mit dem Opfer identisch war, die Stunden vor dem Mord mit Essen und Trinken vertrieben zu haben. Leere Schnapsflaschen und Bierdosen, Gläser, aus denen Bier und Wodka getrunken worden war, Essensreste auf zwei Tellern auf dem Tisch im Wohnzimmer und dazu passende Essensreste in der kleinen Küche ließen darauf schließen, dass die letzte Mahlzeit des Opfers aus Bohnen mit Speck bestanden hatte. Die Bohnen waren fertiggekocht gewesen und – darüber gab die Plastikverpackung im Mülleimer Auskunft – am selben Tag in einem Ica-Laden in der Nähe gekauft worden. Sie waren in dem gusseisernen Topf aufgewärmt worden, dessen Deckel der Täter seinem Gastgeber im Verlauf des Abends wiederholte Male auf den Kopf geknallt hatte.

Auch der Gerichtsmediziner war zu diesem Schluss gekommen. Er hatte seine Erkenntnisse dem der Obduktion beiwohnenden Kriminaltechniker, der während der Besprechung der Fahnder mit anderem beschäftigt gewesen war, dargelegt. Seine schriftliche, endgültige Stellungnahme würde eine Woche auf sich warten lassen, aber für eine vorläufige Einschätzung hatten die üblichen Schnitte und sein geübtes Auge genügt.

»Ein Alki, wie die Polizei so schön zu sagen pflegt, wenn es um Personen wie die unseres bedauernswerten Opfers geht«, erklärte der Gerichtsmediziner, der in dieser Runde als gebildeter Mensch gelten konnte, der auf seine Ausdrucksweise Wert legte.

Alles zusammengenommen, die Berichte der Nachbarn, die Informationen über das Opfer aus den Datenbanken, die Funde am Tatort, die Beobachtungen des Gerichtsmediziners, erklärte erschöpfend alles, was die Polizei wissen musste. Zwei Alkis, die einander gut kennen, treffen sich, um eine Kleinigkeit zu essen und bedeutend mehr zu trinken. Anschließend beginnen sie über irgendeine menschliche Sinnlosigkeit, die ihre private und gemeinsame Geschichte ausmacht, zu streiten und beschließen ihre Zweisamkeit zu guter Letzt damit, dass der eine den anderen erschlägt.

Ganz einfach also. Es bestanden die besten Aussichten, den Täter im nächsten Bekanntenkreis des Opfers, also unter seinesgleichen, zu finden, und entsprechende Maßnahmen waren bereits ergriffen worden. Solche Morde wurden in neun von zehn Fällen aufgeklärt, und der Staatsanwalt hatte in der Regel nach spätestens einem Monat sämtliche Papiere auf dem Tisch liegen.

Reine Routine also, und die Solna-Polizisten, die an dieser ersten Besprechung teilnahmen, verschwendeten keinen Gedanken darauf, Spezialisten, wie beispielsweise die Profiler oder den Kriminologieprofessor des Reichskriminalamtes, der im Übrigen nur ein paar Häuserblocks vom Opfer entfernt wohnte, hinzuzuziehen.

Keiner der Experten hatte sich aus eigenem Antrieb gemeldet, und das war auch gut so, denn sie hätten nur das zu Papier gebracht, was alle anderen ohnehin schon zu wissen glaubten. Damit blieb es ihnen zumindest erspart, sich zu blamieren.

Es sollte sich nämlich schon bald herausstellen, dass das, worauf die gesammelte kriminologische Erkenntnis, die polizeiliche Erfahrung sowie die normale Intuition, über die alle richtigen Polizisten verfügten, hinwiesen, katastrophal falsch war.

»Die Fakten, Bäckström«, sagte Bäckströms oberste Chefin, die Polizeidirektorin der Polizeidirektion West, Anna Holt, als ihr Bäckström am Tage nach dem Mord den Fall vortrug.

»Ein ganz normaler Alki«, meinte Bäckström und nickte bekümmert.

»Okay. Du hast fünf Minuten.« Holt seufzte. Es standen noch mehr Punkte auf der Tagesordnung, wovon mindestens einer bedeutend wichtiger war als Bäckströms Fall.

3

Am Donnerstag, dem 15. Mai, war die Sonne über dem Hasselstigen 1 bereits um 3.20 Uhr morgens aufgegangen. Genau zwei Stunden und vierzig Minuten bevor Septimus Akofeli, 25, genau hier eintraf, um die Tageszeitungen einzuwerfen.

Septimus Akofeli arbeitete eigentlich als Fahrradbote, verdiente sich aber seit knapp einem Jahr etwas dazu, indem er in einigen Vierteln beim Råsundavägen, unter anderem im Hasselstigen 1, die Zeitungen austrug. Er war ein Flüchtling aus dem südlichen Somalia und stammte aus einem kleinen Dorf, das nur einen halben Tagesmarsch von der kenianischen Grenze entfernt lag. An seinem dreizehnten Geburtstag war er in seiner neuen Heimat eingetroffen, und dass er in Schweden und nicht in einem anderen Land gelandet war, lag daran, dass seine Tante und sein Onkel mit den Cousins und Cousinen fünf Jahre zuvor dorthin geflüchtet waren. Alle seine anderen Verwandten waren tot. Oder besser gesagt ermordet, denn nur wenige von ihnen waren an anderen Ursachen gestorben.

Septimus Akofeli war kein normaler somalischer Flüchtling, der auf gut Glück nach Schweden gekommen war. Er besaß hier Angehörige, die sich um ihn kümmerten, und es gab schwerwiegende humanitäre Gründe, ihn ins Land zu lassen. Alles schien sich auch gut zu entwickeln. Oder zumindest so gut, wie man es nur erwarten konnte, wenn es um einen Menschen wie ihn ging.

Septimus Akofeli hatte die schwedische Schule besucht und in den meisten Fächern durchschnittliche oder sogar gute Noten gehabt. Dann hatte er sechs Semester an der Universität Stockholm studiert und einen Magister in Sprachen abgelegt, mit Englisch als Hauptfach. Er besaß einen Führerschein und war mit zweiundzwanzig schwedischer Staatsbürger geworden. Er hatte sich auf zahlreiche Stellen beworben und schließlich auch eine von ihnen bekommen. Er war Fahrradkurier bei Miljöbudet – »Die Kuriere, die die Erde schützen«. Als er die erste Rate seines Studiendarlehens hatte abbezahlen müssen, hatte er sich noch einen zweiten Job als Zeitungsausträger besorgt. Seit einigen Jahren wohnte er allein in einer Einzimmerwohnung im Fornbyvägen in Rinkeby.

Septimus Akofeli war also ein rechtschaffener Mann und fiel niemandem zur Last. Trotz seines Hintergrundes hatte er mehr erreicht als die meisten, und die meisten mit seinem Hintergrund hatte er weit übertroffen.

Septimus Akofeli war kein normaler Flüchtling. Zum einen war Septimus ein sehr ungewöhnlicher somalischer Vorname, auch innerhalb der kleinen christlichen Minorität des Landes, zum anderen war er bedeutend hellhäutiger als die meisten seiner Landsleute. Für beides gab es eine einleuchtende Erklärung: Der Pastor der Afrikamission der anglikanischen Kirche, Mortimer S. Craigh – S. wie in Septimus –, hatte gegen das sechste Gebot verstoßen. Er hatte Septimus' Mutter geschwängert, hatte seine schwere Sünde bereut, war der Vergebung des Herrn teilhaftig geworden und war umgehend in seine Heimatgemeinde, ein kleines Dorf namens Great Dunsford in Hampshire, zurückgekehrt, das im Übrigen in einer überaus pastoralen Gegend lag.

Am Donnerstag, dem 15. Mai, um fünf nach sechs Uhr morgens, hatte Septimus Akofeli die Leiche des ermordeten Karl Danielsson, 68, in der Diele seiner Wohnung im ersten Stock des Hasselstigen 1 in Solna gefunden. Die Tür zur Wohnung stand weit offen, und der Tote lag nur einen Meter hinter der Schwelle. Septimus Akofeli hatte das Exemplar des

Svenska Dagbladet, das er bei dem Abonnenten Danielsson gerade noch in den Briefkastenschlitz in der Tür hatte stecken wollen, beiseite gelegt. Er hatte sich vorgebeugt und den Toten genau betrachtet. Er hatte sogar seine starren Wangen berührt. Dann hatte er den Kopf geschüttelt und auf seinem Handy den Notruf gewählt.

Um sechs Minuten nach sechs war er mit der Einsatzzentrale der Polizei Stockholm auf Kungsholmen verbunden worden. Der Mann in der Zentrale hatte ihn gebeten, am Telefon zu warten, während er gleichzeitig einen Streifenwagen alarmiert hatte, der sich auf dem Frösundaleden nur wenige hundert Meter vom Hasselstigen entfernt befunden hatte. »Verdacht auf Mord im Hasselstigen eins.« Außerdem hatte er den Anrufer als verdächtig gefasst beschrieben, was nicht nur darauf hindeuten konnte, dass sich jemand mit der Polizei einen Spaß erlauben wollte, sondern dass der Anrufer »ernsthaft gestört« sein könnte …

Der Mann in der Zentrale hatte nicht wissen können, dass Septimus Akofeli für diese Art von Entdeckungen außerordentlich geeignet war. Schon als kleiner Junge hatte er mehr Ermordete und Verstümmelte gesehen als fast alle anderen neun Millionen Einwohner seiner neuen Heimat.

Septimus Akofeli war klein und schmächtig, er war ein Meter siebenundsechzig groß und wog fünfundfünfzig Kilo. Er war dabei sehr durchtrainiert, was kein Wunder war, wenn man bedachte, dass er jeden Morgen zwei Stunden lang Treppen auf- und ablief und dann den Rest des Tages damit verbrachte, ungeduldig wartende Kunden, die noch dazu Rücksicht auf die Umwelt nahmen und die man deswegen nicht unnötig warten lassen konnte, im Eiltempo per Fahrrad mit Briefen und Paketen zu versorgen.

Septimus Akofeli sah mit seiner dunklen, olivfarbenen Haut, seinen klassischen Gesichtszügen und einem Profil, wie man es in Bildern auf antiken ägyptischen Vasen fand, sehr gut aus.

Was im Kopf eines Inspektors mittleren Alters vorging, der in der Einsatzzentrale der Stockholmer Polizei arbeitete, wusste er natürlich nicht.

Erst hatte er getan, was man ihm gesagt hatte, und am Telefon gewartet. Nach ein paar Minuten hatte er dann kopfschüttelnd sein Handy ausgeschaltet, weil ihn die Polizei vergessen hatte. Dann hatte er seine Zeitungstasche abgestellt und sich vor der Wohnungstür auf die Treppenstufen gesetzt, um wie versprochen im Haus zu bleiben.

Ein paar Minuten später hatte er Gesellschaft erhalten. Erst hatte jemand vorsichtig die Haustür geöffnet und wieder geschlossen. Dann waren leise Schritte auf der Treppe zu hören gewesen. Dann war ein männlicher Polizist um die vierzig in Uniform aufgetaucht und hinter ihm seine bedeutend jüngere, ebenfalls uniformierte Kollegin. Der Polizist hatte eine Hand auf seiner Waffe gehabt und mit dem linken Arm auf ihn gedeutet. Seine jüngere Kollegin hatte bereits ihren Schlagstock in der Rechten gehalten.

»Okay, jetzt machen wir es so«, hatte der Streifenpolizist gesagt und Akofeli zugenickt. »Erst strecken wir die Hände über den Kopf, dann stehen wir ganz ruhig auf und stellen uns mit dem Rücken zu uns mit gespreizten Beinen hin …«

Wer, wir?, hatte Septimus Akofeli gedacht und getan, wie ihm geheißen.

4

Hasselstigen ist eine kleine, knapp zweihundert Meter lange Querstraße des Råsundavägen, etwa einen halben Kilometer vom Fußballstadion Råsunda entfernt und ganz in der Nähe der ehemaligen Filmstudios von Svensk Filmindustri in der sogenannten Filmstadt gelegen, einem mittlerweile exklusiven Wohnviertel mit Eigentumswohnungen. Hier wohnen ganz andere Leute als im Hasselstigen 1.

Das Haus Hasselstigen 1 war im Herbst 1945 ein halbes Jahr nach Kriegsende gebaut worden. Die Leute in der Gegend nannten es das Haus, das Gott oder zumindest der Vermieter vergessen hatte.

Das Backsteinhaus hatte fünf Stockwerke und umfasste etwa dreißig kleinere Ein- oder Zweizimmerwohnungen. Die Renovierung der Fassade, die der Abflussrohre und von vielem anderen war seit langem überfällig.

Auch die Mieter hatten bessere Zeiten gesehen, etwa zwanzig waren alleinstehend, und die meisten waren Rentner. Außerdem gab es acht ältere Paare, allesamt Rentner, und eine neunundvierzigjährige Frau, die mit einem neunundzwanzigjährigen Sohn, einem Frührentner, in einer Zweizimmerwohnung lebte. Bei den Nachbarn galt er als etwas seltsam, aber nett, harmlos und hilfsbereit. Er hatte immer mit seiner Mutter zusammengewohnt. Seit einiger Zeit wohnte auch er alleine, da seine Mutter einen Schlaganfall erlitten hatte und seit einigen Monaten in einer Rehaklinik betreut wurde.

Elf Mieter bezogen eine Tageszeitung, sechs *Dagens Nyheter* und fünf *Svenska Dagbladet*. Seit einem Jahr sorgte Septimus Akofeli dafür, dass sie jeden Morgen in den Briefkästen lagen, und zwar pünktlich gegen sechs und ohne dass er das Zustellen auch nur ein einziges Mal versäumt hätte.

Im Haus Hasselstigen 1 wohnten insgesamt 41 Personen. Oder vierzig, wenn man genau sein wollte, da eine gerade ermordet worden war, und bereits am Nachmittag hatte die Polizei Solna eine Liste sämtlicher Hausbewohner einschließlich des Opfers zusammengestellt.

In der Zeit zwischen dem Eingehen des Alarms bei der Einsatzzentrale und dem Erstellen der Liste der Hausbewohner hatte sich einiges ereignet. Unter anderem war der Ermittlungsleiter der Polizei Solna, Kriminalkommissar Evert Bäckström, bereits gegen zwanzig vor zehn am Tatort eingetroffen, also nur dreieinhalb Stunden nachdem bei seinen Kollegen im »Bunker« der Alarm eingegangen war. Das war in Anbetracht der Tatsache, dass es sich um Bäckström handelte, rekordverdächtig.

Dafür gab es eine höchst private Erklärung. Am Vortag hatte ihm der Betriebsarzt der Polizei Stockholm das Versprechen abgenommen, dass er sein Leben unverzüglich ändern würde. Er hatte ihm ausgemalt, was ihm bevorstand, wenn er wie gehabt weitermachte, und das hatte sogar Bäckström Angst eingeflößt. Zumindest so weit, dass sich Bäckström nach einem nüchternen Abend und einer durchwachten Nacht dazu aufgerafft hatte, sich zu Fuß zu seiner neuen Arbeitsstelle bei der Kripo der Polizeidirektion West zu begeben.

Eine endlose Wanderung nach Golgatha von fast vier Kilometern. Eine nicht enden wollende Strecke von seinem gemütlichen Zuhause in der Inedalsgatan auf Kungsholmen zur riesigen Dienststelle im Sundbybergvägen in Solna, unter einer erbarmungslosen Sonne und bei einer Temperatur, die aller Beschreibung spottete und die selbst den Gewinner einer olympischen Goldmedaille im Marathonlauf zugrunde gerichtet hätte.

5

Um Viertel nach neun am Morgen des 15. Mai stand die Sonne bereits hoch an einem blauen, wolkenlosen Himmel. Obwohl es noch so früh im Jahr war, zeigte das Thermometer bereits sechsundzwanzig Grad im Schatten, und Bäckström war schweißgebadet, als er die Brücke über den Karlbergskanal passierte. Vorausschauend hatte er sich für die Strapazen entsprechend gekleidet. Hawaiihemd, Shorts und Sandalen. Sogar eine Flasche Mineralwasser aus dem Kühlschrank hatte er in der Tasche, um der Gefahr der Dehydrierung vorzubeugen.

Nichts hatte geholfen. Obwohl er zum ersten Mal, seit er erwachsen war, freiwillig einen ganzen Tag nüchtern geblieben war – in fünfundzwanzigeinhalb Stunden hatte er keinen Tropfen angerührt, um genau zu sein –, war es ihm noch nie schlechter gegangen.

Diesen verdammten Quacksalber bringe ich um, dachte Bäckström. Verkatert? Keinen Tropfen hatte er angerührt, und das jetzt schon den zweiten Tag, und trotzdem fühlte er sich wie ein Adler, der mit einer Hochspannungsleitung kollidiert war.

Genau da klingelte sein Handy. Der Wachhabende aus Solna.

»Dein Typ wird verlangt, Bäckström«, sagte er. »Ich versuche dich schon seit heute früh um sieben erfolglos ausfindig zu machen.«

»Ich war gezwungen, einen frühen Termin im Reichskriminalamt wahrzunehmen«, log Bäckström, der ungefähr zu diesem Zeitpunkt zum ersten Mal glücklich in seinem Bett das Bewusstsein verloren hatte.

»Worum geht's?«, wollte er dann wissen, um weiteren Fragen auszuweichen.

»Wir haben einen Mord für dich. Die Kollegen am Tatort brauchen ein paar gute Ratschläge und Anweisungen. Ein alter Rentner ist erschlagen worden. Der Tatort soll das reinste Schlachthaus sein.«

»Was wissen wir sonst noch?«, wollte Bäckström wissen, dem es trotz des freudigen Bescheids keinen Deut besser ging.

»Na ja, viel weiß ich auch nicht. Mord, ganz eindeutig Mord. Das Opfer ist ein älterer Mann, ein Rentner, wie schon gesagt. Sieht alles nicht sonderlich appetitlich aus, sagen die Kollegen. Unbekannter Täter. Wir haben nicht mal eine Personenbeschreibung, die wir durchgeben könnten. Das ist also alles, was ich weiß. Wo steckst du übrigens?«

»Ich habe gerade den Karlbergskanal überquert«, erwiderte Bäckström. »Ich gehe zu Fuß zur Arbeit, wenn es nicht zu sehr regnet. Es ist immer gut, sich etwas zu bewegen«, erklärte er.

»Was du nicht sagst«, meinte der Wachhabende, dem es schwerfiel, sein Erstaunen zu verbergen. »Wenn du willst, kann ich dir einen Wagen entgegenschicken.«

»Tu das«, sagte Bäckström. »Sag ihnen, dass es eilt. Ich erwarte sie bei dem Clubhaus dieser Fußball-Hooligans auf der Solnaer Seite des Kanals.«

Sieben Minuten später bremste ein Streifenwagen mit Blaulicht neben ihm, wendete auf der Straße und hielt vor der Auffahrt zum Clubhaus des AIK. Sowohl der Fahrer als auch seine jüngere Kollegin stiegen aus und nickten freundlich. Offenbar begriffen sie, was Sache war, denn der Fahrer hielt Bäckström die Tür auf seiner Seite auf, damit er nicht auf dem für die Kriminellen reservierten Platz schräg hinter dem Fahrer zu sitzen brauchte.

»Hier wartest du an einem Ort, der Kriminalgeschichte geschrieben hat, Bäckström«, meinte der Kollege und deutete mit dem Kopf zu den Büschen hinter Bäckström hinüber.

»Ich heiße übrigens Holm«, sagte er und deutete mit dem Daumen auf die eigene uniformierte Brust. »Das hier ist Hernandez«, meinte er und nickte seiner Kollegin zu.

»Kriminalgeschichte?«, meinte Bäckström, nachdem er sich auf den Rücksitz gezwängt hatte, war aber in Gedanken mehr bei Holms Kollegin. Langes dunkles Haar in einem aufwendigen Knoten, ein strahlendes Lächeln, mit dem man das ganze Fußballstadion in Råsunda hätte erhellen können, und eine Oberweite, die die Uniformbluse zu sprengen drohte.

»Kriminalgeschichte?«, wiederholte er.

»Du weißt schon, diese Prostituierte. Hier hat man sie doch damals gefunden. Oder zumindest Teile von ihr. Dieser alte Fall mit der zerstückelten Leiche. Alle haben doch damals den Gerichtsmediziner und seinen Freund, diesen Arzt, für die Täter gehalten. Aber wer weiß es schon wirklich, der Chef der Kripo hier, der gute Toivonen, hat eine ganz andere Theorie, wie es zugegangen sein muss.«

»Damals müsstest du doch dabei gewesen sein, Bäckström«, warf Hernandez ein, drehte sich zu ihm um und schenkte ihm ein strahlendes Lächeln. »Wann war das noch gleich? Ich meine, wann hat man sie gefunden? Ich war zwar damals schon auf der Welt, aber es muss doch irgendwann Anfang der Siebziger gewesen sein? Vor fünfunddreißig oder vierzig Jahren? Oder?«

»Es war im Sommer 1984«, erwiderte Bäckström kurz angebunden. Noch ein Wort, und ich seh zu, dass du zur Politesse degradiert wirst, in Chile, dachte er und sah die Kollegin Hernandez finster an.

»Ach so, 1984. Ja, da war ich schon auf der Welt«, meinte Hernandez, die offenbar nicht klein beigeben wollte und ihn immer noch mit all ihren strahlend weißen Zähnen anlächelte.

»Das glaube ich auch. Du siehst in der Tat bedeutend älter

aus«, stellte Bäckström fest, der das Feld ebenfalls nicht einfach räumen wollte. Da hast du was zu kauen, dachte er.

»Was den aktuellen Fall angeht, gibt es einiges zu berichten«, lenkte Holm ab und räusperte sich vorsichtig, während Hernandez Bäckström den Rücken zukehrte und sicherheitshalber begann, in einer Mappe mit Notizen zu blättern. »Wir kommen nämlich von dort.«

»Ich höre«, sagte Bäckström.

Holm und Hernandez waren die erste Streife am Tatort gewesen. Sie hatten gerade in der Statoil-Tanke jenseits von Solna Centrum, die rund um die Uhr geöffnet hatte, einen ersten Kaffee getrunken, als man sie über Funk alarmiert hatte. Mit Blaulicht und Sirenen waren sie drei Minuten später im Hasselstigen 1 gewesen.

Über Funk waren sie zur Vorsicht angehalten worden. Der Kollege hatte gefunden, dass der Mann, der den Mord gemeldet hatte, anders geklungen habe als Leute für gewöhnlich in vergleichbaren Situationen. Er habe vollkommen gelassen gewirkt, seine Stimme ganz ruhig geklungen. Verdächtig ruhig und gesammelt eben, so wie diese Irren, die bei der Polizei anriefen, um von ihren letzten Untaten zu berichten.

»Der Zeitungszusteller hat angerufen. Einwanderer. Netter Bursche, wenn du mich fragst, glaube nicht, dass er etwas mit der Sache zu tun hat«, meinte Holm zusammenfassend.

So jemanden wie dich fragt aber niemand, dachte Bäckström.

»Und das Opfer? Was wissen wir über den?«

»Das ist der Wohnungsinhaber. Er heißt Karl Danielsson. Älterer, alleinstehender Mann, achtundsechzig Jahre alt. Also Rentner«, erklärte Holm.

»Und da können wir uns ganz sicher sein?«, fragte Bäckström.

»Ganz sicher. Ich habe ihn sofort erkannt. Ich habe ihn vor einigen Jahren von Solvalla zur Ausnüchterungszelle gefahren.

Er hat anschließend ein wahnsinniges Theater gemacht und die Kollegen und mich wegen allem Erdenklichen angezeigt. Er wurde wohl nicht zum ersten Mal abgeholt. Soziale Probleme, Alkohol und so. Mittlerweile nennt man das wohl sozial marginalisiert.«

»Ein ganz normaler Alki also, das willst du doch sagen«, meinte Bäckström.

»Ja, doch, so kann man es vielleicht auch ausdrücken«, erwiderte Holm und klang plötzlich so, als wolle er das Thema wechseln.

Fünf Minuten später setzten sie Bäckström im Hasselstigen 1 vor der Haustür ab. Holm wünschte ihm viel Glück. Er und die Kollegin Hernandez beabsichtigten zur Dienststelle zu fahren und das Protokoll zu verfassen. Falls sie ihm noch mit etwas weiterhelfen könnten, könne Bäckström selbstverständlich jederzeit von sich hören lassen.

Wüsste nicht, was das sein sollte, dachte Bäckström und stieg aus dem Wagen, ohne sich fürs Mitnehmen zu bedanken.

6

Wie immer, dachte Bäckström, als er aus dem Wagen gestiegen war. Um die Absperrung vor dem Haus drängte sich die übliche Meute, Journalisten, Fotografen, Nachbarn und Schaulustige, Leute, die nichts Besseres zu tun hatten. Außerdem die normalen Kleinkriminellen, die hierher geraten waren, ohne darüber nachdenken zu müssen, wie das zugegangen war. Unter anderen drei solariengebräunte Jünglinge, die Bäckströms Kleidung und Aussehen kommentierten, als er sich mit Mühe unter dem Absperrband hindurchzwängte.

Bäckström drehte sich zu ihnen um, um sich ihr Aussehen für den Tag einzuprägen, an dem sie sich an seinem Arbeitsplatz wiederbegegnen würden. Das war nur eine Frage der Zeit, und dann würde er diesen kleinen Brechmitteln zu einem unvergesslichen Erlebnis verhelfen.

Als er an dem jüngeren uniformierten Kollegen vorbeiging, der an der Haustür stand, gab er die erste Dienstanweisung in seiner neuen Mordermittlung.

»Ruf in der Dienststelle an und fordere ein paar Leute an, die ein paar gute Bilder von unserem geliebten Publikum machen können«, sagte er.

»Schon erledigt«, stellte der Kollege fest. »Das war das Erste, worum Ankan mich gebeten hat, als sie hier auftauchte. Die Kollegen sind schon seit einigen Stunden hier und schießen Fotos«, fügte er aus irgendeinem Grund noch hinzu.

»Ankan?«

»Annika Carlsson. Du weißt schon, diese große, dunkelhaarige Kollegin, die früher bei der Kommission für Raubüberfälle gearbeitet hat. Sie wird Ankan genannt.«

»Du meinst diese Lesbe?«, fragte Bäckström.

»Danach darfst du mich nicht fragen, Bäckström«, erwiderte der Kollege grinsend. »Aber es stimmt schon. Man hört so das eine oder andere.«

»Wie zum Beispiel?«, erkundigte sich Bäckström misstrauisch.

»Man sollte sich möglichst nicht mit ihr aufs Armdrücken einlassen«, erklärte der Kollege.

Bäckström begnügte sich damit, den Kopf zu schütteln. Wo soll das alles noch enden, dachte er, als er das Haus Hasselstigen 1 betrat. Was ist nur mit der schwedischen Polizei los? Schwuchteln, Lesben, Schwarze und die üblichen Schwachköpfe. Kein normaler Schutzmann, soweit das Auge reicht.

Am Tatort sah es so aus, wie es auszusehen pflegte, wenn jemand einen alten Alki in seiner eigenen Wohnung erschlagen hat. In diesem Fall kurz gesagt noch fürchterlicher als normalerweise bei einem alten Alki. Dieses Exemplar nun lag hinter der Tür in der Diele auf dem Teppich mit den Füßen zur Wohnungstür, die Beine gespreizt und die Arme über seinem zerschlagenen Kopf in einer fast flehenden Geste ausgestreckt. Dem Gestank nach zu urteilen, waren bei seinem Tod sowohl Urin als auch Exkremente in seine Gabardinehosen geraten. Eine metergroße Blutlache auf dem Boden. Die Wände der Diele bis zur Decke mit Blut bespritzt. Blutspritzer sogar an der Decke.

Verdammt, dachte Bäckström und schüttelte den Kopf. Eigentlich sollte er bei *Schöner Wohnen* anrufen, damit diese Einrichtungsschwuchteln mal ein volkstümliches Interieur zu sehen bekamen. Eine kleine Reportage, Hausbesuch bei sozialen Randgruppen, dachte Bäckström, der in diesem Augenblick aus seinen Gedanken gerissen wurde. Jemand tippte ihm auf die Schulter.

»Hallo, Bäckström. Toll, dass du da bist«, sagte Kriminalinspektorin Annika Carlsson, dreiunddreißig, und nickte ihm freundlich zu.

»Hallo«, erwiderte Bäckström und versuchte, nicht so mitgenommen zu klingen, wie er sich fühlte.

Dieses Frauenzimmer war einen halben Kopf größer als er, und er war immerhin ein stattlicher Mann in seinen besten Jahren. Lange Beine, schmale Taille, verdammt durchtrainiert und an der Oberweite nichts auszusetzen. Hätte sie sich jetzt noch die Haare wachsen lassen und einen kurzen Rock angezogen, dann hätte man sie glatt mit einer ganz normalen Frau verwechseln können. Abgesehen von der Größe natürlich, aber an der ließ sich vermutlich nichts ändern, und hoffentlich war sie ausgewachsen, obwohl sie noch nicht trocken hinter den Ohren sein konnte.

»Irgendwelche besonderen Wünsche, Bäckström? Die Spurensicherung ist gerade mit der ersten Runde durch, und sobald die Leiche auf dem Weg in die Gerichtsmedizin ist, kannst du einen Blick auf den Tatort werfen.«

»Das mache ich später«, sagte Bäckström und schüttelte den Kopf. »Wer ist denn das?«, fragte er dann und nickte zu einer dunkelhäutigen Gestalt hinüber, die in der hintersten Ecke des Treppenhauses in der Hocke an der Wand saß. Wehmütiger, verschlossener Gesichtsausdruck und eine Stofftasche, aus der ein paar Zeitungen herausragten, über der Schulter.

»Das ist der Zeitungszusteller, der uns verständigt hat«, antwortete Kollegin Carlsson.

»Kaum zu glauben«, erwiderte Bäckström. »Deswegen hat er also auch eine Zeitungstasche über der Schulter hängen.«

»Sehr scharfsinnig, Bäckström«, meinte Annika Carlsson lächelnd. »Um genau zu sein, fünf *Dagens Nyheter* und vier *Svenska Dagbladet*. Das *Svenska Dagblad* des Opfers liegt dort drüben neben der Tür«, fuhr sie fort und deutete auf eine zusammengefaltete Zeitung, die in der Tür zur Wohnung des Toten lag.

»Was wissen wir über ihn? Den Zeitungsburschen?«

»Er scheint nichts mit der Sache zu tun zu haben«, antwortete Annika Carlsson. »Die Techniker haben ihn unter die Lupe genommen. Keinerlei Spuren, weder am Körper noch an den Kleidern. Wenn man sich anschaut, wie es da drinnen aussieht, müsste er über und über mit Blut besudelt sein, wenn er den Mord verübt hätte. Er sagt, er habe das Gesicht des Opfers befühlt, seine Wange, um genau zu sein, und als diese vollkommen starr gewesen sei, sei ihm klar gewesen, dass er es mit einem Toten zu tun hat.«

»Studiert er Medizin oder was?« Kaum zu glauben, dachte Bäckström, dass der kleine Mohr so viel Mumm hat.

»Offenbar hat er in seiner Heimat viele Tote zu Gesicht bekommen«, meinte Carlsson, allerdings dieses Mal ohne zu lächeln.

»Hat er die Gelegenheit genutzt, um was zu klauen?«, fragte Bäckström aus einem alten Reflex heraus.

»Er wurde von der ersten Streife, die hier eintraf, sofort durchsucht. In der Hosentasche hatte er ein Portemonnaie mit seinem Führerschein, einen Ausweis von dem Zeitungsvertrieb, eine kleinere Geldsumme in Münzen und Scheinen, ich meine, etwa hundert Kronen, hauptsächlich in Münzen. Außerdem ein Handy, sein eigenes. Wir haben uns die Nummer notiert, falls du das wissen willst. Sollte er etwas gestohlen haben, so hatte er es zumindest nicht in der Tasche, er kann es auch nicht irgendwo versteckt haben, denn wir haben bereits das ganze Haus ohne Ergebnis durchsucht.«

»Hat er irgendwelche Anrufe getätigt?«

»Laut seiner Aussage nur einen. Den Notruf. Wurde mit den Kollegen im Bunker verbunden. Er sagt, der Einzige, mit dem er gesprochen hat, sei der Kollege in unserer Einsatzzentrale gewesen, aber das werden wir natürlich überprüfen. Wir haben sein Handy auf der Liste der zu überprüfenden Telefone.«

»Hat er auch einen Namen?«, fragte Bäckström.

»Septimus Akofeli, fünfundzwanzig Jahre alt, Flüchtling aus Somalia, schwedischer Staatsbürger, wohnhaft in Rinkeby. Fingerabdrücke und DNA sind abgenommen, aber noch nicht überprüft, aber ich bin mir ziemlich sicher, dass er derjenige ist, für den er sich ausgibt.«

»Wie hieß er noch gleich?«, fragte Bäckström. Was für ein absurder Name, dachte er.

»Septimus Akofeli«, wiederholte Annika Carlsson. »Ein Grund, warum ich ihn hierbehalten habe, war, dass du vielleicht noch mit ihm sprechen willst?«

»Nein«, antwortete Bäckström und schüttelte den Kopf. »Was mich betrifft, kannst du ihn ruhig nach Hause schicken. Ich würde mir aber gerne den Tatort anschauen, falls diese Halbakademiker von der Spurensicherung endlich mal fertig werden.«

»Peter Niemi und Jorge Hernandez, auch Chico genannt, übrigens«, meinte Annika Carlsson. »Sie arbeiten hier in Solna bei der Spurensicherung. Bessere Leute findet man nicht, wenn du mich fragst.«

»Hernandez? Wo habe ich das schon mal gehört?«, fragte Bäckström.

»Er hat eine jüngere Schwester, Magdalena Hernandez, die als Streifenpolizistin arbeitet. Sie ist dir sicher schon mal aufgefallen«, meinte Annika Carlsson und lächelte aus irgendeinem Grund breit.

»Weshalb?«, wollte Bäckström wissen.

»Schwedens bestaussehendste Polizistin, findet jedenfalls eine Mehrheit der Kollegen. Ich finde sie ganz prima«, meinte Kollegin Carlsson und lächelte.

»Was du nicht sagst«, meinte Bäckström.

In der Wohnung sah es so fürchterlich aus, wie Bäckström erwartet hatte. Eine kleine Kleiderkammer und eine schmale Diele. Links ein kleines Badezimmer und eine Toilette, dahinter ein kleineres Schlafzimmer. Rechts eine Küche mit Essecke und geradeaus ein Wohnzimmer. Insgesamt etwa fünfzig Quadratmeter. Wann der Bewohner zuletzt geputzt hatte, war unklar, jedenfalls seit Neujahr nicht mehr.

Die Möbel waren abgenutzt, die Einrichtung war konsequent. Ungemachtes Bett mit Kopfkissen ohne Bezug, fleckiger Küchentisch und durchgesessene Couchgarnitur im Wohnzimmer. Gleichzeitig zeugten die Gegenstände von den einstmals besseren Zeiten des Mordopfers Karl Danielsson. Es gab fadenscheinige Perserteppiche, einen soliden altmodischen Mahagonischreibtisch mit helleren Intarsien. Der Fernseher war zwanzig Jahre alt, aber immerhin von Bang & Olufsen. Davor stand ein englischer Lehnsessel aus Leder mit passendem Fußschemel.

Schnaps, dachte Bäckström. Schnaps und Einsamkeit. Er selbst wusste, was das hieß, seit ihm diese Lackaffen von der nationalen Einsatztruppe vor einem guten halben Jahr eine Schockgranate an den Kopf geworfen hatten. Er war erst am Tag darauf wieder zu sich gekommen, und da hatte er sich bereits auf der Psychiatrie in Huddinge hinter Schloss und Riegel befunden.

»Hast du noch weitere Wünsche, Bäckström?«, fragte Annika Carlsson und sah bei dieser Frage fast etwas bekümmert aus.

Ein paar Schnäpse und ein großes Bier, dachte Bäckström. Und wenn du dir die Haare wachsen lässt und einen Rock anziehst, dann darfst du mir vielleicht sogar einen blasen. Aber auf mehr brauchst du nicht zu hoffen, dachte er, da ihm während der letzten vierundzwanzig Stunden große Zweifel an der irdischen Lust und der geistigen Liebe gekommen waren.

»Nein«, sagte er und schüttelte den Kopf. »Wir sehen uns dann auf der Wache.«

Irgendwas stimmt nicht, dachte Bäckström, als er zu Fuß gemächlich zur Polizeidienststelle ging. Aber was? Und wie sollte er nur darauf kommen, wo man sein Gehirn vollkommen trocken gelegt hatte. Wahrscheinlich hatte es bereits irreparable Schäden davongetragen. Diesen verdammten Quacksalber bringe ich um, dachte er.

7

Um drei Uhr nachmittags fand das erste Treffen von Bäckström mit dem Team seiner neuen Mordermittlung statt. Es war nicht unbedingt die zackigste Truppe, die er im Laufe seiner fünfundzwanzig Jahre bei der Kriminalpolizei geführt hatte. Auch nicht die größte. Insgesamt acht Personen, wenn man ihn selbst und die beiden Kriminaltechniker mitzählte, die bald wieder anderen Aufgaben nachgehen würden, wenn sie das Notwendigste über Karl Danielsson herausgefunden hatten. Blieben also eins plus fünf übrig, und wenn man bedachte, was er bisher von seinen Mitarbeitern gesehen und gehört hatte, blieb eigentlich nur ein Mann übrig, Kriminalkommissar Evert Bäckström *himself*. Wer sonst? Wie immer also. Bäckström, die letzte Hoffnung aller trauernden Angehörigen, die in Danielssons Fall wahrscheinlich mit dem staatlichen Alkoholverkauf Systembolaget identisch waren.

»Okay«, sagte Bäckström. »Ihr könnt euch alle willkommen fühlen, und bis auf Weiteres gilt das für alle von euch. Falls sich in diesem Punkt irgendwelche Änderungen ergeben, teile ich euch das mit. Verspürt jemand Lust zu beginnen?«

»Ja, mein Kollege und ich«, sagte der ältere der Kriminaltechniker, Peter Niemi. »Wir waren nur kurz in der Wohnung und haben noch jede Menge zu tun.«

Peter Niemi war seit gut fünfundzwanzig Jahren Polizist und arbeitete seit fünfzehn als Kriminaltechniker. Er war fünfzig, sah aber bedeutend jünger aus. Blond, sportlich, recht groß. Er war im nordschwedischen Tornedalen geboren und aufgewachsen, hatte mehr als sein halbes Leben in Stockholm gelebt, sprach aber immer noch Dialekt. Er lächelte gerne mit einem freundlichen Ausdruck in den blauen Augen, hatte dabei aber immer etwas Reserviertes. Man musste nicht Krimineller sein, um ihm seinen Beruf anzusehen, und dass er die zurückliegenden fünfzehn Jahre keine Uniform mehr getragen hatte, spielte dabei keine Rolle. Die Botschaft seiner Augen war entscheidend. Peter Niemi war Polizist, und er war nett und zuvorkommend, solange man sich anständig benahm. Tat man das nicht, gehörte Niemi nicht zu den Leuten, die beiseitetraten, was schon viele schmerzhaft hatten erfahren müssen.

»Gut«, meinte Bäckström. »Ich höre.« Schmieriger Lappe, versoffener Finne. Er redet grad so, als sei er vom Bus aus Haparanda hergetorkelt. Je früher der Schwachkopf wieder zu reden aufhört, desto besser.

»Also folgendermaßen«, sagte Niemi und blätterte in seinen Papieren.

Das Opfer hieß Karl Danielsson, Rentner, achtundsechzig Jahre alt. Laut Pass, den die Kriminaltechniker in seiner Wohnung gefunden hatten, war er ein Meter achtundachtzig groß und hatte vermutlich einhundertzwanzig Kilo gewogen.

»Kräftig und ziemlich übergewichtig. Vermutlich wog er dreißig Kilo zu viel«, vermutete Niemi, der selbst die Leiche unter den Armen angehoben und auf die Bahre gelegt hatte. »Genaue Zahlen bekommt ihr dann vom Onkel Doktor.«

Als ob wir die bräuchten, dachte Bäckström missgelaunt. Wir werden unser Mordopfer kaum zu Wurst verarbeiten.

»Beim Tatort«, fuhr Niemi fort, »handelt es sich um die Wohnung des Opfers, und zwar um die Diele. Ich glaube, er war auf dem Klo und bekommt den ersten Hieb, als er auf den Flur tritt und den Reißverschluss seiner Hose hochzieht. Darauf lassen die Blutspritzer schließen, außerdem war der Reißverschluss nur zur Hälfte geschlossen. Dann hat er mehrere Schläge in rascher Folge bekommen, bei den letzten hat er bereits auf dem Boden der Diele gelegen.«

»Und womit?«, fragte Bäckström.

»Mit einem blauen, emaillierten Topfdeckel aus Eisen«, antwortete Niemi. »Der lag neben der Leiche auf dem Fußboden. Der Topf steht auf dem Herd in der Küche, und dahin sind es nur drei Meter.«

»Außerdem«, fuhr er fort, »scheint der Täter noch einen Hammer mit einem Holzstiel verwendet zu haben. Dieser Stiel ist fast ganz oben am Hammerkopf abgebrochen. Stiel und Hammerkopf lagen auf dem Fußboden der Diele, und zwar in Höhe des Kopfes des Toten.«

»Unser Täter ist wirklich ein gründlicher kleiner Racker«, meinte Bäckström seufzend und schüttelte seinen runden Kopf.

»So klein auch wieder nicht, jedenfalls nicht nach dem Schlagwinkel zu urteilen. Er war außerdem noch gründlicher, auch wenn das erst wegen des vielen Blutes auf Danielssons Gesicht und Brust nicht zu sehen war. Danielsson wurde nämlich auch noch erdrosselt, und zwar mit seinem eigenen Schlips, als er schon am Boden lag. Da war er mit Sicherheit bereits bewusstlos und lag im Sterben. Der Täter hat den Schlips zugezogen und die Schlinge dann mit einem normalen Knoten gesichert. Vollkommen unnötig, wenn ihr mich fragt. Aber klar, lieber zu viel als zu wenig, wenn man auf Nummer sicher gehen will.« Niemi zuckte mit den Achseln.

»Hast du irgendeine Vorstellung, wer die Tat verübt haben könnte?«, fragte Bäckström, obwohl er bereits wusste, wie die Antwort ausfallen würde.

»Typischer Mord unter Zechbrüdern, wenn du mich fragst, Bäckström«, antwortete Niemi und lächelte freundlich. »Und dabei darfst du nicht vergessen, Bäckström, dass du diese Frage jemandem stellst, der aus dem Tornedalen stammt.«

»Was glaubst du, wann die Tat verübt worden ist?«, fragte Bäckström. Doch nicht ganz so blöde, dachte er.

»Dazu komme ich noch. Nichts überstürzen, Bäckström«, sagte Niemi.

»Ehe das Opfer erschlagen wurde, hat es mit einer weiteren Person, die ihre Fingerabdrücke zurückgelassen hat, deren Identität jedoch noch nicht geklärt ist, auf der Couchgarnitur im Wohnzimmer gesessen und gebratenen Speck mit Bohnen gegessen. Der Gastgeber saß vermutlich im Sessel, sein Gast auf dem Sofa. Der Couchtisch war gedeckt, zum Abdecken war man jedoch nicht mehr gekommen. Wir haben diverse Fingerabdrücke sichergestellt, und die Ergebnisse haben wir hoffentlich bereits morgen. Mit etwas Glück haben wir den Täter in unserer Kartei. Zum Essen haben sie fünf Halbliterdosen Bier und mehr als eine Flasche Wodka getrunken. Wir haben eine leere Flasche gefunden und eine angefangene. Normale Nullkommasieben-Liter-Flaschen, im Übrigen die Edelmarke Explorer. Beide Schraubverschlüsse lagen auf dem Boden vor dem Fernseher. Dort hatten sie also gesessen und gegessen, und es spricht einiges dafür, dass die Flaschen bei Beginn der Mahlzeit ungeöffnet waren. Unter anderem hing noch dieser Verschlussring an den Schraubverschlüssen. Ihr wisst schon, dieser Metallstreifen, der sich abdrehen lässt und dabei dieses hübsche Geräusch verursacht.«

Hin und wieder wirkt dieser Lappe ja richtig normal, dachte Bäckström. Obwohl ihn plötzlich ein gewaltiger Schwindel überkam, fast ein Vorgefühl des Todes. Woher kam das auf einmal?

»Noch mehr? Über den Täter und das, was vorher passiert ist?«

»Ich glaube, dass es sich um eine kräftige Person handelt«, meinte Niemi und nickte nachdrücklich. »Das mit dem Schlips fordert seinen Mann. Außerdem hat er anschließend den Leichnam umgedreht, denn das Opfer muss erst auf der Seite oder möglicherweise auf dem Bauch gelegen haben. Das sieht man unter anderem daran, wie das Blut verteilt ist. Als wir ihn gefunden haben, lag er aber auf dem Rücken. Ich glaube, dass er das Opfer auf den Rücken gedreht hat, als er es erwürgen wollte.«

»Und wann war das?«, fragte Annika Carlsson plötzlich, noch ehe Bäckström diese Frage einwerfen konnte.

»Wenn du einen medizinischen Laien wie mich fragst, der Tote wird schließlich erst heute Abend obduziert, dann würde ich sagen, gestern Abend«, meinte Niemi. »Chico und ich sind ziemlich genau um sieben Uhr früh dort gewesen, und da hatte die Leichenstarre bereits eingesetzt. Aber mehr erfahrt ihr wie gesagt morgen.« Niemi nickte, sah die anderen in der Runde an und begann sich langsam zu erheben. »Wir haben bereits Proben an das Staatliche Kriminaltechnische Labor in Linköping geschickt, aber von dort werden wir vermutlich erst in ein paar Wochen etwas hören. Ich glaube auch nicht, dass das in diesem Fall ausschlaggebend sein wird. Die Kollegen von der Spurensicherung des Bezirkskriminalamts haben versprochen, uns bei den Fingerabdrücken zu helfen. Mit etwas Glück ist das bis zum Wochenende geklärt.«

»Wir brauchen noch das Wochenende«, wiederholte Niemi und erhob sich ganz. »Am Montag wissen wir dann ziemlich genau, was in der Wohnung vorgefallen ist, glaube ich.«

»Danke«, sagte Bäckström und nickte Niemi und seinem jüngeren Kollegen zu. Wenn wir Danielssons Gast erst mal gefunden haben, dann ist diese Sache abgeschlossen, dachte er. Ein Alki, der einen anderen Alki ermordet hat, schwerer ist das nicht.

Als die Kriminaltechniker den Raum verlassen hatten, forderten seine faulen und unfähigen Ermittler, sich die Beine vertreten und eine Zigarettenpause einlegen zu dürfen. Wäre Bäckström sein normales Ich gewesen, dann hätte er wahrscheinlich nur »Schnauze« gesagt, aber er hatte sich seltsam willenlos gefühlt und tatsächlich nur genickt. Am liebsten wäre er einfach gegangen, aber da ihm nichts besseres einfiel, verschwand er auf der Toilette und trank mindestens fünf Liter kaltes Wasser.

8

Nun denn«, sagte Bäckström, als sie erneut im Besprechungszimmer saßen und endlich wieder begannen, damit das Elend irgendwann mal ein Ende nahm. »Dann wenden wir uns also dem Opfer zu. Danach ist Zeit für Brainstorming, und bevor wir auseinandergehen, können wir noch überlegen, wie wir morgen die Aufgaben verteilen. Heute ist Donnerstag, der fünfzehnte Mai, und ich dachte, dass wir bis zum Wochenende fertig sein könnten, damit wir die kommende Woche dringlicheren Aufgaben als Herrn Danielsson widmen können.«

»Was wissen wir über unser Opfer, Nadja?«, fuhr Bäckström fort und nickte einer kleinen, korpulenten Frau Anfang fünfzig zu, die an der anderen Schmalseite des Tisches saß und sich hinter einem beachtlichen Papierstapel verschanzt hatte.

»In der Tat einiges«, erwiderte Nadja Högberg. »Ich habe die normalen Register durchgesehen, und da fand sich wirklich allerlei. Dann habe ich mich mit seiner jüngeren Schwester unterhalten, seiner einzigen näheren Verwandten übrigens, und sie hat mir auch einiges erzählt.«

»Ich höre«, sagte Bäckström, obwohl er in Gedanken ganz woanders war und ihm das angenehme Geräusch eines Schraubverschlusses, der geöffnet wird, förmlich im Kopf widerhallte.

Karl Danielsson war im Februar 1940 in Solna zur Welt gekommen und somit bei seiner Ermordung achtundsechzig Jahre und drei Monate alt gewesen. Sein Vater war Schriftsetzer und Vorarbeiter in einer Druckerei in Solna gewesen, seine Mutter Hausfrau, beide Eltern waren seit langem tot. Seine nächste Verwandte war eine zehn Jahre jüngere Schwester, die südlich von Stockholm in Huddinge wohnte.

Karl Danielsson war alleinstehend. Er war nie verheiratet gewesen und kinderlos. Jedenfalls tauchten keine Kinder in irgendwelchen Melderegistern auf. Er hatte vier Jahre die Volksschule in Solna besucht, anschließend die fünfjährige Realschule und war nach dem Examen drei Jahre auf Påhlmans Handelsinstitut in Stockholm gegangen. Mit neunzehn war er Buchhalter gewesen. Anschließend hatte er seinen zehnmonatigen Wehrdienst auf der Schreibstube der Barkarby-Fliegerstaffel abgeleistet. Sein erster Arbeitsplatz war im Sommer 1960 Assistent in einem Buchhaltungsbüro in Solna gewesen. Karl Danielsson war da zwanzig Jahre alt.

Im selben Sommer war er zum ersten Mal bei der Polizei aktenkundig geworden. Karl Danielsson war betrunken Auto gefahren, war zu sechzig Tagessätzen verurteilt worden und hatte für ein halbes Jahr seinen Führerschein verloren. Fünf Jahre später war es wieder so weit gewesen. Trunkenheit am Steuer, sechzig Tagessätze. Einjähriger Führerscheinentzug. Dann waren bis zum dritten Mal weitere sieben Jahre vergangen. Dieses Mal war es aber bedeutend schlimmer gewesen.

Danielsson war vollkommen betrunken gewesen, hatte eine Wurstbude auf dem Solnavägen gerammt und dann Fahrerflucht begangen. Vom Amtsgericht Solna war er wegen Trunkenheit am Steuer und Fahrerflucht zu drei Monaten Gefängnis verurteilt worden. Außerdem wurde sein Führerschein eingezogen.

Danielsson war mit einem Staranwalt in Revision gegangen. Diesem war es aufgrund von zwei ärztlichen Attesten gelungen, die Anklage wegen Fahrerflucht aufheben und die Gefängnisstrafe in eine Therapie umwandeln zu lassen. Den Führerschein hatte er offenbar nicht zurückerhalten und auch keinen Versuch unternommen, ihn nach Verstreichen der Bewährungsfrist zurückzubekommen. In den letzten sechsunddreißig Jahren seines Lebens hatte Karl Danielsson keinen

Führerschein mehr besessen, und zu weiteren Verurteilungen wegen Trunkenheit am Steuer war es nicht mehr gekommen.

Aber auch als Fußgänger hatte er den Unmut der Polizei auf sich gezogen. In seiner führerscheinfreien Zeit hatte man ihn fünfmal in eine Ausnüchterungszelle gesperrt, wahrscheinlich noch häufiger. Danielsson weigerte sich gewöhnlich konsequent, seinen Namen anzugeben, aber das brauchte er auch nicht. Als er das letzte Mal aufgegriffen worden war, war es ziemlich ausgeartet.

Das war im Mai fünf Jahre vor seinem Tod beim Elitloppsdagen auf der Solvalla-Trabrennbahn gewesen. Danielsson war betrunken gewesen und hatte Randale gemacht, und als man ihn in den Streifenwagen hatte setzen wollen, hatte er angefangen mit den Armen zu fuchteln und sich zu wehren. Der Widerstand gegen die Staatsgewalt hatte plötzlich statt zur Ingewahrsamnahme zur Festnahme geführt, obwohl man ihn wie gewöhnlich in eine Ausnüchterungszelle in Solna steckte. Als sie ihn sechs Stunden später freigelassen hatten, hatte Danielsson sowohl die beiden Beamten, die ihn festgenommen hatten, als auch die, die im Untersuchungsgefängnis arbeiteten, wegen Körperverletzung angezeigt. Insgesamt drei Polizisten und zwei Wärter. Er hatte sich wieder einen Staranwalt genommen und ärztliche Bescheinigungen beigebracht, ein wahnsinniger Zirkus. Bis zum ersten Prozess war über ein Jahr vergangen. Dieser hatte umgehend eingestellt werden müssen, da die beiden Zeugen der Anklage aus unbekannten Gründen nicht bei Gericht erschienen waren.

Da Danielssons Anwalt ein vielbeschäftigter Mann war, war ein weiteres Jahr verstrichen, bis der nächste Prozesstermin anberaumt werden konnte. Auch dieser Prozess hatte eingestellt werden müssen, da die Zeugen der Anklage durch Abwesenheit geglänzt hatten. Schließlich war es die Staatsanwaltschaft leid gewesen und hatte das Verfahren eingestellt. Karl Danielsson war somit ein unbescholtener Mann gewesen, zumindest in diesem Teil seines Lebens.

»Angesichts der geringen Wahrscheinlichkeit, wegen Randale in der Ausnüchterungszelle zu landen, muss er die meiste Zeit betrunken gewesen sein«, stellte Nadja Högberg fest, die wusste, wovon sie sprach. Seit zehn Jahren war sie zivile Ermittlerin bei der Polizeidirektion West. Sie war als Nadjesta Ivanova zur Welt gekommen und besaß einen Doktor in Physik und angewandter Mathematik von der Universität in Sankt Petersburg, noch dazu aus der alten, bösen Zeit, als Sankt Petersburg noch Leningrad geheißen hatte und die Anforderungen der akademischen Welt noch erheblich härter gewesen waren als im neuen, befreiten Russland.

»Was hat er sonst noch ausgefressen? Ich meine, außer im Suff randaliert«, fragte Bäckström und nickte Nadja Högberg zu.

Nicht dass er sich im Geringsten für die Zusammenkünfte des Mordopfers mit seinen mehr oder minder zurückgebliebenen Kollegen von der Ordnungs- und Verkehrspolizei interessiert hätte, aber er wollte diesem sinnlosen Meeting jetzt einfach durch eine gezielte Frage ein Ende setzen, um sich dann endlich in die Inedalsgatan und zu den Resten von dem, was bis gestern noch sein Zuhause gewesen war, schleppen zu können. Er wollte sich unter die Dusche stellen, damit es in seinem Kopf endlich still wurde, noch ein paar Liter eiskaltes Wasser trinken, eine Rohkostorgie veranstalten und noch einmal all das tun, was in einem Leben, dem am Tag zuvor sein Sinn und Ziel geraubt worden war, zu tun blieb.

Dass du doch nie den Mund halten kannst, Bäckström, dachte Bäckström fünf Minuten später.

Nadja Högberg hatte ihn nämlich beim Wort genommen und ihn eingehend über Danielssons diverse finanzielle Machenschaften und die daraus resultierenden Konflikte mit der Rechtspflege informiert.

Im selben Jahr, in dem Karl Danielsson zum ersten Mal wegen Trunkenheit am Steuer verurteilt worden war, war er vom

Buchhaltungsassistenten zum stellvertretenden Chef der Abteilung für »Stiftungen, Verwaltungsgesellschaften für Gemeinschaftsanlagen, Genossenschaften und Vereine, Erbengemeinschaften, Privatpersonen und sonstiges« befördert worden. Dann hatte er eine kometenhafte Karriere hingelegt. Zunächst hatte er der Unternehmensgruppe als Ratgeber und Steuerberater beigestanden und war innerhalb weniger Jahre zum Chef der ganzen Gruppe aufgestiegen. Außerdem war er zum stellvertretenden Mitglied der Geschäftsleitung ernannt worden.

In der Woche, nachdem er mit der Würstchenbude am Solnavägen zu innigen Kontakt gehabt hatte, kurz nach seinem zweiunddreißigsten Geburtstag, war er dann zum stellvertretenden Geschäftsführer und regulären Mitglied der Geschäftsleitung ernannt worden. Nach ein paar Jahren hatte er die gesamte Firma übernommen und sie in Karl Danielsson Konsult & Aktiengesellschaft umbenannt. Die Aktiengesellschaft war laut Satzung in den Bereichen »Finanzielle Beratung, Wirschaftsprüfung, Rechnungslegung, Steuerberatung, Anlage- und Investitionsberatung, Eigentums- und Kapitalverwaltung« tätig. Man war offenbar recht fleißig gewesen, da die Firma in ihrer Glanzzeit nie mehr als vier Angestellte gehabt hatte. Eine Sekretärin und drei Männer, die den Titel Konsult führten und deren Arbeitsaufgaben nicht recht klar waren. Karl Danielsson war der Besitzer und Geschäftsführer der Firma und außerdem Vorsitzender der Geschäftsleitung.

Als solcher hatte er sich bedeutend besser geschlagen als der Führerscheinbesitzer und Fußgänger Karl Danielsson. Innerhalb von dreiundzwanzig Jahren, zwischen 1972 und 1995, hatte man insgesamt zehnmal wegen verschiedener Wirtschaftsvergehen gegen ihn ermittelt: vier Fälle von Mithilfe bei Steuerhinterziehung und Steuerbetrug, zwei Vergehen beim Handel mit ausländischer Währung, zwei Fälle von sogenannter Geldwäsche, ein Fall von grober Hehlerei und ein Fall von Veruntreuung. In sämtlichen Fällen waren die Ermittlungen eingestellt worden. Der Verdacht gegen Danielsson hatte sich nicht erhärten lassen, und jedesmal war Danielsson zum Gegenangriff übergegangen und hatte die Strafverfolger bei einer der zuständigen Instanzen, dem Justizombudsmann oder dem Justizkanzler, angezeigt, manchmal auch bei beiden.

Dabei war er erfolgreicher gewesen als seine Gegner. Ein Ermittler für Wirtschaftsstrafsachen der Polizei Stockholm hatte vom Disziplinarausschuss des Reichspolizeiamts einen Verweis erhalten und war zu vierzehn Tagen Lohnabzug verurteilt worden. Der Justizombudsmann hatte einen Staatsanwalt und einen der Revisoren des Finanzamtes getadelt, und der Justizkanzler hatte einen Prozess gegen eine Abendzeitung angestrengt, und diese war wegen übler Nachrede verurteilt worden.

Nach 1995 war es ruhig geworden. Die Karl Danielsson Konsulter AB hatte nun als Karl Danielsson Holding AB firmiert, schien ihre Geschäftstätigkeit jedoch eingestellt zu haben. Angestellte gab es keine mehr. Nadja Högberg hatte sich die letzten Jahresabschlüsse von der für Aktiengesellschaften zuständigen Abteilung des Patent- und Registeramtes bestellt und wollte sie am Wochenende durchgehen.

Unerklärliche Einkünfte schien er nicht gehabt zu haben. Nadja Högberg hatte sich seine Steuererklärungen der letzten fünf Jahre angeschaut. Er hatte Einkünfte von einhundertsiebzigtausend Kronen im Jahr versteuert, seine staatliche Pension und eine geringe Summe einer privaten Rentenversicherung bei Skandia. Seine Wohnung kostete ihn viertausendfünfhundert Kronen im Monat, und nach Abzug der Steuern und der Miete blieben ihm noch etwa fünftausend Kronen zum Leben.

Wenn sich der Erfolg eines Menschen an den Titeln, die er sich gibt, bemisst, dann hatte Karl Danielsson ein erfolgreiches Leben geführt und auf seinem Zenit beendet. Mit zwanzig hatte er seine Karriere als Assistent in einem Buchhaltungsbüro mit fünfunddreißig Angestellten begonnen. Achtundvierzig Jahre später hatte ein Unbekannter sein Leben beendet, indem er ihm mit einem Topfdeckel aus Eisen den Schädel zerschmettert hatte. Zu diesem Zeitpunkt war die Firma, für die er fast sein ganzes Leben lang gearbeitet hatte, seit bald fünfzehn Jahren stillgelegt gewesen. Im Telefonbuch stand er noch als Geschäftsführer, und laut der Visitenkarte, die die Kriminaltechniker in seiner im Übrigen vollkommen leeren Brieftasche gefunden hatten, war der Tote sowohl Geschäftsführer als auch Vorsitzender der Geschäftsleitung der Karl Danielsson Holding AB gewesen.

Säufer, Rechthaber und Mythomane, dachte Bäckström.

»Du hast doch mit seiner Schwester geredet«, sagte Annika Carlsson, als Nadja Högberg geendet hatte. »Was sagt die zu alledem?«

Im Wesentlichen hatte sie laut Nadja Högberg alles bestätigt. Als junger Mann sei ihr Bruder ein »Herzensbrecher« gewesen und habe zu oft zu tief ins Glas geschaut. Er habe jedoch Erfolg gehabt, bis er etwa vierzig gewesen sei, aber dann sei er mehr und mehr dem Alkohol verfallen. Sie hatte betont, dass sie nie näheren Kontakt gehabt hätten. In den letzten zehn Jahren hatten sie nicht einmal mehr miteinander telefoniert, und zuletzt hatten sie sich bei der Beerdigung der Mutter vor zwölf Jahren gesehen.

»Wie hat sie es aufgenommen, dass ihr Bruder ermordet worden ist?«, fragte Annika.

Meine Güte, dachte Bäckström und stöhnte innerlich. Gibt's jetzt noch 'ne Schweigeminute oder was?

»Gut«, meinte Nadja und nickte. »Sie kam gut damit zurecht. Sie ist Pflegerin im Huddinger Krankenhaus und scheint eine vernünftige und robuste Person zu sein. Sie war offensichtlich nicht sonderlich überrascht. Sie habe sich schon seit Jahren Sorgen gemacht. Über das Leben, das er führte, meine ich.«

»Wir werden die Trauer schon irgendwie bewältigen«, fiel

ihr Bäckström ins Wort. »Was halten wir also jetzt von dieser Sache?«

Dann hatten sie ein Brainstorming veranstaltet, den einzigen Beitrag hatte jedoch Bäckström sicherheitshalber selbst geleistet.

»Also«, sagte Bäckström, da die anderen ausnahmsweise genug Takt und guten Geschmack an den Tag legten, die Schnauze zu halten und ihn beginnen zu lassen.

»Ein Alki wird von einem anderen Alki ermordet, und falls jemand einen anderen Vorschlag hat, so ist jetzt der richtige Zeitpunkt, ihn anzubringen.« Er beugte sich vor, stützte sich mit den Ellbogen auf die Tischplatte und sah seine Mitarbeiter finster an.

Niemand schien nach dem einmütigen Köpfeschütteln zu urteilen Einwände zu haben.

»Gut«, sagte Bäckström. »So viel zu den Vorschlägen. Dann müssen wir nur noch unsere Ergebnisse abgleichen und versuchen, Danielssons Besucher von gestern Abend ausfindig zu machen.«

»Wie geht es eigentlich mit der Befragung der Nachbarn voran?«, wollte er dann wissen.

»Weitgehend abgeschlossen«, meinte Annika Carlsson. »Einige waren nicht zu Hause, und einige baten uns, mit den Fragen bis zum Abend zu warten, weil sie zur Arbeit mussten. Eine Person hatte um neun einen Termin beim Arzt und deswegen keine Zeit für uns. Ich rechne damit, bis morgen alle Aussagen beisammen zu haben.«

»Und der Gerichtsmediziner?«

»Hat versprochen, ihn heute Abend noch zu obduzieren und uns Anfang nächster Woche zumindest mündlich Bescheid zu geben. Kollegin Hernandez wird bei der Obduktion zugegen sein, wir wissen das Wesentliche also hoffentlich bereits morgen früh«, meinte Annika Carlsson.

»Haben wir mit dem Taxifahrer gesprochen, haben wir irgendwelche Tipps reinbekommen, die diesen Namen verdient haben, wie sieht es mit der Spurensuche in der näheren Umgebung aus, was hatte er für einen Bekanntenkreis, was hat er in den letzten Stunden vor seinem Tod gemacht, haben wir…«

»Immer mit der Ruhe, Bäckström«, fiel ihm Annika Carlsson ins Wort und lächelte breit. »Alles läuft wie am Schnürchen. Wir haben die Sache im Griff. Du kannst also ganz gelassen bleiben.«

Gelassen fühle ich mich nicht gerade, dachte Bäckström, aber es wäre ihm nicht im Traum eingefallen, dies auszusprechen. Stattdessen nickte er nur. Schob seine Papiere zusammen und erhob sich.

»Bis morgen«, sagte er. »Noch etwas. Es geht um diesen Zeitungszusteller, der die Notrufnummer angerufen hat. Diesen Akofeli.«

»Septimus Akofeli«, korrigierte ihn Annika Carlsson knapp. »Er heißt Septimus Akofeli. Wir haben ihn bereits überprüft. Seine Kollegen haben die Fingerabdrücke, die sie ihm im Hasselstigen abgenommen haben, mit denen abgeglichen, die bei der Migrationsbehörde vorlagen, seit er vor zwölf Jahren nach Schweden kam. Er ist die Person, für die er sich ausgibt, und ist im Übrigen ein unbeschriebenes Blatt, falls dich das interessiert.«

»Ich nehme das zur Kenntnis«, meinte Bäckström, »aber irgendwas an dem Typen gefällt mir nicht.«

»Und was sollte das sein?«, fragte Annika Carlsson und schüttelte ihren Kopf.

»Ich weiß nicht«, erwiderte Bäckström. »Ich grübele und grübele, und ihr könnt vielleicht auch ein wenig darüber nachdenken.«

Er verließ das Besprechungszimmer und begab sich direkt zu seiner neuen Chefin, der Polizeidirektorin Anna Holt, und trug ihr den Fall vor. Opfer Alki. Täter – mit an Sicherheit grenzender Wahrscheinlichkeit – ebenfalls Alki. Alles im Griff.

Spätestens Montag würden die Ergebnisse vorliegen, das Ganze sei in drei Minuten zu klären, obwohl ihm sogar fünf zur Verfügung stünden. Holt schien fast erleichtert zu sein, als er ging. Sie hatte einen anderen Fall auf dem Tisch, und verglichen mit dem war Bäckströms Mord fast ein Geschenk des Himmels.

Ein kleines Bonbon für die Bohnenstange, dachte Bäckström, als er endlich auf dem Weg zu neuen Qualen das Gebäude verließ.

9

Jerzty Sarniecki, siebenundzwanzig, war Zimmermann aus Polen. Er war in Lodz geboren und aufgewachsen, aber bereits seit mehreren Jahren ein Teil der jüngsten schwedischen Auslandsarbeiterschaft. Seit einem Monat sanierten er und seine Kumpel knapp einen Kilometer vom Tatort Hasselstigen 1 entfernt ein kleineres Mietshaus im Ekensbergsvägen in Solna. Achtzig Kronen in der Stunde direkt auf die Hand, mit der Möglichkeit, sieben Tage die Woche rund um die Uhr zu arbeiten, sofern sie das wünschten. Ihr Essen kauften sie in einem Ica-Laden in der Nähe, und sie wohnten in dem Haus, das sie umbauten, und alles andere konnte warten, bis sie wieder in die polnische Zivilisation heimkehrten.

Ungefähr zu dem Zeitpunkt, als Bäckström die Dienststelle in Solna verließ, machte Sarniecki seinen Fund. Er trug einen schwarzen Plastiksack mit Bauschutt aus dem Haus, um ihn in den Müllcontainer auf der Straße zu werfen. Er kletterte eine schwankende Leiter hinauf und entdeckte eine Mülltüte auf dem Schuttberg, die seine Kollegen und er nicht dort hingeworfen hatten. Es war nicht ungewöhnlich, dass die Schweden aus der Nachbarschaft ihr Abfallbeseitigungsproblem auf diese Weise lösten, und aus Erfahrung wusste er, dass sie auch Gegenstände wegwarfen, die noch vollkommen brauchbar waren. Also beugte er sich vor und fischte die Tüte aus dem Container.

Eine normale Einkaufstüte, ordentlich zugeknotet und offenbar mit Kleidern gefüllt.

Sarniecki kletterte wieder von der Leiter. Er öffnete die Tüte und nahm ihren Inhalt heraus. Ein schwarzer Regenmantel aus Plastik, ein längeres Modell. Er schien fast neu zu sein. Ein Paar rote Gummihandschuhe, wie man sie zum Spülen verwendete. Ohne Löcher, kaum verwendet. Ein Paar Hausschuhe aus dunkelbraunem Leder, auch diese fast neu.

Warum wirft man so was weg?, überlegte Sarniecki erstaunt und entdeckte in diesem Augenblick, dass Blut an seinem Fund klebte. Sehr viel Blut, das auf den Regenmantel gespritzt war. Die hellen Sohlen der Schuhe hatten sich regelrecht mit Blut vollgesogen. Die Handschuhe waren blutbesudelt, obwohl jemand ganz offensichtlich versucht hatte, sie abzuspülen.

Von dem Mord im Hasselstigen hatte er gehört, als der schwedische Vorarbeiter beim Vormittagskaffee davon erzählt hatte. Ein Rentner, konnte einem leidtun, normale Leute trauten sich kaum noch auf die Straße. Was willst du eigentlich?, hatte Sarniecki gedacht und mit halbem Ohr zugehört. Beklagt euch nicht über euer Paradies, ihr Schweden, man könnte es euch wegnehmen, dachte er, denn sein katholischer Pater in Lodz hatte ihm schon früh beigebracht, auf diese Art zu denken.

Trotzdem hatte er etliche Stunden mit seinem Gewissen gerungen, ehe er die Notrufnummer der Polizei gewählt hatte. Mal sehen, wie viele Stunden das jetzt wieder dauert, hatte er dann gedacht, während er am Straßenrand auf den Wagen gewartet hatte, den die Polizei hatte schicken wollen. Wie viele Stunden à achtzig Kronen würden sie ihm und seiner Verlobten in Polen und dem Kind, das sie erwarteten, stehlen?

Eine Viertelstunde später hielt ein Streifenwagen mit zwei Beamten in Uniform vor ihm. Sie wirkten seltsam desinteressiert. Sie legten seinen Fund einschließlich Tüte in eine andere Tüte. Dann notierten sie sich seinen Namen und seine Handynummer. Der eine fragte ihn noch, ob er nicht vielleicht eine Visitenkarte habe. Er wolle nämlich mit seinem Schwiegervater für das gemeinsame Sommerhaus auf Adelsö eine Sauna bauen, und da könnten sie ein paar handwerklich begabte und bezahlbare Leute gebrauchen. Jerzty hatte ihm eine der Karten ausgehändigt, die ihm sein schwedischer Vorarbeiter für solche Fälle gegeben hatte. Dann fuhren sie weg.

Am späten Abend klopfte ein großer, blonder Mann in Lederjacke und Jeans, der aber ganz offensichtlich Polizist war, an der Tür des Hauses, in dem sie arbeiteten. Jerzty öffnete, da er gerade im Eingang Gipskartonplatten festnagelte, während sein Freund ein paar Stockwerke höher in einem Zimmer, in dem ihre provisorische Küche untergebracht war, das Abendessen zubereitete. Der blonde Mann lächelte freundlich und hielt ihm seine sehnige Hand hin:

»My name is Peter Niemi«, sagte Niemi. »I am a police officer. Do you know where I can find Jerry Sarnecki?«

»That's me«, sagte Jerzty Sarniecki. »Das bin ich«, sagte er dann noch einmal auf Schwedisch. »Ich spreche etwas Schwedisch, da ich schon seit einigen Jahren in Schweden arbeite.«

»Dann geht es Ihnen ja so wie mir«, sagte Niemi und lächelte. »Gibt es einen Platz, an dem wir uns in Ruhe unterhalten können? Ich hätte Sie gerne ein paar Dinge gefragt.«

10

Bäckström war den ganzen Weg vom Präsidium im Sundbybergvägen in Solna zu seiner Wohnung in der Inedalsgatan auf Kungsholmen zu Fuß gegangen. Es kam ihm vor, als hätten seine Füße und Beine plötzlich ein Eigenleben entwickelt, während sein Oberkörper und Kopf einfach folgten. Vollkommen willenlos. Als er die Tür hinter sich schloss, wusste er kaum noch, was er in den letzten Stunden getan hatte. Sein schweißbedeckter Kopf war vollkommen leer. Hatte er jemanden getroffen? Hatte er mit jemandem gesprochen? Hatte ihn jemand, den er kannte, in seinem Elend gesehen? Offenbar hatte er unterwegs eingekauft, da er eine Tragetasche mit ein paar Flaschen Mineralwasser und seltsamem Gemüse in der Hand hielt.

Was zum Teufel ist das denn?, dachte Bäckström und betrachtete die Plastikverpackung mit dem Grünzeug. Diese kleinen roten Dinger mussten Tomaten sein, so was kannte er, als Kind hatte er sogar die eine oder andere gegessen. Das Grüne musste dann wohl Salat sein? Aber der ganze andere Dreck? Eine Menge schwarzer und brauner Kugeln verschiedener Größe. Hasenköttel? Elchlosung? Außerdem irgendetwas, was aussah wie Leichenmaden, musste aber was anderes sein, da es sich nicht rührte, als er darin herumstocherte.

Was ist eigentlich los?, dachte Bäckström, während er auf dem Weg in die Dusche seine Kleider auf den Dielenboden warf.

Er stand eine Viertelstunde unter der Dusche und ließ das Wasser über seinen gerundeten und harmonisch proportionierten Körper laufen. Diesen Körper, der immer sein Tempel gewesen war und den ein irrer Betriebsarzt der Polizei jetzt ruinieren wollte.

Anschließend trocknete er sich gründlich ab, zog seinen Bademantel an und stellte das Gemüse und eine Flasche Mineralwasser auf den Esstisch. Sicherheitshalber hatte er vorher noch im Kühlschrank nachgesehen, ob er beim Nahrungsmittelmassaker des Vortags nicht irgendeinen Leckerbissen übersehen hatte. Er hatte nämlich den Rat des Arztes befolgt und alle lebensgefährlichen Fettbomben, die dort gestanden hatten, beseitigt. Anschließend waren Bäckströms Vorratskammer und sein Kühlschrank vollkommen leer gewesen, und das waren sie immer noch.

Bäckström machte sich über seine Gemüsemischung her. Er versuchte an nichts zu denken und nichts zu schmecken, während er kaute, nach der halben Portion gab er auf. Das einzig Essbare waren diese Dinger, die aussahen wie Leichenmaden.

Das sind sicher auch Leichenmaden, dachte Bäckström, während er die Reste seiner Grünzeugorgie in seinen leeren Kühlschrank stellte. Mit etwas Glück waren das Leichenmaden. Dann habe ich in den letzten vierundzwanzig Stunden zumindest ein paar Proteine zu mir genommen.

Anschließend hatte er eine ganze Flasche Mineralwasser getrunken. Anderthalb Liter. Einfach weggeschluckt. Wahrscheinlich ein neuer Weltrekord, dachte Bäckström und warf die Plastikflasche in die Mülltüte unter der Spüle. Scheiße, was mache ich jetzt, erst sieben, dachte er, nach einem kurzen Blick auf seine neue Schweizer Armbanduhr.

Nach übriggebliebenen Spirituosen zu suchen war sinnlos, da er sich von diesen ebenfalls am Vorabend getrennt hatte. In diesem Punkt war der irre Doktor vollkommen unerbittlich gewesen. Keinen Schnaps, keinen Wein, kein Bier. Überhaupt nichts, was auch nur im Geringsten Alkohol enthielt, also auch kein Cidre oder Fruchtsaft, der vergoren war, oder eine Flasche Hustensaft von früher. Auch die hatten Onkel Doktor und seine Kumpanen mit Bann belegt.

Es hatte einiges wegzuschaffen gegeben, da Bäckström seit längerer Zeit recht gut bei Kasse gewesen war. Mehrere ungeöffnete Flaschen Maltwhisky und Wodka. Ein ganzer Liter Cognac. Fast eine ganze Palette tschechisches Bier in Dosen. Diverse geöffnete Flaschen hatten ebenfalls herumgestanden. Natürlich hatte er keinen Wein besessen, denn Wein war nur etwas für Weicheier und nicht für Leute wie Bäckström, normale schwedische Männer in der Blüte ihres Lebens. Außerdem war er der legendäre Mordermittler und die Antwort auf die heimlichen Träume jeder Frau.

Bäckström hatte alle Flaschen in einen Karton gestellt und bei einem seiner Nachbarn geklingelt, einem ehemaligen Programmdirektor vom Privatfernsehen mit einem schweren Alkoholproblem. Offenbar hatte es bei der Aufzeichnung von »Expedition Robinson« irgendwo auf den Philippinen Schwierigkeiten gegeben. Er hatte ein paar Millionen als Abfindung bekommen, damit er sich totsaufen konnte, bevor er auf die Idee kam, ein Buch über seine Zeit beim Fernsehen zu schreiben. Wenn man sein Leben betrachtete, dann würde der fürsorgliche Aufsichtsrat mit seiner Prognose vermutlich Recht behalten.

»Wirklich eine Menge guter Sachen«, hatte der präsumtive Käufer festgestellt, nachdem er einen raschen Blick auf den Inhalt des Kartons geworfen hatte. »Wollen Sie umziehen? So schlimm, dass Ihre Leber schlappmacht, wird es doch wohl nicht sein?«

»Ganz und gar nicht«, hatte Bäckström gelogen und freundlich gelächelt, obwohl es ihm das Herz zerrissen hatte. »Ich trete einen längeren Urlaub an, und es ist schließlich unnötig, diesen verdammten Einbrechern auch noch den Schnaps dazulassen. Die nehmen ohnehin schon zu viel Ungesundes zu sich.«

»Ein wahres Wort, Herr Bäckström«, hatte ihm der ehemalige Fernsehmensch beigepflichtet. »Ich biete Ihnen fünftausend für alles«, hatte er gesagt und eine ausholende Armbewegung gemacht, die ihn beinahe zu Fall gebracht hätte.

Offenbar sieht der Typ doppelt, hatte Bäckström gedacht, der den Preis nur auf die Hälfte geschätzt gehabt hatte. Aber schließlich musste er jetzt mit dem Taxi ein paar Tage lang nicht zum Systembolaget fahren.

»Einverstanden«, hatte Bäckström gesagt, und das Geschäft war besiegelt.

Bar gezahlt hatte sein Nachbar auch. Obwohl er nicht wusste, was er jetzt mit dem Geld anfangen sollte, da er weder aß noch einen Tropfen trank oder die Kraft besaß, an Frauen zu denken.

In Ermangelung einer besseren Betätigung hatte er sich die DVD angeschaut, die ihm der fürsorgliche Arzt gewissermaßen als weiteren Rettungsanker mitgegeben hatte. Sie sollte ihn bei seinem Vorsatz, ein neues Leben zu beginnen, unterstützen. Der Arzt wusste nämlich aus leidvoller Erfahrung, dass Leute wie Bäckström zu den denkbar schwierigsten Patienten überhaupt gehörten. Fixer, die nicht einmal mehr in den Füßen noch eine brauchbare Vene fanden, waren ein Klacks im Vergleich zu Leuten wie Bäckström, die sich dem Lebensmittel- und Alkoholmissbrauch hingaben. Bäckström und seinesgleichen waren fast nicht zu heilen, und das lag daran, dass ihnen vollkommen gleichgültig war, was sie taten. Sie aßen einfach immer weiter. Und soffen. Und fühlten sich wie Gott in Frankreich.

In einer amerikanischen Ärztezeitung, die ihm zufällig in die Hände gefallen war, hatte er einen außerordentlich interessanten Artikel über eine Privatklinik in Arizona gelesen. Dort behandelte man Leute wie Bäckström mit einer Schocktherapie. Sein Arzt hatte bei der zuständigen Behörde Mittel beantragt, hatte mehr bekommen als verlangt, war in die USA gefahren und hatte dort einige Monate lang das Verhalten von Leuten studiert, die sich selbst zu Tode aßen und tranken.

Es war außerordentlich interessant gewesen. Er war mit einer reichhaltigen Bilddokumentation heimgekehrt, inklusive jener DVD, die er Bäckström gezeigt und dann auch mitgegeben hatte.

Bäckström legte die Scheibe in seinen DVD-Player und atmete drei Mal tief durch. Sein Herz pochte wie ein Presslufthammer in seiner Brust, als er die Starttaste drückte. Er hatte sie bereits einmal angeschaut, und wenn es zu schlimm wurde, konnte er sich immer noch die Augen zuhalten, genau wie damals, als er vier Jahre alt gewesen war und sein verrückter Vater, der Schutzmann in Södermalm gewesen war, ihn zu einer Matineevorstellung im Kino mitgenommen hatte: Der große Böse Wolf hatte eine Stunde lang versucht, die drei kleinen Schweinchen zu erhaschen und zu braten. Klein Evert hatte geheult wie ein Schlosshund und war erst von seinem Leiden erlöst worden, als er in die Hose gemacht hatte.

»Aus dieser Heulsuse wird nie ein richtiger Polizist«, hatte sein Vater festgestellt, als er seinen einzigen Sohn wieder der Obhut und Fürsorge seiner zärtlichen Mutter übergeben hatte. Es hatte Kakao mit Schlagsahne und frischgebackene Zimtschnecken gegeben.

Jetzt war es also wieder so weit. Die halbstündige Reportage handelte von einer Rehaklinik im Mittleren Westen der USA, in der Leute mit relativ harmlosen Schlaganfällen und Infarkten wieder ins Leben zurückgeführt werden sollten.

Die Mehrheit von ihnen erinnerte stark an Bäckström, einmal abgesehen davon, dass sie sich nur noch schwankend mit Hilfe von Rollatoren fortbewegen konnten, sabberten und lallten. Das Feuer in ihren Augen war erloschen. Einer von ihnen, der Bäckström so ähnlich sah, dass sie eineiige Zwillinge hätten sein können, bewegte sich gerade von der Kamera weg, als ihm seine Hose auf die Knöchel rutschte und eine riesige, hellblaue Windel zum Vorschein kam. Er drehte sich daraufhin zur Kamera um, lächelte mit seinen hängenden Lippen und sagte lallend:

»No panties.« Dann war die milde Stimme des Sprechers zu vernehmen, die erklärte, dieser Patient sei trotz seines Aussehens erst fünfundvierzig Jahre alt und habe jahrelang cholesterinhaltige Lebensmittel zu sich genommen und außerdem noch sehr viel Bier und Bourbon getrunken, weil er abwegigerweise angenommen habe, dass das eine das andere kompensiere. Der Patient habe einige Monate zuvor ein eher harmloses Blutgerinnsel im Gehirn erlitten. So war das also, aber Bäckström hatte bereits die Augen geschlossen und bemühte sich verzweifelt, auf der Fernbedienung den Aus-Knopf zu finden.

Dann hatte er sich einen alten Trainingsanzug mit dem Wappen der Bereitschaftspolizei angezogen. Er hatte ihn bekommen, als er einmal mit diesen Halbaffen auf einer Fortbildung gewesen war, weil irgendein Genie in der Polizeiführung es sich in den Kopf gesetzt hatte, dass sie für den Fall einer akuten Krise Teamwork üben müssten.

Wer würde sich schon hilfesuchend an solche Leute wenden?, dachte Bäckström, während er mit gewisser Mühe seine neuen Joggingschuhe zuschnürte, um dann einen Spaziergang um Kungsholmen herum zu machen.

Zwei Stunden später war er zurück, und als er den Schlüssel in das Schloss seiner Wohnungstür steckte, ereilte ihn eine Offenbarung.

Aber natürlich!, dachte Bäckström. Dieses kleine Genie im weißen Kittel hatte alles missverstanden, und falls noch irgendeine Gerechtigkeit auf der Welt existierte, dann sollte dieses sich schleunigst an seinen eigenen Därmen aufhängen: nur saufen, nicht essen, dann werden die Blutgefäße wieder so sauber wie ein Gebirgsbach im Frühling, dachte Bäckström. Dazu brauchte man kein Arzt zu sein, um das zu begreifen. Das wusste doch jeder, dass Alkohol das beste Lösungsmittel war, das man sich vorstellen konnte.

Gesagt, getan, nach zwei Minuten klingelte er bereits bei seinem Nachbarn, dem ehemaligen Fernsehboss.

»Bist du nicht in Ferien, Bäckström?«, lallte sein Nachbar und fuchtelte mit einem Glas von Bäckströms erstklassigem Maltwhisky herum.

»Ich musste das ein paar Tage aufschieben«, log Bäckström, »und deswegen hätte ich gerne gewusst, ob ich nicht ein paar Flaschen von denen, die ich dir vor ein paar Tagen verkauft habe, zurückkaufen kann? Eine Flasche reicht auch. Vorzugsweise ein Maltwhisky, wenn davon noch was übrig ist.« Er schaute auf das Glas, das der Fernsehmann in der Hand hielt.

»Zurückgetauscht wird nicht«, lallte der Fernsehchef und schüttelte den Kopf. »Verkauft ist verkauft.« Dann machte er einfach die Tür zu und drehte innen zweimal den Schlüssel herum.

Bäckström versuchte, ihn durch den Briefkastenschlitz zur Vernunft zu bringen, was aber nur zur Folge hatte, dass auch noch die Innentür zugeknallt wurde.

Da musste dann selbst Bäckström aufgeben. Er trottete zurück in seine Wohnung, duschte ein weiteres Mal, putzte sich die Zähne und nahm drei von den Tabletten, die ihm dieser irre Arzt verschrieben hatte, eine braune, eine blaue und eine lilane. Dann ging er zu Bett. Er machte das Licht aus. Er hatte nicht vor, einen Abschiedsbrief zu schreiben. Dann schlief er so unvermittelt ein, als hätte ihm jemand einen Topfdeckel auf den Kopf gehauen.

Als Bäckström wieder erwachte, war es vier Uhr morgens. Vom hellblauen Himmel schien eine gnadenlose Sonne, ihm war übel, es ging ihm sogar noch schlechter als beim Einschlafen am Abend zuvor.

Er kochte Kaffee und trank drei Tassen schwarz und im Stehen. Dann schlang er in sich hinein, was von dem Gemüse übrig war, und beendete das Mahl mit einer weiteren Flasche

Mineralwasser. Schließlich ging er den ganzen Weg zur Dienststelle in Solna zu Fuß.

Dasselbe infernalische Wetter wie am Vortag. Dass das Thermometer noch nicht über zwanzig Grad gestiegen war, lag vermutlich nur daran, dass es immer noch mitten in der Nacht war. Kurz nach sechs erschien er leicht schwankend auf seinem Arbeitsplatz. Vor Müdigkeit war er der Ohnmacht nahe, Nahrungs- und Schlafmangel brachten ihn beinahe um den Verstand. Er war allein im ganzen Haus, da seine faulen und unfähigen Kollegen noch schnarchend zu Hause in ihren Betten lagen.

Ich muss mich irgendwo hinlegen, dachte Bäckström. Er irrte planlos umher und geriet schließlich in die Tiefgarage.

»Meine Güte, du siehst ja nicht gerade fit aus, Bäckström«, sagte der Parkwächter, der offenbar bereits seinen Dienst angetreten hatte, wischte sich die Hände am Overall ab und reichte Bäckström dann eine ölverschmierte Hand.

»Mordfall«, zischte Bäckström. »Ich kriege deswegen schon seit Tagen kein Auge zu.«

»Kein Problem, Bäckström«, meinte der Parkwächter. »Du kannst den Überwachungswagen des Drogendezernats haben. Den habe ich denen vergangenen Winter besorgt.«

Er öffnete die hintere Tür eines blauen Kastenwagens, und dort gab es alles, was man in Bäckströms Situation brauchte, unter anderem ein richtiges Bett.

Zwei Stunden später regte er sich wieder, da ihm der Duft von frisch aufgebrühtem Kaffee in die Nase stieg. Außerdem war da noch ein anderer Duft, aber das konnte nur eine Halluzination sein, der Duft von frischen Brötchen mit Butter und Käse.

»Tut mir leid, dass ich dich stören muss, Bäckström«, sagte der Parkwächter, stellte ein Tablett auf den Boden und nahm auf dem Stuhl neben dem Bett Platz. »Aber diese Streber vom Drogendezernat fordern ihren Überwachungswagen an. Wahrscheinlich wollen sie ein paar alte Fixer draußen in Rissne im Auge behalten. Ich hab dir eine Tasse Kaffee und ein paar Käsebrötchen mitgebracht, falls du Hunger hast.«

Zwei große Tassen Kaffee mit Milch und zwei Brötchen mit Käse, ohne dass er recht wusste, wie das zugegangen war. Er dankte seinem Retter, hätte ihn fast umarmt, besann sich aber im letzten Augenblick eines Besseren und begnügte sich mit einem kräfigen Händedruck und einem Schulterklopfen.

Anschließend ging er in die Sporthalle, duschte und zog sich dann ein sauberes Hawaiihemd an, das in einem Karton in seinem Zimmer gelegen hatte. Bereits um halb zehn saß Kommissar Bäckström an seinem Schreibtisch bei der Kripo in Solna. Zum ersten Mal seit zwei Tagen fühlte er sich wieder halbwegs wie ein Mensch.

11

Gegen zehn Uhr am Freitagvormittag erhielt Bäckström Besuch in seinem Büro. Es war Niemis Kollege, Jorge »Chico« Hernandez, der um eine Audienz bei seinem Ermittlungsleiter bat.

Kanake, Kanake, Kanake, dachte Bäckström seufzend. Was er aber lieber für sich behielt. Vor allem nach all den Geschichten, die er über Peter Niemi gehört hatte, der schließlich auch ein Kanake war, ein Nordkanake, wenn man genau sein wollte, ein versoffener Finne und offenbar der beste Freund des zwanzig Jahre jüngeren Hernandez.

»Setz dich, Chico«, sagte Bäckström also und deutete auf den Besucherstuhl, während er sich in seinem eigenen Sessel zurücklehnte und die Hände auf den traurigen Resten seines Bauchs faltete. Ich habe sicher zehn Kilo abgenommen, mindestens, dachte er nervös. Schließlich war sein Körper immer sein Tempel gewesen.

»Ich höre«, sagte er dann, lächelte und nickte seinem Besucher aufmunternd zu. Obwohl Kanaken nichts bei der Polizei zu suchen hatten. Liegt sicher an den Käsebrötchen, dachte er.

Hernandez hatte einiges zu berichten. Am vergangenen Abend hatte er der Obduktion des Mordopfers durch den Gerichtsmediziner beigewohnt, der damit eröffnet hatte, Niemis Einschätzung hinsichtlich der Größe und des Gewichts der Leiche zu bestätigen.

»Ein Meter achtundachtzig und hundertzweiundzwanzig Kilo«, stellte Hernandez fest. »Peter kann das.«

Wüsste nicht, warum mich das interessieren sollte, dachte Bäckström.

»Es ist vielleicht gut, das nicht zu vergessen, wenn wir uns ein Bild vom Täter machen wollen«, schloss Hernandez. »Erfordert ziemliche Kräfte, eine so große und schwere Leiche umzulagern.«

Abgesehen vom Übergewicht und einer äußerst verfetteten Leber war Danielsson in erstaunlich guter Verfassung gewesen. Der Gerichtsmediziner hatte an Herz, Lungen und Gefäßen nichts auszusetzen gehabt. Normal vergrößerte Prostata und die sonst üblichen Alterserscheinungen. Im Übrigen keine Auffälligkeiten, was in Anbetracht des Lebens, das er geführt hatte, erstaunlich war.

»Wenn er nur jedes Jahr ein paar Monate abstinent gewesen wäre, damit die Leber sich hätte erholen können, hätte er sicher über achtzig werden können«, meinte Hernandez zusammenfassend.

Wie ein Gebirgsbach im Frühling, dachte Bäckström und nickte zustimmend. Vielleicht sollte man den Typen doch noch zu Wurst verarbeiten. Vielleicht Kognakmettwurst, dachte er, wenn man berücksichtigte, wie viele Jahre Generaldirektor Danielsson sich mariniert hatte?

»Die Vermutung mit dem Hammer trifft jedoch nicht zu«, meinte Hernandez. »Nach den Röntgenbildern des Schädels zu urteilen gibt es keine Verletzungen, die dem Hammer entsprächen, und das gilt für beide Seiten, die glatte und die gebogene mit dem Spalt, mit der man Nägel rausziehen kann. Außerdem ist der Stiel auf der falschen Seite abgebrochen, also nicht auf der, mit der man Nägel einschlägt. Die Bruchstelle ist auf der Seite, mit der man Nägel rauszieht, und das lässt uns vermuten, dass der Täter den Hammer abgebrochen hat, als er versuchte, irgendetwas aufzuhebeln. Wir finden in der Wohnung jedoch nichts, was aufgebrochen worden zu sein scheint.«

»Vielleicht hat der Täter den aufgebrochenen Gegenstand ja

mitgenommen?«, schlug Bäckström vor. »Vielleicht eine Geldkassette?« In der vermutlich Danielssons Milchzähne und eine Zweikronenmünze lagen, die er von der Zahnfee bekommen hat, dachte er.

»Etwas in der Art, ja«, pflichtete ihm Hernandez bei und nickte. »Im Augenblick gehen wir davon aus, dass es sich um einen verschließbaren Aktenkoffer aus Leder gehandelt hat mit Scharnieren und Beschlägen aus Messing. An dem Hammer, auf der Seite zum Nagelherausziehen, finden sich Spuren, die darauf hindeuten. Dort findet sich auch ein Millimeter großer Splitter, bei dem wir uns ziemlich sicher sind, dass es sich um Leder handelt. Hellbraun. Dann sind da an der scharfen Seite des Nagelausziehers noch Spuren, bei denen es sich um Messing handeln könnte. Die könnten dort hingeraten sein, als er gegen das Schloss schrammte. Wir haben sie ins Staatliche Kriminaltechnische Labor geschickt, weil wir sie hier nicht analysieren können.«

»Aber den Aktenkoffer habt ihr nicht gefunden?«

»Nein«, antwortete Hernandez. »Wenn es sich so verhält, wie wir annehmen, dann hat der Täter ihn mitgenommen, um ihn in aller Ruhe öffnen zu können.«

»Alles notiert«, sagte Bäckström und kritzelte sicherheitshalber noch etwas in sein kleines schwarzes Buch. »Noch was?«

»Um noch einmal auf den Topfdeckel zurückzukommen«, sagte Hernandez. »Der ist also aus Eisen und auf der Oberseite blau emailliert. Er gehört zu dem Topf, der in der Küche auf dem Herd steht. Ein Topfdeckel mit achtundzwanzig Zentimeter Durchmesser und einem Griff in der Mitte. Das Opfer hat mindestens sechs kräftige Schläge mit dem Topfdeckel erhalten. Der erste Schlag traf ihn an der rechten Schläfe, und zwar schräg von hinten. Wir glauben, dass das Opfer den Schlag erhielt, als er aus der Toilette trat. Der Täter lauert ihm hinter der Tür auf. Danielsson fällt vornüber, mit dem Kopf Richtung Wohnzimmer, die Füße zur Wohnungstür. Wahrscheinlich kommt er auf den Bauch zu liegen oder etwas seitlich.

Anschließend bekommt er zwei Schläge auf den Hinterkopf. Dann muss der Täter ihn umgedreht und ihm noch mindestens drei weitere Schläge von vorn ins Gesicht versetzt haben.«

»Wie könnt ihr euch hinsichtlich der Reihenfolge so sicher sein?«, wandte Bäckström ein.

»Ganz sicher kann man sich nie sein, aber das passt am besten zu den Schädelfrakturen und zu den Beobachtungen vom Tatort. Spritzer und so. An dem Topfdeckel kleben im Übrigen Blut, Haare und Schädelknochensplitter. Außerdem passt der Deckel zu den Kopfverletzungen des Toten. Der Täter ist nicht nur stark, nach dem Schlagwinkel zu urteilen muss er auch recht groß sein. Außerdem muss er eine ziemliche Wut auf das Opfer gehabt haben, denn bereits der erste Schlag war tödlich. Die beiden auf den Hinterkopf hat er ihm nur noch sozusagen sicherheitshalber beigebracht, das leuchtet ein. Die drei ins Gesicht wirken hingegen vollkommen unnötig, insbesondere wenn man bedenkt, dass er den Topfdeckel beiseite gelegt haben muss, um sein Opfer umzudrehen, ehe er dann erneut zu dem Deckel griff, um weiter auf ihn einzuprügeln.«

»Wie groß ist der Täter denn?«, fragte Bäckström.

»Danielsson war ein Meter achtundachzig groß. Vermutlich mindestens ein Meter achtzig. Wenn du mich fragst, mindestens zehn Zentimeter größer, also ein Meter neunzig.«

»Wenn es sich nicht um einen Baseball-Profi gehandelt hat«, spottete Bäckström, »der ihm so einen Schlag mit über dem Kopf ausgestrecktem Arm versetzt hat. Du hast doch sicher schon mal gesehen, wie das aussieht, wenn sie werfen? Oder vielleicht ein Tennisspieler mit einem harten Aufschlag?«

»Baseball-Profis dürfte es in der fraglichen Gegend nicht sonderlich viele geben«, stellte Hernandez fest, ohne eine Miene zu verziehen. »Für Tennisspieler dürfte das auch gelten«, meinte er dann noch und verzog den Mund.

Super, dachte Bäckström, endlich ein Kanake mit Humor.

Hernandez wechselte das Thema. Er erzählte vom Containerfund des polnischen Bauarbeiters.

»Wir warten auf die Bestätigung des Kriminaltechnischen Labors, dass die Blutspuren vom Opfer stammen. Das wäre dann natürlich hochinteressant. Fingerabdrücke haben wir leider keine sicherstellen können, weder auf dem Regenmantel noch auf den Gummihandschuhen oder Pantoffeln. Die Größen von Regenmantel und Pantoffeln sprechen für Danielsson. Alles riesig, Danielsson hatte Schuhgröße vierundvierzig.«

»Wie viele Monate dauert es, bis wir Antwort vom Labor bekommen?«, wollte Bäckström wissen.

»Wir haben sie in der Tat dazu überreden können, unsere Sache bevorzugt zu bearbeiten«, erwiderte Hernandez. »Nach dem Wochenende, so lautet der letzte Bescheid von den Kollegen in Linköping. Wenn ich noch einmal zusammenfassen darf«, fuhr er fort, »dann handelt es sich um einen Täter, der recht stark und überdurchschnittlich groß ist und seinem Opfer gegenüber einen ziemlichen Groll hegte. Wenn das mit den Kleidern stimmt und wenn sie genau wie der Topfdeckel und der Hammer Danielsson gehört haben, dann scheint unser Täter ziemlich abgebrüht zu sein. Er zieht den Regenmantel des Opfers über, um kein Blut auf die Kleider zu bekommen, aus diesem Grund zieht er auch die eigenen Schuhe aus und die Pantoffel des Opfers an. Dann streift er noch die Gummihandschuhe über, um keine Fingerabdrücke zu hinterlassen. Das Einzige, was uns stört, ist das Verhalten des mutmaßlichen Täters am früheren Abend, der unzählige Fingerabdrücke an Tellern, Gläsern und Besteck hinterließ, ohne den geringsten Versuch zu unternehmen, diese wegzuwischen.«

»Mich stört das nicht. Nicht im Mindesten«, erwiderte Bäckström und schüttelte den Kopf. »Alkis sind nun mal so beschaffen. Erst besäuft er sich mit Danielsson. Dann wird er plötzlich sauer auf ihn, und als Danielsson aufs Klo geht, streift er die Schuhe ab und zieht Pantoffel, Regenmantel und Gummihandschuhe an. Dann greift er sich den Topfdeckel und macht sich, sobald Danielsson das Scheißhaus verlässt und noch schwankend an seinem Hosenlatz herumnestelt, ans Werk. Was vorher war, hat er vermutlich bereits vergessen.«

»Peter und ich haben diese Möglichkeit auch diskutiert«, meinte Hernandez und nickte. »Außerdem glauben wir, dass es nicht nur um Wut geht, sondern dass es auch rationalere Motive geben könnte.«

»Zum Beispiel?«

»Er könnte ihn beraubt haben«, sagte Hernandez.

»Genau«, pflichtete ihm Bäckström mit Nachdruck bei. »Das zeigt nur, wie verdammt gerissen er ist. So jemanden wie Danielson zu berauben muss vermutlich genauso schwer sein, wie einem Glatzköpfigen die Haare zu schneiden.«

»In seinem Schreibtisch liegen mehrere Packen Taxiquittungen«, sagte Hernandez.

»Krankentransporte. In diesem Sozialparadies fahren vermutlich alle Alkoholiker gratis Taxi, und wir anderen bezahlen.«

»Nein«, meinte Hernandez. »Da liegst du falsch. Ganz normale Quittungen. Ich habe den Eindruck, dass er mit ihnen Handel treibt.«

»Taxiquittungen? Warum das? Kann man die essen?«, fragte Bäckström.

»Er kennt einen Taxifahrer und kauft seine übriggebliebenen Quittungen für sagen wir mal zwanzig Prozent der Summe auf der Quittung und verkauft sie für fünfzig Prozent an jemanden weiter, der sie in voller Höhe von der Steuer absetzen kann. Irgendwas muss er schließlich in den vielen Jahren als Buchhalter gelernt haben, und er verfügte sicher immer noch über diverse Kontakte«, meinte Hernandez.

»Ich dachte immer, alte Trinker sammeln Pfandflaschen«, sagte Bäckström.

»Vielleicht war ja Danielsson eine Ausnahme«, entgegnete Hernandez.

Als ob das was mit dem Mord zu tun hat, kein Wunder, so teuer wie der Schnaps geworden ist, dachte Bäckström und zuckte mit den Achseln.

»War das alles?«, fragte er.

»Ja, zumindest einstweilen«, antwortete Hernandez und erhob sich. »Ihr bekommt im Verlauf des Tages noch ein Memo über den Stand der Dinge inklusive einiger Fotos vom Tatort und von der Obduktion. Per Mail.«

»Gut«, sagte Bäckström. Vollkommen verblüffend, wenn man sich vor Augen führt, dass da ein verdammter Lappe und ein gelackter Gigolo ihre kleinen Köpfe zusammengesteckt haben, dachte er.

12

Kriminalinspektorin Annika Carlsson befand sich bereits um halb acht Uhr morgens an ihrem Arbeitsplatz, obwohl sie am Abend zuvor erst um Mitternacht ins Bett gekommen war.

Kaum hatte sie an ihrem Schreibtisch Platz genommen, da rief auch schon Peter Niemi auf ihrem Handy an, um ihr von dem Kleiderfund zu erzählen.

»Ich habe bereits bei Bäckström angerufen, aber der geht nicht ran«, erklärte Niemi.

»Ich habe auch versucht, ihn ausfindig zu machen. Er wird schon noch auftauchen. Ich mache mir Sorgen um ihn. Es scheint ihm nicht gut zu gehen. Er sah gestern ganz schlecht aus. Ist dir das nicht auch aufgefallen?«

»Doch, ja, spielt keine Rolle«, meinte Niemi, »aber da der Pole und seine Kollegen vernommen werden müssen, und zwar je früher, desto besser, rufe ich jetzt dich an.«

»Und dafür bedanken wir uns«, sagte Carlsson. Niemi ist ein guter Mann, dachte sie. Richtig gut. Er ist nicht nur fähig, sondern auch engagiert.

»Wie gesagt war ich vor Ort, wir haben den Container durchsucht, ohne etwas von Belang zu finden. Auch in der näheren Umgebung fand sich nichts, falls du das wissen willst. Wir haben sogar eine Hundestreife angefordert, obwohl es mitten in der Nacht war. Dann habe ich mit dem Burschen geredet, der die Tüte mit den Kleidern gefunden hatte. Netter Kerl. Spricht fast besser Schwedisch als so Leute wie ich«, stellte Niemi fest. Es war ihm anzuhören, dass er lächelte. »Aber da wir ziemlich gestresst waren, habe ich nur ganz kurz mit ihm geredet.«

»Und jetzt willst du, dass ich es ordentlich mache, mit Tonband und Protokoll«, sagte Carlsson und lächelte ebenfalls so breit, dass es zu hören war. Warum können nur nicht alle Männer so sein wie Niemi, dachte sie.

»Ja«, meinte Niemi. »So sind wir eben, weißt du.«

»Wird erledigt«, erwiderte Annika Carlsson. Weil du es bist, dachte sie.

Dann rief sie Bäckström auf seinem Handy an, das aber immer noch abgestellt war, obwohl es schon fast halb neun war. Annika Carlsson schüttelte den Kopf, nahm Felicia Pettersson mit, holte einen Dienstwagen und fuhr zur Ekensbergsgatan, um sich mit Jerzty Sarniecki und den vier anderen Polen zu unterhalten, die dabei waren, tausend Kilometer nördlich von ihrer Heimat ein kleineres Mietshaus zu renovieren.

Felicia Pettersson, dreiundzwanzig, hatte im Januar die Polizeihochschule abgeschlossen. Jetzt absolvierte sie ihr erstes Praktikum bei der Kripo Solna und bekam es bereits nach einer Woche mit einem Mordfall zu tun. Felicia war in Brasilien zur Welt gekommen und hatte in einem Kinderheim in São Paulo gelebt. Im Alter von einem Jahr war sie von einem schwedischen Paar adoptiert worden. Beide waren bei der Polizei gewesen und hatten auf einer Mälarinsel bei Stockholm gewohnt. Jetzt war sie selber wie so viele Polizistenkinder vor ihr Polizistin geworden. Jung und ohne praktische Erfahrung, aber mit guten Voraussetzungen für den Beruf. Fit, ruhig und vernünftig und offenbar zufrieden mit dem, was sie tat.

Sie wird sicher eine verdammt gute Polizistin, hatte Annika Carlsson bei ihrer ersten Begegnung gedacht.

»Du kennst doch den Weg zum Ekensbergsvägen, Felicia«, fragte Annika, als sie auf dem Beifahrersitz saß und sich angeschnallt hatte.

»Yes, Boss«, erwiderte Felicia Pettersson und nickte.

»Du bist nicht möglicherweise auch noch der polnischen Sprache mächtig?«, fragte Annika.

»Klar doch, Boss. Yes. Fließend, ich dachte, das sind alle«, erwiderte Felicia und lächelte.

»Gibt es noch was, was ich wissen müsste?«, fragte Annika Carlsson. Gescheit ist sie auch noch, dachte sie.

»Meine Freunde nennen mich Lisa«, sagte Felicia. »Das darfst du auch, wenn du möchtest.«

»Mich nennen sie alle Ankan«, sagte Annika Carlsson.

»Sagt dir das zu?«, fragte Lisa und sah sie erstaunt an.

»Eher weniger«, erwiderte Annika Carlsson und schüttelte den Kopf. »Findest du denn, dass ich aussehe wie eine anka, eine Ente?«

»Wirklich nicht«, erwiderte Lisa Pettersson. »Ich finde dich cool. And I mean it.«

Annika Carlsson und Felicia Pettersson hatten Glück. Es war zwar erst neun Uhr morgens, aber Jerzty und die anderen saßen bereits beim Mittagessen. Sie waren bei Sonnenaufgang aufgestanden, hatten um vier gefrühstückt und um halb fünf zu arbeiten angefangen. Um neun war es höchste Zeit zum Mittagessen, wenn man bis zum Abend durchhalten wollte.

»Sorry to disturb you in your breakfast«, sagte Annika Carlsson, lächelte und hielt ihnen ihren Dienstausweis hin. »My name is detective inspector Annika Carlsson and this is my collegue detective constable Felicia Pettersson. By the way, does anyone of you speak Swedish? Or understand Swedish?«

»Ich spreche etwas Schwedisch«, sagte Jerzty, während drei seiner Kameraden den Kopf schüttelten und einer zögernd nickte. »Ich kann dolmetschen, wenn Sie wollen.«

»Wir haben ein paar Fragen«, fuhr Annika fort. »Dürfen wir uns vielleicht setzen?«

»Kein Problem«, sagte Jerzty und erhob sich rasch. Er nahm einen Werkzeugkasten von einem Stuhl, der an ihrem provisorischen Tisch stand, und einer seiner Kollegen holte sich einen Hocker und bot detective constable Pettersson seinen Stuhl an.

Zwei junge schöne Frauen, die noch dazu von der schwedischen Polizei waren, obwohl die eine aussah, als stamme sie aus der Karibik. Freundlich, gutaussehend, eine schöne Erinnerung, wenn man den nächsten Nagel einschlug. Sie unterhielten sich eine Stunde lang. Was spielte es auch für eine Rolle? Achtzig Kronen waren schließlich nur achtzig Kronen, und Arbeit war schließlich nicht das, was ihnen am meisten im Leben fehlte.

Ob ihnen Mittwochabend oder in der Nacht auf Donnerstag etwas aufgefallen sei?

Sie hatten abends bis um acht Uhr gearbeitet. Dann hatten sie aufgehört, weil sich die Nachbarn sonst beschwert hätten. Sie hatten zu Abend gegessen, sich unterhalten, Karten gespielt und sich dann gegen zehn hingelegt. Keiner von ihnen hatte das Haus noch einmal verlassen, da es den ganzen Abend geregnet hatte.

Und in der Nacht? Hatte jemand von ihnen etwas gesehen oder gehört?

Sie hatten geschlafen. Keiner von ihnen litt an Schlaflosigkeit. Niemand hatte etwas gesehen oder gehört. Sie hatten in ihren Betten gelegen und geschlafen. Einer von ihnen war auf der Toilette gewesen. Das war alles.

»Leszek, er ist Maurer«, erklärte Jerzty und nickte seinem Freund zu, der sich erleichtert hatte. »Die Toilette geht zur Straße und hat ein Fenster«, sagte er, um der nächsten Frage von Annika Carlsson zuvorzukommen.

»Fragen Sie ihn doch, wie spät es da war.«

»Das weiß er nicht«, antwortete Jerzty nach einem raschen Wortwechsel auf Polnisch und einem Kopfschütteln als Antwort auf ihre Frage.

»Er hat nicht auf die Uhr geschaut. Er hatte sie ausgezogen und neben das Bett gelegt.«

»Hat es da noch geregnet?«, fragte Annika Carlsson, die bereits die Unterlagen, die sie vom Wetterdienst bekommen hatten, studiert hatte. Nachlassender Regen am Mittwochabend. Eine halbe Stunde nach Mitternacht hatte er am Donnerstag, dem 15. Mai, ganz aufgehört.

»Es regnete nicht mehr viel«, fasste Jerzty nach einer kurzen Unterhaltung auf Polnisch zusammen. »Es war auch dunkel. So dunkel, wie es nur sein kann. Als wir aufwachten, war gutes Wetter. Da war es vier Uhr.«

Gegen Mitternacht, dachte Annika Carlsson.

»Fragen Sie ihn doch, ob er etwas gesehen oder gehört hat. Menschen, Autos, Geräusche. Oder ob er gar nichts gesehen oder gehört hat. Alles ist von Interesse, wie Sie vielleicht verstehen.«

Mehr Polnisch. Zögerndes Kopfschütteln. Lächeln von sowohl Jerzty als auch Leszek. Dann nickte Letzterer energisch, sagte noch etwas auf Polnisch und zuckte mit den Achseln.

»Ich höre«, sagte Annika Carlsson. Aufgepasst, Ankan, dachte sie, du klingst schon fast wie Bäckström, und das tut man nicht, wenn man cool ist.

»Er hat eine Katze gesehen«, sagte Jerzty und lächelte glücklich.

Eine kleine rote Katze. Sie sahen sie oft, vermutlich wohnte sie also ganz in der Nähe, obwohl sie kein Halsband trug. Sie hatten ihr sogar schon gelegentlich etwas Milch hingestellt.

Aber keine Menschen, keine Autos, keine menschlichen Geräusche. Es war dunkel, und es war still gewesen, und es hatte genieselt. Kein Fernseher oder Radio war gelaufen, kein Fenster war erleuchtet gewesen. Kein Hund hatte gebellt. Eine einsame rote Katze war unten auf der Straße vorbeigelaufen. Das war alles.

13

Kriminalinspektor Lars Alm, sechzig, arbeitete seit etwa zehn Jahren bei der Kripo Solna. Davor hatte er erst beim alten Dezernat für Gewaltverbrechen im Präsidium auf Kungsholmen in der Innenstadt gearbeitet, dann war er zur Ermittlungsabteilung City versetzt worden, und jetzt war er also in Solna. Er war geschieden und ein zweites Mal verheiratet. Seine neue Frau war Krankenschwester im Karolinska-Krankenhaus in Solna. Sie wohnten in einer hübschen Wohnung in Solna Centrum, und Alm konnte seine Arbeit in zwei Minuten zu Fuß erreichen. Da spielte es dann keine Rolle, ob es schneite oder schüttete.

Die Nähe zur Wohnung war ein guter Grund, bei der Polizei Solna anzufangen, es gab aber noch weitere. Alm litt am Burn-out-Syndrom. Die Jahre beim Dezernat für Gewaltverbrechen in Stockholm hatten ihren Preis gefordert. Er hatte gedacht, dass es in Solna besser sein würde. Die Schlägereien und Messerstechereien vor den Kneipen in der City würden ihm erspart bleiben, mit denen er sich pünktlich jeden Montagmorgen hatte befassen müssen. In dieser Beziehung hatte er jedoch Pech gehabt. Am liebsten wäre er in Rente gegangen, hatte dann aber ausgerechnet, dass er versuchen musste, bis fünfundsechzig durchzuhalten. Eine Krankenschwester verdiente kaum etwas, und sie wollten beide nicht hungern, wenn sie alt waren.

Er hatte versucht, sich sein Leben, so gut es ging, einzurichten. Er hatte die Gruppe für schwere Kriminalität und das Drogendezernat gemieden und beschäftigte sich mit Alltagskriminalität, von der normale Menschen betroffen waren, mit

Einbrüchen in Wohnungen, aufgebrochenen Autos, einfacher Körperverletzung und Sachbeschädigung. Er war zufrieden und konnte die Aufklärungsquote vorweisen, die von ihm erwartet wurde. Er versuchte sich dem allgemeinen Durchschnitt anzupassen.

Am Montag, dem 12. Mai, war jedoch ein Sturm über die Polizeidirektion West hinweggezogen. Zwei unbekannte Täter hatten einen Geldtransporter beim Flugplatz Bromma überfallen. Sie hatten den einen Wachmann erschossen und seinen Kollegen fast auch noch ermordet. Schwerer Raub, Mord und Mordversuch. Bereits wenige Stunden später war der Justizminister in sämtlichen Nachrichtensendungen im Fernsehen aufgetreten. Ihre neue Chefin, Polizeidirektorin Anna Holt, hatte die Sache sicher auch nicht sonderlich amüsant gefunden. Erst einen Monat im neuen Job, und schon passierte so was.

Die erste Welle hatte er überstanden. Obwohl der Chef der Kriminalabteilung, Kommissar Toivonen, eine Menge Kollegen von anderen Abteilungen mit Aufgaben eingedeckt hatte, war Alm verschont geblieben. Aber am Donnerstagmorgen hatte es dann auch ihn erwischt. Toivonen war in sein Büro gestürmt und hatte erklärt, jetzt gelte es, die Zähne zusammenzubeißen.

»Jemand hat einen alten Säufer am Råsundavägen erschlagen«, sagte Toivonen. »Das ist so ein Fall, mit dem normale Kollegen vor dem Mittagessen durch sind. Aber im Hinblick auf die anderen üblen Sachen, die passiert sind, habe ich mich gezwungen gesehen, Bäckström damit zu betrauen.«

»Und meine Rolle dabei?«, hatte Alm gefragt, der eingesehen hatte, dass Widerspruch zwecklos war.

»Sieh nur zu, dass der fette Versager nicht am unbewachten Tor vorbeirennt«, hatte Toivonen gemeint und war wieder verschwunden.

So war es dann auch gekommen. Nach einer Pause von mehr als zehn Jahren hatte Alm wieder einen Mordfall am Hals gehabt. Dass er wusste, wer Evert Bäckström war, hatte die Sache allerdings besser gemacht.

Alm kannte Bäckström noch gut von früher. Ende der Achtziger hatten sie beide beim alten Dezernat für Gewaltverbrechen in Stockholm Morde aufgeklärt. Einige Jahre später hatte Bäckström plötzlich eine Stelle bei der Reichsmordkommission bekommen, vollkommen unbegreiflich. Einer der Chefs des Reichskriminalamtes hatte entweder eine Gehirnblutung erlitten, oder er war vom Kripochef in Stockholm bestochen worden. Alm und seine Kollegen hatten gemeinsam die Fähre nach Åland genommen und einen darauf gehoben. Jetzt, fünfzehn Jahre später, würde sich das böse rächen.

In seiner Not hatte er mit Annika Carlsson gesprochen. Schließlich war sie eine Frau und außerdem eine recht vernünftige Kollegin. Er hatte sich erboten, sich mit der Person des Opfers zu befassen, mit seinem sozialen Umfeld und damit, was er in den Stunden vor seiner Ermordung getan hatte. Er war bereit, alles zu tun, solange er nur in seinem Büro sitzen konnte und Bäckström nicht öfter als absolut nötig treffen musste.

»Klingt wie ein ausgezeichneter Vorschlag«, sagte Annika Carlsson und nickte. »Wie ist er eigentlich so? Ich habe alle einschlägigen Geschichten über Bäckström gehört, bin ihm aber heute Morgen zum ersten Mal persönlich begegnet, und zwar, als er sich kurz den Tatort angesehen hat.«

»Wärst du ihm richtig begegnet, dann würdest du dich daran erinnern«, meinte Alm seufzend.

»Ist er wirklich so durchgedreht, wie alle behaupten? Viele von diesen Geschichten sind doch sicher erfunden?«

»Schlimmer«, erwiderte Alm. »Er ist schlimmer. Jedesmal, wenn in den Nachrichten mitgeteilt wurde, einer unserer Kollegen sei erschossen worden, habe ich zu Gott gebetet, dass es sich um Bäckström handelt. Wenn schon jemand von uns dran glauben muss, warum dann nicht mit Bäckström anfangen und alle normalen, gutartigen Kollegen verschonen? Es hilft nichts.« Alm schüttelte den Kopf. »Dieser kleine fette Schwachkopf ist unsterblich. Er hat irgendeinen Pakt mit dem Teufel geschlossen. Er ist eine Heimsuchung. Ich weiß gar nicht, womit wir ihn verdient haben.«

»Ich verstehe, was du meinst«, sagte Annika Carlsson und nickte nachdenklich. Das kann ja lustig werden, dachte sie. Schlimmstenfalls muss ich ihn in die Tiefgarage schleifen und ihm da zeigen, wo's langgeht.

Alms Nachforschungen über das Mordopfer Karl Danielsson gestalteten sich unproblematisch. Sobald seine Bekannten von seinem raschen Ableben erfahren hatten – die Nachricht hatte sich wie ein Lauffeuer verbreitet –, hatten sie sich bei der Polizei gemeldet. Ausnahmsweise hatte auch die Telefonzentrale der Polizei funktioniert, und alle waren sofort zu Alm durchgestellt worden, und als Alm am Abend des ersten Tages nach Hause ging, hatte er das Gefühl, die Situation im Griff zu haben.

Er verfügte über die Namen und vollständigen Angaben des nächsten Freundeskreises des Opfers, alles in allem etwa zehn Personen. Ausschließlich Männer, die das große Interesse ihres »Freundes« und »Kumpans« teilten. Mit etlichen hatte er bereits telefoniert. Von ihnen hatte er weitere Namen von Freunden des Opfers erhalten, die sich bislang nicht gemeldet hatten. Einige hatte er sogar schon vernommen. Als Alm gegen sieben Uhr abends zu Fuß nach Hause ging, um mit seiner Frau Kohlrouladen mit Preiselbeeren zu essen, war er so zufrieden, wie man es überhaupt nur sein konnte, wenn man gezwungen war, mit Kommissar Evert Bäckström zusammenzuarbeiten.

Wenn Bäckström doch endlich mal seine Verantwortung der Gesellschaft gegenüber begreifen und tot umfallen würde, dann bräuchte ich mir um diese Ermittlung keine Sorgen zu machen, dachte Alm.

14

Bäckström hatte den Vormittag damit zugebracht, etwas Ordnung in die Mordermittlung zu bringen, die seine Mitarbeiter gerade in ein heilloses Durcheinander verwandelten. Außerdem ging es ihm viel besser als seit langem, da ihm immer wieder der himmlische Duft von frischen Brötchen mit viel Käse und Butter in die Nase stieg.

Diese blöden Weight Watchers können mich mal, dachte Bäckström. Du kannst eigentlich essen, was du willst, solange du auf die flüssigen Delikatessen verzichtest. Dann machst du eine Pause, fastest, dann wird ordentlich gesoffen, alle Gefäße werden durchgespült, und du bist wieder da, wo du angefangen hast.

Kurz nach elf hatte sein Magen angefangen, auf diese angenehme und vertraute Art zu rumoren, die ihm signalisierte, dass es höchste Zeit war, etwas zu sich zu nehmen. Deswegen war er in die Kantine hinuntergegangen, um in aller Ruhe ein ausgewogenes Mittagessen in Harmonie mit seinen eigenen Beobachtungen und Schlussfolgerungen zusammenzustellen.

Zuerst hatte er am Salatbüfett innegehalten und sich Rohkost, Möhren, einige Scheiben Salatgurke und einige Tomatenviertel genommen. Hasenköttel, Elchlosung und Leichenmaden hatte er gemieden, obwohl sie das einzige Mal, dass er sie probiert hatte, fast genießbar gewesen waren. Dann hatte er an den Kannen mit Salatsauce und Dressing geschnuppert. Schließlich hatte er sich für das Rhode-Island-Dressing entschieden. Er wusste aus Erfahrung, dass das essbar war. Gelegentlich kaufte er es sogar selbst und goss es über seine hausgemachten Hamburger mit viel Käse und Mayonnaise.

Am Tresen hatte er dann lange überlegt: Beefsteak mit Bratkartoffeln, Gurke und Sahnesauce, Spaghetti Carbonara mit rohem Ei und Scholle mit Salzkartoffeln und Mayonnaise. Sein starker, unbezwingbarer Charakter hatte gesiegt, und er hatte Fisch genommen, obwohl Fisch was für Schwuchteln, Nahkampflesben und Zeugen Jehovas war. Vielleicht trotzdem einen Versuch wert, dachte Bäckström, dem plötzlich ganz feierlich zumute wurde.

Jetzt musste er noch ein Getränk wählen, Leitungswasser, Orangensaft, Mineralwasser oder ein fast alkoholfreies Bier? Er wählte das Bier, da er seine Enthaltsamkeit jetzt zur Genüge bewiesen hatte. Außerdem schmeckte das Leichtbier so furchtbar, dass es vermutlich geradezu gesund war.

Eine Viertelstunde später war er fertig. Jetzt noch einen Kaffee und ein Mazarin, ein Gebäckstück mit Zuckerguss, vielleicht sogar eins mit Marzipan und Schokoguss.

Mäßigung, Bäckström, Mäßigung, dachte Bäckström und legte mit fast stoischer Ruhe das Marzipangebäck zurück und begnügte sich mit einem einsamen Mazarin auf seinem Tellerchen. Dann begab er sich mit seinem Kaffee an einen Tisch in einer ruhigen Ecke, um in Ruhe sein frugales Mal beenden zu können.

15

Eine Stunde später fand die zweite Sitzung mit seinem Ermittlerteam statt. Bäckström fühlte sich mit sich im Reinen und ausgeglichen und hatte den Eindruck, endlich die totale Kontrolle über die Situation zu besitzen. Ihm war nicht einmal das Blut zu Kopf gestiegen, als er Kriminalinspektor Lars Alm gebeten hatte, die Sitzung damit zu eröffnen, seine Erkenntnisse über ihr Opfer vorzutragen und über die letzten Stunden seines betrüblichen versoffenen Lebens.

»Vielleicht willst du ja anfangen, Lars«, sagte Bäckström und lächelte den Angesprochenen freundlich an. Der alte Holzkopf vom Dezernat für Gewaltverbrechen in Stockholm. Wie so jemand Polizist werden durfte, dieses Rätsel würde er vermutlich nie lösen können.

Kriminalinspektor Lars Alm hatte Seppo Laurén vernommen, einen der jüngsten Nachbarn des Mordopfers. Er hatte ihn zu Hause im Hasselstigen 1 angetroffen, in einer Wohnung, die seiner Mutter und ihm gehörte. Dass Alm als Erstes ihm einen Besuch abgestattet hatte, lag daran, dass Laurén zehn Jahre zuvor wegen Körperverletzung zu einer Geldstrafe von sechzig Tagessätzen verurteilt worden war. Er war zusammen mit sechs weiteren AIK-Fans, die nach einem Spiel im Råsunda-Stadion im U-Bahnhof Solna Centrum einen Anhänger der gegnerischen Mannschaft misshandelt hatten, festgenommen worden. Sonst lag nichts gegen ihn vor. Laurén war mit der geringsten Strafe davongekommen. Er war der Einzige im Haus mit einer Vorstrafe wegen eines Gewaltverbrechens und außerdem Nachbar des Opfers.

»Du oder ich, Lars?«, hatte Annika Carlsson gefragt und Alm zugenickt.

»Ich kann ihn vernehmen«, hatte Alm gesagt.

»Danke, Lars«, hatte Annika geantwortet.

Ein Kind in einem Männerkörper, hatte Alm gedacht, als sie Laurén nach beendeter Vernehmung verlassen hatten. Er war sicher zehn Zentimeter größer und zehn Kilo schwerer als er, hatte breite Schultern und lange, baumelnde Arme. Ein erwachsener Mann, wäre ihm nicht sein langes, blondes Haar ständig in die Stirn gefallen und hätte er es nicht ständig mit der linken Hand beiseitegestrichen. Seine Augen hatten etwas Treuherziges. Es waren die Augen eines Kindes, blau waren sie auch. Seine Bewegungen waren ungelenk, er schien seine Glieder nicht recht in der Gewalt zu haben. Ein Kind in einem Männerkörper, zu schade, hatte Alm gedacht, als sie gegangen waren.

Am Nachmittag des 14. Mai war Karl Danielsson gegen vier Uhr nachmittags im Hasselstigen 1 in Solna eingetroffen. Er war aus einem Taxi gestiegen, hatte bezahlt und war in der Haustür mit Seppo Laurén, neunundzwanzig, zusammengestoßen.

Laurén war trotz seines nicht sonderlich hohen Alters Frührentner und wohnte im Augenblick allein. Seine Mutter, mit der er normalerweise die Wohnung teilte, hatte einen Schlaganfall erlitten und befand sich seit einiger Zeit in einer Rehaklinik. Danielsson hatte Laurén erzählt, er sei in der Stadt auf der Bank gewesen und habe ein paar Besorgungen gemacht. Er hatte Laurén zwei Hunderter in die Hand gedrückt und ihn gebeten, für ihn einzukaufen. Er selbst hatte abends nach Solvalla fahren wollen und deswegen keine Zeit gehabt. Er hatte Räucherspeck, fertige Bohnen, zwei ordentliche Portionen, ein paar Dosen Tonicwater, Coca Cola und Sodawasser bestellt. Das Wechselgeld hatte er behalten dürfen.

Laurén war im Laufe der Jahre oft für Danielsson einkaufen gewesen. Als er von dem Ica-Laden an der Ecke zurückgekommen war, war Danielsson gerade wieder in ein Taxi gestiegen. Er schien gute Laune gehabt zu haben. Er hatte in etwa gesagt: »Jetzt wartet Solvalla und das große Geld.«

»Erinnern Sie sich, wie spät es da war?«, fragte Alm.

»Ja«, antwortete Laurén und nickte. »Daran erinnere ich mich genau. Ich schaue oft auf die Uhr.« Anschließend hielt er ihnen seinen linken Arm mit der Armbanduhr unter die Nase.

»Wie spät war es denn?«, fragte Alm und lächelte freundlich.

»Zwanzig nach fünf«, antwortete Laurén.

»Was haben Sie dann getan?«, wollte Alm wissen.

»Ich habe die Tüte mit den Einkäufen an seine Tür gehängt. Dann bin ich rauf zu mir gegangen und habe Computerspiele gespielt. Das mache ich oft.«

»Das stimmt mit den übrigen Informationen, die wir zusammengetragen haben, überein«, stellte Alm fest und blätterte in seinen Notizen. »Danielsson hat im ersten Lauf um achtzehn Uhr in Solvalla gesetzt. Mit dem Taxi ist man in weniger als fünfzehn Minuten dort. Er hatte also genug Zeit, seine Wette abzuschließen.«

»Augenblick mal«, meinte Bäckström. »Ich meine da herauszuhören, dass dieser Laurén nicht alle Tassen im Schrank hat?«

»Er ist geistig behindert«, erwiderte Alm. »Die Uhr kennt er aber, das habe ich kontrolliert.«

»Erzähl weiter«, knurrte Bäckström. Was für ein Zufall, dachte er. Der erste Zeuge des Holzkopfs ist ein Schwachkopf, und beide behaupten sie, dass sie die Uhr kennen.

Beim ersten Lauf hatte Danielsson fünfhundert Kronen auf Pferd Nummer sechs, Instant Justice, als Gewinner gesetzt. Ein

Außenseiter, bei dem sich der Einsatz bei Gewinn vervierzigfachte. Den Tippschein hatten die Kriminaltechniker in Bäckströms Schreibtischschublade gefunden.

»Da sind wir uns also ganz sicher«, beharrte Bäckström. Der Gauner kann ihn schließlich auch von irgendwem bekommen oder geklaut haben, dachte er.

Ganz sicher, laut Alm. Er hatte nämlich mit einem alten Freund Danielssons telefoniert. Dieser hatte Danielsson den Tipp mit Instant Justice gegeben. Ein ehemaliger Jockey und Pferdetrainer, der auf der Pferderennbahn Solvalla gearbeitet hatte, aber jetzt pensioniert war. Dieser Gunnar Gustafsson hatte mit ihm bereits die Volksschule besucht.

»Gustafssons Ruf auf Solvalla ist legendär«, stellte Alm fest. »Laut einem meiner Kollegen, der sich für Pferderennen interessiert, läuft er unter dem Spitznamen Gurra Kusk. Er ist mit Tipps nicht gerade großzügig. Es stimmt vermutlich, dass er mit Danielsson gut befreundet war. Danielsson hieß übrigens bei den Freunden aus seiner Kindheit in Solna und Sundbyberg Kalle Kassenwart.

»Wie auch immer«, fuhr Alm fort, während er seine Notizen noch einmal überflog, »jedenfalls erzählte Gustafsson, dass er mit ein paar Freunden in Solvalla im Restaurant saß, als plötzlich Danielsson auftauchte. Er war strahlender Laune. Da war es ungefähr halb sieben. Gustafsson bot ihm an, Platz zu nehmen, aber Danielsson lehnte ab. Er wolle nach Hause. Er habe einen anderen alten Schulkameraden zum Abendessen eingeladen. Außerdem müssten sie feiern, da Danielsson mit ihm den Tippschein geteilt habe.«

»Wie hieß denn der Mann«, fragte Bäckström, »den Danielsson zum Abendessen eingeladen hatte?«

»Den kennen wir beide«, erwiderte Alm. »Er hat mit Danielsson dieselbe Volksschule in Solna besucht. Er ist derselbe Jahrgang wie Danielsson, also jetzt achtundsechzig. Als wir ihn kannten, arbeitete er als Ermittler beim Dezernat für Gewaltverbrechen in Stockholm. Roland Stålhammar. Rolle Stålis. Supermann oder einfach nur Stålis. Geliebtes Kind hat viele Namen.«

Da haben wir ihn, dachte Bäckström. Roland »Stålis« Stålhammar, so gut wie auf frischer Tat ertappt. In flagranti.

»Na denn«, meinte Bäckström, faltete die Hände auf dem Bauch und lächelte zufrieden. »Wieso glaube ich plötzlich, dass dieser Fall abgeschlossen ist?«, sagte er.

»Erzähl den jüngeren Kollegen doch ein wenig von unserem ehemaligen Kollegen Roland Stålhammar«, fuhr Bäckström dann jovial fort und nickte Alm zu.

Alm schien nicht sonderlich begeistert zu sein, hatte dann aber doch einiges zu erzählen.

Roland Stålhammar war einer der legendären Kollegen des alten Dezernats für Gewaltverbrechen. Er arbeitete als Ermittler und kannte sämtliche Ganoven im Großraum Stockholm. Die Kriminellen mochten ihn, obwohl er im Laufe der Jahre sicherlich Hunderte ins Gefängnis gebracht hat. Im Jahr 1999 machte er von der Möglichkeit, die ältere Polizisten damals noch hatten, Gebrauch und ging mit neunundfünfzig in Rente.

»Ach ja«, meinte Alm und seufzte aus irgendeinem Grund. »Was kann ich noch sagen? Geboren und aufgewachsen in Solna. Hat sein ganzes Leben hier gewohnt. Sportinteressiert. Erst aktiv, dann als Trainer. Extrovertiert, dynamisch. Kam leicht mit Leuten ins Gespräch. Jemand, der Dinge in Bewegung brachte, wenn man so will.«

»Aber nicht nur das, oder?«, unterbrach ihn Bäckström mit listiger Miene. »Da war doch noch so einiges andere?«

»Ja«, erwiderte Alm und nickte knapp. »Stålhammar war Boxer. Er gehörte damals zur Elite in Schweden. Ende der Sechziger war er mehrere Jahre hintereinander schwedischer Meister im Schwergewicht. Einmal ist er sogar gegen Ingemar Johansson angetreten, bei einer Wohltätigkeitsgala im Zirkus auf dem Djurgården. Ingemar Johansson, Ingo, wie er nur genannt wurde, unser Profiweltmeister im Schwergewicht«, erklärte Alm und nickte aus unerklärlichen Gründen Felicia Pettersson zu.

»Mir treten fast die Tränen in die Augen, wenn ich mir anhöre, wie du diesen alten Ehrenmann beschreibst. Nach deiner Beschreibung erkenne ich Rolle Stålis kaum wieder. Eins neunzig, hundert Kilo Muskeln und Knochen, und der jähzornigste Bulle überhaupt. Hatte mehr Anzeigen wegen Dienstvergehen am Hals als alle anderen im Dezernat zusammengenommen.«

»Ich verstehe schon, was du sagen möchtest«, meinte Alm. »Aber ganz so einfach ist es dann doch wieder nicht. Stålhammar war wie gesagt jemand, der Dinge in Bewegung brachte. Er hat viele junge Leute davor bewahrt, ganz auf die schiefe Bahn zu geraten. Wenn ich mich recht erinnere, war er der Einzige, der in seiner Freizeit ehrenamtlich als Bewährungshelfer arbeitete.«

»Wenn er nicht gerade soff wie ein Bürstenbinder, denn das war doch wohl vermutlich seine beste Disziplin«, meinte Bäckström, dem es langsam zu viel wurde. »Und so scheint es ja immer noch zu sein …«

»Ich kann dieses Bild vielleicht noch ergänzen«, meinte Polizeianwärter Jan O. Stigson und wedelte vorsichtig mit der Hand. »Im Hinblick auf unseren Fall, meine ich.«

»Warst du früher auch Boxer, Stigson?«, fragte Bäckström, der allmählich richtig sauer wurde.

Ein Streifenpolizist auf der Höhe seiner Zeit. Rasierter Schädel, Bodybuilder, ein IQ wie ein Golf-Handicap, aus diffusen Gründen von der Streife ausgeliehen, um bei einer Mordermittlung mitzuhelfen. So was fällt auch nur einem bescheuerten finnischen Bauern wie Toivonen ein, dachte Bäckström. Aus Dalarna war der Trottel offenbar auch noch. Wenn er redete, klang es so, als hätte ein Knäckebrotpaket plötzlich eine Stimme bekommen. Ein Folkloretänzer mit Troddelstrümpfen, der in eine Mordermittlung hineingeschlittert war. Wohin war die schwedische Polizei eigentlich unterwegs?, überlegte Bäckström.

»Tu das«, ermunterte ihn Annika Carlsson und nickte nachdrücklich. »Dann brauchen wir anderen hier nicht rumsitzen und uns anhören, wie sich Bäckström und Lars über einen ehemaligen Kollegen streiten. Dazu hat keiner von uns Lust.«

Wofür hält die sich eigentlich, dachte Bäckström und starrte sie sauer an. Ich muss sie nach der Besprechung wirklich ernsthaft ins Gebet nehmen.

»Bei der Befragung der Nachbarn gestern haben wir einiges herausgefunden«, sagte Polizeiassistent Stigson. »Ich glaube, dass einiges davon höchst relevant für das ist, was Kollege Alm über den ehemaligen Kollegen Roland Stålhammar erzählt hat.«

»Ich höre«, sagte Bäckström. Worauf warten wir eigentlich? Ist das geheim, oder was?

»Witwe Stina Holmberg, achtundsiebzig Jahre alt«, sagte Stigson und nickte Bäckström zu. »Sie wohnt in einer Wohnung im Erdgeschoss im Hasselstigen 1. Nette Frau. Sie ist pensionierte Lehrerin und wirkt vollkommen klar im Kopf. Hören tut sie auch gut. Ihre Wohnung befindet sich unter Danielssons, und da das Haus sehr hellhörig ist, hatte sie einiges von Interesse beizutragen.«

Stigson nickte nachdrücklich und sah Bäckström an.

Das darf doch nicht wahr sein, dachte Bäckström. Der Folkloretänzer muss mit diesem Laurén verwandt sein, Halbbrüder vermutlich, schließlich tragen sie nicht denselben Nachnamen.

»Ich warte immer noch«, sagte Bäckström mit einer resignierten Handbewegung.

Am Mittwochabend, dem 14. Mai, war laut Frau Holmberg bei Danielsson Party gewesen. Sie hatte um neun Uhr abends angefangen. Laute Stimmen, Gelächter, Gegröle. Etwa eine Stunde später war es richtig ausgeartet. Danielsson und sein Gast hatten voll aufgedreht. Laut Frau Holmberg hatten sie nur Evert Taube gehört. Die Refrains hatten sie mitgesungen.

»Den ›Heizerwalzer‹ und ›Die Brigg Bluebird aus Hull‹ und ›Fritiof und Carmencita‹ und was weiß ich nicht alles. Es nahm nie ein Ende«, hatte Frau Holmberg weiter ausgeführt.

Es war auch nicht das erste Mal gewesen, und da sie Angst vor Danielsson hatte, hatte sie eine Nachbarin angerufen und diese um Hilfe gebeten. Britt-Marie Andersson, eine jüngere Frau, die ganz oben wohnte.

»Dieser Danielsson war ein schwieriger Mensch«, hatte Frau Holmberg erklärt. »So etwas sollte man über einen Verstorbenen vielleicht nicht sagen. Er war groß und ungehobelt und soff den ganzen Tag. Ich erinnere mich, als er mir einmal die Tür aufhalten wollte, aber so betrunken war, dass er mich und meine Einkaufstüten fast umgerissen hätte.«

»Sie haben also Ihre jüngere Freundin Britt-Marie Andersson angerufen und sie gebeten, Ihnen zu helfen?«, hatte Polizeianwärter Stigson festgestellt, der die Vernehmung durchgeführt hatte und jetzt aus dem Protokoll vorlas.

»Ja, sie weiß sich zu helfen. Sie weiß, wie man mit Leuten wie Danielsson reden muss. Es war nicht das erste Mal, dass ich sie um Hilfe gebeten habe.«

»Wissen Sie, was Fräulein Andersson dann getan hat?«, hatte Stigson wissen wollen.

»Frau Andersson, nicht Fräulein. Sie ist geschieden. Vielleicht ist ihr Mann aber auch gestorben. So genau weiß ich das nicht. Vermutlich ist sie runtergegangen und hat ihm Bescheid gesagt, denn wenig später war es dann still.«

»Wissen Sie, wie spät es da war, Frau Holmberg? Also, wann es still wurde?«, hatte Stigson verdeutlicht.

»Das muss etwa um halb elf Uhr abends gewesen sein, meine ich mich zu erinnern.«

»Was haben Sie dann getan, Frau Holmberg?«

»Ich bin ins Bett gegangen«, hatte Frau Holmberg geantwortet. »Und das war wahrscheinlich ein Glück. Wenn ich meine Nase zur Tür rausgestreckt hätte, hätte man mich womöglich auch erschlagen.«

»Diese jüngere Nachbarin, die sie um Hilfe gebeten hat, was sagt die?«, fragte Bäckström.

»Britt-Marie Andersson. Mein lieber Scholli!«, sagte Polizeiassistent Stigson mit einem glücklichen Lächeln.

»Was soll das heißen, mein lieber Scholli?«, wollte Bäckström wissen.

»Was für eine Frau«, sagte Stigson mit einem tiefen Seufzer. »Was für eine Frau. Blond. Eine echte Blondine, da bin ich mir ganz sicher. Und was für ein Body, was für eine Oberweite. Mein lieber Scholli! Dolly Parton ist nichts dagegen.« Stigson hatte ein seliges Lächeln auf den Lippen.

»Konnte sie auch sprechen?«, fragte Bäckström.

»Klar.« Stigson nickte. »Sie war wahnsinnig nett. Es war ein Glück, dass ich das Tonband dabei hatte, denn so wie sie aussah, ich meine, mit den Kurven …«

»Jetzt reicht's aber«, unterbrach ihn Annika Carlsson. »Sag uns einfach, was sie gesagt hat.«

Jetzt muss der Folkloretänzer wirklich aufpassen, dachte Bäckström. Die Carlsson sieht ja schon ganz finster aus, gleich reißt sie dem kleinen Stigson den Kopf ab.

»Kein Problem«, meinte Stigson, der leicht errötet war. Er blätterte nervös in seinen Papieren und begann dann erneut vorzulesen.

»Die Zeugin Britt-Marie Andersson gibt Folgendes zu Protokoll«, las Stigson. »Gegen zehn Uhr am Mittwochabend ruft Frau Andersson sie an und bittet sie um Hilfe wegen des Nachbarn Danielsson. Frau Andersson geht zu Danielsson runter und klingelt. Danielsson öffnet und wirkt stark angetrunken. Sie sagt ihm, er solle sich mäßigen, und droht ihm damit, andernfalls die Polizei zu rufen. Danielsson entschuldigt sich und schließt die Tür. Frau Andersson bleibt ein paar Minuten vor der Tür stehen und lauscht, aber als der Plattenspieler abgestellt wird, fährt sie mit dem Fahrstuhl wieder hinauf zu ihrer Wohnung. Etwa eine Viertelstunde später ruft Danielsson bei Frau Andersson an. Er beschimpft sie und ist unverschämt. Sie solle sich nicht in Dinge einmischen, die sie nichts angingen. Anschließend knallt er den Hörer auf die Gabel. Laut Frau Anderssons Schätzung war es zu diesem Zeitpunkt etwa halb elf.«

»Das könnte hinkommen«, meinte Alm. »Ich habe vor der Besprechung die erste Telefonliste bekommen, die des Opfers. Auf die der Nachbarn warte ich noch. Das Opfer hat um 22.27 Uhr eine andere Festnetznummer angerufen, also kurz vor halb elf. Könntest du mir das Andersson-Verhörprotokoll geben?«

»Klar doch«, erwiderte Stigson und reichte Alm ein mit der Maschine beschriebenes DIN-A4-Blatt.

»Ja«, meinte Alm, nachdem er einen raschen Blick auf das Papier geworfen hatte. »Das ist die Nummer von Anderssons Festnetzanschluss. Es ist übrigens das letzte Gespräch, das Danielsson geführt hat.«

Denn dann wurde er erschlagen und beraubt, und zwar von dem alten Kämpen Rolle Stålhammar, dachte Bäckström, dem es schwerfiel, seine Verzückung zu unterdrücken.

»Da ist noch etwas, was mich stört. Es ist vielleicht besser, es gleich zu erwähnen, bevor ich es vergesse«, meinte Alm und sah Bäckström aus unerfindlichen Gründen an.

»Aber sicher doch«, erwiderte Bäckström und lächelte freundlich.

»Als ich Stålhammar überprüft habe, sah ich, dass er in der Järnvägsgatan in Sundbyberg wohnt. Das ist nur ein paar hundert Meter von der Ekenbergsgatan entfernt, in der dieser Pole den Regenmantel, die Pantoffeln und die Gummihandschuhe gefunden hat. Die Ekenbergsgatan liegt sozusagen auf dem Weg, wenn man den kürzesten Weg vom Hasselstigen zur Järnvägsgatan nach Hause geht, dann kommt man genau dort vorbei, wo der Pole die Kleider gefunden hat.«

»Was du nicht sagst«, meinte Bäckström und lächelte hintergründig. »Wer hätte das von dem alten Pfadfinderführer gedacht.«

»Du, Stigson«, fuhr er dann fort. »Diese Frau, diese Andersson, hat sie eigentlich gesehen, wer bei Danielsson zu Besuch war? Oder hast du vielleicht vergessen, sie danach zu fragen? Ich meine, weil du in Gedanken woanders warst?«

»Nein, natürlich habe ich sie danach gefragt«, meinte Stigson und schielte nervös zu Kriminalinspektorin Annika Carlsson hinüber. »Das versteht sich. Nein, sie hat den Besucher nicht gesehen. Aber als sie mit Danielsson gesprochen hat, hörte sie, dass da noch jemand im Wohnzimmer war. Aber sie war schließlich nicht in der Wohnung drin, und deswegen bekam sie die andere Person auch nie zu Gesicht.«

»Da fällt mir noch etwas ein«, sagte Bäckström und sah aus irgendeinem Grund Alm an.

»Ja?«

»Du hast doch ganz zu Anfang gesagt, viele von Danielssons alten Freunden hätten nach seiner Ermordung gleich angerufen.«

»Ja.«

»Roland Stålhammar aber nicht?«

»Nein«, bestätigte Alm. »Der hat sich nicht gemeldet.«

»Er hätte das doch eigentlich als Allererster tun müssen? Ehemaliger Polizist und überhaupt. Hatte mit dem Opfer noch kurz vor dessen Tod gesoffen«, stellte Bäckström zufrieden fest.

»Ja. Das stört mich auch«, sagte Alm. »Falls er wirklich weiß, dass Danielsson ermordet wurde, und falls er es wirklich war, der am Vorabend zu Besuch dort war. Ganz sicher können wir uns nicht sein, egal was Gurra Kusk sagt. Jedenfalls stört es mich ganz kolossal.«

»Hm«, sagte Bäckström und nickte nachdenklich. Die

Schlinge zieht sich zu, dachte er. Ob ich mich nicht jetzt vielleicht mit einem Stück Marzipangebäck und einem Kaffee mit Sahne belohnen sollte?

»Was haltet ihr davon, dass wir uns jetzt die Beine vertreten?«, meinte Bäckström und schaute auf die Uhr. »Eine Viertelstunde?« Wohl kaum der richtige Zeitpunkt für ein ernstes Gespräch, dachte er, als Annika Carlsson wutentbrannt aus dem Zimmer stürmte.

Niemand hatte gegen seinen Vorschlag etwas eingewendet.

16

Tja, dachte Bäckström, als seine Mitarbeiter und er wieder Platz genommen hatten, dann gilt es jetzt nur noch, diese Sache abzuschließen, ohne etwas zu überstürzen.

»Du, Nadja«, sagte Bäckström und nickte Nadja Högberg jovial zu, »hast du über unser Opfer noch was in Erfahrung gebracht?«

Die meisten Erkundigungen hatten sie laut Nadja Högberg eingeholt, mit Ausnahme dieser Aktiengesellschaft, die Danielsson besessen hatte. Damit wollte sie sich am Wochenende befassen. Außerdem schien es irgendwo ein Schließfach bei einer Bank zu geben, aber das hatte sie noch nicht gefunden. Sie hatten einen Schlüssel zu einem Schließfach bei einer Filiale der Handelsbank auf dem Valhallavägen in Stockholm entdeckt. Das stand fest. Problematisch war nur, dass laut Bank weder Danielsson noch seine Aktiengesellschaft dort ein Schließfach besessen hatten. Es stand auch keine Nummer auf dem Schlüssel, und da es allein in dieser Filiale Hunderte von Schließfächern gab, war die Sache nicht ganz einfach.

»Die Bank und ich arbeiten intensiv daran«, sagte Nadja Högberg. »Wir klären das bald.«

Einer Sache war sie bereits auf den Grund gegangen: dem Packen mit Quittungen und Belegen, die die Kriminaltechniker in Danielssons Wohnung gefunden hatten.

»Unzählige«, meinte Nadja. »Gewinnbons von der Trabrennbahn Solvalla für mehr als eine halbe Million, Taxiquittungen, Bewirtungsquittungen und eine Menge anderer Rechnungen, zum Beispiel für Büromöbel und für Malerarbeiten in einem Lagerlokal im Vorort Flemingsberg. Rechnungen für mehr als eine Million Kronen, die alle aus den letzten Monaten stammen.«

»Der Typ muss sich wirklich mit Pferden ausgekannt haben«, sagte Bäckström, der nur mit halbem Ohr zugehört hatte. Eine halbe Million in ein paar Monaten, dachte er.

»Das bezweifle ich«, erwiderte Nadja und schüttelte den Kopf. »Pferdewetten sind ein Nullsummenspiel. Wenn man Glück hat und sich etwas auskennt, dann macht man vielleicht etwas Gewinn. Er hat einfach nur mit den Gewinnbons gehandelt. So einfach ist das. Einige sind sicher auch seine eigenen. Er verkauft sie an Leute, die der Steuerbehörde erklären müssen, wie sie sich einen neuen Mercedes leisten können, obwohl sie kein Einkommen haben. Genauso ist er mit den Quittungen verfahren. Er verkauft sie an Leute, die sie als Geschäftskosten absetzen können. Über die Kontakte verfügt er noch aus seiner Zeit als Buchhaltungsexperte und Rechnungsprüfer. Außerdem benötigt man dazu keine sonderlichen Kenntnisse.«

Immerhin besser als Pfandflaschen sammeln wie all die anderen Penner, dachte Bäckström.

»Entschuldigt«, sagte Alm. Sein Handy klingelte.

»Alm«, sagte er und brummte dann einige Minuten lang zustimmend in den Hörer, während ihn Bäckström immer ungnädiger anschaute.

»Entschuldigt«, sagte Alm noch einmal, nachdem er das Gespräch beendet hatte.

»Keine Ursache«, erwiderte Bäckström. »Fühl dich durch uns nicht gestört. Das war sicher verdammt wichtig.«

»Das war Niemi«, meinte Alm. »Ich hatte ihn angerufen, während wir uns die Beine vertreten haben, und habe ihm den Tipp mit Rolle Stålhammar gegeben.«

»Haben wir die Fingerabdrücke von Stålhammar?«, sagte Bäckström. »Warum hast du das nicht gesagt?«

»Nein.« Alm schüttelte den Kopf. »Wir haben ihn nicht in der Kartei, er hat seine Fingerabdrücke aber einmal bei einer anderen Mordsache vor etlichen Jahren in Stockholm eingereicht. Stålhammar und sein Kollege, war das nicht übrigens Brännström, hatten bei einem Junkie in der Pipersgatan fast neben dem Präsidium vorbeigeschaut. Es war niemand zu Hause, aber sie nutzten die Gelegenheit, seine Bude zu durchsuchen, wo sie schon mal da waren. Brännström fand, dass es in der Wohnung seltsam roch, und klappte eine alte Schlafcouch auf, die im Wohnzimmer stand. Darin befand sich der Wohnungsinhaber. Jemand hatte ihm mit einem Eispickel den Schädel eingeschlagen und ihn in seine Schlafcouch gestopft. Als die Spurensicherung kam, mussten Rolle und Brännis ihre Fingerabdrücke zum Vergleich abgeben, damit man sie aussortieren konnte.«

»Du glaubst also nicht, dass sie die Täter waren?«, meinte Bäckström feixend. »Ich habe mir sagen lassen, dass Brännström im Winter auf den Seen Eis gelaufen ist.« Auch so ein Schwachkopf, dachte er. Er und Stålhammar müssen ein unschlagbares Paar gewesen sein. Zwei Blinde, die sich abwechselnd führen.

»Es war im Juli«, meinte Alm. »Das Opfer hatte seit einer Woche dort gelegen, und wenn du entschuldigst …«

»Klar«, erwiderte Bäckström.

»Um zur Sache zu kommen«, meinte Alm, »eben rief also Niemi an und erzählte, er habe Stålhammars Fingerabdrücke mit den Abdrücken verglichen, die er auf Gläsern, Flaschen und Besteck bei Danielsson sichergestellt hatte.«

»Und?«, erwiderte Bäckström.

»Ja«, antwortete Alm. »Es sind Stålhammars Fingerabdrücke.«

»Sieh mal einer an«, meinte Bäckström. »Der rührige alte Herr.«

»Jetzt machen wir Folgendes«, sagte Bäckström, der soeben mit seinem Gedanken zu einem Ende gekommen war, und dass er dazu nur eine halbe Minute gebraucht hatte, bewies seiner Meinung nach, dass er allmählich wieder zu sich selbst fand.

»Du, Annika«, sagte er und nickte der Kollegin Carlsson zu, »unterhältst dich mit dem Staatsanwalt darüber, was wir gegen Stålhammar in der Hand haben. Es wäre perfekt, wenn wir ihn einfach einkassieren und ihn übers Wochenende in eine Zelle sperren könnten. Dann können wir ihn am Montag auseinandernehmen. Drei Tage in einer Zelle ohne einen Tropfen Branntwein, das funktioniert bei alten Trinkern.«

»Ich kümmer mich drum«, erwiderte Annika Carlsson und verzog nicht einmal den Mund.

»Dann kann Nadja versuchen, die Nummer von Danielssons Bankfach zu finden. Da liegen sicher Unmengen alter Quittungen und anderer Plunder. Sprich vorher mit dem Staatsanwalt, dann ersparst du dir eine Menge Gerede anschließend.«

»Die alten Freunde des Opfers«, fuhr Bäckström fort und nickte Alm zu, »könntest du nicht Fotos von ihnen heraussuchen und noch mal bei den Nachbarn vorbeigehen? Vielleicht finden sich ja Augenzeugen. Vorzugsweise solche, die Stålhammar in Pantoffeln, Gummihandschuhen und blutigem Regenmantel in der Nachbarschaft gesehen haben.«

»Ich habe bereits elf Fotos besorgt«, sagte Alm und zog eine Plastikhülle aus seiner Mappe. »Führerschein- oder Passfotos. Außerdem habe ich alle überprüft. Vielleicht kommt ja noch jemand dazu, aber Stålhammar ist bereits dabei.«

»Wunderbar«, sagte Bäckström. »Dann würde ich gerne damit beginnen, mir deine Fotos auszuleihen.« Er erklärte nicht, warum. »Jetzt müssen wir diese Sache nur noch durchziehen. Stålhammar hat höchste Priorität, und alles andere hat keine Priorität. Sind wir uns einig?«

Alm begnügte sich damit, zu nicken und mit den Achseln zu zucken. Wie alle schlechten Verlierer, dachte Bäckström.

»Du kommst mit«, sagte Bäckström und deutete mit einem dicken Zeigefinger auf Polizeiassistent Stigson. »Wir fahren bei Stålhammar vorbei und werfen mal einen diskreten Blick darauf, was der Typ so treibt. Das war dann bis auf Weiteres alles.«

»Und ich?«, fragte Felicia Pettersson und deutete sicherheitshalber auf sich selbst.

»Ja, du«, meinte Bäckström mit Nachdruck. »Kannst du nicht über diesen Zeitungszusteller nachdenken? Diesen kleinen Schwarzen … diesen Akofeli. Irgendwas stimmt nicht mit ihm.«

»Aber was soll denn der mit Stålhammar zu tun haben?« Felicia sah Bäckström fragend an.

»Guter Einwand«, erwiderte Bäckström, der bereits auf dem Weg nach draußen war. »Darüber sollte man wirklich mal nachdenken, Felicia«, wiederholte er. Jetzt hat auch der kleine Paradiesvogel was, worauf er rumkauen kann, dachte er.

»Besorg uns einen Wagen, Stigson«, sagte Bäckström, sobald sie außer Hörweite von Annika Carlssons empfindlichen Ohren waren.

»Schon erledigt«, erwiderte Stigson. »Die Adresse von Stålhammar habe ich auch. Järnvägsgatan Nummer …«

»Das erledigen wir dann«, fiel ihm Bäckström ins Wort. »Ruf diese Frau Andersson im Hasselstigen an und frag sie, ob wir bei ihr vorbeischauen können.«

»Klar, Chef«, antwortete Stigson. »Wollen Sie ihr das Foto von Stålhammar zeigen?«

»Erst mal will ich einen Blick auf ihre Titten werfen«, erwiderte Bäckström, der sich langsam wieder wie ein Mensch fühlte. Alles zu seiner Zeit, dachte er. Das Foto von Stålhammar auch.

»Titten«, sagte Stigson, seufzte und schüttelte resigniert seinen rasierten Kopf. »Riesig, Chef, unglaublich.«

17

Verdammt, dachte Bäckström, als sie die Tür öffnete. Britt-Marie Andersson war ja eine alte Frau! Mindestens sechzig, dachte er. Er selbst war noch in seinen besten Jahren und würde erst im Herbst fünfundfünfzig werden.

Eine blonde Mähne, hellblaue Augen, so weiße Zähne, dass sie sicher aus echtem Porzellan waren, Solarienbräune, ein geblümtes Kleid, das ihr nicht einmal bis zu den Knien reichte, ein großzügiges Dekolleté, auf dem Bauch schlafen konnte sie vergessen. Was für ein Schicksal, dachte Bäckström. Sechzig. Die Bäckströmsche Supersalami war ihr somit bereits lange vor dem neuen Jahrtausend entgangen.

Um das Bild zu vervollständigen, hatte sie noch einen kleinen Hund, der kläffend hin- und herlief. So eine mexikanische Kakerlake, die man in einer Teetasse ertränken konnte und die auf den goldigen Namen Puttegubbe hörte.

»Immer mit der Ruhe«, begütigte ihn Frauchen, nahm die Töle hoch und küsste sie auf die Schnauze.

»Kleiner Puttegubbe. Er wird immer eifersüchtig, wenn sein Frauchen Herrenbesuch bekommt«, erklärte Frau Andersson, blinzelte den beiden Beamten zu und lächelte sie mit ihrem roten Mund an.

Wenn du nicht aufpasst, gibt das noch eine Dreiecksgeschichte mit Puttegubbe und unserem kleinen Stigson, dachte Bäckström, der nur selten eine Gelegenheit ausließ, in diesen Bahnen zu denken.

Dann zog er rasch die Fotos von Danielssons Saufkumpanen hervor, um dem Elend ein Ende zu bereiten und sich so schnell wie möglich aus dem Staub machen zu können. Ihre Gastgeberin setzte sich in einen rosa Plüschsessel und bot ihren Besuchern auf dem geblümten Sofa gegenüber einen Platz an. Währenddessen wetzte Puttegubbe kläffend herum, bis sich Frauchen seiner erbarmte und ihn auf den Schoß nahm.

Der Folkloretänzer jedoch war selig. Reine Pädophilie, nur andersrum, dachte Bäckström, und als sich die Andersson über den Couchtisch beugte, um sich die Saufkumpanen des Säufers Danielsson näher anzusehen, begannen die Augen des kleinen Stigson zu glänzen.

»Ich kenne fast alle«, sagte Frau Andersson, richtete sich auf, atmete sicherheitshalber tief durch und lächelte ihre Besucher dann strahlend an. »Das sind doch Danielssons alte Freunde. Seit ich hier wohne, gehen die hier ein und aus. Ich habe noch nie einen von ihnen nüchtern gesehen. Ist einer von denen nicht früher mal bei der Polizei gewesen?«, fragte sie dann und legte ihren langen, rotlackierten Zeigefingernagel auf das Passfoto von Roland Stålhammar.

»Doch«, erwiderte Bäckström. »Er ist jetzt Rentner.«

»Dann war er das vermutlich, der an dem Abend, als Danielsson erschlagen wurde, so einen Radau gemacht hat.«

»Wie kommen Sie darauf, Frau Andersson?«, fragte Bäckström.

»Ich habe ihn gesehen, als ich Puttegubbe Gassi führte«, antwortete Britt-Marie Andersson. »Er kam den Råsundavägen entlang. Gegen acht müsste das gewesen sein. Er könnte sich da durchaus auf dem Weg zu Danielsson befunden haben.«

»Aber in der Wohnung von Danielsson haben Sie ihn nicht gesehen?«, fragte Bäckström und sah Stigson gleichzeitig böse an.

»Nein, das habe ich nicht«, antwortete Frau Andersson. »Aber ich könnte nicht sagen, wie oft ich diesen Rolle, denn so heißt er doch wohl, bei Danielsson habe raus- und reinrennen sehen.«

»Und die anderen?«, fragte Bäckström und deutete auf die restlichen Fotos.

»Das da ist mein ehemaliger Schwager Halvar Söderman«, sagte Frau Andersson und deutete auf ein Foto des einstigen Autohändlers Halvar »Halvan« Söderman, einundsiebzig. »Ich war mit seinem älteren Bruder, Per Söderman, also Per A. Söderman, verheiratet«, sagte sie und betonte das A.

»Das war ein ganz anderer Mensch als sein jüngerer Bruder. Der ist ein richtiger Nichtsnutz, das kann ich Ihnen versichern. Mein Gatte ist leider schon vor zehn Jahren gestorben.«

Wahrscheinlich war er so unvorsichtig, sich unter eine schwebende Last zu begeben, dachte Bäckström. Er schielte ein letztes Mal auf die wirklich beachtliche Oberweite Britt-Marie Anderssons, bedankte sich für die Hilfe, schleifte den widerwilligen Stigson mit und verabschiedete sich. Stigson sah aus, als hätte ihm Bäckström das Herz aus dem Leib gerissen. Vollkommen regelwidrig umarmte er die Alte, ehe sie gingen.

»Welch eine Frau, welch eine Frau«, seufzte Jan O. Stigson, als er sich ans Steuer setzte, um zur Järnvägsgatan zu fahren, damit sie einen diskreten Blick auf Stålhammars Wohnung werfen konnten.

»Du hast nicht zufällig daran gedacht, dass sie deine Großmutter sein könnte?«, fragte Bäckström.

»Eher meine Mutter«, wandte Stigson ein. »Stell dir vor, Bäckström, eine Mutter mit dem Body zu haben.«

»Offenbar magst du deine Mutti«, sagte Bäckström maliziös. Wahrscheinlich hat sie sich an ihm schon früh inzestuös vergangen, dachte er.

»Das tun doch alle«, erwiderte Polizeiassistent Stigson und sah seinen Chef erstaunt an. »Ich meine, alle lieben ihre Mutter.«

Definitiv ein Inzestopfer. Der Ärmste, dachte Bäckström und begnügte sich damit zu nicken.

18

Bäckström machte es nach Vorschrift. Erst ließ er Stigson ein paar Runden um den Block mit Stålhammars Wohnung fahren. Von Stålhammar war keine Spur zu sehen.

Dann gingen sie in das Haus, in dem er wohnte, und horchten durch den Briefkastenschlitz in seiner Wohnungstür. Kein Geräusch war zu hören.

Dann rief Bäckström seine Festnetznummer an. Es klingelte ein paarmal in der Wohnung, es rührte sich aber immer noch nichts.

Dann rief er sein Handy an.

»Rolle«, brummte Stålhammar, aber Bäckström sagte nichts. »Hallo, hallo«, sagte Stålhammar. Bäckström legte auf.

»Ich bin mir absolut sicher, dass er sich abgesetzt hat«, sagte Bäckström und nickte Stigson zu. In diesem Augenblick öffnete Stålhammars Nachbar die Tür, baute sich im Türrahmen auf und glotzte sie an. Kleiner, sehniger, übellauniger Alter um die siebzig, dachte Bäckström.

Das war eigentlich nicht vorgesehen, aber Bäckström konnte natürlich auch mit dieser Situation umgehen.

»Wissen Sie, wo Rolle hin ist?«, fragte Bäckström mit jovialer Miene. »Er ist ein alter Freund von uns, und wir müssten mit ihm sprechen.«

»Um sich das auszurechnen, braucht man wirklich kein Genie zu sein«, fauchte der Alte und warf einen finsteren Blick auf Bäckströms Hawaiihemd und Stigsons rasierten Schädel.

Mehr habe er ihnen nicht zu sagen, und wenn sie sich nicht gleich verpissten, dann würde er einen Streifenwagen rufen.

Auf dem Weg zurück zur Dienststelle erklärte Bäckström Stigson die Selbstverständlichkeiten. Sie würden mit dem Streifendienst sprechen, damit dieser Stålhammars Wohnung im Auge behielt. Sie sollten Annika Carlsson Bescheid geben, falls er auftauchte. Dann wollten sie Stålhammars Handynummer den Kollegen geben, die die Handys überwachten. Vielleicht ließ sich ja der Sendemast finden, über den die Verbindung zustandegekommen war, als Stålhammar geantwortet hatte.

»Du hast dir doch den Zeitpunkt notiert, wann ich ihn angerufen habe?«, fragte Bäckström.

Stigson nickte. »Das war um vierzehn Uhr fünfundzwanzig und zwanzig Sekunden, kein Problem, Chef«, versicherte er.

Er stieg unten in der Garage aus dem Wagen und stieß mit Annika Carlsson zusammen, die um eine Unterredung bat und Stigson finster ansah.

»Womit kann ich dir helfen, Annika«, sagte Bäckström und lächelte milde.

»Ich habe mit der Staatsanwältin gesprochen. Tove übernimmt den Fall. Die ist wirklich okay«, versicherte sie.

Mit ihr hast du es also auch getrieben, dachte Bäckström. Das auszusprechen, wäre jedoch unklug gewesen. Wer beginnt schon gerne das Wochenende damit, niedergeschlagen zu werden, dachte er.

»Wer übernimmt über das Wochenende die Verantwortung?«, fragte Carlsson.

»Wäre nett, wenn du das machen könntest«, sagte Bäckström. »Ich habe noch ziemlich viele Überstunden vom vorigen Job. Ich dachte, dass ich sie vielleicht dieses Wochenende abfeiere, dann stehe ich wieder zur Verfügung, wenn die Dinge in Bewegung geraten«, log Bäckström.

Carlsson hatte damit kein Problem.

Bäckström kehrte in sein Büro zurück, um das Notwendigste vor dem Aufbruch zusammenzupacken, da steckte Niemi plötzlich die Nase bei ihm rein, um ihn mit seinen Überlegungen zu beglücken.

»Kann ich mich einen Augenblick setzen?«, fragte Niemi, und da er bereits saß, blieb Bäckström nichts anderes übrig, als zu nicken.

»Was kann ich für dich tun?«, sagte Bäckström. Verdammter Lappe, dachte er.

Nicht viel, laut Niemi. Ihn interessierte eher, was er für Bäckström tun könne.

»Ein gutgemeinter Rat«, sagte Niemi.

»Ich höre«, erwiderte Bäckström.

»Ich glaube, du solltest das mit Rolle Stålhammar nicht überstürzen«, meinte Niemi. »Er ist nicht der Typ, der jemanden wie Danielsson mit einem Topfdeckel abmurkst. Außerdem waren sie Kumpel. Du verdächtigst den Falschen.«

»Was du nicht sagst«, meinte Bäckström und lächelte jovial. »Berichtige mich, wenn ich unrecht habe. Aber erst saufen Danielsson und Stålhammar zusammen und machen bis Viertel nach zehn Uhr abends Radau. Dann kommt die Nachbarin und schimpft sie aus. Wenig später wird Danielsson erschlagen. Aber nicht von Stålhammar, denn der hat sich bereits getrollt, um zu Hause seinen Schönheitsschlaf zu schlafen. Stattdessen taucht umgehend ein unbekannter Täter auf, unsichtbar, lautlos und ohne Spuren zu hinterlassen, denn Fernandez und du, ihr habt ja beide nicht das kleinste Fitzelchen gefunden, obwohl es offenbar dieser Unbekannte war, der Danielsson erschlagen hat. Habe ich das richtig verstanden?«

»Ich weiß, dass es seltsam klingt«, sagte Niemi, »aber …«

»Habe ich das richtig verstanden?«, wiederholte Bäckström und sah Niemi säuerlich an.

»Ja, da ich nicht glaube, dass Rolle so etwas mit einem Kumpel machen würde, muss es so gewesen sein. So unglaublich es auch klingen mag.«

»Ich bin da allerdings anderer Auffassung«, meinte Bäckström, »wenn du mich jetzt bitte entschuldigen würdest.«

Niemi zuckte mit den Achseln, wünschte ein schönes Wochenende und ging. Bäckström begnügte sich mit einem Nicken. Dann verließ er das Irrenhaus, das mittlerweile sein Arbeitsplatz war, und ging den ganzen Weg zu Fuß nach Hause.

19

Eine Stunde später saß Bäckström am Küchentisch in seiner gemütlichen Bude. Während er das Schlimmste ausschwitzte, griff er zu Papier und Bleistift, um etwas Ordnung in sein neues Leben zu bringen.

Mal sehen, dachte Bäckström und feuchtete die Bleistiftspitze mit der Zunge an. Absolute Abstinenz bis ins kleinste Detail, nur Gemüse und Wasser und andere Leckereien. Dann zwei Tage eine ausgeglichenere Kost, und wenn er richtig gerechnet hatte, dann würde er sich bereits am Sonntag wieder richtig besaufen können. Das mach ich mit links, dachte Bäckström.

Es kam dann noch früher dazu, weil er bereits Freitagabend eine Offenbarung hatte.

Erst stellte er sich unter die Dusche und rubbelte sich anschließend gründlich trocken. Dann setzte er sich im Bademantel aufs Sofa und sah sich den Film, den ganzen Film, den ihm der Arzt gegeben hatte, an. Danach zog er sich seinen Trainingsanzug an, spazierte um den halben Kungsholmen herum und trank, als er wieder zu Hause war, drei Flaschen fast alkoholfreies Bier. Es half nicht, der Adler war wieder einmal in die Hochspannungsleitung geflogen.

Da blieb ihm nichts anderes übrig. Er schluckte eine braune und eine blaue Tablette, fiel wie tot ins Bett und wurde dann irgendwo zwischen Schlaf und Halbschlaf von einer göttlichen Offenbarung heimgesucht.

In seinem Schlafzimmer war es dunkel und etwas neblig, wie immer das nun möglich war, als plötzlich ein großer und magerer alter Mann in weißen Kleidern und einem Bart bis zum Bauch an sein Bett trat. Er legte ihm eine blaugeäderte Hand auf die Schulter und sprach zu ihm.

»Mein Sohn«, sagte der Alte. »Mein Sohn, hörst du mir zu?«

Was soll denn das?, dachte Bäckström verwirrt, denn dieser magere Alte mit dem weißen Bart glich dem Trinker mit gerötetem Gesicht, der Schutzmann im Stockholmer Stadtteil Södermalm gewesen und laut seiner verrückten Mutter sein Erzeuger war, nicht im Geringsten.

Meine Güte!, dachte Bäckström, der plötzlich einsah, wie es sich verhielt. Der Herrgott.

»Mein Sohn«, wiederholte der Bärtige. »Hörst du, was ich sage?«

»Ich höre«, sagte Bäckström.

»Dein Leben ist kein Ganzes mehr«, grollte der Alte. »Du hast den falschen Pfad eingeschlagen, mein Sohn, und hörst auf die falschen Propheten.«

»Verzeih, Papa«, piepste Bäckström.

»Gehe hin in Frieden, mein Sohn«, sagte der Alte und tätschelte ihm den Kopf. »Wandere fortan auf dem richtigen Weg. Werde wieder ein ganzer Mensch.«

»Ich gelobe es, Vater«, sagte Bäckström, setzte sich im Bett auf und war plötzlich hellwach.

Die Botschaft war eindeutig. Er duschte ein weiteres Mal und zog Hosen, ein frisches Hemd und ein Sakko an. Als er auf die Straße trat, hob er die Augen zu dem unendlichen Blau über seinem runden Kopf und dankte seinem Herrn und Schöpfer.

»Ich danke dir von Herzen, Papa«, sagte Bäckström und saß zwei Minuten später an seinem angestammten Tisch in der Eckkneipe.

»Wo hast du gesteckt, Bäckström?«, fragte die Kellnerin, eine Finnin, die es sich ab und zu von Bäckström in seinem Hästens-Luxusbett besorgen ließ, vorausgesetzt natürlich, er hatte nichts Besseres vor.

»Mordfall«, erwiderte Bäckström männlich und kurz angebunden. »Ich habe die ganze Woche geschuftet, aber jetzt habe ich endlich alles geklärt.«

»Vojne, vojne. Ein Glück, dass sie dich haben, Bäckström. Da kannst du ja jetzt was Anständiges vertragen«, sagte die Kellnerin und lächelte mütterlich.

»Klar doch«, erwiderte Bäckström und bestellte ein großes Bier und einen Schnaps vor dem Essen.

Gebratene Griebenwurst mit Rote Bete und Kartoffeln in Mehlschwitze. Sicherheitshalber hatte er noch Leberwurst und ein paar Spiegeleier dazubestellt. Dann hatte er wie immer das Wochenende genossen, und als er Montagmorgen gegen neun mit dem Taxi zur Arbeit fuhr, hatte er den Film des verrückten Doktors bereits in den Müll geworfen. Bei näherer Betrachtung sah ihm der Typ in der Windel überhaupt nicht ähnlich.

»Falsche Propheten«, schnaubte Bäckström.

»Wie bitte?«, sagte der Taxifahrer und sah ihn erstaunt an.

»Zur Polizeidienststelle Solna. Ich hätte nichts dagegen, heute noch anzukommen«, sagte Bäckström, der mittlerweile wieder Bäckström war.

20

Bäckström fand auf seinem Schreibtisch einen Zettel von dem Kollegen vor, der die Handys lokalisierte. Bäckströms Anruf bei Stålhammar am Freitagnachmittag war über einen Mast auf der anderen Seite des Öresunds, im Zentrum von Kopenhagen, gesendet worden.

»Wusst ich's doch«, murrte Bäckström und rief Annika Carlsson mit seinem Handy an.

»Auch schon aufgestanden, Bäckström«, sagte Carlsson.

»Lass das mal nicht deine Sorge sein«, erwiderte Bäckström, höflich wie immer. »Dieser blöde Stålhammar scheint sich nach Kopenhagen abgesetzt zu haben.«

»Jetzt nicht mehr«, erwiderte Annika Carlsson. »Eben haben sie unten von der Wache angerufen und mitgeteilt, dass er im Eingangsbereich sitzt. Er will mit uns reden.«

Zehn Minuten später saßen Bäckström, Carlsson und Stålhammar in einem Verhörraum der Kriminalpolizei. Stålhammar schien nach Kleidung und Aussehen zu urteilen ein anstrengendes Wochenende hinter sich zu haben. Dreitagebart, verschwitzt, ungewaschene Kleider und ein Dunst von Alkohol. Im Übrigen war er wie früher, groß und breit, mit scharfen, gefurchten Gesichtszügen und ohne ein Gramm Fett an seinem muskulösen Körper.

»Das ist wirklich fürchterlich, Bäckström«, meinte Stålhammar und rieb sich die Augen. »Was sind das nur für Gangster, die Kalle totgeschlagen haben?«

»Wir hatten gehofft, dass du uns da weiterhelfen könntest«, erwiderte Bäckström. »Wir suchen dich schon seit Tagen.«

»Ich bin Donnerstagfrüh nach Malmö gefahren«, sagte Stålhammar und rieb sich erneut seine roten Augen. »Wenn ich es recht verstanden habe, ist es da passiert.«

»Was hast du in Malmö gemacht?«, fragte Bäckström. Hier stelle ich die Fragen, dachte er.

»Ich hab da eine alte Flamme. Umwerfend. Als Kalle und ich letzten Donnerstag in Solvalla gewonnen haben und ich plötzlich zehn Riesen in der Tasche hatte, gab es kein Halten mehr. Ich bin mit der Bahn runtergefahren. Fliegen liegt mir nicht. Ist so wahnsinnig eng, nur was für beinamputierte Japaner. Speisewagen gibt es auch keine. Ich bin mit dem ersten Zug gefahren und war kurz nach zwölf dort.«

»Hat sie auch einen Namen?«, wollte Bäckström wissen.

»Wer?«, fragte Stålhammar zurück und sah Annika Carlsson erstaunt an.

»Deine Flamme in Malmö«, verdeutlichte Bäckström.

»Klar«, erwiderte Stålhammar. »Marja Olsson. Sie wohnt im Staffansvägen vier. Steht im Telefonbuch. Sie ist Krankenpflegerin. Sie hat mich in Malmö auf dem Hauptbahnhof abgeholt. Du kannst sie gerne anrufen, wenn du mir nicht glaubst.«

»Was habt ihr dann gemacht?«, fragte Bäckström.

»Dann haben wir das Haus erst wieder am Freitag verlassen. Wir sind nach Kopenhagen gefahren und haben gut zu Mittag gegessen. Das zog sich bis in die Nacht hin.«

»Und dann?«

»Dann sind wir zurückgefahren. Irgendwann in den frühen Morgenstunden. Also nach Malmö, zu Marja, und dann war es wie immer. Wir haben dann noch Samstag etwas eingekauft, bevor das Systembolaget zugemacht hat. Dann gingen wir in die nächste Runde.«

»Die nächste Runde?«

»Na ja«, sagte Stålhammar und seufzte. »Hat wahnsinnige Ausdauer, die Gute, und man ist schließlich auch nicht mehr der Jüngste. Ich kam erst Sonntagabend wieder aus dem Bett.

Da rief mich Blixten auf meinem Handy an und erzählte mir, was passiert ist.«

»Blixten?«

»Björn Johansson, auch ein alter Kumpel aus der Schulzeit. Du kennst ihn vielleicht? Hier in Solna bekannt wie ein bunter Hund. Er war der Inhaber des Elektrogeschäfts Blixtens El in Sundbyberg, aber jetzt hat sein Sohn den Laden übernommen. Wie gesagt, er hat mir erzählt, was passiert ist, und da schien es mir nicht angebracht, weiterhin in Malmö herumzulümmeln. Also bin ich in den Nachtzug gestiegen, um euch dabei zu helfen, den Wichser zu finden, der Kalle erschlagen hat.«

»Das ist nett von dir, Roland«, meinte Bäckström. Hat ganz den Anschein, als hätte der gute Stålis zwischen den Schnäpsen nachgedacht und beschlossen, etwas Widerstand aufzubieten, dachte er.

»Klar doch. Natürlich helfe ich euch. Hier bin ich also«, unterstrich er noch einmal.

Es dauerte zwei Stunden, um zu ermitteln, was Stålhammar von Donnerstagmorgen, als er plötzlich nach Malmö gefahren war, bis zu seinem plötzlichen Erscheinen auf der Polizeidienststelle in Solna am Montagmorgen getrieben hatte. Dann legten sie eine Mittagspause ein.

Bäckström genehmigte sich eine großzügige Portion, da ihm klar war, dass sich die Angelegenheit zu einer zähen Geschichte auswachsen konnte. Er hatte Fleischbällchen mit Kartoffelbrei und Sahnesauce und sowohl ein Gebäckstück mit Zuckerguss als auch eines mit Marzipan und Schokoguss genommen. Annika Carlsson begnügte sich mit einem Nudelsalat und einem Mineralwasser und ging dann zu Alm und den anderen, um sie zu bitten, die Angaben Roland Stålhammars über seinen Aufenthalt in Malmö und Kopenhagen zu überprüfen. Stålhammar ließ sich von Annika ein belegtes Brot und eine Tasse Kaffee aus der Kantine mitbringen.

Jetzt ist es bald so weit, dachte Bäckström, nachdem alle

wieder Platz genommen hatten. Vielversprechenderweise hatte Stålhammar zu schwitzen begonnen und benötigte beide Hände, um die Kaffeetasse an den Mund zu führen.

»Du warst also letzten Mittwoch auf Solvalla, also am Mittwoch, dem vierzehnten Mai«, sagte Bäckström. »Kannst du uns davon erzählen?«

Er war bereits gegen vier Uhr nachmittags dort eingetroffen, um sich das Aufwärmen anzusehen und sich mit seinen alten Freunden zu unterhalten.

»Das Aufwärmen?«, fragte Annika Carlsson, die vor dem Mittagessen kaum etwas gesagt hatte.

Stålhammar erklärte es ihr. Die Pferde wurden vor dem eigentlichen Rennen auf die Bahn gelassen, um sich aufzuwärmen.

»Wie Stretching, du weißt schon. Also aufwärmen. Bevor man so richtig loslegt«, erklärte Stålhammar.

Etwa eine Stunde später war Kalle Danielsson aufgetaucht. Sie hatten sich mit Gunnar Gunnarsson unterhalten, und dieser hatte erklärt, sein Tipp vom Vortag gelte noch. An Instant Justice sei beim ersten Aufwärmen nichts auszusetzen gewesen. Seine alte Verletzung schien verheilt zu sein.

»Laut Gurra war es mit einem Mal ein ganz anderes Pferd«, sagte Stålhammar. »Vielleicht nicht mehr ganz so heiß, aber immer noch diese wahnsinnigen Muskeln. Eine Lokomotive, wenn ihr mich fragt, Bäckström.«

»Wie seid ihr euch auf Solvalla überhaupt begegnet?«, fragte Annika Carlsson. »Hattet ihr euch vorher verabredet?«

»Er rief mich von seinem Handy an«, sagte Stålhammar und schüttelte den Kopf. »Ich glaube es zumindest.«

»Kalle hatte also ein Handy?«, fragte Annika.

»Das hat doch heutzutage jeder«, antwortete Stålhammar und sah sie erstaunt an.

»Hast du seine Nummer? Also seine Handynummer?«, verdeutlichte Bäckström.

»Nee«, erwiderte Stålhammar und schüttelte den Kopf. »Wozu hätte ich die haben sollen? Ich rief ihn entweder zu Hause an, oder wir trafen uns auf der Straße. Wenn er nicht zu Hause war, dann habe ich ihm auf den AB gesprochen. Dann rief er zurück. Außerdem hatte er die Nummer meines Handys.«

»Warte mal, Roland«, beharrte Bäckström. »Das versteht sich doch eigentlich von selbst, dass du Danielssons Handynummer haben musst.« Irgendwas stimmt da nicht, dachte er.

»Nein«, sagte Stålhammar. »Hörst du nicht, was ich sage?« Er sah Bäckström sauer an.

»Hast du gesehen, dass Danielsson ein Handy hatte?«, fragte Carlsson. »Bist du dir da sicher?« Irgendwas stimmt da nicht, dachte sie.

»Wo du das so sagst, bin ich mir auf einmal nicht mehr so sicher«, meinte Stålhammar.

Scheiße, dachte Bäckström und wechselte einen Blick mit seiner Kollegin. Sie beschlossen, das Thema zu wechseln.

»Wir reden da später noch mal drüber«, meinte Bäckström. »Danielsson und du habt angeblich eine Menge Geld gewonnen?«

Danielsson und Stålhammar hatten zusammen fünfhundert Kronen auf den wiedergeborenen Instant Justice, und zwar auf Sieg gesetzt. Zwei Minuten nach dem Start waren sie knapp zwanzigtausend Kronen reicher gewesen.

»Und dann?«, fragte Bäckström.

»Kalle nahm das Geld an sich«, sagte Stålhammar, »dann fuhr er mit dem Taxi nach Hause, um das Abendessen zu machen. Wir wollten bei ihm zu Hause eine Kleinigkeit essen, und ich fand das sehr gut so. Damit man nicht in Versuchung geriet. Wenn man auf die siebzig zugeht, kennt man sich schließlich selbst«, erklärte er.

»Das war auch gut so«, fuhr Stålhammar fort. »Denn bereits nach dem nächsten Lauf war ich blank. Ich musste mir einen Hunderter von einem alten Freund leihen, um nicht den ganzen Weg zu Kalle zu Fuß gehen zu müssen. Es war schließlich schon fast acht, und man will nicht mitten in der Nacht essen. Ich meine, Snacks einmal ausgenommen.«

Seufz, dachte Bäckström.

»Hat er auch einen Namen?«, fragte er.

»Wer?«, erwiderte Stålhammar und schüttelte erstaunt den Kopf.

»Der Mann, von dem du den Hunderter geliehen hast?«

»Blixten«, antwortete Stålhammar. »Ich dachte, ich hätte das gesagt. Hatten wir nicht schon vor dem Mittagessen von ihm gesprochen?«

»Du bist also mit dem Taxi zu Danielsson in den Hasselstigen eins gefahren?«, fragte Bäckström, der Britt-Marie Anderssons Aussage noch gut in Erinnerung hatte.

»Klar«, sagte Stålhammar und nickte.

»Da bist du dir ganz sicher?«, fragte Bäckström.

»Nein. Verdammt, wenn ich genauer darüber nachdenke, stimmt das nicht. Der Hunderter reichte nicht, und dieser kleinliche Iraker hat mich im Råsundavägen aus dem Auto geworfen. Spielt eigentlich keine Rolle, weil es von da nur noch ein paar hundert Meter bis zu Kalles Haustür sind. Also habe ich das letzte Stück auf Schusters Rappen zurückgelegt.«

»Hast du dir eine Quittung geben lassen?«

»Hätte ich machen sollen«, meinte Stålhammar. »Schließlich habe ich Kalle immer alle Quittungen gegeben. Er reicht sie an einen alten Freund weiter, der Kühlschränke verkauft. Aber der Kameltreiber ist einfach weggefahren.«

»Du bist also das letzte Stück zu Fuß gegangen«, konstatierte Bäckström. So ganz bescheuert ist der alte Säufer dann auch wieder nicht, dachte er.

»Und dann?«, meinte Bäckström.

Erst hatten sie das Geld geteilt. Fast zumindest. Stålhammar hatte zehntausenddreihundert auf die Kralle bekommen, zehn

Tausender und drei Hunderter, aber da Danielsson kein Wechselgeld gehabt hatte, hatte Stålhammar auf den letzten Zehner verzichtet.

»Schließlich ist das unter alten Freunden nicht die Welt«, meinte Stålhammar und zuckte mit seinen breiten Schultern.

Dann hatten sie gegessen, getrunken und geredet. Gegen halb neun hatten sie mit gebratenem Speck und Bohnen und ein paar Bier und Schnäpsen angefangen. Nach dem Essen hatte Kalle ein paar Wodka Tonic gemixt, Stålhammar war es pur allerdings lieber. Sie hatten sich weiter unterhalten, und die Stimmung war immer besser geworden, dann hatte Kalle ein paar alte Evert-Taube-Platten aufgelegt.

»Der war wirklich ein Genie«, sagte Stålhammar inbrünstig. »Seit Evert ins Gras gebissen hat, hat hier im Land niemand mehr einen guten Songtext geschrieben.«

»Wie lange habt ihr dann Platten gehört?«, fragte Annika Carlsson.

»Eine ganze Weile«, meinte Stålhammar und sah sie erstaunt an. »Das war so eine alte Langspielplatte, und wir hörten sie mindestens zwei Mal. ›Die alte Highland Rover, ein Boot aus Aberdeen, sie lag in San Pedro und lud da Gasolin‹«, summte Stålhammar. »Da hörst du es selbst, Carlsson, das vergisst man nicht.«

»Wie lange habt ihr gesungen?«, wollte Bäckström wissen.

»Bis so eine blöde Nachbarin klingelte und Rabatz machte. Ich war noch im Wohnzimmer und hörte Evert, mir blieb der Ärger also erspart, aber gehört habe ich sie natürlich.«

»Wie spät war es da?«, beharrte Bäckström.

»Keinen blassen Schimmer«, antwortete Stålhammar und zuckte mit seinen breiten Schultern. »Aber ich weiß noch, wann ich nach Hause kam und Marja anrief, denn da schaute ich vorher auf die Uhr. Schließlich will man nicht mitten in der Nacht irgendwo anrufen.«

»Wie spät war es da?«

»Halb zwölf, wenn ich mich nicht ganz arg täusche«, erwiderte Stålhammar. »Ich erinnere mich noch, dass ich es fast schon zu spät fand, aber schließlich hatte ich so große Lust. Da nahm ich meinen Mut zusammen und wählte die Nummer. Erst habe ich allerdings zu Hause noch ein wenig weitergefeiert. Ich hatte noch einen Schluck in der Speisekammer, und ich glaube, bei der Gelegenheit fasste ich den Beschluss, in den Süden zu fahren.«

»Wann bist du von Danielsson weggegangen?«, fragte Bäckström. Wie auch immer wir das überprüfen wollen, dachte er.

»Als diese Alte zu lamentieren anfing, war mir klar, dass es an der Zeit war, sich nach Hause und in die Falle zu begeben. Ich verabschiedete mich also von Kalle und trottete nach Hause. Obwohl ich vielleicht nicht mehr ganz gerade ging, kann es höchstens zehn Minuten gedauert haben«, sagte Stålhammar und schüttelte lächelnd den Kopf. »Die Party war schließlich vorbei, und Kalle hatte klein beigegeben. Er stritt sich mit der Alten, die runtergekommen war und ihn ausgeschimpft hatte, am Telefon, als ich ging.«

»Danielsson beschimpfte die Nachbarin also am Telefon, als du gegangen bist?«, wiederholte Bäckström.

»Genau«, pflichtete ihm Stålhammar bei. »Ich konnte also genauso gut nach Hause gehen und eine Runde schlafen.

Wirklich eine fürchterliche Geschichte«, fuhr Stålhammar fort und rieb sich erneut die Augen.

»Während ich da liege und mich angenehmen Träumen über Marja hingebe, bricht ein Irrer bei Kalle ein und schlägt ihn tot.«

»Wieso kommst du darauf, dass jemand eingebrochen ist?«, fragte Bäckström.

»Das hat jedenfalls Blixten behauptet«, sagte Stålhammar und sah erstaunt erst Bäckström und dann Annika Carlsson an. »Soweit er informiert war, hat die Tür zu Kalles Wohnung ganz schief in den Angeln gehangen. Irgendein Wichser ist bei ihm eingebrochen, hat ihn ausgeraubt und im Schlaf erschlagen.«

»Erinnerst du dich, ob Kalle die Tür abgeschlossen hat, als du gegangen bist?«, fragte Bäckström ablenkend.

»Das tat er immer. Kalle war ein vorsichtiger Mensch«, sagte Stålhammar. »Nicht, dass ich in dem Augenblick daran gedacht hätte, aber ich bin mir vollkommen sicher, dass er es getan hat. Ich habe ihn deswegen immer verspottet. Dass er immer hinter sich abschloss. Ich schließe nämlich nie ab, wenn ich zu Hause bin.«

»Hatte er Angst vor jemandem?«, fragte Bäckström. »Ich meine, weil er immer abgeschlossen hat.«

»Vermutlich wollte er nicht, dass jemand reinkommt und ihm seine Sachen klaut. Er besaß schließlich einige Wertgegenstände.«

»Zum Beispiel?«, wollte Bäckström wissen, der dort gewesen war und das Gerümpel mit eigenen Augen gesehen hatte. Meine Güte, dachte er.

»Tja«, erwiderte Stålhammar. Er schien scharf nachzudenken. »Seine Plattensammlung muss einiges wert gewesen sein. Und dieser Schreibtisch hat ein Vermögen gekostet.«

»Also der im Schlafzimmer«, meinte Bäckström. Wie man den hätte mitgehen lassen sollen, ist mir ein Rätsel, dachte er, und wie Stålhammar Polizist werden konnte auch.

»Genau.« Stålhammar nickte. »Richtige Kostbarkeiten. Kalle hatte so einiges. Perserteppiche und einige schöne Antiquitäten.«

»Deine Aussage bereitet mir gewisse Probleme«, sagte Bäckström. »Als wir ihn gefunden haben, war die Tür weder abgeschlossen noch aufgebrochen. Von innen kann man sie entweder mit einem Schlüssel oder auch mit dem Schnappschloss verschließen. Von außen lässt sie sich nur mit dem Schlüssel abschließen. Als die Kollegen eintrafen, stand die Tür sperrangelweit auf. Spuren eines Einbruchs waren keine vorhanden. Die Kriminaltechniker glauben, dass der Täter die Tür nicht richtig geschlossen hat, als er ging, und dass sie dann wieder aufgegangen ist, weil wegen der offenen Balkontür im Wohnzimmer Durchzug entstand. Wie deutest du das?«

»Deuten?«, erwiderte Stålhammar erstaunt. »Wenn die Techniker das sagen, dann wird das auch stimmen. Das darfst du nicht mich fragen. Ich war früher Ermittler und keiner von der Spurensicherung. Frag halt Pelle Niemi oder einen von seinen Leuten.«

»Die Überlegungen von meinen Kollegen und mir sehen etwas anders aus«, meinte Bäckström und nickte Annika Carlsson zu. »Wir glauben, dass Kalle Danielsson den Täter in die Wohnung gelassen hat, weil es sich um jemanden handelte, den er kannte und dem er vertraute.« Da kannst du jetzt mal drauf rumkauen, dachte er.

»Das ist wirklich abwegig, Bäckström«, meinte Stålhammar und schüttelte den Kopf. »Wer von Kalles alten Freunden sollte einen Grund gehabt haben, ihn totzuschlagen?«

»Dir fällt niemand ein?«, fragte Bäckström. »Das hatten Kollegin Carlsson und ich nämlich gehofft.«

»Der einzige alte Kumpel, bei dem ich mir das vorstellen könnte, wäre Manhattan. Der hatte einen Groll auf Kalle.«

»Manhattan? Wie Manhattan in New York?«

»Nein, wie kommst du darauf«, sagte Stålhammar. »Wie dieser widerliche süße Drink aus Whisky und Likör. Wie kann man nur auf die Idee kommen, einen guten Whisky mit Likör zu ruinieren? Das sollte verboten werden.«

»Manhattan«, wiederholte Bäckström.

»Manne Hansson«, erklärte Stålhammar. »Von seinen Freunden Manhattan genannt. Hat zu seinen aktiven Zeiten im Carlton an der Bar gearbeitet. Unausstehlich, wenn er was getrunken hatte. Er hat auf Kalles Empfehlung irgendwo Geld investiert und alles verloren. Das hat ihn natürlich nicht sonderlich gefreut.«

»Manne Hansson«, wiederholte Bäckström. »Wo finden wir den?«

»Ich befürchte, das wird nicht ganz leicht«, sagte Roland

Stålhammar und grinste. »Mein bester Tipp ist der Solnaer Friedhof. Seine Brut hat da, glaube ich, seine Asche im Gedenkhain verstreut, um Geld zu sparen.«

»Wann war das?«, wollte Bäckström wissen. Womit habe ich das nur verdient?, dachte er.

»Als das Eldkvarn abgebrannt ist«, erwiderte Stålhammar, »und das müsste meines Erachtens mindestens zehn Jahre her sein.«

»Da ist noch etwas, was mir nicht klar ist, Roland«, sagte Annika Carlsson. »Du bist ja ein alter Kollege, und wie man Telefone überprüft, das weißt du sicher genauso gut wie ich.«

»So das eine oder andere hat man noch im Kopf«, pflichtete ihr Stålhammar zufrieden bei.

»Als du Kalle Danielsson verlassen hast, stand er da und beschimpfte seine Nachbarin. Dieses Gespräch haben wir überprüft. Er hat es kurz vor halb elf geführt. Dann, sagst du, seist du direkt zu dir nach Hause gegangen, und das hätte etwa zehn Minuten gedauert. Das würde bedeuten, dass du etwa um zwanzig vor elf nach Hause gekommen bist.«

»Stimmt genau«, sagte Stålhammar und nickte.

»Anschließend hast du deine Freundin in Malmö gegen halb zwölf angerufen?«

»Ja, daran erinnere ich mich, denn ich habe vorher auf die Uhr geschaut. Ich wollte sie wie gesagt nicht zu spät anrufen.«

»Was hast du in der Zwischenzeit gemacht? Du kommst um zwanzig vor elf nach Hause und rufst um halb zwölf an. Dazwischen liegen fünfzig Minuten, fast eine ganze Stunde. Was hast du da gemacht?«

»Das habe ich doch gesagt«, erwiderte Stålhammar erstaunt.

»Es muss mir entfallen sein«, meinte Annika Carlsson. »Erzähl es bitte noch einmal.«

»Ich hatte noch einen Schluck in der Speisekammer stehen,

und außerdem hatte ich einen Grund zum Feiern. Ich habe den also erst mal gekippt und dananch Marja angerufen. Wahrscheinlich habe ich mir mehrere genehmigt, wo ich schon mal dabei war«, sagte Stålhammar und grinste.

»Fünfzig Minuten«, wiederholte Annika Carlsson und tauschte mit Bäckström einen raschen Blick aus.

»Muss ja ein ziemlich großer Schluck gewesen sein«, meinte Bäckström.

»Jetzt sei mal nicht so, Bäckström«, erwiderte Stålhammar. »Ich habe einfach rumgesessen und philosophiert.«

»Etwas ganz anderes«, sagte Bäckström. »Erinnerst du dich, ob Kalle Danielsson eine Aktenmappe oder einen Aktenkoffer besaß, so was Teureres aus Leder mit Messingschnallen.«

»Ja, hatte er«, antwortete Stålhammar und nickte. »Hellbraunes Leder. So was, was Generaldirektoren haben. Ich habe sie zuletzt an dem Abend bei ihm gesehen, an dem er ermordet wurde. Da bin ich mir ganz sicher.«

»Daran erinnerst du dich also«, sagte Bäckström. »Warum erinnerst du dich daran?«

»Er hatte ihn auf den Fernseher gelegt, im Wohnzimmer, wo wir gegessen haben«, antwortete Stålhammar. »Merkwürdiger Platz für eine Tasche. Ich besitze zwar selbst keine solche Tasche, aber ich würde sie wohl kaum auf den Fernseher legen. Wieso willst du das eigentlich wissen?«

»Die Tasche ist verschwunden.«

»Aha«, erwiderte Stålhammar und zuckte mit den Achseln. »Als ich ging, hatte er sie jedenfalls noch. Sie lag immer noch auf der Glotze.«

»Als wir am Morgen eintrafen, hatte er sie nicht mehr«, meinte Bäckström. »Du hast keine Ahnung, wo sie hingeraten sein könnte?«

»Jetzt reicht's aber, Bäckström«, sagte Stålhammar und sah ihn aus seinen tiefliegenden Augen finster an.

»Ich glaube, wir hören jetzt auf«, meinte Bäckström und nickte seiner Kollegin zu.

»Ganz in meinem Sinne. Ich will nach Hause und unter die Dusche.«

»Du musst uns noch ein paar Minuten opfern, Roland«, sagte Annika Carlsson und lächelte freundlich. »Wir müssen noch einmal mit der Staatsanwältin sprechen, bevor du gehen kannst.«

»Okay«, sagte Roland Stålhammar und zuckte mit den Achseln.

Eine Stunde später erließ die stellvertretende Oberstaatsanwältin Tove Karlgren einen Haftbefehl gegen den ehemaligen Kriminalinspektor Roland Stålhammar. Bäckström und Carlsson hatten sie überzeugt, und obwohl es auch Stimmen dagegen gegeben hatte, war sie dann doch auf ihre Linie eingeschwenkt. Stålhammar hatte genügend Zeit gehabt, Karl Danielsson zu erschlagen und sich der Kleider auf dem Heimweg zu entledigen. Es gab etliches, was gegen ihn sprach, und vieles, was noch überprüft werden musste. Begründeter Mordverdacht also. Und während die Fahnder seine Angaben überprüften und seine Wohnung filzten, war es für sämtliche Beteiligten das Einfachste, ihn in Gewahrsam zu nehmen.

Gerade als Bäckström Feierabend machen wollte, rief ihn Peter Niemi an. Die ersten Informationen über die blutigen Kleider waren gerade per Fax vom Staatlichen Kriminaltechnischen Labor eingetroffen.

»Es ist Danielssons Blut«, stellte Bäckström fest und ließ sein Gegenüber gar nicht erst zu Wort kommen.

»Allerdings«, erwiderte Niemi.

Sonst stammten laut SKL und Niemi allerdings keine Spuren von Danielsson. Keinerlei Fasern, Haare oder Fingerabdrücke. Die DNA-Untersuchungen standen allerdings noch aus und würden noch eine Weile dauern.

Egal, dachte Bäckström und bestellte ein Taxi.

21

Am darauffolgenden Tag, am Dienstag nach dem Mittagessen, versammelte sich das Ermittlerteam zum dritten Meeting. Alle, einschließlich der beiden Kriminaltechniker, waren anwesend. Gerade als sie anfangen wollten, betrat der Chef der Kripo Solna, Kommissar Toivonen, den Raum. Er nickte, warf einen säuerlichen Blick in die Runde und nahm dann ganz hinten Platz.

Neun Personen und nur ein richtiger Polizist, dachte Bäckström, im Übrigen ein finnischer Säufer, ein schmieriger Lappe und finnischer Säufer, eine Chilenin, eine Russin, eine jüngere Mohrin, eine Powerlesbe, ein Folkloretänzer mit Troddelstrümpfen und der hochgeschätzte Lars Holzkopf Alm, seit Geburt schwerst geistig behindert. Was soll nur aus der Polizei werden?

»Okay«, sagte Bäckström. »Dann fangen wir an. Wie steht es mit dem Hausbesuch bei Stålhammar?« Bäckström nickte Niemi auffordernd zu.

Laut Niemi sei man im Großen und Ganzen fertig. Sie hätten nichts gefunden, was Stålhammar belaste. Keine unerklärlichen Geldsummen, keine Hosen mit Blutflecken und keinen mit Hilfe eines Hammers aufgestemmten Aktenkoffer.

Vermutlich hat er alles versteckt und ordentlich sauber gemacht. Wahrscheinlich hat er den Zaster unter einem Stein vergraben, dachte Bäckström. Genau, was man von diesem Intelligenzbolzen erwarten konnte.

»Das Wenige, was wir gefunden haben, spricht eher für Rolles Version«, meinte Niemi.

»Und die wäre?«, fragte Bäckström. Man stelle sich vor, jetzt heißt der Täter plötzlich Rolle!, dachte er.

Auf dem Bett im Schlafzimmer hatten sie die Überreste von Stålhammars Reise nach Malmö und Kopenhagen gefunden: eine halb ausgepackte Reisetasche mit Kleidern, frischen und getragenen durcheinander, ein Reisenecessaire und eine nur noch halbvolle Flasche Gammeldansk. Was eben so jemand wie Stålhammar von einem kürzeren Besuch in Malmö und Kopenhagen mitbrachte.

»Plus ein Packen Quittungen«, sagte Niemi. »Rückfahrkarten nach Malmö und Kopenhagen. Restaurantquittungen von fünf verschiedenen Lokalen in Malmö und Kopenhagen, etwa zehn Taxiquittungen und diverse andere. Insgesamt für ungefähr neuntausend Kronen. Die von ihm angegebenen Zeiten stimmen im Übrigen mit den Belegen überein.«

»Die er aufgehoben hatte, um sie seinem guten Freund, dem Quittungshändler Karl Danielsson, zu geben. Und zwar sobald er heimkam«, meinte Bäckström grinsend. Wie dumm kann man eigentlich sein?, dachte er.

»Jedenfalls entspricht das seiner eigenen Aussage«, warf Alm ein. »Ich habe ihn deswegen befragt, und das entspricht seinen Behauptungen. Aber ich verstehe, was du denkst, Bäckström.«

»Und was hast du unternommen?«, fragte Bäckström lächelnd.

»Ich habe mich mit der Frau unterhalten, bei der er in Malmö war. Telefonverhör«, sagte Alm. »Ich habe ihr dieselben Fragen gestellt. Da hat sie mir spontan erzählt, sie habe sich gewundert und ihn dann in Kopenhagen gefragt, wozu er plötzlich so viele Quittungen benötige. Er habe ihr daraufhin erzählt, er sammele sie für einen Kumpel in Stockholm.«

»Sieh an«, meinte Bäckström und lächelte jovial. »Rolle Stålis macht ein großes Ding daraus, dass er Quittungen aufhebt, damit ihn seine kleine Freundin nach dem Grund fragt.

Sein ehemaliger Arbeitgeber wird sie ja wohl kaum noch gebraucht haben.«

»Wie gesagt«, erwiderte Alm. »Mir ist klar, was du denkst.«

»Hast du sonst noch was?«, fragte Bäckström. Ehe ich die Ärmel hochkrempele und die Wahrheit aus Rolle Stålhammar rausprügele, dachte er.

»Dann ist da noch die Sache mit den fünfzig Minuten, die er philosophierenderweise zugebracht haben will, ehe er bei Marja Olsson in Malmö anrief. Dass er bei ihr zu Hause angerufen hat, wissen wir, und zwar um dreiundzwanzig Uhr fünfundzwanzig von seinem Festnetzanschluss aus.«

»Blieben ihm also nur fünfundvierzig Minuten für seine feierlichen Gedanken«, stellte Bäckström fest. »Was hast du in dieser Sache unternommen?«

»Erst mal bin ich die Strecke vom Hasselstigen eins am Container mit dem Kleiderfund in der Ekenbergsgatan vorbei zu Stålhammars Wohnung in der Järnvägsgatan probegegangen. Das dauert mindestens eine Viertelstunde, wenn man sie nicht im Dauerlauf zurücklegt.«

»Bleiben noch dreißig Minuten«, meinte Bäckström. »Die reichen, um Danielsson den Schädel einzuschlagen, seine Kohle zu klauen und frische Kleider anzuziehen und außerdem Regenmantel, Pantoffel und Gummihandschuhe auf dem Heimweg wegzuwerfen.«

»Das stimmt an sich«, pflichtete ihm Alm bei. »Das Problem ist nur sein Nachbar. Wenn seine Aussage stimmt, geht die Rechnung nicht auf.«

Wusst' ich's doch, dachte Bäckström. Offenbar wurde bereits konspiriert, damit die alte Legende Rolle noch mal von der Klinge springen kann.

Der Nachbar hieß Paul Englund, dreiundsiebzig. Er war vor der Rente Hausmeister im Meereskundlichen Museum in Stockholm gewesen und im Übrigen derselbe, der Bäckström und Stigson angedroht hatte, einen Streifenwagen zu rufen.

Englunds Sohn war Fotograf bei der Zeitung *Expressen*. Er hatte seinen Vater bereits am Vorabend angerufen und ihm erzählt, sein Nachbar sitze wegen Mordverdachts in Untersuchungshaft. Sein Vater habe nicht zufälligerweise einen Schlüssel zu der Wohnung, damit er ein paar Fotos, »zu Hause beim Mordverdächtigen«, machen könne?

Vater Englund hatte dieses Ansinnen energisch abgelehnt. Er habe keinen Schlüssel. Außerdem sei Stålhammar ein runtergekommener Alkoholiker und der schlimmste Nachbar, den man sich vorstellen könne. Er sei froh um jede Minute, die er ihn nicht auf seinem Stockwerk sehen müsse. Noch am selben Morgen hatte er bei der Polizei Solna angerufen und mitgeteilt, Stålhammar am Abend vor dem Mord an Danielsson gesehen zu haben. Er hatte geglaubt, Stålhammar somit endlich endgültig loszuwerden. Hätte er die Folgen abgesehen, hätte er wahrscheinlich geschwiegen.

»Was hat er denn gesagt?«, fragte Bäckström.

»Dass er Stålhammar am Donnerstag gegen Viertel vor elf Uhr abends gesehen hat, wie er das Haus, in dem sie beide wohnen, betrat. Er ist sich ganz sicher, dass es Stålhammar war, weil er ihn nicht leiden kann und ihn deswegen meidet. Er hat ein paar Minuten gewartet, bis er selbst das Haus betreten hat.«

»Na Prosit«, sagte Bäckström. »Wie kann er da so sicher sein, und was hatte er mitten in der Nacht auf der Straße zu suchen? Woher will er so genau wissen, dass es Viertel vor elf war? War er im Übrigen nüchtern? Das ist doch immer so: Er hat sich im Tag geirrt oder sich um eine Stunde vertan. Vielleicht hat er auch einen anderen Nachbarn gesehen. Wenn er nicht überhaupt alles erfunden hat, um sich interessant zu machen oder weil er Stålhammar die Pest an den Hals wünscht.«

»Immer mit der Ruhe, Bäckström«, sagte Alm, der jede Sekunde genoss. »Falls es sich wirklich so verhält, wie der Zeuge sagt, dann kann Stålhammar Danielsson wohl kaum ermordet haben. Oder es kann nicht so zugegangen sein, wie wir annehmen. Er kann jedenfalls nicht kurz nach halb elf Uhr abends ermordet worden sein.

Um alles noch einmal der Reihe nach durchzugehen«, fuhr Alm fort. »Jeden Abend nach den Spätnachrichten im TV4, die mit dem Wetterbericht um halb elf enden, geht Englund mit seinem Dackel Gassi. Er dreht immer dieselbe Runde, und zwar einmal um den Block, und dafür brauchen der Köter und er ungefähr eine Viertelstunde, aber nicht an diesem Abend, da wird er, als er auf der Esplanaden nach rechts einbiegen will, von einem Polizisten in Uniform angehalten und weggescheucht: Er solle denselben Weg zurückgehen, den er gekommen sei. Das tut er auch. Widerwillig, denn er ist genauso neugierig wie alle anderen. Aber als nichts passiert, er ist auf der Järnvägsgatan stehen geblieben und hat einige Minuten abgewartet, geht er wieder nach Hause. Als er etwa in Höhe des Nachbarhauses ist, also etwa zwanzig Meter von seiner eigenen Haustür entfernt, sieht er, wie Stålhammar das Haus betritt.«

»Und was hatten die Kollegen von der Ordnungspolizei da zu suchen?«, fragte Bäckström.

»Sie hatten die Esplanaden abgesperrt, da die Einsatzgruppe etwa hundert Meter die Straße entlang eine Festnahme plante. Angeblich hielt sich dort in einer Wohnung ein Mann auf, der einige Tage zuvor in den Raubüberfall und die Schießerei in Bromma verwickelt war.«

»Und was sagt uns das über die Zeiten?«, fragte Bäckström.

»Zum einen, dass es es kurz nach halb elf am Donnerstagabend, dem vierzehnten Mai, gewesen sein muss. Eine andere Möglichkeit besteht nicht. Der Zugriff begann zu diesem Zeitpunkt damit, dass die Kollegen von der Ordnungspolizei das Viertel abriegelten.«

»Er hat da mit seinem Köter vielleicht eine halbe Stunde

lang herumgestanden«, meinte Bäckström. »Woher willst du, verdammt noch mal, wissen, dass er das nicht getan hat?«

»Ganz sicher kann man sich nie sein«, erwiderte Alm. »Ich weiß nur, was er sagt, und ich habe das zwei Stunden lang mit ihm durchgekaut.«

»Und was sagt er sonst noch?«, fragte Bäckström. Wäre nett, wenn wir das auch noch erfahren würden, vorzugsweise noch vor Weihnachten, dachte er.

»Er sagt, dass er ein paar Minuten abgewartet hat und dann nach Hause gegangen ist. Er sieht Stålhammar durch die Haustür verschwinden, wartet ein paar Minuten, um nicht mit ihm reden zu müssen, und betritt dann selbst das Haus und nimmt den Aufzug. Sobald er in seiner Wohnung ist, ruft er seinen Sohn an. Er ruft von seinem Handy aus das Handy seines Sohnes an. Kurz gesagt, er ist genauso neugierig wie alle anderen, und der Sohn befindet sich in der Tat zu diesem Zeitpunkt bereits auf der Esplanaden, da die Zeitung den Tipp erhalten hat, dass dort etwas los sei.

Und da ist es also gemäß heute früh durchgeführter Telefonkontrolle zehn vor elf«, schloss Alm.

»Was du nicht sagst«, meinte Bäckström und starrte seinen Gewährsmann sauer an. »Hat der alte Sack auch einen Festnetzanschluss in seiner Wohnung?«

»Ich verstehe, was du meinst, Bäckström«, sagte Alm. »Ich wiederhole hier nur seine Aussage.«

»Man fragt sich wirklich, warum er sein Handy benutzt hat«, meinte Bäckström. »Ein geiziger Alter wie der. Warum telefoniert er mit dem Mobiltelefon?«

»Weil er das Handy bereits in der Hand hält, als er die Wohnung betritt. Das sagt er jedenfalls«, erwiderte Alm.

»Tut mir leid, Bäckström«, fuhr Alm fort, dem es nicht im mindesten leidzutun schien. »Aber das meiste spricht dafür, dass es sich wirklich so verhält, wie Stålis sagt. Dass er Danielssons Wohnung um halb elf verließ, direkt nach Hause ging und um Viertel vor elf bei sich zu Hause war.«

Bäckström schlug eine Pause vor. Die Kriminaltechniker hatten anderweitig zu tun. Auch Toivonen nutzte die Gelegenheit, sich abzusetzen. Aus irgendeinem Grund wirkte er fröhlicher als bei seinem Kommen. Er nickte Bäckström beim Gehen sogar aufmunternd zu.

»Gratuliere, Bäckström«, sagte Toivonen. »Schön, dass du dir treu geblieben bist.«

22

Noch ein verrückter Zeuge, dachte Bäckström eine Viertelstunde, nachdem sich sein Ermittlerteam wieder versammelt hatte. Immerhin bestand noch die Möglichkeit, dass Stålhammar später am Abend in den Hasselstigen zurückgekehrt war und Danielsson erschlagen und beraubt hatte. Genau so etwas hatte man von Leuten wie Stålis zu erwarten. Sitzt zu Hause in der Järnvägsgatan und philosophiert, während er den letzten Schluck auftrinkt, als sich plötzlich der Alkoholnebel lichtet und er einsieht, dass zwanzigtausend doppelt so viel wie zehntausend sind. Daraufhin begibt er sich leicht schwankend zurück zu Danielsson und schlägt vor, das Gelage fortzusetzen. Er zieht sich Danielssons Regenmantel, Pantoffel und Gummihandschuhe an und verpasst ihm eins mit seinem Topfdeckel. So kann es doch wohl zugegangen sein, dachte Bäckström.

»Was meint ihr?«, fragte Bäckström und sah die fünf, die noch im Raum waren, nacheinander an. Fünf Halbidioten, wenn man ihn fragte. Eine Russin, eine jüngere Mohrin, eine Lesbe und ein Folkloretänzer und ein Holzkopf, alles in allem die Plage für jeden Chef, dachte er.

»Ich bin jedenfalls noch nicht bereit, Stålhammar laufen zu lassen«, sagte Annika Carlsson und lächelte ihrem Chef aufmunternd zu.

Und das muss man sich von einer Lesbe anhören, dachte Bäckström.

»Ich höre«, sagte er.

»Mutet es nicht seltsam an, dass, kurz nachdem Stålhammar

gegangen ist, ein anderer Täter bei Danielsson aufgetaucht sein soll?«, meinte Carlsson und sah Alm an.

»Vielleicht hat er ja genau darauf gewartet, dass Stålhammar das tun würde?«, erwiderte Alm. »Ich meine, dass Stålhammar gehen würde, damit er mit seinem Opfer allein war.«

»Und der hat ihn auch noch in die Wohnung gelassen«, beharrte Carlsson. »Was darauf schließen lässt, dass es sich um einen anderen alten Freund Danielssons handeln muss. Haben wir die übrigens alle überprüft?« Sie nickte Alm zu.

»Noch in Arbeit«, meinte Alm betreten.

»Ich neige auch dazu, Bäckström und Annika zuzustimmen«, meinte Nadja Högberg. »Ist man in der ehemaligen Sowjetunion aufgewachsen wie ich, dann glaubt man nicht an Zufälle, und es liegen uns keinerlei Hinweise darüber vor, dass jemand Danielssons Wohnung beobachtet haben soll. Ich finde unseren Zeugen auch nicht sonderlich überzeugend. Wie will er sich sicher sein, dass er wirklich Stålhammar gesehen hat? Den Mann, den er offenbar so wenig mochte. Können wir wirklich ausschließen, dass er nicht gesehen hat, was er sehen wollte? Dass er seinen Sohn kurz vor elf angerufen hat, muss übrigens gar nichts mit unserer Sache zu tun haben. Vielleicht hatten die vielen Polizisten auf der Esplanaden seine Neugier geweckt. Vielleicht wollte er seinem Sohn mitteilen, dass dort etwas los war. Ich meine, schließlich arbeitet der Sohn als Fotoreporter bei einer Zeitung. Wieso hätte er sein Handy benutzen sollen, wenn er sich bereits in seiner Wohnung befand. Das dürfen wir nicht vergessen. Dieser Zeuge kommt mir dubios vor.«

Eine Lesbe und eine Russin, dachte Bäckström. Allerdings eine schlaue Russin.

»Ich glaube, wir kommen hier nicht weiter, jedenfalls jetzt nicht«, sagte Bäckström. »Sonst noch was?«

»Da wären höchstens Danielssons alte Freunde«, meinte Alm, »nach denen du gefragt hattest, Annika.« Alm nickte Annika Carlsson zu.

»Und was wissen wir über die?«, fragte Bäckström.

Es handelte sich laut Alm um zehn Solna-Jungs, die in Solna oder Sundbyberg aufgewachsen, die Schule besucht und gearbeitet hatten. Sie waren so alt wie Danielsson oder älter und passten schon vom Alter her nicht in das typische Täterprofil.

»Lasst uns nicht vergessen, dass Mörder über sechzig außerordentlich ungewöhnlich sind«, sagte Alm. »Das gilt auch für Morde unter sogenannten Alkis.«

»In dieser Hinsicht sehe ich bei Stålhammar allerdings kein Problem«, wandte Bäckström ein.

»Zugestanden«, meinte Alm. »Statistisch und kriminologisch ist er derjenige, der am ehesten in Frage käme.«

Feigling, dachte Bäckström.

»Ich bin Polizist und kein Statistiker oder Kriminologe«, sagte er.

»Alte Männer, vereinsamt, trinken zu viel, ihre Frauen haben sie verlassen, die Kinder lassen nie von sich hören, einige finden sich sogar in unseren Registern, meist Trunkenheit am Steuer und Erregung öffentlichen Ärgernisses, einer von ihnen hat in einer Kneipe Randale gemacht und ist wegen Körperverletzung vorbestraft, obwohl er bereits siebzig war, als es passierte.« Alm seufzte. Es klang eher, als würde er laut nachdenken.

»Vom rechten Schrot und Korn«, grinste Bäckström. »Wie heißt er denn?«

»Halvar Söderman, er wird im Herbst zweiundsiebzig Jahre alt. Er fing mit dem Besitzer seiner Stammkneipe einen Streit über ein Gericht an, das er in der Woche zuvor zu sich genommen hatte. Er behauptete, man habe ihn vergiften wollen. Söderman war Gebrauchtwagenhändler und wird nur Halvan genannt. Der Besitzer der Kneipe ist Jugoslawe und zwanzig Jahre jünger, was Söderman aber nicht daran hinderte, ihm den Unterkiefer zu brechen. Laut den älteren Kollegen, mit denen ich gesprochen habe, ist Söderman ein legendärer hiesiger Gauner mit einer Rockervergangenheit, er hat mit Autos gehandelt, besaß einst eine Spedition, hat Kühlschränke verkauft und auch sonst so alles Mögliche. Er ist unzähliger Vergehen verdächtigt worden, findet sich in unserem Register und ist wegen allem Möglichen von Betrug bis zu Körperverletzung vorbestraft. Ich habe seine kriminelle Laufbahn untersucht: Seine erste Vorstrafe liegt fünfzig Jahre zurück. Er hat fünf Gefängnisstrafen abgesessen, die längste betrug zwei Jahre und sechs Monate. Mitte der Sechziger wurde er unter anderem wegen Körperverletzung, mehrfachen Betrugs, Trunkenheit am Steuer und sonst noch so einigem verurteilt. In den letzten fünfundzwanzig Jahren ist er etwas zur Ruhe gekommen. Wahrscheinlich hat ihn, einmal abgesehen von dieser Jugosache, das Alter etwas gemäßigt.«

»Siehst du«, meinte Bäckström jovial. »Drückt man so einem wie Halvan einen Topfdeckel in die Hand, dann wird er mit der Besatzung eines Mannschaftswagens fertig. Neugierige Frage übrigens: Besitzt er ein Alibi für Mittwoch, den vierzehnten Mai, abends?«

»Das behauptet er. Ich habe allerdings nur mit ihm telefoniert, aber er gibt das vor.«

»Und worin besteht dieses Alibi?«, fragte Annika Carlsson interessiert.

»Das wollte er mir nicht sagen«, erwiderte Alm. »Er wünschte mich zum Teufel und knallte dann den Hörer auf die Gabel.«

»Und was willst du nun unternehmen?«, erkundigte sich Bäckström grinsend.

»Ich hatte vor, zu ihm nach Hause zu fahren und ihn dort zu verhören«, antwortete Alm, der dieser Aufgabe nicht sonderlich entgegenzufiebern schien.

»Sag mir Bescheid, dann komme ich mit«, meinte Annika Carlsson und runzelte die Stirn.

Armer Halvan, dachte Bäckström.

»Noch etwas?«, fragte er, mehr um das Thema zu wechseln.

»Die meisten haben ein Alibi«, meinte Alm. »Gunnar Gustafsson und Björn Johansson, Gurra Kusk und Blixten, wie sie bei ihren Freunden heißen, besitzen beispielsweise Alibis. Sie saßen bis gegen elf in einem Restaurant auf der Trabrennbahn. Dann sind sie zu einem Freund gefahren, der in einem Einfamilienhaus in Spånga wohnt, und haben Poker gespielt.«

»Hat der auch einen Namen?«, fragte Bäckström, »dieser Typ, der in Spånga wohnt?«

»Jonte Ågren, auch Bällstajonte genannt, weil er eine Klempnerfirma am Bällstaån besaß. Siebzig Jahre alt, keine Vorstrafen, aber wegen seiner Bärenkräfte berüchtigt. Konnte in jungen Jahren Rohre und Bleche mit bloßen Händen verbiegen. Übrigens einer der wenigen, die noch verheiratet sind, aber an dem Abend, an dem sie Poker gespielt haben, war seine Ehefrau verreist. Sie besuchte ihre Schwester in Nynäshamn. Wahrscheinlich wusste sie, was sich bei ihr zu Hause abspielen würde.«

»Und weiter?«, fragte Bäckström, dessen Interesse gegen seinen Willen erwacht war.

»Mario Grimaldi, fünfundsechzig, Einwanderer aus Italien. Kam in den sechziger Jahren nach Schweden und arbeitete damals bei Saab in Södertälje. Bester Freund von Halvan, dem Gebrauchtwagenbetrüger, und seinem zehn Jahre älteren Bruder, ebenfalls Gebrauchtwagenbetrüger. Sein Spitzname war Helan, aber da er schon seit zehn Jahren tot ist, können wir ihn vergessen. Aber Mario lebt noch. Er kündigte nach ein paar Jahren bei Saab und wurde Pizzabäcker. Soweit ich weiß, besitzt er hier in Solna und Sundbyberg immer noch ein paar Pizzerien und eine Kneipe, taucht allerdings nicht in irgendwelchen Papieren auf.«

»Und der hat keinen Spitznamen?«, wollte Bäckström wissen.

»Bei seinen Freunden heißt er nur der Pate. Ich habe ihn noch nicht ausfindig machen können«, meinte Alm und schüttelte bedauernd den Kopf, »aber das ist vermutlich nur eine Frage der Zeit.«

»Da sieht man es wieder«, meinte Bäckström aufmunternd.

»Es gibt doch noch ein paar graue Panther, die in Frage kommen. Ich setze immer noch auf den ehemaligen Kollegen Stålhammar. Sonst noch was?«, schloss er dann und schaute auf die Uhr.

»Ich habe Danielssons Schließfach gefunden«, sagte Nadja. »Das war nicht ganz einfach, aber schließlich ging es doch.«

»Was du nicht sagst«, meinte Bäckström. Verschlagenes Frauenzimmer, typisch Russin, dachte er. Diese verdammten Russen sind einem manchmal richtiggehend unheimlich.

»Ich habe den Schlüssel zu dem Schließfach auf deinen Schreibtisch gelegt«, sagte Nadja.

»Wunderbar«, sagte Bäckström, der sich bereits auf einen Ausflug in die Stadt und auf ein großes Bier freute.

23

Auf Bäckströms Schreibtisch lagen ein Schließfachschlüssel, die Kopie des Durchsuchungsbefehls sowie ein handgeschriebener Zettel Nadjas mit der Telefonnummer der Bankangestellten, die ihnen behilflich sein würde.

Damit war alles erledigt, aber da Bäckström ein neugieriger Mensch war, ging er, bevor er das Gebäude verließ, noch bei Nadja Högberg vorbei.

»Erzähl mir, wie du es angestellt hast, Nadja«, bat Bäckström.

Das sei laut Nadja keine große Kunst gewesen. Erst habe sie sich eine Liste der Kunden beschafft, die ein Schließfach bei der Handelsbanken-Filiale Valhallavägen, Ecke Erik Dahlbergsgatan in Stockholm hatten. Die Namen der Privatleute hatte sie erst einmal beiseitegelegt, aber es waren auch um die hundert juristische Personen. Einmannfirmen, Handelsgesellschaften, Kommanditgesellschaften, Vereinigungen und Erbengemeinschaften.

Sie hatte mit der größten Gruppe, den Aktiengesellschaften, begonnen.

Dann hatte sie die Namen der Personen herausgesucht, die bei diesen Aktiengesellschaften im Vorstand saßen, in der Firmenleitung, die zu den Gesellschaftern gehörten oder aus anderen Gründen mit diesen in Verbindung standen. Von Karl Danielsson hatte sie nicht die geringste Spur entdeckt.

»Ich fand jedoch eine Aktiengesellschaft, in der Mario Grimaldi und Roland Stålhammar im Vorstand sitzen und die außerdem Seppo Laurén, du weißt schon, Danielssons jungen

Nachbarn im Hasselstigen, zum Geschäftsführer hat. Das war ein bisschen viel auf einmal, fand ich«, sagte Nadja Högberg und schüttelte den Kopf.

»Ja, aber ist der nicht behindert? Dieser Laurén?«

»Schon möglich«, erwiderte Nadja. »Alm behauptete wohl etwas diesbezüglich, ich selbst bin ihm nicht begegnet. Jedenfalls hat er keinen Jagdschein und ist auch noch nie in Konkurs gegangen. Es spricht also formal nichts dagegen, dass er Geschäftsführer ist. Darum ging es Danielsson vermutlich auch nur.«

»Ganz phänomenal«, sagte Bäckström. Man sollte die Russin zur Chefin der Sicherheitspolizei ernennen, dachte er. Damit mal ein frischer Wind bei den Schnüfflern weht.

»Es handelt sich um eine Aktiengesellschaft mit wenigen Gesellschaftern, die seit etwa zehn Jahren ruht, also nicht mehr in Betrieb ist. Sie scheint auch über kein nennenswertes Vermögen zu verfügen. Der Name lautet übrigens Skrivarstugan Aktiebolag. Laut Satzung ist Zweck der Gesellschaft, interessierten Privatpersonen oder Firmen jede Art von Schreibhilfe anzubieten, angefangen von Reklamebroschüren bis hin zu Festreden. Die beiden Frauen, die die Firma gegründet haben, arbeiteten offenbar als Sekretärinnen bei einer Werbeagentur und hatten das Ganze wohl für Nebeneinnahmen geplant. Es scheint jedoch nie irgendwelche Kunden gegeben zu haben, woraufhin sie die Firma nach ein paar Jahren an den damaligen Kriminalinspektor Roland Stålhammar verkauften.«

»Was du nicht sagst«, meinte Bäckström.

»Wenn du mich fragst, dann waren Stålhammar und Grimaldi die Strohmänner von Karl Danielsson. Falls das, was ich über Stålhammar gehört habe, zutrifft, dann weiß er vermutlich gar nichts davon.«

»Wozu hat denn Danielsson diese Aktiengesellschaft gebraucht? Diesen Aktiebolag Skrivarstugan?«

»Das frage ich mich auch«, erwiderte Nadja. »Denn irgendeine Funktion scheint sie nicht gehabt zu haben. Jedenfalls verfügte er über ein Schließfach.

Ich habe bei der Bank angerufen«, fuhr Nadja fort, »und nachdem sie etwas widerwillig in ihren Unterlagen gewühlt hatten, haben sie eine alte Vollmacht für Karl Danielsson gefunden, die ihm Zugang zu dem Schließfach der Aktiengesellschaft gewährte. Er hat das Schließfach übrigens zuletzt am Tag seiner Ermordung geöffnet, und zwar am Nachmittag des vierzehnten Mai. Davor war er zuletzt Mitte Dezember vorigen Jahres dort gewesen.«

»Was du nicht sagst«, meinte Bäckström. »Und was bewahrt er in dem Fach auf?«

»Es handelt sich um eines der kleinsten Fächer«, sagte Nadja. »Es ist sechsunddreißig Zentimeter lang, siebenundzwanzig Zentimeter breit und etwa acht Zentimeter hoch. Sonderlich viel kann es nicht sein, was meinst du?«

»So wie ich Danielsson kenne, liegen da ein paar Gewinnbons von der Trabrennbahn und alte Quittungen«, meinte Bäckström. »Was glaubst du, Nadja?«

»Vielleicht ein Goldschatz?«, erwiderte diese und lächelte breit.

»Wo der auch immer herkommen sollte«, wandte Bäckström ein und schüttelte den Kopf.

»Als Kind, damals in Russland, nein, das stimmt nicht ... als Kind damals in der Sowjetunion war es meist traurig, ärmlich und langweilig und gelegentlich auch schrecklich, da hat mein Vater hin und wieder versucht, mich aufzumuntern. ›Vergiss nicht, Nadja‹, hat er gesagt, ›am Ende des Regenbogens steht immer ein Topf voll Gold.‹«

»Altes russisches Sprichwort«, meinte Bäckström.

»Wirklich nicht«, erwiderte Nadja kopfschüttelnd. »Hätte man damals solche Sprichworte zum Besten gegeben, wäre man früher oder später zum KGB zitiert worden. Aber wenn du willst, können wir um eine Flasche Wodka wetten«, meinte sie lächelnd.

»Dann setze ich eine Flasche auf Quittungen und Gewinnbons«, meinte Bäckström. »Und du, Nadja?«

»Auf einen Topf voll Gold«, erwiderte Nadja, die plötzlich recht wehmütig wirkte. »Er hätte zwar in so einem kleinen Schließfach kaum Platz, aber wir Russen geben die Hoffnung nie auf.«

Schlau, verdammt schlau, dachte Bäckström, aber so verrückt wie alle Russen.

Dann bat er Annika Carlsson darum, sie hinzufahren. Wer will sich schon ein Inzestopfer aus Dalarna anhören, das von einer fetten, abgetakelten Blondine schwärmt, dachte Bäckström. Die Kollegin Carlsson besaß zumindest so viel Takt, während der Fahrt die Schnauze zu halten, und eine Viertelstunde, nachdem sie die Dienststelle in Solna verlassen hatten, parkte sie den Dienstwagen vor der Bank.

Die Bankangestellte war sehr zuvorkommend. Sie warf nur einen kurzen Blick auf ihre Ausweise und begleitete sie dann in den Tresorraum. Dann schloss sie das Fach mit ihrem Schlüssel auf, und Bäckström drehte den seinigen herum, dann zog sie die kleine Stahlbox heraus und stellte sie auf einen Tisch.

»Noch eine Frage, bevor Sie gehen«, sagte Bäckström. »Danielsson war vor einer knappen Woche hier. Sie haben ihn offenbar betreut. Können Sie sich noch an irgendwas erinnern?«

Sie schüttelte zögernd den Kopf und sagte dann mit einem entschuldigenden Lächeln:

»Wir unterliegen ja dem Bankgeheimnis.«

»Sie wissen doch sicher, dass wir wegen eines Mordes hier sind, und dann gilt das Bankgeheimnis nicht mehr«, meinte Bäckström.

»Ich weiß«, erwiderte sie. »Doch, ich erinnere mich an seinen Besuch.«

»Inwiefern?«

»Er war so ein typischer Kunde, den man im Gedächtnis behält, auch wenn er nicht oft kommt«, sagte sie. »Immer etwas großspurig, immer eine Fahne. Ich erinnere mich, dass wir einmal nach seinem Besuch Witze darüber gemacht haben, wie lange es wohl dauert, bis die Steuerfahndung auftaucht.«

»Erinnern Sie sich, ob er eine Aktentasche dabeihatte? Einen Aktenkoffer aus hellbraunem Leder mit Messingbeschlägen?«, fragte Annika Carlsson.

»Doch, daran erinnere ich mich. Den hatte er immer dabei. Auch vorige Woche, als er hier war, um einige Dinge aus seinem Schließfach zu entnehmen.«

»Warum glauben Sie, dass er hier war, um Sachen aus seinem Schließfach zu nehmen?«, wollte Annika Carlsson wissen.

»Während ich die Box herausnahm, öffnete er seinen Aktenkoffer. Der war abgesehen von einem Notizblock und ein paar Stiften ganz leer.«

»Danke«, sagte Bäckström.

»Was meinst du?«, fragte Annika Carlsson und hielt ein paar Gummihandschuhe in die Luft, nachdem die Bankangestellte gegangen war.

»Um eine kleine Box zu öffnen, auf der unzählige Fingerabdrücke von Bankangestellten sind?« Bäckström schüttelte den Kopf. »Unnötig. Das ist was für Niemi und seine Kameraden.« Gewinnbons und alte Quittungen, dachte er.

»Okay, Annika«, sagte Bäckström, grinste und wog die Box in der Hand. »Sollen wir wetten?«

»Einen Hunderter, mehr nicht«, antwortete Annika Carlsson. »Ich wette nie. Ich setze auf Gewinnbons und Quittungen, und du, Bäckström?«

»Auf einen Topf voll Gold. Das weißt du doch, Annika. Am Ende des Regenbogens steht immer ein Topf voll Gold«, sagte Bäckström und öffnete die Box.

Meine Fresse, dachte er, und seine Augen wurden so rund wie sein Kopf. Warum bin ich nicht allein hergekommen? Dann hätte ich mir für den Rest meines Lebens nicht mal mehr selbst den Hintern abwischen müssen.

»Bist du Hellseher, Bäckström?«, fragte Annika Carlsson und sah ihn mit aufgerissenen Augen an, die ebenso rund waren wie die seinen.

24

Etwa ein halbes Jahr zuvor hatte der Chef des Reichskriminalamts Lars Martin Johansson seine Mitarbeiterin, die Polizeidirektorin Anna Holt, angerufen und gefragt, ob er sie zum Abendessen einladen dürfe.

»Das klingt nett«, sagte Anna Holt und versuchte sich ihre Verwunderung nicht anmerken zu lassen. Das erste Mal, obwohl wir uns schon seit über zehn Jahren kennen, dachte sie. Ich bin gespannt, was er will. Johansson hatte immer eine Absicht und fast immer einen Hintergedanken.

»Wann denn?«, fragte Holt.

»Vorzugsweise heute Abend«, antwortete Johansson. »Spätestens morgen.«

»Heute Abend ist kein Problem«, sagte Holt.

»Ausgezeichnet«, sagte Johansson. »Wir sehen uns dann um neunzehn Uhr. Ich maile dir noch die Adresse des Restaurants, in das ich dich ausführen will. Nimm dir ein Taxi und lass dir eine Quittung geben, dann bezahle ich.«

»Das regelt sich«, erwiderte Holt. »Nur noch eine neugierige Frage. Was soll ich denn dieses Mal für dich tun?«

»Anna, Anna«, sagte Johansson und seufzte. »Ich will nur, dass du mit deinem Chef zu Abend isst. Ich hoffe, dass es nett wird. Aber um deine Frage zu beantworten. Nein, ich hatte nicht vor, dich um einen Gefallen zu bitten. Hingegen wollte ich dir ein Geheimnis erzählen, und es geht ausschließlich um mich, du kannst also ganz beruhigt sein.«

»Ich mache mir keine Sorgen«, versicherte Holt. »Es ist nett, dich mal wieder zu sehen.« Leute einseifen, das kann er, dachte sie, nachdem sie aufgelegt hatte.

Was will er eigentlich?, überlegte sie, als sie in das Taxi stieg, um zu ihrer Verabredung zu fahren. Trotz seiner Beteuerungen wurde sie den Gedanken nicht los, dass es um etwas ganz anderes ging als um ihn selbst. Johansson war einfach nicht der Mensch, der sich einem anvertraute. Es bereitete ihm keinerlei Mühe, Geheimnisse zu hüten, insbesondere wenn sie ihn selbst betrafen.

Vor etwa einem halben Jahr hatte er sie und eine rasch wachsende Anzahl Kollegen damit betraut, insgeheim die Akten des Palme-Mordes durchzugehen, ob sie nicht vielleicht doch etwas entdecken würden, was den anderen Ermittlern entgangen war.

Obwohl die Aktenberge gigantisch gewesen waren und das Projekt schon von daher zum Scheitern verurteilt gewesen war, war etwas eingetreten, was sich fast nur als Wunder bezeichnen ließ. Sie hatten zwei bislang unbekannte und höchstwahrscheinliche Tatverdächtige entdeckt. Der eine hatte den Mord geplant, der andere hatte geschossen. Der erste war schon seit Jahren tot, der zweite hingegen schien noch am Leben zu sein. Sein Aufenthaltsort war nicht bekannt, er schien untergetaucht. Plötzlich hatte sich ein Bild dessen, was sich eigentlich abgespielt hatte, herauskristallisiert.

Sie waren auf diverse, die beiden Verdächtigen belastende Umstände gestoßen. Sie hatten sogar Zeugen und Beweismaterial gefunden, die ihren Verdacht erhärteten. Zu guter Letzt hatten sie auch den noch lebenden Täter gefunden. Wenige Stunden bevor sie ihn festnehmen wollten, war er durch einen unerklärlichen Unfall ums Leben gekommen. Er und sein Boot waren nördlich von Mallorca in die Luft gesprengt worden. Und alles, was Holt und ihre Kollegen zusammengetragen hatten, war mit ihm in den Tiefen verschwunden. In der Wirklichkeit, in der unter anderem Anna Holt und ihr Chef lebten, war die Ermittlung des Mordes am Ministerpräsidenten inzwischen ein abgeschlossenes Kapitel.

Falls Johansson darüber sprechen wollte, so war dies ein

Geheimnis, das er mit anderen teilte. Die Überzeugung, die für sie zur Wahrheit geworden war, sich aber nie mehr beweisen lassen würde. Und falls sie unrecht gehabt hatten, würde sich das auch nicht mehr beweisen lassen.

Ein Geheimnis, was ihn selbst betraf? Dass ich nicht lache, dachte Anna Holt, als sie vor dem Restaurant aus dem Taxi stieg.

Sie hatten sich in einem Restaurant bei Johansson um die Ecke verabredet, einem kleinen Italiener, der nur einen Block von seiner Wohnung im Stadtteil Södermalm entfernt lag. Ausgezeichnetes Essen, noch bessere Weine und ein Johansson, der sich an Liebenswürdigkeit selbst übertraf, sowie ein Kellner, der ihn wie den König behandelte, der er in diesem Lokal sicher auch war, und sie wie seine gekrönte Gemahlin.

Wahrscheinlich hat er sie vorher davon in Kenntnis gesetzt, dachte Holt, dass ich eine Kollegin und nicht seine Geliebte bin.

»Vor deinem Eintreffen habe ich ihnen gesagt, dass wir Kollegen sind«, sagte Johansson und lächelte. »Damit sie sich nichts einbilden.«

»Diesen Verdacht hatte ich fast schon«, sagte Holt und erwiderte sein Lächeln. Ein Mann, der um die Ecke schauen kann, dachte sie.

»Es ist doch erstaunlich, Holt«, meinte Johansson, »dass ich um die Ecke schauen kann.«

»Manchmal ist es fast schon unheimlich«, erwiderte Holt. »Aber im Augenblick fühle ich mich pudelwohl«, meinte sie dann. Außerdem stimmt es nicht immer, dachte sie.

»Wanderer und Seher«, sagte Johansson. »Aber du musst wissen, dass es nicht immer stimmt. Es ist auch schon vorgekommen, dass ich mich geirrt habe.«

»War das das Geheimnis, das du mir erzählen wolltest?«

»Wirklich nicht«, meinte Johansson mit würdiger Miene. »Es würde mir nicht im Traum einfallen, so etwas zu erzählen. Das würde meine norrländische Glaubwürdigkeit in ihren Fundamenten erschüttern.« Johansson lächelte und hob sein Weinglas.

»Du bist wirklich unterhaltsam, Lars, wenn du in Laune bist, aber jetzt sterbe ich vor Neugier …«

»Ich höre auf«, fiel ihr Johansson ins Wort, »und zwar in einer Woche. Ich habe fristlos gekündigt.«

»Hoffentlich ist nichts passiert«, sagte Holt. Was hat er sich jetzt wieder einfallen lassen?, dachte sie. Was erzählt er denn da?

Nichts, laut Johansson war nichts passiert, er habe sich auch nichts einfallen lassen, er sei nur zu einer Einsicht gelangt, zu einer rein persönlichen Einsicht.

»Ich habe das Meine getan«, sagte Johansson. »Eigentlich hätte ich in einem halben Jahr ausscheiden sollen, aber da ich nach gut vierzig Jahren als Polizist das Meine getan habe, gibt es keinen Grund, die letzten Monate einfach nur abzusitzen.«

»Ich habe mit meiner Frau gesprochen«, fuhr er fort. »Sie hält das für eine ausgezeichnete Idee. Ich habe mit der Regierung und mit dem Reichspolizeichef gesprochen. Die haben versucht, mich dazu zu kriegen, bis zum Schluss zu bleiben. Ich habe mich für ihr Vertrauen bedankt, aber höflich abgelehnt. Ich habe auch einige andere Angebote ausgeschlagen.«

»Wann wolltest du das denn bekanntgeben?«, fragte Holt.

»Nach der Regierungssitzung am Donnerstag wird es öffentlich.«

»Was hast du stattdessen vor?«, wollte Holt wissen.

»Kohl anzubauen und in Würde alt zu werden«, meinte Johansson und nickte nachdenklich.

»Und warum erfahre ausgerechnet ich das vor allen anderen hier im Präsidium?«

»Weil ich noch eine Frage hatte«, meinte Johansson.

Wusst ich's doch, dachte Holt.

»Aber da du jetzt schon so eine Miene machst, will ich dich gleich beruhigen. Ich habe dich nicht hergebeten, weil ich dir einen Antrag machen will. Wie geht es übrigens deinem Kollegen Jan Lewin?«

»Gut«, erwiderte Holt. »Wie geht es denn deiner lieben Ehefrau Pia?«

»Meinem Leben, meinst du«, erwiderte Johansson und wurde plötzlich ernst. »Sie fühlt sich wie eine in Gold gefasste Perle.«

»Die Frage«, erinnerte ihn Holt. »Du hattest eine Frage.«

»Richtig, die Frage«, sagte Johansson. »Irgendwie muss in meinem Kopf etwas falsch geschaltet sein, denn sobald ich das Thema wechsele …«

»Jetzt mal im Ernst, Lars. Versuch einfach mal, bei der Sache zu bleiben.«

»Willst du Direktorin der Polizeidirektion West werden?«, fragte Johansson.

Direktorin der Polizeidirektion West? Sie hatte doch schon einen Job, der ihr außerdem gefiel. Sie mochte ihre Kollegen, und mit einem von ihnen hatte sie einen Monat zuvor eine Affäre angefangen. Das wäre vermutlich der einzige Grund, die Stelle zu wechseln, dachte Holt. Beziehungen am Arbeitsplatz sind nicht gut für die Liebe, dachte sie, sie sind auch für sonst nichts gut.

Zwanzigtausend Kronen mehr im Monat. Ein Arbeitsplatz, den sie von zu Hause zu Fuß erreichen konnte. Eine ausgezeichnete Organisation, eine der besten im gesamten Stockholmer Raum. Es war eine Herausforderung, Hunderte von Mitarbeitern zu führen, unter anderem einige der besten Polizisten im Lande. Ganz abgesehen davon gab es nur einen Grund, warum Johansson ausgerechnet sie gefragt hatte.

»Es gibt nur einen Grund, warum ich dich gefragt habe«,

sagte Johansson. »Einen«, wiederholte er und hob seinen langen Zeigefinger.

»Und der wäre?«

»Weil du die Beste bist«, antwortete Johansson. »So einfach ist das.«

»Noch eine praktische Frage«, sagte Holt. »Kannst du mir so eine Stelle überhaupt anbieten? Entscheidet so was nicht die Polizeiführung in Stockholm?«

»Inzwischen entscheidet das die Regierung«, sagte Johansson, »und zwar in Absprache mit der Reichspolizeidirektion und in diesem Fall mit der Polizeiführung in Stockholm. Der Bezirkspolizeichef wird sich noch bei dir melden, und zwar unabhängig davon, wie du dich jetzt entscheidest. Überleg es dir.«

»In Ordnung«, erwiderte Holt. Dass sie gut war, wusste sie, und sie hatte im Unterschied zu vielen ihrer Kolleginnen kein Problem damit, das gegebenenfalls auch auszusprechen. Aber dass sie die Beste war? Dass das ausgerechnet von Johansson kam. Beachtlich, wenn man daran dachte, wie viel sie immer gestritten hatten.

»Gut«, sagte Johansson. »Jetzt kümmern wir uns nicht weiter darum, jetzt amüsieren wir uns nur noch. *No more business. Back to pleasure.* Jetzt darfst du das Thema aussuchen, Anna.«

»Erzähl«, sagte Holt. »Erzähl mir, warum du plötzlich beschlossen hast, deinen Job an den Nagel zu hängen.«

»Wie gesagt«, erwiderte Johansson unbekümmert. »Jetzt amüsieren wir uns nur noch. *No more business.* Aber wenn du willst, kann ich dir erzählen, warum ich Polizist geworden bin. Wie das Ganze angefangen hat sozusagen.«

»Warum bist du denn Polizist geworden?« Er ist wie immer, dachte Holt.

»Weil es mir gefällt, Dingen auf den Grund zu gehen«, antwortete Johansson. »Das war immer meine große Leidenschaft. Und Pia natürlich, dieses unfassbare Glück, die Frau des Lebens zu treffen, wenn man die Hälfte der Erdenwanderung bereits hinter sich hat.«

Jetzt, wo du weißt, wer den Ministerpräsidenten ermordet hat, ist es vermutlich nicht mehr so aufregend, Dingen auf den Grund zu gehen, dachte Anna Holt. Aber du hast ja noch deine Frau, denn die liebst du ja immer noch, dachte sie.

25

Eine Woche später rief die Bezirkspolizeidirektorin in Stockholm bei Anna Holt an und fragte, ob sie sie zum Mittagessen einladen dürfe. Am liebsten so rasch wie möglich.

»Aber gerne«, antwortete Anna Holt, da sie im Vorstand desselben Netzwerks für Polizistinnen saßen und sich schätzten und respektierten. Außerdem gab es nicht den geringsten Grund abzulehnen.

»Aber gerne«, wiederholte Holt. »Wann hattest du denn gedacht?«

»Kannst du Freitag nächste Woche?«, fragte die Bezirkspolizeidirektorin. »Ich dachte, wir könnten in meinem Büro essen, dann bleiben uns all die neugierigen Typen erspart.«

»Klingt nach einer ausgezeichneten Idee«, pflichtete ihr Holt bei.

Glücklicherweise eine Person, die nicht im Geringsten an Johansson erinnert, dachte sie, als sie auflegte.

Am darauffolgenden Freitag wurde ihr die Frage erneut gestellt.

»Kannst du dir vorstellen, Direktorin der Polizeidirektion West zu werden? Ich würde mich sehr freuen, wenn du zustimmen würdest.«

»Ja«, antwortete Holt. »Gerne.«

»Dann wäre das entschieden«, erwiderte die Bezirkspolizeidirektorin, die nicht im Mindesten erstaunt zu sein schien.

Anfang Januar wurde Anna Holts Ernennung bekanntgegeben, und am Montag, dem 3. März, trat sie ihre neue Stelle an. Die

Mühlen der Bürokratie mahlten langsam. Dieses Mal war es jedoch etwas schneller gegangen als sonst.

Wenn man in Betracht zog, um was für eine Stelle es sich handelte, dann dauerte die anfängliche Schonzeit auch bedeutend länger, als man verlangen durfte. Nach sechs Wochen als Chefin der Polizeidirektion West rief die Bezirkspolizeidirektorin sie erneut an.

»Wir müssen uns sehen, Anna«, sagte sie. »Sobald wie möglich. Ich wollte dich um einen Gefallen bitten.«

Wieso klingt sie plötzlich fast so wie Johansson, dachte Anna Holt.

»Du wolltest mich um einen Gefallen bitten«, begann Anna Holt, als sie ein paar Stunden später im Büro der Bezirkspolizeidirektorin saßen.

»Ja«, erwiderte diese und sah aus, als müsse sie regelrecht Anlauf nehmen.

»Raus mit der Sprache«, meinte Holt und lächelte.

»Evert Bäckström«, sagte die Bezirkspolizeidirektorin.

»Evert Bäckström«, wiederholte Anna Holt, die ihre Verblüffung nicht einmal zu verbergen suchte. »Sprechen wir von Kommissar Evert Bäckström, der bis auf Weiteres beim Fundbüro der Polizei Stockholm arbeitet? *The* Evert Bäckström, um es einmal so auszudrücken?«

»Leider ja«, erwiderte die Bezirkspolizeidirektorin und lächelte. Jedenfalls versuchte sie es.

»Bei dir im Westen ist die Stelle eines Kripo-Kommissars unbesetzt. Dort würde ich Bäckström gerne sehen«, führte sie weiter aus.

»Weil wir uns schon so lange kennen und ich dich respektiere …«

»Das beruht auf Gegenseitigkeit, das versichere ich dir …«, warf die Bezirkspolizeidirektorin ein.

»… gehe ich davon aus, dass du einen triftigen Grund dafür hast.«

»Allerdings«, sagte die Bezirkspolizeidirektorin mit Nachdruck. »Wenn du wüsstest. Um mit der praktischen Seite anzufangen: Ich stelle mir vor, dass wir ihn dort vorläufig unterbringen, befristet, dann gibt es keine formellen Probleme, und uns sind nicht die Hände gebunden, falls es nicht funktioniert. Darum werde ich mich kümmern. Daran brauchst du nicht zu denken.«

»Warte mal«, sagte Holt und hob abwehrend die Hände. »Vor einer endgültigen Entscheidung würde ich doch noch gerne deine Argumente hören.« Jetzt habe ich diese neue Stelle gerade mal einen Monat, dachte Holt. Da fällt plötzlich Bäckström vom Himmel und genau in meine Arme. Ein gefallener Engel oder, um genau zu sein, ein flügellahmer, sehr dicker Cherub fortgeschrittenen Alters.

»Es gibt da einige Argumente, falls du sie dir anhören magst«, sagte die Bezirkspolizeidirektorin und nahm erneut Anlauf.

»Natürlich. Ich höre«, erwiderte Holt.

Im Grunde stand Bäckström eine gehobenere Stellung zu. Schließlich war er Kommissar der Mordkommission des Reichskriminalamtes gewesen, bis ihn sein Chef gefeuert und dafür gesorgt hatte, dass er wieder nach Stockholm versetzt wurde, wo er vorher gearbeitet hatte.

»Dafür gab es Gründe, die ich in der Tat nie ganz begriffen habe«, sagte die Bezirkspolizeidirektorin, »schließlich ist er kein schlechter Ermittler. Er hat etliche sehr schwere Verbrechen aufgeklärt.«

»Na ja«, meinte Holt, die ihn kannte. »Er führt sich auf wie eine Horde Elefanten und macht alles platt. Wenn sich der Staub dann gelegt hat, finden seine Kollegen hin und wieder das eine oder andere von Wert. Wenn man von der Methodik einmal absieht, gebe ich dir vielleicht sogar recht. Wenn Bäckström in der Nähe ist, dann geraten die Dinge zumindest in Bewegung.«

»Dieser Mensch scheint über unerschöpfliche Energie zu verfügen«, konstatierte die Bezirkspolizeidirektorin und seufzte schwer.

»Ja. Vollkommen unbegreiflich, wenn man bedenkt, wie er lebt und wie er aussieht«, pflichtete ihr Holt bei.

»Seine augenblickliche Platzierung beim Dezernat für Eigentumsdelikte ist unglücklich. Es ist nicht so, dass seine Chefs ihm etwas hätten nachweisen können, aber es wird so viel geredet. Ich finde auch, dass man nicht genug getan hat, um ihm zu helfen. Man hat ihm keine Aufgaben gegeben, die ihn interessieren. Bäckström fühlt sich ungerecht behandelt. Leider nicht ganz unberechtigt, und deswegen habe ich auch ständig Ärger mit der Gewerkschaft. Außerdem besitzt er die besten Zeugnisse. Sie sind sogar hervorragend.«

Wegloben nennt man das, dachte Holt. Warum auch immer er weg soll. Sie begnügte sich allerdings mit einem Nicken.

»Anna«, sagte die Bezirkspolizeidirektorin und seufzte erneut. »Ich bilde mir ein, dass du die Einzige bist, die mit dem Typen klarkommt. Sollte es auch dir misslingen, dann verspreche ich, ihn zurückzunehmen. Dann werde ich ihn feuern, selbst wenn die Gewerkschaft meinen Kopf auf einem Silbertablett fordert.«

»Und weiter?«, fragte Holt.

»Im letzten halben Jahr ist er außerdem noch rumgelaufen und hat was von einer rätselhaften Verschwörung im Palme-Mord erzählt. Ich war so dumm, ihn seine Thesen vortragen zu lassen. Ich versichere dir, Anna …«

»Ich weiß«, erwiderte Anna Holt. »Ich habe mir seine Thesen auch anhören müssen …«

»Das war alles vollkommen hanebüchen, insbesondere auch deswegen, weil sich plötzlich einer von denen, die angeblich an der Verschwörung beteiligt waren, an mich wendet und mich bittet, ihm, also Bäckström, behilflich zu sein. Ein einflussreiches Mitglied des Reichstags. Er behauptete, Bäckström sei das Opfer eines Justizskandals geworden. Sogar mehrerer.«

»Du willst, dass Bäckström auf andere Gedanken kommt«, meinte Holt.

»Genau«, entgegnete die Bezirkspolizeidirektorin. »Er scheint ohnehin nur schwere Gewaltverbrechen im Kopf zu haben. Und die habt ihr schließlich bei der Polizeidirektion West.«

»Okay«, sagte Anna Holt. »Ich verspreche, mein Bestes zu tun, aber bevor ich einen Beschluss fasse, will ich den Mann, der Bäckströms unmittelbarer Vorgesetzter sein wird, nach seiner Meinung fragen. Das bin ich ihm schuldig.«

»Tu das, Anna«, sagte die Bezirkspolizeidirektorin. »Ich drück dir die Daumen.«

»Bäckström«, sagte Kommissar Toivonen, der Chef der Kripo der Polizeidirektion West war. »Sprechen wir von Evert Bäckström? Der soll bei mir anfangen?«

»Ja«, erwiderte Holt. Toivonen, dachte sie, einer der legendären Ermittler der Polizei Stockholm. Toivonen, der immer direkt zur Sache kommt und keine Zeit auf Floskeln verschwendet, der immer sagt, was er denkt.

»Ich verstehe«, sagte Holt, »dass du gewisse Bedenken hast.«

»Schon okay«, meinte Toivonen und zuckte mit den Achseln. »Ich habe keine Probleme mit Bäckström. Wenn er Ärger macht, dann bekommt er die Probleme.«

»Schon okay«, wiederholte Holt seine Formulierung. Was glaubt er eigentlich?, dachte sie.

»Einverstanden«, meinte Toivonen und nickte. »Wann kommt er?«

Endlich, dachte Toivonen, als er das Büro seiner Chefin verließ. Es hatte fünfundzwanzig Jahre gedauert. Jetzt war es so weit. Er hatte fast schon die Hoffnung aufgegeben, es ihm heimzahlen zu können. Jetzt, du kleiner Fettsack, jetzt bist du dran, dachte Kommissar Toivonen. Und der, an den er dachte, war sein neuer Mitarbeiter Kommissar Evert Bäckström.

Toivonen hatte seiner Chefin Anna Holt gegenüber einiges im Dunkeln gelassen. Vor mehr als fünfundzwanzig Jahren hatte er als Polizeianwärter oder »Fuchs«, wie es damals noch hieß, drei Monate Praktikum beim Dezernat für Gewaltverbrechen in Stockholm gemacht. Als Mentor hatte man ihm Kriminalinspektor Evert Bäckström zugeteilt.

Statt dem »verdammten Fuchs« etwas über Ermittlungsarbeit beizubringen, hatte Bäckström ihn zu seinem Sklaven gemacht. Trotz Toivonens stolzer Abstammung von Generationen von Bauern und Kriegern aus Karelien hatte Bäckström ihn wie einen russischen Leibeigenen behandelt. Er hatte das Chaos auf dessen Schreibtisch sortieren, seinen Papierkorb leeren, den Fußboden fegen, Kaffee kochen, Kopenhagener einkaufen und Bäckström durch die Gegend chauffieren müssen. Häufig schienen diese Ausflüge nichts mit dem Dienst zu tun zu haben. Meist hatte er dann noch für Bäckström Bockwurst mit Kartoffelbrei kaufen müssen, und zwar von seinem mageren Polizeianwärtersalär, weil Bäckström grundsätzlich sein Portemonnaie vergessen hatte. Einmal, als sie eine Botschaft hatten bewachen müssen, hatte er sogar Bäckströms Schuhe putzen müssen. Bäckström hatte ihn als »mein eigener verdammter Fuchs, so ein versoffener Finne« vorgestellt.

Toivonen war mehrfacher schwedischer Meister im Ringen, sowohl griechisch-römisch als auch Freistil. Er hätte Bäckström mühelos sämtliche Knochen brechen können, ohne die Hände aus den Taschen zu nehmen. Mit diesem Gedanken hatte er immer geliebäugelt, aber er hatte beschlossen, im Unterschied zu seinem Mentor ein richtiger Polizist zu werden, die Zähne zusammengebissen und darauf verzichtet. Generationen karelischer Bauern und Krieger hatten seit undenklichen Zeiten Baumrinde in ihr Brot gemischt. Fünfundzwanzig Jahre später waren endlich bedeutend bessere Zeiten angebrochen.

In der Nacht gab Toivonen sich süßen Träumen hin. Erst hatte er den kleinen Fettsack mit einem normalen Aufreißer aufgelockert, dann war es mit einem Halb- und einem Doppelnelson weitergegangen und mit einigen Tricks, für die man zu seinen aktiven Zeiten disqualifiziert worden wäre. Jetzt war Bäckström aufgewärmt, und er ließ ihm einige alptraumhafte Würfe angedeihen. Schließlich nahm er seinen kurzen dicken Hals in die Beinfessel. Da lag er jetzt, fünfundzwanzig Jahre später, blaurot im Gesicht und mit seinen kleinen fetten Händen fuchtelnd, während Toivonen zufrieden seufzte und noch etwas fester zudrückte.

26

Ein paar Jahre, bevor er zur Polizei Solna gekommen war, hatte man Kommissar Evert Bäckström von seinem ihm gemäßen Arbeitsplatz bei der Reichsmordkommission zum Dezernat für Eigentumsdelikte versetzt oder zum Fundbüro der Polizei, wie alle richtigen Polizisten einschließlich Bäckström diese Endlagerstätte für gestohlene Fahrräder, verlorengegangene Brieftaschen und verirrte Polizistenseelen nannten.

Bäckström war das Opfer böser Machenschaften gewesen. Sein ehemaliger Chef Lars Martin Johansson, ein schmieriger Lappe, der vergorene Heringe aß und mit den Sozis sympathisierte, war ganz einfach mit Bäckströms erfolgreichem Kampf gegen die immer schwerer werdende Kriminalität nicht fertiggeworden. Er hatte einen Strick aus Verleumdungen gedreht, Bäckström die Schlinge um den Hals gelegt und selbst den Stuhl unter ihm beiseitegetreten.

Die Arbeit im Fundbüro war natürlich eine Strafversetzung gewesen. In den folgenden zwei Jahren hatte Bäckström nach verlorengegangenen Fahrrädern, einem verschwundenen Bagger, einem Segelboot, bei dem es sich schließlich erwies, dass es in den äußeren Schären gesunken war, Giftmüll und Dixieklos suchen müssen. Das hätte den Stärksten umgehauen, aber Bäckström hatte durchgehalten. Er hatte das Beste daraus gemacht. Er hatte einen seiner alten Kontakte wieder ausgegraben, einen bekannten Kunsthändler, hatte sich einen guten Tipp geben lassen, ein gestohlenes Ölgemälde, das fünfzig Millionen wert war, wiedergefunden und nebenher ganz gut daran verdient, während seine halbdebilen Chefs an seiner statt die Ehre eingeheimst hatten. Aber daran war er gewohnt.

Vergangenen Herbst hatte derselbe Informant ihm interessante Informationen darüber zukommen lassen, wer den Ministerpräsidenten Olof Palme ermordet hatte, und er hatte keine Sekunde gezögert. Recht bald hatte er die Mordwaffe ausfindig gemacht und eine Konspiration vier angesehener Persönlichkeiten. Sie steckten ganz sicher tief in der Sache drin und kannten sich schon sehr lange, und zwar seit sie in den sechziger Jahren an der Universität Stockholm Jura studiert und sich neben dem Studium perversen und kriminellen Aktivitäten hingegeben hatten. Ihren Geheimbund hatten sie »Freunde der Fotze« getauft.

Als Bäckström einen der Verschwörer hatte verhören wollen, einen ehemaligen Oberstaatsanwalt und christdemokratisches Mitglied des Reichstags, hatten die dunklen Kräfte, denen er auf die Spur gekommen war, zurückgeschlagen und versucht, ihn zu vernichten. Sein Erzfeind, Lars Martin Johansson, der sein Leben lang ein Laufbursche der Macht gewesen war, hatte ihm die Berufskiller des Polizeistaats auf den Hals geschickt, die als Nationale Einsatztruppe firmierten. Sie hatten versucht, Bäckström fertigzumachen, indem sie ihm unter anderem eine Schockgranate an den Kopf geworfen hatten. Nachdem ihre schändlichen Absichten misslungen waren, hatten sie ihn in einer Psychiatrischen Anstalt eingesperrt.

Aber Bäckström war wieder auf die Beine gekommen und hatte es ihnen heimgezahlt, obwohl er fast chancenlos gewesen war. Die Gewerkschaft war auf seiner Seite gewesen, Teile der Presse und offenbar einige einflussreiche Persönlichkeiten, die anonym bleiben mussten, aber mit seinem Kampf für Gerechtigkeit sympathisierten. Allein war man ein Nichts, das war die traurige Wahrheit, aber Bäckström hatte wieder einmal bewiesen, dass er stärker gewesen war als alle anderen.

Bereits nach einigen Monaten hatte er wieder gearbeitet. Hatte neue Müllhaufen gefunden, aber gleichzeitig gute Möglichkeiten, Leuten, die es verdient hatten, ein paar Dienste nebenher zu erweisen. Den Gedanken, den Mord am Ministerpräsidenten ein für alle Mal zu lösen, hatte er vorläufig aufgegeben. Aber er hatte ein gutes Gedächtnis und viel Zeit, und früher oder später würde er noch alle offenen Rechnungen begleichen.

Es hatte auch den Anschein, als würden alle seine Feinde klein beigeben. Dieser verdammte Lappe Johansson hatte plötzlich fristlos gekündigt, so nannte man das, wenn Leute wie er gefeuert wurden, und vor einem Monat hatte der Personalchef der Stockholmer Polizei von sich hören lassen und ihm die Stelle eines Kommissars beim Dezernat für Gewaltverbrechen bei der Polizeidirektion West angeboten. Er war plötzlich wieder ein vollwertiger Polizist, der Zugriff zu allen Schätzen hatte, die die digitalen Register hergaben. Er hatte wieder die Möglichkeit, dem einen oder anderen in Not geratenen Kumpanen zu helfen, schließlich war der, der gewarnt war, auch gerüstet. Dixieklos und verlorengegangene Brieftaschen blieben ihm jetzt erspart, er hatte es wieder mit ganz normalen Verbrechern zu tun, die ihrer Frau den Kopf abgeschlagen, auf das Kindermädchen mit der Schrotflinte geschossen oder sich an der minderjährigen Tochter der Nachbarn vergriffen hatten.

»Ich verspreche, darüber nachzudenken«, sagte Bäckström mit würdiger Miene und nickte dem Personalchef zu.

»Wäre gut, wenn du das tun würdest, Bäckström«, meinte der Personalaktenschieber und blätterte nervös in seinen Papieren. »Aber nicht zu lange, denn man sehnt sich schon nach dir. Toivonen, der dein neuer Chef sein wird, wäre es recht, wenn du umgehend anfangen könntest.«

Toivonen, dachte Bäckström. Der Finnentrottel, mein eigener verdammter Fuchs, dem ich vor fünfundzwanzig Jahren Pfötchengeben beigebracht habe. Besser kann es ja gar nicht kommen.

Bäckström hätte sich an seiner neuen Stelle als Ermittler beim Dezernat für Gewaltverbrechen bei der Polizeidirektion West am Montag, dem 12. Mai, einfinden sollen. Ab diesem Datum hätte die Stelle besetzt sein sollen. Aber da Bäckström Bäckström war, hatte er beschlossen, die Gelegenheit zu ergreifen und die neue Stelle mit etwas Urlaub außer der Reihe zu beginnen. Er hatte bei der Polizeidirektion West angerufen und mitgeteilt, er sei leider an diesem Tag verhindert. Eine Angelegenheit von seiner alten Stelle, illegales Abladen von Giftmüll, würde vor Gericht verhandelt, und er müsse als Zeuge aussagen.

Am Tag darauf konnte er ebenfalls nicht erscheinen. Da hatte ihn der Betriebsarzt der Stockholmer Polizei zu einem großen Gesundheitscheck einbestellt. Eine große Sache, die vermutlich den ganzen Tag lang dauern würde. Er hatte also erst am Mittwoch die Möglichkeit, sich an seinem neuen Arbeitsplatz einzufinden. Am Vortag hatte er dann den Bescheid erhalten, der ihn fast umgebracht hätte – von einem Arzt, der ihm wie ein Dr. Mengele des 21. Jahrhunderts vorgekommen war –, und als er am 14. Mai in die Dienststelle Solna geschwankt war, hatte er sich dem Tode nahe gefühlt.

Jetzt, knapp eine Woche später, war er wieder er selbst.

Bäckström is back, as always, dachte Bäckström, der natürlich fließend Englisch sprach, da er dauernd gute Filme im Fernsehen sah, die nicht synchronisiert waren.

Am Montag, dem 12. Mai, war Anna Holts anfängliche Schonfrist vorüber, und das hatte nicht das Mindeste mit Bäckström zu tun.

Am Vormittag hatten zwei Wegelagerer bei einem Raubüberfall einen Geldtransporter von der Straße abgedrängt, nachdem er beim Flugplatz Bromma durch das VIP-Tor gefahren war. Als die Räuber ihre Beute in ihren eigenen Wagen eingeladen hatten und gerade wegfahren wollten, hatte einer der beiden Wachmänner mit einer Fernbedienung die Farbpatronen in den Geldkassetten explodieren lassen. Dann war das Chaos ausgebrochen. Die Räuber hatten gewendet und den Wachmann überfahren, der versucht hatte zu fliehen. Einer der beiden Räuber war aus dem Wagen gesprungen und hatte mehrere Schüsse mit einer automatischen Waffe abgefeuert. Der eine Wachmann war getötet und der andere schwer verletzt worden. Dann waren die Ganoven weggefahren, hatten das Auto mit der Geldkassette einen Kilometer vom Tatort entfernt stehen lassen und waren spurlos verschwunden.

Das war aber nur der Anfang gewesen. In der Nacht war ein bekannter finnischer Krimineller vor dem Haus seiner Freundin in Bergshamra erschossen worden, als er sich gerade in seinen Wagen hatte setzen wollen, um wegzufahren. Er hatte eine kleine Reisetasche mit frischer Wäsche, einer 10-mm-Pistole und einem Springmesser in der Hand gehalten. Für Fragen war es jedoch zu spät gewesen. Nach zwei Schüssen in den Hinterkopf war er definitiv tot.

Toivonen, der die Fahndung nach den Bromma-Räubern leitete, hatte schon lange aufgehört, an den Zufall zu glauben. Es musste einen Zusammenhang geben, und bereits am nächsten Tag fanden die Kriminaltechniker den Beweis. Ihr jüngstes Mordopfer wies Spuren roter Farbe an beiden Handgelenken auf. Diese Art von Farbe ließ sich nur mit Mühe abwaschen, und ihre chemische Zusammensetzung stimmte bis zum letzten Molekül mit der Farbe überein, die das Geldtransportunternehmen für seine Farbpatronen verwendete.

Offenbar räumt jemand hinter sich auf, dachte Toivonen.

Als zwei Tage später Bäckströms »Alkimord« verübt worden war, war Anna Holt fast erleichtert gewesen. Endlich wieder ein normaler Fall. Ein Geschenk des Himmels. In diesem Punkt sollte sie ihre Meinung jedoch bald ändern.

27

»Was zum Teufel sollen wir jetzt machen?«, fauchte Bäckström und schaute erst seine Mitarbeiterin und dann die Schließfachbox an.

»Wir müssen umgehend einen der Chefs anrufen, damit wir den Rücken frei haben«, sagte Annika Carlsson. »Jemand muss herkommen und alles versiegeln...«

»Klapp diese verdammte Box zu«, meinte Bäckström, der den Anblick nicht mehr ertragen konnte. Eine korrekte Lesbe dabeizuhaben, wenn ihm schon einmal Einlass in Ali Babas Schatzkammer gewährt wurde... Sein Handy hatte ebenfalls keinen Empfang.

»Die Mauern solcher Tresore sind sicher wahnsinnig dick«, meinte Annika Carlsson. »Wenn du willst, laufe ich hoch und rufe an«, meinte sie dann und zog ihr eigenes Handy aus der Tasche.

»Jetzt machen wir Folgendes«, sagte Bäckström und richtete seinen kurzen, dicken Mittelfinger auf sie. »Du bleibst hier stehen und machst überhaupt nichts, und falls irgendein Idiot reinkommt, erschießt du ihn einfach. Und sieh zu, dass diese verdammte Box nicht verlorengeht.«

Dann ging er hoch in den Raum, in dem die Kundenberater saßen, und rief Toivonen an. Er erklärte ihm rasch die Lage und bat um Anweisungen. Damit es nachher keinen Ärger gibt, dachte Bäckström. Hätte es irgendeine Gerechtigkeit auf der Welt gegeben, hätte er sich bereits in Rio befunden.

»Wen hast du dabei?«, fragte Toivonen, der nicht sonderlich aus der Ruhe zu geraten schien.

»Ankan. Ankan Carlsson.«

»Die Ankan also«, wiederholte Toivonen. »Um wie viel Geld geht es denn?«

»Das müssen mehrere Millionen sein.« Bäckström stöhnte.

»Und du hast also Ankan dabei?«

»Ja«, erwiderte Bäckström. Seine Stimme klingt ja eigenartig, dachte er. Er kann doch wohl kaum betrunken sein? Nicht schon so früh am Tag?

»Na dann. Bitte um eine Papiertüte, pack die ganze Box ein und komm her. Ich sage schon mal Niemi Bescheid, der kümmert sich dann um den Rest.« Ankan, dachte Toivonen. Das darf doch nicht wahr sein.

»Aber nicht, dass es Ärger gibt«, meinte Bäckström. »Ich meine …«

»Keine Sorge«, fiel ihm Toivonen ins Wort. »Ankan hält sich bis zum letzten Komma an die Regeln. Sie ist so entgegenkommend wie ein langgedienter Verkehrspolizist und genauso korrupt wie ein kariertes Blatt Papier. Falls du auf dumme Gedanken kommst, dann machst du mit ihren Handschellen Bekanntschaft.«

Nach Beendigung des Telefonats ließ sich Bäckström von der Bankangestellten eine Papiertüte geben. Er stellte eine Quittung über die Schließfachbox aus, trug sie zum Auto und hatte sie während der ganzen weiten Fahrt zur Dienststelle Solna auf dem Schoß liegen. Annika Carlsson fuhr, und beide schwiegen.

Als Toivonen das Gespräch beendet hatte, trat er auf den Korridor und rief seine nächsten Mitarbeiter und Vertrauten zu sich, schob sie in sein Büro und schloss die Tür.

Er berichtete ihnen rasch, was vorgefallen war, und hob sich die Pointe bis zum Schluss auf.

»Wen hat der kleine Fettsack wohl mitgenommen?«, fragte Toivonen verzückt.

Allgemeine Ratlosigkeit.

»Ankan. Ankan Carlsson«, meinte Toivonen und grinste breit.

»Der Ärmste«, meinte Peter Niemi und schüttelte den Kopf. »Wir müssen ihm seine Dienstwaffe abnehmen, damit er nicht Hand an sich legt.«

Eine Viertelstunde später stellte Bäckström die Papiertüte mit dem Geld auf Niemis Schreibtisch. Ankan Carlsson war treulich von der Tiefgarage bis zu Niemis Büro neben ihm hergewackelt. Will sie mir etwa Angst einjagen, die Lesbe? Plötzlich bewegt sie sich wie eine Bodybuilderin, dachte Bäckström, der an diesem Tag jede Faser ihres durchtrainierten Körpers hasste.

»Um wie viel Geld geht es eigentlich, Bäckström? Was glaubst du? Etwa Millionen?«, fragte Niemi mit unschuldiger Miene.

»Ich dachte mir, dass du mir das sagen kannst«, erwiderte Bäckström. »Hol halt jemanden zum Geldzählen und gib mir eine Quittung für diese verdammte Box.« Ich muss hier weg, dachte Bäckström. Raus. Ich brauch einen Schnaps.

Zwei Stunden später saß er mit seinem zweiten Schnaps und seinem zweiten großen Bier in seiner Stammkneipe. Es hatte nicht geholfen, bislang jedenfalls noch nicht, und davon, dass Niemi ihn angerufen und rapportiert hatte, war es auch nicht besser geworden.

»Zwei Millionen und neunhunderttausend Kronen«, sagte Niemi. »Neunundzwanzig Bündel zu hunderttausend, das war alles«, wiederholte Niemi und klang so desinteressiert, als läse er ein Protokoll vor, das bereits vor ihm lag. »Keine Fingerabdrücke, auch sonst keine Spuren, aber vermutlich war er vorsichtig und hat Handschuhe übergestreift, wenn er sich an dem Zaster zu schaffen machte. Das ist üblich. Herzliche Glückwünsche übrigens.«

»Bitte?«, sagte Bäckström. Der verdammte Lappe macht sich über mich lustig, dachte er.

»Ich meine, zu dem vielen Geld, das du gefunden hast. Danielsson scheint also doch kein durchschnittlicher Alki gewesen zu sein«, konstatierte Niemi. »Kann ich dir sonst noch bei etwas helfen?«

»Ich kann dich auf einmal ganz schlecht hören«, sagte Bäckström, unterbrach die Verbindung und bestellte noch einen Schnaps.

»Einen ganz großen«, sagte er.

»Vojne, vojne, Bäckström«, sagte seine finnische Kellnerin, lächelte und nickte mütterlich.

28

Neues Treffen der Ermittlergruppe. Bereits um acht Uhr waren sie alle zusammengetrommelt worden. Toivonen wollte sich über die neue Lage informieren lassen. Bäckström war gezwungen gewesen, mitten in der Nacht aufzustehen, um es zeitlich zu schaffen. Taxi, mörderische Kopfschmerzen, Zwischenstopp auf dem Weg, Mineralwasser kaufen und trinken, eine Tüte Halspastillen und zwei weitere Kopfschmerztabletten. Bald eine Woche nach der Ermordung Danielssons, und ich könnte so schön in Copacabana am Strand sitzen, einen Maltwhisky in der Hand und die Arme um zwei dunkelhäutige Schönheiten gelegt, wäre diese verdammte Lesbe nicht gewesen.

Noch im Taxi hatte die Staatsanwältin angerufen und ihm mitgeteilt, dass sie Roland Stålhammar nach dem Mittagessen freilassen würde, falls sich bei ihrer Besprechung nicht irgendetwas Belastendes ergeben würde.

»Schon verstanden«, erwiderte Bäckström. »Mich belastet nur, dass er eine ordentliche Reisekasse haben könnte, wenn er sich aus dem Staub macht.«

»Leuten wie Stålhammar gelingt es nie, dauerhaft unterzutauchen«, meinte die Staatsanwältin. »Wenn sie nach Thailand fahren, denn dahin fahren sie meist, dann kommen sie nach einigen Monaten freiwillig wieder zurück.«

»Ich weiß nicht«, erwiderte Bäckström. »Ich pflege mit Typen wie Stålhammar keinen Umgang. Aber wenn Sie meinen. Gab es sonst noch etwas?«

»Das ist vermutlich alles. Ich finde übrigens, dass Ihre Mitarbeiter und Sie bislang ausgezeichnete Arbeit geleistet haben«, meinte die Staatsanwältin versöhnlich.

Was weißt du denn schon von der Polizeiarbeit, du frigide Schlampe?, dachte Bäckström und unterbrach die Verbindung.

Punkt acht betrat Toivonen den Raum und schien im Unterschied zu gestern ausgezeichneter Laune zu sein.

»Wie sieht's aus, Bäckström?«, fragte er und klopfte ihm auf die Schulter. »Du siehst munter aus. Ich hoffe, du hattest eine gute Nacht.«

Verdammter Fuchs, dachte Bäckström.

»Vielleicht solltest du anfangen, Nadja«, sagte Bäckström und nickte ihr zu. Nicht genug, dass man mich um fast drei Millionen gebracht hat, die Russin hat auch noch die Flasche Wodka gewonnen. Wie komme ich aus dieser Kiste nur raus?, überlegte er.

Nadja Högberg hatte sich mit den beiden Frauen unterhalten, die vor zwanzig Jahren die Aktiengesellschaft Skrivarstugan, »Schreibstube« gegründet hatten. Als Allerestes hatten sie sich ein Bankfach am Valhallavägen in Stockholm zugelegt.

»Beide arbeiteten bei einer Werbeagentur in der Nähe«, erklärte Nadja. »Das war also praktisch. Mit der Firma wollten sie sich etwas dazuverdienen.«

Das hatte jedoch nicht hingehauen. Von Anfang an hatten sie nur wenige Kunden gehabt, und als ihnen ihr Chef bei der Werbeagentur auf die Schliche gekommen war, hatte er ihnen diesen Nebenerwerb verboten. Die Alternative war die Kündigung gewesen.

Zu diesem Zeitpunkt war das Aktienkapital von fünfzigtausend Kronen weitgehend verbraucht gewesen. Sie hatten sich mit Karl Danielsson, dem Mann, der sich um ihre Buchhaltung kümmerte, unterhalten und ihn um Hilfe gebeten. Dieser war in die Bresche gesprungen und hatte ihre Aktiengesellschaft für eine Krone an einen seiner Kunden verkauft, an eine Person, der sie nie begegnet waren und deren Namen sie nicht kannten. Danielsson hatte sich um die Abwicklung gekümmert. Sie hatten die Papiere in seinem Büro unterschrieben. Auf den Kaufpreis von einer Krone hatten sie verzichtet. Das war alles gewesen.

»Er hat ihnen die Krone jedoch auf den Tisch gelegt«, sagte Nadja.

»Noble Geste«, meinte Bäckström. »Sonst noch was, Nadja?«

»Etliches«, erwiderte sie, »mal ganz abgesehen von den zwei Komma neun Millionen in seinem Schließfach, glaube ich, dass wir unser Opfer falsch eingeschätzt haben«, stellte sie fest. Sie sprach wirklich fließend Schwedisch.

»Was meinst du mit ganz abgesehen?«, sagte Bäckström. Zwei Komma neun Millionen, und ich könnte jetzt in Rio sein, dachte er.

»Seine Firma, die Karl Danielsson Holding AB, scheint noch bedeutend vermögender zu sein«, sagte Nadja Högberg.

»Du meinst, dass dieser Trinker noch mehr Zaster hatte?«, fragte Bäckström misstrauisch.

»Ich komme darauf zurück«, meinte Nadja. »Erst wollte ich noch eine Vermutung darüber anstellen, wie viel er an dem Tag, an dem er ermordet wurde, aus seinem Schließfach genommen hat.«

»Bei der Box handelt es sich um das kleinste Modell, sechsunddreißig Zentimeter lang, siebenundzwanzig Zentimeter breit und etwa acht Zentimeter hoch, insgesamt also siebentausendsiebenhundertsechsundsiebzig Kubikzentimeter, also etwa acht Liter«, fuhr sie fort. »Wenn man diese mit Tausendern in Bündeln zu Hunderttausend füllt, dann haben in der Box ungefähr acht Millionen Platz.«

»Acht Millionen in dieser kümmerlichen Box«, meinte Bäckström. Unglaublich, dachte er.

»Hätte es sich um Euro gehandelt zum höchsten Wert von fünfhundert Euro – diese Scheine sind im Übrigen bedeutend kleiner als unsere Tausender, obwohl sie fast fünfmal so viel wert sind –, dann hätte man in der Box etwa fünfzig Millionen unterbringen können«, meinte Nadja mit dem Anflug eines Lächelns. »Wären es Dollarscheine mit dem höchsten Wert gewesen, Fünftausender, ihr wisst schon, die Scheine mit Präsident Madison auf der Vorderseite, Madisonporträt heißt so ein Schein offenbar bei Insidern, dann hätte es sich fast um eine halbe Milliarde Kronen in Danielssons Schließfach gehandelt.« Nadja grinste.

»Du machst dich über uns lustig«, meinte Alm kopfschüttelnd. »Wie lassen sich dann diese Riesensäcke erklären, mit denen alle bei Raubüberfällen immer abziehen?«

»Danielsson muss der reichste Alkoholiker der Welt gewesen sein«, meinte Bäckström.

»Wenn es sich um kleinere Scheine handelt, also überwiegend Hunderter, dann fasst unsere Box nur etwa eine Million. Mit Zwanzigern gehen nur knapp dreihunderttausend rein.«

»Der Typ könnte also eine halbe Milliarde in seinem Schließfach aufbewahrt haben«, sagte Bäckström, den das Rechenspiel gegen seinen Willen faszinierte.

»Das würde ich bezweifeln«, meinte Nadja und schüttelte den Kopf. »Ich glaube, mehr als acht Millionen haben nie dort gelegen. Um deine Frage zu beantworten, Bäckström, glaube ich auch nicht, dass er der reichste Trinker der Welt war. Ich glaube jedoch, dass viele der reichsten Männer der Welt Trinker sind.«

»Das bedeutet, dass er vor einer Woche etwa fünf Millionen dort abgeholt haben könnte«, meinte Annika Carlsson. Er hat sie in seine Wohnung mitgenommen und dann in einer Tasche im Wohnzimmer auf seinen Fernseher gelegt, dachte sie.

»Falls es sich um einen normalen Aktenkoffer gehandelt hat, so wie er beschrieben worden ist, dann finden in diesem keine fünf Millionen in Tausendern Platz«, meinte Nadja. »All diese Berechnungen fußen jedoch auf Vermutungen«, stellte sie fest. »Ich habe noch folgende Vermutung angestellt, falls ihr mir weiter zuhören wollt.«

»Ich höre gerne weiter zu«, sagte Toivonen mit zufriedenem Lächeln.

»Zum einen gehe ich davon aus, dass er dort war, um Geld zu holen«, sagte Nadja. »Er könnte natürlich auch etwas anderes geholt haben wie Aufzeichnungen oder so, aber ich gehe davon aus, dass er Geld geholt hat. Ich gehe weiterhin davon aus, dass es sich um Tausender gehandelt hat, und zwar in Bündeln zu Hunderttausend, wie wir sie im Schließfach gefunden haben, die er dann in einem ganz normalen Aktenkoffer verstaut hat.«

»Wie viel könnte er maximal mitgenommen haben?«, fragte Toivonen und grinste aus irgendeinem Grund Bäckström an.

»Maximal drei Millionen«, antwortete Nadja, »aber dann hätte er die Bündel wirklich dicht an dicht verstauen müssen. Ich glaube also, dass es sich um weniger handelte. Vielleicht zwei Millionen.« Sie zuckte mit den Achseln. »Das sind natürlich alles nur Spekulationen, das ist euch doch klar.«

»Hat schon jemand überprüft, ob sich Niemi ein neues Auto gekauft hat«, meinte Stigson feixend.

»Pass auf, was du sagst«, erwiderte Toivonen und sah ihn finster an. »Du hast seine Aktiengesellschaft erwähnt, Nadja. Wie vermögend ist die?«

»Laut Bilanz verfügt diese Gesellschaft über ein zu versteuerndes Vermögen von knapp zwanzig Millionen«, sagte Nadja, »wobei es sich um eine Gesellschaft mit dem geringstmöglichen Aktienkapital handelt, also mit hunderttausend Kronen Eigenkapital. Danielsson war Geschäftsführer, Vorsitzender des Aufsichtsrates und alleiniger Aktionär. Das andere Mitglied des Aufsichtsrats ist sein alter Freund Mario Grimaldi. Dessen Vertreter ist Roland Stålhammar.«

»Was du nicht sagst«, meinte Toivonen und lächelte schief. »Wie viel davon ist wirklich da?«, wollte er dann wissen.

»Zehn Millionen habe ich gefunden«, meinte Nadja. »Aktien, Obligationen und andere Wertpapiere liegen in Depots der Aktiengesellschaft bei der SE-Bank und bei Carnegie. Die restlichen zehn Millionen befinden sich offenbar in ausländischen Depots, aber da ich bislang über keine Vollmacht des Staatsanwalts verfüge, kann ich dort nicht nachfragen. Der Jahresabschluss scheint nach allen Regeln der Kunst erfolgt zu sein. Das Problem ist ein anderes.«

»Und zwar welches?«, fragte Toivonen.

»Seine Buchführung. Uns fehlt seine Buchführung. Er muss die Unterlagen zehn Jahre lang aufheben, aber wir haben rein gar nichts gefunden«, meinte Nadja achselzuckend.

»Das klingt fast so, als sollten wir das der Steuerfahndung überlassen«, meinte Toivonen.

»Das finde ich auch«, sagte Nadja. »Falls ich noch Zeit für etwas anderes finden soll, dann ist das auch nötig.«

»Dann machen wir das so. Schreib eine Zusammenfassung, dann kümmere ich mich sofort darum«, meinte Toivonen. »Noch eine Frage. Wann hat Danielsson angefangen, so viel Geld zu verdienen?«

»In den letzten sechs oder sieben Jahren. Vorher war das alles unerheblich. Aber ungefähr vor sechs oder sieben Jahren lief es immer besser. Er verdiente jedes Jahr ein paar Millionen an verschiedenen Investitionen, Aktien, Obligationen, Optionen und anderen Wertpapieren, jedenfalls hat sein Vermögen von der prosperierenden Börse profitiert.«

»Interessant«, meinte Toivonen und erhob sich. »Danielsson scheint also kein gewöhnlicher Alki gewesen zu sein«, sagte er. Dann lächelte er und nickte aus unerfindlichen Gründen Bäckström zu.

29

Gibt es sonst noch was?«, fragte Bäckström und schaute Toivonen finster hinterher, als dieser den Raum verließ.

»Da war noch diese Sache, um die mich der Chef gebeten hat«, sagte Felicia Pettersson und hob höflich die Hand. »Irgendwas bei dem Zeitungszusteller schien merkwürdig zu sein. Also bei dem Mann, der den Toten gefunden hat. Er heißt Septimus Akofeli. Ich glaube, ich bin draufgekommen, was so merkwürdig ist. Ich bin die Liste seiner Telefonate durchgegangen, und da ist mir einiges aufgefallen, was zumindest den Angaben widerspricht, die er in seiner Vernehmung gemacht hat.«

Sieh an, dachte Bäckström, die kleine Schwarze kann sogar ihren Kopf gebrauchen.

»Und was war das?«, fragte Bäckström, der eigentlich nur noch auf der Toilette verschwinden wollte, um ein paar Liter kaltes Wasser zu trinken, ein paar Kopfschmerztabletten zu schlucken und vielleicht noch ein Pfefferminz zu lutschen. Dann hätte er am liebsten dieses Irrenhaus verlassen, um nach Hause in seinen gemütlichen Bau zu fahren, wo sowohl Kühlschrank als Speisekammer wieder so aussahen wie früher.

»Akofeli hat ein Handy mit Prepaid-Karte«, sagte Felicia Pettersson. »Bei solchen Handys weiß man nie, wem sie gehören. Am Donnerstag, dem fünfzehnten Mai, dem Tag, an dem Danielsson gefunden wurde, hat er etwa zehn Anrufe getätigt. Den ersten um sechs Minuten nach sechs Uhr morgens: Da hat er die Notrufnummer gewählt. Dieser Anruf dauerte etwa drei Minuten, einhundertzweiundneunzig Sekunden, um genau zu sein«, sagte sie nach einem raschen Blick auf das Papier, das sie in der Hand hielt. »Sofort darauf, um neun Minuten nach sechs, ruft er eine andere Nummer an, die eines Handys mit Prepaid-Karte. Dieses Gespräch endet nach fünfzehn Sekunden, als die Mailbox anspringt. Er wählt die Nummer erneut, und die Verbindung wird wieder nach fünfzehn Sekunden unterbrochen. Dann vergeht eine Minute, bis er ein drittes Mal diese Nummer wählt. Dieses Mal unterbricht er die Verbindung bereits nach fünf Sekunden, und zwar um elf Minuten nach sechs, und das ist interessant.«

»Warum?«, meinte Bäckström kopfschüttelnd. »Warum soll das interessant sein?«

»Da trifft die erste Streife im Hasselstigen ein. Ich bilde mir ein, dass Akofeli die Verbindung unterbricht, als er jemanden kommen hört und das Handy einsteckt.«

»Und die anderen Anrufe?«, fragte Bäckström und versuchte so konzentriert auszusehen, wie das mit seinem Kater nur möglich war.

»Gegen neun ruft er an seinem Arbeitsplatz an, um durchzugeben, dass er sich verspäten wird«, sagte Pettersson und sah aus irgendeinem Grund Annika Carlsson an.

»Er hat mich erst noch um Erlaubnis gebeten«, bestätigte Carlsson.

»Der nächste Anruf geht auch an seinen Arbeitsplatz. Er ruft dort kurz vor zehn an, nachdem er den Hasselstigen verlassen hat.«

Erst den Notruf, dann drei Anrufe bei irgendeiner verdammten Prepaid-Nummer, dann zweimal die Arbeit. Eins plus drei plus zwei ist… Ja, auch egal, dachte Bäckström, der bereits den Faden verlor.

»Der siebte Anruf erfolgte nach zwölf«, fuhr Felicia Pettersson fort, »um zwölf Uhr einunddreißig, um genau zu sein. Da rief er bei einer Firma, einem Kunden seines Kurierdienstunternehmens, an. Er soll ein Paket abholen, hat aber den falschen Türcode.«

»Woher weißt du das?«, fragte Bäckström.

»Weil der Kunde beim Mittagessen ist. Er antwortet nicht. Da tätigt er seinen achten Anruf, und zwar bei seinem Kurierdienst. Er will wissen, ob bei denen vielleicht jemand den richtigen Türcode hat.«

»Du hast mit denen geredet«, sagte Bäckström. »Warum? War das so schlau?« Junges Gemüse, dachte er.

»Ich glaube schon«, erwiderte Felicia. »Aber darauf komme ich gleich noch zurück.«

Was erlaubt sich die Kleine eigentlich?, dachte Bäckström. Ich muss mal ein ernstes Wort mit ihr reden.

»Den neunten Anruf tätigt er kurz nach Feierabend gegen sieben Uhr abends. Vier Stunden später erfolgt der zehnte und letzte Anruf, und zwar um dreiundzwanzig Uhr fünfzehn. Beide Male ruft er dieselbe Prepaid-Nummer wie am Morgen an. Es geht niemand dran, und er legt beide Male bereits nach etwa sieben Sekunden wieder auf. Vermutlich ist das Handy ausgeschaltet. Von insgesamt zehn Anrufen an diesem Tag gehen also fünf zu derselben Prepaid-Nummer, deren Besitzer wir nicht kennen.«

»Wahrscheinlich wollte er irgendeinem Freund erzählen, was er erlebt hat«, meinte Bäckström säuerlich. »Die haben doch alle Handys mit Prepaid-Karten. Das ist doch gerade der Witz dabei, dass niemand weiß, wer anruft.«

»Ja, ich weiß. Ich habe selbst ein Prepaid-Handy. Eigentlich ganz praktisch«, sagte sie und sah Bäckström an, ohne sich im Geringsten aus der Ruhe bringen zu lassen.

»Okay«, sagte Bäckström und versuchte seine Stimme etwas versöhnlicher klingen zu lassen, da Annika Carlsson bereits eine bedrohlich grimmige Miene aufsetzte. »Du musst schon entschuldigen, Felicia, aber ich verstehe immer noch nicht recht, warum das so merkwürdig sein soll?«

»Weil er verschwunden ist«, sagte Felicia Pettersson. »Septimus Akofeli ist verschwunden.«

»Verschwunden«, wiederholte Bäckström. Was sagt sie da, dachte er.

»Verschwunden«, fuhr Felicia fort und nickte. »Wahrscheinlich ist er bereits am Freitag verschwunden. Morgens hat er wie immer Zeitungen ausgetragen, aber dann ist er nicht mehr bei dem Kurierdienst erschienen, bei dem er tagsüber arbeitet. Das ist noch nie passiert, seit er vor einem Jahr dort angefangen hat. Ab Freitag ist auch sein Handy tot. Abgestellt. Das letzte Gespräch hat er am Donnerstagabend um dreiundzwanzig Uhr fünfzehn geführt. Er hat bei dieser Prepaid-Nummer angerufen, von der wir nicht wissen, wem sie gehört. Das Handy war abgestellt.«

»Interessant«, sagte Bäckström und nickte aufmunternd. Der kleine Mohr hat sich den Koffer gekrallt, dachte er.

»Sein Arbeitgeber hat am Freitag mehrmals versucht, ihn telefonisch zu erreichen«, fuhr Felicia fort. »Als er am Montag immer noch nicht auftaucht, fährt einer seiner Kollegen zu ihm nach Hause und klingelt. Er wohnt in Rinkeby im Fornbyvägen siebzehn. Niemand öffnet. Er begibt sich auf den Hof und schaut durchs Fenster. Akofeli wohnt in einer Einzimmerwohnung im Erdgeschoss, und die Vorhänge sind nicht zugezogen. Die Wohnung macht einen leeren Eindruck. Wenn er sich also nicht im Bad versteckt hat, weil er nicht aufmachen will, dann ist er nicht zu Hause. Am Nachmittag erstattet der Chef des Kurierdienstes Vermisstenanzeige. Da er in unserem Bezirk wohnt, landet die Anzeige bei uns. Ich fand sie, als ich Nachforschungen über ihn anstellte. Da habe ich dann auch bei seiner Arbeitsstelle angerufen. Um damit die Frage des Chefs zu beantworten«, endete Felicia Pettersson und sah Bäckström mit sehr korrekter Miene an.

»Das ist gar nicht gut«, sagte Bäckström und schüttelte den Kopf. »Wir müssen versuchen, diesen … diesen Akofeli aufzutreiben. Übernimmst du das, Annika?«

»Zusammen mit Felicia«, erwiderte Annika Carlsson und nickte.

»Gut«, antwortete Bäckström und erhob sich abrupt. »Halt mich auf dem Laufenden.«

»Noch etwas«, sagte Bäckström, blieb an der Tür stehen und ließ seinen Feldherrnblick über seine Mitarbeiter schweifen und schließlich auf Felicia Pettersson ruhen.

»Dieser Anruf bei dem Prepaid-Handy und dass er plötzlich verschwunden sein soll, das ist natürlich nicht gut. Dem müssen wir auf den Grund gehen, und es ist gut, dass dir das aufgefallen ist, Felicia. Aber das ist trotzdem nicht das, was mich irritiert«, meinte Bäckström kopfschüttelnd.

»Etwas anderes stört mich an Akofeli«, wiederholte er.

»Und zwar was?«, fragte Annika Carlsson.

»Ich weiß nicht«, sagte Bäckström. »Darüber zerbreche ich mir schon die ganze Zeit den Kopf.« Er lächelte trotz seiner Kopfschmerzen. Da habt ihr was, worauf ihr rumkauen könnt, dachte er und trat auf den Korridor. Das Einzige, was ihn im Augenblick störte, war, dass er kein großes, richtig großes und richtig kaltes tschechisches Pils vor sich stehen hatte.

Auf Typen wie diesen Mohren wollte er wirklich nicht seine Zeit verschwenden. Das wissen doch alle, die etwas Verstand haben, dachte er. Die drehen doch immer irgendwelche Dinger, ich könnte wetten, dass er den Aktenkoffer beiseitegeschafft hat. Falls es nicht Niemi oder Hernandez waren, natürlich. Dass es nicht Stålhammar gewesen sein kann, das begreift schließlich jeder. Vermutlich war er überglücklich über das Trinkgeld, das er dem Opfer aus der Brieftasche klauen konnte.

Stålhammar schlägt Danielsson tot, klaut den Inhalt seiner Brieftasche, torkelt nach Hause in die Järnvägsgatan und lässt den Aktenkoffer mit den Millionen einfach stehen.

Akofeli findet den Toten, schnüffelt in der Bude von Danielsson rum, findet den Aktenkoffer und versteckt ihn. Dann öffnet er ihn in aller Ruhe. Sieht, dass er plötzlich Millionär geworden ist, und verschwindet ans Ende der Welt. So einfach ist das. Und wenn er es nicht war, dann waren es Niemi und sein Kumpan, der Chilene. Es ist wirklich höchste Zeit, was zu essen.

30

Miljöbudet, der grüne Kurier, hatte seine Büros in der Alströmergatan auf Kungsholmen. Auf dem Weg dorthin diskutierten Annika Carlsson und Felicia Pettersson die neue Lage. Alles andere wäre bei zwei richtigen Polizistinnen merkwürdig und fast schon ein Dienstvergehen gewesen.

»Was halten wir davon, Felicia?«, fragte Annika Carlsson.

»Ich hoffe, dass ich mich irre«, sagte Felicia, »aber das Wahrscheinlichste ist leider, dass Akofeli den Koffer geklaut, irgendwo in der Nähe versteckt und dann erst die Notrufnummer angerufen hat. Schließlich haben wir nur seine Aussage darüber, dass er direkt nach Auffinden Danielssons zum Handy gegriffen hat.«

»Ja, vielleicht ist es wirklich so gewesen. Ganz unwahrscheinlich wirkt es jedenfalls nicht.«

»Das würde bedeuten, dass Akofeli inzwischen das Land verlassen hat«, meinte Felicia.

»Ich habe bereits mit der Staatsanwältin gesprochen«, erwiderte Annika Carlsson. »Wenn wir bei dem Kurierdienst fertig sind, sehen wir uns in Akofelis Wohnung um.«

»Wir müssen uns den Schlüssel besorgen«, sagte Felicia Pettersson.

»Ich habe bereits dem Hausmeister Bescheid gesagt«, erwiderte Annika Carlsson lächelnd. »Wofür hältst du mich eigentlich?«

»Ich halte dich für eine liebenswerte Person«, meinte Felicia, »aber man wird sich doch noch einen Scherz erlauben dürfen.«

Die Büros von Miljöbudet lagen im Erdgeschoss. Über der Tür hing ein Schild, und ein halbes Dutzend Fahrräder blockierte den ganzen Gehsteig.

»Wenn man hier mit einem Kinderwagen vorbei will, dann muss man auf die Straße ausweichen«, stellte Annika Carlsson stirnrunzelnd fest.

»*Cool it babe*«, meinte Felicia Pettersson und lächelte sie an. »Vielleicht sollten wir uns das ja bis zum Schluss aufheben?«

»Du darfst reden«, entschied Carlsson. »Das hier ist dein Ding.«

Erst sprachen sie mit Akofelis Chef, einem Jens Jonasson. »Sagen Sie Jensa zu mir, das tun hier alle!« Er sah aus wie der durchschnittliche schwedische Computerfreak und war kaum älter als Akofeli. Er war besorgt, das war ihm trotz seiner dicken Brillengläser anzusehen.

»Das sieht Mister Seven, also Septimus, gar nicht ähnlich«, sagte er. »Wir nennen ihn Seven, weil Septimus auf Lateinisch der Siebte bedeutet. Er hat keinen Tag gefehlt, seit er vor anderthalb Jahren hier angefangen hat.«

»Wie ist er als Person?«, fragte Annika Carlsson trotz ihrer erst fünf Minuten zurückliegenden Zusicherung.

»Hervorragend«, erwiderte sein Chef. »Superradfahrer, eins a Kondition, rückt immer aus, selbst im Schneetreiben. Ehrlich, umgänglich, zuvorkommend den Kunden gegenüber. Erstklassige Kraft. Umweltbewusst. Das ist uns wichtig. Damit nehmen wir es genau. Alle, die hier arbeiten, müssen umweltbewusst sein.«

»Was, glauben Sie, könnte passiert sein?«, fragte Felicia Pettersson. Hier stelle ich die Fragen, dachte sie.

»Es muss mit diesem verdammten Mord zusammenhängen. Vielleicht hat er ja was gesehen, was er nicht hätte sehen sollen. Schlimmstenfalls hat ihn jemand beseitigt. Jedenfalls befürchten das hier alle.«

»Wirkte er besorgt oder so, als er am Donnerstag hier erschien?«

»Nein. Er wollte nicht darüber sprechen. Alle haben ihn bedrängt und wollten alles ganz genau wissen. Ich meine, wie oft passiert es schon, dass man einen Toten findet, der gerade ermordet worden ist? Mir ist das jedenfalls noch nicht passiert«, meinte Jensa und putzte ganz entrüstet seine Brillengläser. »Auch sonst niemandem, der hier arbeitet oder den ich kenne. Und was dann? Dann ist er plötzlich einfach verschwunden. Das ist doch wohl ein seltsamer Zufall, ich meine, rein zeitlich gesehen.«

»Meinen Sie?«, sagte Felicia. »Wer ist hier bei der Arbeit sein bester Freund?«

»Lawman«, antwortete Jensa. »Also Nisse Munck. Er studiert Jura. Sein Vater ist wohl ein recht bekannter Anwalt. Er ist übrigens da. Er sitzt unten im Fahrradkeller und poliert sein Rennrad. Er fährt auch Radrennen. Allerdings nicht den Giro d'Italia oder die Tour de France«, sagte er noch und senkte dabei etwas die Stimme. »Wollen Sie mit ihm reden?«

»Gerne«, meinte Felicia. »Falls er sich von seinem Rad losreißen kann.«

Lawman sah seinem Chef überraschend ähnlich, einschließlich Brille und allem anderen. Abgesehen von den langen muskulösen Beinen wirkte er jedoch nicht wie ein Radrennfahrer.

»Natürlich habe ich gefragt«, sagte Lawman. »Schließlich interessiere ich mich für Strafrecht. Darauf will ich mich nach dem Examen spezialisieren. Strafverteidiger mit eigener Kanzlei«, verdeutlichte er.

»Was hat er geantwortet?«, fragte Felicia Pettersson.

»Dass er nicht darüber reden will«, entgegnete Lawman. »Das kann man verstehen. Kann nicht sonderlich spaßig gewesen sein. Ich habe mir die Sache sofort im Internet angeschaut, als ich Donnerstag nach Hause gekommen bin. Das scheint ja das reinste Kettensägenmassaker gewesen zu sein. Obwohl in dem Artikel von einer Axt die Rede war.«

»Aber Sie haben also nicht über seine Erlebnisse gesprochen?«, wiederholte Annika Carlsson.

»Ich habe es versucht«, meinte Lawman. »Mister Seven wollte kein Wort sagen. Okay, okay. Dann war da noch der Job. Die ganze Zeit neue Kunden. Schließlich sind wir hier nicht mit dem Tandem unterwegs, oder?«

»Und das war alles?« Annika Carlsson nickte ihm zu.

»Doch, ja.«

»Er hat sonst nichts gesagt? Auch nach nichts gefragt?«

»Jetzt, wo Sie es sagen«, meinte Lawman. »Er stellte tatsächlich eine Frage. Und zwar kurz bevor ich Feierabend machte. Eine etwas seltsame Frage, aber solche Fragen muss ich dauernd beantworten.«

»Über Jura, über juristische Probleme?«, meinte Felicia.

»Yes«, antwortete Lawman und nickte. »Ständige kostenfreie Beratung. Hauptsächlich Familienrecht. Was passiert, wenn mich die Freundin aus der Wohnung schmeißt und ich nicht mit auf dem Mietvertrag stehe? Was wird aus dem Kühlschrank, den wir gemeinsam gekauft haben? Diese Art von Fragen. Obwohl ich immer betone, dass ich auf Strafrecht spezialisiert bin.«

»Und die seltsame Frage?«, erinnerte ihn Felicia.

»Er hat mich nach dem Notwehrparagraphen gefragt«, sagte Lawman. »Wie es in Schweden sei, wenn man angegriffen werde und versuche, sich zu verteidigen. Wie weit man da gehen dürfe.«

»Und was haben Sie geantwortet?«

»Erst habe ich gesagt, das sei eine sehr seltsame Frage. Dann habe ich Seven gefragt, ob er etwa diesen Typen erschlagen habe, weil der über ihn hergefallen sei, weil er die falsche Zeitung bekommen habe oder so. Gelegentlich rasten die Kunden schon mal aus. Aber so war es nicht. Seven sagte, das sei ein absurder Gedanke. Nichts dergleichen habe sich ereignet. No way.«

»Können Sie sich erinnern, wie er die Frage genau formuliert hat?«, beharrte Felicia.

»Wie weit darf man gehen? Nimm einmal an, jemand will dich umbringen. Hast du dann das Recht, diese Person totzuschlagen? Ungefähr so lautete die Frage.«

»Und was haben Sie darauf geantwortet?«, wiederholte Annika Carlsson.

»Ja. Und nein. Das müssten Sie doch eigentlich am besten wissen. Man hat das Recht, sich jener Gegengewalt zu bedienen, die durch die Gefährlichkeit des Angriffes motiviert erscheint. Plus der zusätzlichen Gewalt, die notwendig ist, diesen Angriff abzuwehren. Alles andere könne er vergessen. Wie einen Tritt extra, wenn der Täter schon auf dem Rücken liegt und die Augen verdreht.«

»Hatten Sie den Eindruck, dass Seven diese Frage gestellt hat, weil es ihn persönlich betraf? Dass er selbst mit Gewalt konfrontiert worden ist?«

»Soll das ein Scherz sein?«, fragte Lawman. »Seven ist in Somalia aufgewachsen. Was heißt hier, mit Gewalt konfrontiert? Schauen Sie doch mal im Internet. Willkommen in der Wirklichkeit, Frau Wachtmeister.«

»Ich meinte, hier in Schweden«, verdeutlichte Annika.

»Danach habe ich ihn gefragt«, erwiderte Lawman. »Das bestritt er energisch, wie ich bereits sagte. Mal abgesehen von allen Rassisten, mit denen sich so jemand wie Seven ständig konfrontiert sieht. Die sollte man alle auf die Bäume zurückschicken, von denen sie runtergeklettert sind, wenn Sie meine Meinung hören wollen.«

»Hatten Sie den Eindruck, dass er sich für jemand anderen erkundigt hat?«, wollte Felicia Pettersson wissen.

»Diese Frage habe ich ihm nicht gestellt«, sagte Lawman. »Im Hinblick darauf, was er am Morgen erlebt hatte, vielleicht verständlich. Ich meine, dass ich davon ausgegangen bin, dass es um ihn geht. Ist das so merkwürdig?«

»Nein, wirklich nicht«, sagte Felicia und lächelte.

Dann gingen sie. Jensa begleitete sie vors Haus und gab damit Annika Carlsson einen hervorragenden Anlass, dem Ruf, den sie in der Dienststelle Solna genoss, alle Ehre zu machen.

»Apropos Umweltbewusstsein«, sagte Carlsson. »Wie soll man hier auf dem Bürgersteig eigentlich mit einem Kinderwagen durchkommen?«

»Bring ich in Ordnung, bring ich in Ordnung, *me fix*«, sagte Jensa und hob abwehrend beide Hände.

»Gut«, sagte Annika Carlsson. »Dann gehe ich davon aus, dass das Problem beseitigt ist, wenn wir das nächste Mal hier vorbeikommen.«

»Was sollen wir von seiner Frage zum Notwehrparagraphen halten?«, sagte Felicia. »Die Sache wird immer rätselhafter, Frau Kriminalinspektorin. Klären Sie Ihre jüngere Kollegin doch bitte auf.«

»Dass Danielsson am Abend, bevor ihn Akofeli fand, starb, ist vollkommen klar«, sagte Annika Carlsson.

»Laut Gerichtsmedizin«, pflichtete ihr Felicia bei und nickte.

»Nicht nur deshalb«, meinte Annika Carlsson. »Ich traf bereits kurz vor sieben ein, als Niemi und Chico noch nicht erschienen waren. Ich habe die Gelegenheit genutzt, ihm eine Hand auf den Arm zu legen.«

»Nicht doch«, sagte Felicia und grinste. »Schauen, aber nicht anfassen. Damit lag mir mein Lehrer in Kriminaltechnik immer in den Ohren, als ich noch die Polizeischule besuchte.«

»Das muss mir wohl entfallen sein«, meinte Annika Carlsson. »Außerdem hatte ich Handschuhe an.«

»Und?«

»Er war steif wie ein Brett«, meinte Annika Carlsson. »Ich habe also keinerlei Probleme mit dem Onkel Doktor. Jedenfalls nicht dieses Mal. Wir sind uns einig.«

»Na dann«, meinte Felicia. »Was hältst du davon, eine Kleinigkeit essen zu gehen, bevor wir nach Rinkeby fahren? In Solna Centrum gibt es ein gutes Sushi-Restaurant.«

»Einverstanden«, meinte Annika Carlsson, die bereits in Gedanken woanders war. Was ist hier eigentlich los?, dachte sie. Diese Sache wird immer merkwürdiger.

31

Während seine Mitarbeiter vermutlich wie aufgescheuchte Hühner durch die Gegend rannten, hatte Bäckström ein verschwiegenes Restaurant in Solna Centrum aufgesucht. Er aß Schweinefilet mit Champignonsahnesauce und Kroketten und trank dazu ein großes Bier. Sogar ein paar Schnäpse schaffte er, während er die Tür sorgfältig im Auge behielt. Es ließ sich nicht ausschließen, dass auch Toivonen und Niemi heimlich in der Arbeitszeit tranken, und er hatte keine Lust, sich von ein paar durstigen dösigen Finnen überraschen zu lassen.

Nach einer Tasse Kaffee und einer kleinen Makrone mit Buttercreme, kürzerer Meditation und Grübelei, kehrte Bäckström zur Dienststelle zurück. Rundum gestärkt wählte er den Weg durch die Tiefgarage und traf seinen guten Freund, den Parkwächter.

»Du willst dich einen Augenblick im Überwachungswagen ausruhen«, stellte sein Kamerad fest.

»Ist er denn frei?«, fragte Bäckström.

»Grünes Licht. Die Drogentypen waren die ganze Nacht unterwegs und sind jetzt nach Hause in die Falle gegangen.«

»Weck mich in zwei Stunden«, sagte Bäckström. »Ich bin schon seit fast vierundzwanzig Stunden im Einsatz. Jetzt ist es wirklich Zeit, die stabile Seitenlage einzunehmen.«

Zwei Stunden später saß er in seinem Büro, vollkommen klar im Kopf und die Zunge scharf wie ein Rasiermesser. Die Erste, die das zu spüren bekam, war die Staatsanwältin, die anrief, um mitzuteilen, dass sie Roland Stålhammar aus der Untersuchungshaft entlassen hatte.

Der Fall sei ja komplizierter als anfänglich angenommen. Danielsson scheine gelinde gesagt kein durchschnittlicher Alkoholiker gewesen zu sein. Sie selbst wäre froh, wenn sie nur ein Zehntel seines Vermögens besäße.

Das gelte auch für Stålhammar. Auch er sei kein normaler Säufer, noch dazu sei er ein früherer Kollege von Bäckström, und im Hinblick auf die neuen Umstände, die sich ergeben hätten, seien jetzt ganz andere Motive und Täter vorstellbar als einfach nur Streit im Suff und irgendein anderer Trinker als Täter.

»Klar«, meinte Bäckström. »Da bin ich ganz Ihrer Meinung. Ganz egal, was man von solchen Alkis wie Stålhammar hält, darf man nicht vergessen, dass die meisten weder jemanden erschlagen noch selbst totgeschlagen werden. Fakt ist, dass die Zahl der Alkis, die einen Mord begehen, genauso groß ist wie die Zahl der Alkis, die erschlagen werden.«

»Wie meinen Sie das?«, fragte die Staatsanwältin misstrauisch.

»Ich meine, dass Stålhammar ein ungewöhnlicher Alkoholiker ist«, sagte Bäckström. Da hat sie was, worauf sie rumkauen kann. Fast schon wie so ein Test für Hochbegabte, dachte er, als er auflegte.

Dann nahm er ein Blatt Papier und einen Stift heraus und verbrachte die folgenden zwei Stunden damit, die Fakten der Ermittlung zusammenzutragen. Danach listete er auf, was seine Mitarbeiter als Nächstes erledigen sollten. Ablesen werden sie ja wohl noch können, dachte Bäckström und schaute auf die Uhr. Schon fünf Uhr, höchste Zeit, Feierabend zu machen. Als er in seinen Gedanken so weit war, wurde er von einem diskreten Klopfen an der Tür gestört.

»Herein«, brummte Bäckström.

»Entschuldige, dass ich störe«, sagte Nadja Högberg. »Eigentlich ist es höchste Zeit, nach Hause zu gehen. Das habe ich zumindest vor, ich wollte dir aber vorher noch das hier geben.« Sie reichte ihm eine Plastiktüte, die der Form nach zu schließen eine größere Flasche enthielt. Wodka, ein ganzer Liter, und dem Etikett nach zu urteilen russisch. Er kannte die Marke nicht und konnte die kyrillischen Buchstaben auch nicht entziffern.

»Was verschafft mir die Ehre?«, fragte Bäckström mit jovialer Miene. »Setz dich doch und mach die Tür hinter dir zu, damit wir die bösen Zungen nicht zu hören brauchen.«

»Unsere kleine Wette«, erwiderte Nadja. »Ich hatte deswegen schon ein schlechtes Gewissen.«

»Ich dachte, ich sei dir eine Flasche schuldig. Ich wollte schon auf dem Weg nach Hause beim Systembolaget vorbeigehen«, log Bäckström. Schlechtes Gewissen? Was sollte das?

»Bereits als wir gewettet haben, habe ich geahnt, dass Danielsson recht vermögend sein könnte. Ich hatte schon Nachforschungen über seine Aktiengesellschaft angestellt. Das mit dem Topf voll Gold war nicht ganz aus der Luft gegriffen. Ich bin dir also eine Flasche schuldig. Du schuldest mir überhaupt nichts.«

»Einen kleinen Schluck vielleicht?«, fragte Bäckström und sah noch jovialer aus. »Nach einem harten, fleißigen und strebsamen Arbeitstag?« Diese Russen sind wirklich listig, dachte er. Dieses Weibsbild hätte mich fast, ohne mit der Wimper zu zucken, um meinen Gewinn betrogen. Am Tag danach hat sie dann plötzlich ein schlechtes Gewissen und will die Sache bereinigen.

»Aber einen ganz kleinen«, erwiderte Nadja. »Das ist übrigens der beste Wodka, besser als Stolichnaya, Kubanskaya oder Moskovskaya. Er heißt Standart, und das Systembolaget führt ihn nicht. Meine Verwandten bringen mir immer ein paar Flaschen mit, wenn sie mich besuchen.«

»Das wird sicher ein interessantes Geschmackserlebnis«, sagte der Genießer Bäckström, der bereits zwei Gläser und eine Tüte Halspastillen aus seiner Schreibtischschublade gefischt hatte.

»Ich habe noch ein Glas Salzgurken im Kühlschrank«, meinte Nadja und betrachtete misstrauisch die Tüte mit den Pfefferminzbonbons. »Ich hole lieber die.«

Sie hatte nicht nur Salzgurken, sondern kam mit Graubrot, geräucherter Wurst und Schinken zurück.

Muss wohl an allen Weltkriegen liegen, die die Russen durchgemacht haben, dachte Bäckström. Ein richtiger Russe hat immer eine Speisekammer in Reichweite, falls wieder ein Krieg ausbricht.

»Skål, Nadja«, sagte Bäckström, biss ein ordentliches Stück von der Wurst ab und hob sein Glas.

»Sdarówje!«, sagte Nadja, lächelte mit allen ihren Goldkronen und kippte ihr Glas, ohne mit der Wimper zu zucken.

Verdammt, dachte Bäckström eine Viertelstunde später nach einem weiteren großen Schnaps, einer ganzen Salzgurke und einer halben Wurst. Diese verdammten Russen haben wirklich ein großes Herz, wenn man sich nur etwas Mühe gibt und ihr Vertrauen gewinnt.

»Damit geben wir uns doch noch nicht geschlagen, Nadja«, sagte Bäckström und goss den dritten Schnaps ein. »Jetzt fehlen uns nur noch eine Balalaika und ein paar Kosaken, die auf dem Schreibtisch tanzen.«

»Es geht uns auch so gut«, meinte Nadja. »Auf die Kosaken verzichte ich gerne, aber gegen etwas Balalaikamusik hätte ich jetzt nichts einzuwenden.«

»Erzähl doch ein wenig von dir, Nadja«, sagte Bäckström. »Wie kommt es, dass du hier gelandet bist? Bei Mutter Svea im hohen Norden.« Sehr viel Herz, dachte er. Ein so guter Wodka war ihm noch nie untergekommen. Ich muss mir bei Gelegenheit eine Kiste besorgen, dachte er.

»Wenn du es dir anhören willst«, meinte Nadja.

»Ich bin ganz Ohr«, erwiderte Bäckström, lehnte sich zurück und schenkte ihr sein herzlichstes Lächeln.

Dann erzählte Nadja. Als Nadjesta Ivanova hatte sie das zerfallende Sowjetreich verlassen. Sie war nach Schweden gekommen und war dort Nadja Högberg geworden. Seit zehn Jahren arbeitete sie jetzt als zivile Ermittlerin bei der Kripo der Polizeidirektion West.

Ganz leicht war das alles nicht gewesen. Nach dem Examen hatte sie als Gefahrenanalytikerin in der Kernkraftindustrie gearbeitet. Sie war an mehreren Atomkraftwerken im Ostseeraum tätig gewesen.

Zum ersten Mal hatte sie 1991, zwei Jahre nach Glasnost, einen Ausreiseantrag gestellt. Da hatte sie in einem Atomkraftwerk in Litauen nur einige Dutzend Kilometer von der Ostsee entfernt gearbeitet. Sie hatte nie eine Antwort erhalten. Eine Woche später war sie zu ihrem Chef bestellt worden, und der hatte ihr mitgeteilt, sie würde zu einem Atomkraftwerk transferiert, das tausend Kilometer weiter nördlich bei Murmansk lag. Einige schweigsame Männer hatten ihr dabei geholfen, ihre Habseligkeiten zu packen, und sie zu ihrem neuen Arbeitsplatz gefahren. Während der beiden Tage, die die Reise gedauert hatte, waren sie ihr nicht von der Seite gewichen.

Zwei Jahre später hatte sie dann einfach nicht mehr um Erlaubnis gebeten. Mit Hilfe von »Kontakten« hatte sie die finnische Grenze überquert. Dort hatten sie andere Kontakte erwartet, und am Morgen darauf war sie bereits in einem Haus auf dem Land irgendwo in Schweden aufgewacht.

»Das war im Herbst 1993«, sagte Nadja und lächelte. »Ich blieb dort sechs Wochen und unterhielt mich mit meinen Gastgebern. So zuvorkommend hatte mich noch nie jemand behandelt. Ein Jahr später, sobald ich Schwedisch gelernt hatte, wurde ich dann schwedische Staatsangehörige und bekam eine Wohnung und eine Arbeit.«

Militärischer Nachrichtendienst. Tadellose Burschen, nicht so wie diese Idioten von der Sicherheitspolizei, dachte Bäckström, und sein Herz schwoll an von vaterländischem Stolz.

»Was hast du dann für eine Arbeit bekommen?«, fragte Bäckström.

»Das habe ich vergessen«, antwortete Nadja mit einem schiefen Lächeln. »Aber dann bekam ich eine andere Arbeit als Dolmetscherin bei der Stockholmer Polizei. Das war 1995. Daran erinnere ich mich.«

Sicherheitspolizei, dachte Bäckström. Kleinliche Schwachköpfe, die sich nicht auf das große Herz der Russen verstehen und diese nicht richtig zu nehmen wissen.

»Und Högberg?«, fragte Bäckström neugierig.

»Das ist eine andere Geschichte«, meinte Nadja und lächelte. »Wir haben uns im Internet kennengelernt, dann habe ich mich von ihm scheiden lassen. Er war etwas zu russisch nach meinem Geschmack, falls du verstehst, was ich meine«, sagte sie und hob vielsagend ihr Glas.

»Skål übrigens«, meinte Nadja dann und lächelte erneut.

»Sdarówje«, erwiderte Bäckström. Ein großes Herz, dachte er.

32

Kriminalinspektor Lars Alm und Polizeianwärter Jan O. Stigson brachten den größten Teil des Tages damit zu, einige alte Freunde von Danielsson zu vernehmen. Halvar »Halvan« Söderman und Mario »den Paten« Grimaldi. Alm hatte gehofft, dass Annika Carlsson ihn begleiten würde, da er sich noch gut daran erinnern konnte, wie Söderman mit dem Restaurantbesitzer umgesprungen war, aber dann war ihr etwas anderes, Wichtigeres dazwischengekommen, und er hatte sich mit Stigson begnügen müssen.

Sie begannen mit Halvar Söderman, der im alten Teil von Solna in der Vintergatan unmittelbar hinter dem Fußballstadion und nur wenige hundert Meter vom Tatort entfernt wohnte. Erst riefen sie bei ihm an. Niemand ging an den Apparat. Dann fuhren sie zu ihm nach Hause und klingelten. Nach mehrmaligem ergebnislosen Klingeln stieß er plötzlich die Wohnungstür auf. Er hatte offenbar gehofft, sie Stigson vor den Kopf knallen zu können. Alm hatte jedoch schon Ähnliches erlebt und Stigson vorgewarnt. Als er eine Bewegung hinter dem Spion bemerkte, schob er Stigson zur Seite und zog an der Klinke. Söderman fiel in seinem eigenen Treppenhaus auf den Hintern und war alles andere als begeistert.

»Hoppla«, sagte Alm. »Das hätte richtig bös enden können.«

»Was fällt euch eigentlich ein, ihr Idioten?«, schrie Söderman.

»Polizei«, erwiderte Alm. »Wir wollen uns mit Ihnen unterhalten. Wir können das hier machen oder Sie auf die Wache mitnehmen. Wir können Sie auch erst noch ins Loch stecken, falls Sie uns weiterhin Ärger bereiten.«

So dumm war Söderman jedoch nicht. Er starrte sie zwei Minuten lang finster an, dann nahmen sie am Tisch in seinem kleinen Esszimmer Platz.

»Sie kenne ich doch«, sagte er und glotzte Alm an. »Haben Sie nicht früher beim Dezernat für Gewaltverbrechen in der City gearbeitet?«

»Das war früher«, sagte Alm, »jetzt arbeite ich hier in Solna.«

»Dann sind Sie ja ein alter Kollege von Rolle«, konstatierte Söderman. »Können Sie nicht mal ein ernsthaftes Wort mit diesen Idioten reden, die ihn ins Loch gesteckt haben?«

»Er ist vor einer Stunde wieder rausgekommen«, erwiderte Alm, ohne sich weiter über die Gründe auszulassen.

»Sieh mal einer an«, meinte Söderman und grinste. »Darf ich Ihnen was anbieten?«

»Nein, danke«, erwiderte Alm. »Wir bleiben nicht lange.«

»Aber für eine Tasse Kaffee wird die Zeit doch wohl noch reichen? Ich genehmige mir selber eine. Ich wollte gerade die Kaffeemaschine anwerfen.«

»Gegen eine Tasse Kaffee habe ich nichts einzuwenden«, meinte Alm.

»Und Sie?«, fragte Söderman und nickte Stigson zu. »Sie wollen natürlich eine Banane.«

»Gegen eine Tasse Kaffee habe ich nichts einzuwenden«, sagte Stigson.

»Ist das lange her, dass Sie gewechselt haben?«, fragte Söderman an Alm gewandt.

»Gewechselt?«, fragte Alm. »Wie meinen Sie das?«

»Von Schäferhunden zu Schimpansen«, erwiderte Söderman grinsend.

»Das ist schon eine Weile her«, sagte Alm.

Söderman nahm sein Sonntagsporzellan aus dem Schrank. Es gab Zucker, Milch, Kaffeesahne. Und einen Schnaps in den Kaffee hätte man auch bekommen, wenn man gewollt hätte. Einen Klaren hatte er immer im Haus, der Kognak war ihm leider ausgegangen. In der Speisekammer stand aber noch ein Rest Bananenlikör.

»Falls irgendwelche Weiber auftauchen«, meinte Söderman an Alm gewandt. »Aber wenn der Affe einen Schluck will, ist das auch okay«, fuhr er fort und nickte Stigson zu. »Wenn sein Herrchen dagegen nichts einzuwenden hat, dann bin ich auch einverstanden.«

»Ich trinke den Kaffee schwarz«, sagte Alm. »Der Affe will ihn auch schwarz.«

»Ja, viel ist schwarz in diesen Zeiten«, meinte Söderman und seufzte. »Vor einigen Tagen habe ich mir den Spaß erlaubt und gezählt, als ich in Solna Centrum einkaufen war. Wissen Sie, wie viele ich gesehen habe? Auf einer Strecke von vierhundert Metern?«

»Siebenundzwanzig«, antwortete Alm.

»Nein«, seufzte Söderman und goss den Kaffee ein. »Ich habe bei hundert zu zählen aufgehört.«

»Wissen Sie, wie alt ich war, als ich meinen ersten richtigen Neger gesehen habe?«, fuhr er fort.

»Nein«, antwortete Alm.

»Ich bin sechsunddreißig geboren«, sagte Söderman. »Ich war ganze siebzehn Jahre alt, als ich meinen ersten Neger gesehen habe. Das war 1953 im alten Solna Centrum vor dem Lorry. Sie wissen schon, dieser Kneipe. Die hat in diesem Jahr aufgemacht. Das war wie ein richtiges Volksfest. Alle wollten ihn begrüßen, ihm auf die Schulter klopfen und mit ihm Englisch reden. Und was für ein Englisch! Alle haben ihn gefragt, ob er nicht Louis Armstrong kennt. Ich hatte eine Braut dabei, die Sivan hieß. Sivan Frisk. Die warf sich ihm förmlich an den Hals.«

»Andere Zeiten«, meinte Alm neutral.

»Das ist der große Unterschied«, sagte Söderman und seufzte. »Einer ist okay, meinetwegen auch zwei. Gerade auch, wenn man in so einem alten Arbeiterstadtteil aufgewachsen ist. Aber drei sind dann schon zu viel. Einer okay, zwei meinetwegen auch, aber drei ist einer zu viel.«

»Um das Thema zu wechseln…«, sagte Alm.

»Sie wollen wissen, wo ich am Mittwochabend letzte Woche war«, unterbrach ihn Söderman. »An dem Abend, an dem irgendein Irrer Kalle erschlagen hat.«

»Ja«, sagte Alm. »Was haben Sie da gemacht?«

»Das habe ich bereits erzählt«, sagte Söderman. »Irgend so ein Schlaumeier von eurer Wache hat mir damit schon in den Ohren gelegen. Ich erinnere mich allerdings nicht, ob das gestern oder vorgestern war.«

»Und was haben Sie geantwortet?«, fragte Alm, ohne weiter darauf einzugehen, dass er es war, der angerufen hatte.

»Ich habe zu erklären versucht, dass ich ein Alibi habe, aber dieser Schlaumeier war auf diesem Ohr taub. Also habe ich aufgelegt. Vorher habe ich ihn noch zum Teufel gewünscht.«

»Erzählen Sie es halt mir«, sagte Alm. »Nennen Sie mir gerne auch ein paar Leute, die Ihr Alibi bestätigen können.«

»Das könnte ich durchaus«, sagte Söderman, »aber ich habe nicht die Absicht.«

»Warum das?«

»Vor vierzehn Tagen wollte ich nach Sundsvall fliegen, um einen alten Freund zu besuchen, dem es im Augenblick nicht so gut geht. Er hat Prostatakrebs und schon bessere Tage gesehen. Als ich am Gate stehe und gerade in den Flieger steigen will, fängt diese Braut hinterm Tresen an, dass sie meinen Ausweis sehen will. Wohlgemerkt, ich bin nüchtern und ordentlich gekleidet, das war es also nicht. Ich gebe ihr mein Ticket, aber sie gibt nicht klein bei. Sie verlangt meinen Ausweis. Ich erkläre ihr, dass ich wirklich keinen Ausweis habe. Den Lappen haben mir Ihre Kollegen schließlich schon vor zehn Jahren abgenommen. Mein Pass liegt in meiner Kommode. Wer denkt auch daran, seinen Pass mitzunehmen, wenn er nach Sundsvall fahren will? Ich versuche jedoch, mich nicht aus der Ruhe bringen zu lassen. Erkläre, ich sei schwedischer Staatsbürger und das schon seit siebzig Jahren. Solange ich zu Hause in Schweden bin und nichts ausgefressen habe, brauche ich meinen Ausweis nicht vorzuzeigen. Jedenfalls nicht, um mit einer schwedischen Fluggesellschaft nach Sundsvall zu fliegen. Das steht im Grundgesetz, wenn Sie sich die Mühe machen wollen, dort nachzusehen. Aber verdammt, plötzlich tauchen zwei so Typen auf«, er nickte in Richtung von Stigson, »aus Sundsvall wurde also nichts.«

»Bedauerlich«, meinte Alm kopfschüttelnd. »Das sind diese Terroristen, die uns das eingebrockt haben.«

»Unsinn«, sagte Halvar Söderman. »Finden Sie, dass ich aussehe wie Usama bin Ladin?«

»Nicht unbedingt«, erwiderte Alm und lächelte leicht. »Aber …«

»Da habe ich meinen Entschluss gefasst«, fiel ihm Söderman ins Wort. »Jetzt hört der Spaß auf. Wenn Sie und Ihre Kollegen auch nur den kleinsten Fingerabdruck gefunden hätten, der darauf hindeutet, dass ich Kalle Danielsson erschlagen habe, dann würden Sie jetzt nicht bei mir rumsitzen und mir mit meinem Alibi in den Ohren liegen. Dann säße ich jetzt bei der Kripo, und zwar nicht zum ersten Mal, aber das wissen Sie sicher schon.«

»Warum, glauben Sie, hat man ihn erschlagen?«, fragte Alm. »Es gibt schließlich andere Methoden, Leute umzubringen.«

»Ich habe mir sagen lassen, dass ihm jemand einen Topfdeckel auf den Kopf gehauen hat«, meinte Söderman.

»Wer hat das gesagt?«, wollte Alm wissen.

»Ich gebe Ihnen einen Tipp«, sagte Söderman. »Ich habe mein ganzes Leben lang hier draußen gewohnt und kenne jede Ecke von Solvalla und Råsunda. Ich habe Autos, Kühlschränke und Fernseher an Polizisten verhökert. Ich habe ihre Siebensachen transportiert, wenn sie ihre Alte rausgeschmissen hat oder sie eine neue Braut gefunden haben. Ich habe ihnen immer den normalen Rabatt eingeräumt. Was meinen Sie wohl, wie viele Bullen ich auf der Wache Solna kenne?«

»Einige«, meinte Alm.

»Mit dieser Frage kommen wir also nicht sonderlich viel weiter, fürchte ich. Ich habe Kalle nicht totgeschlagen. Warum sollte ich auch? Er hatte so seine Seiten, Kalle, aber das haben alle, und wenn ich seine Vorstellung hätte beenden wollen, dann hätte ich wirklich etwas anderes genommen als irgendeinen verdammten Topfdeckel. Außerdem besitze ich ein Alibi, aber da ich nicht zu erzählen brauche, worin es besteht, tue ich das auch nicht. Aber wenn Sie und Ihresgleichen hinkriegen, dass ich nach Sundsvall fahren kann, ohne den Pass vorzuzeigen, dann können Sie gerne wiederkommen. Dann können wir weiterreden.«

Söderman gab nicht klein bei. Obwohl Alm noch eine halbe Stunde auf ihn einredete, kamen sie nicht weiter. Als sie anschließend zu Grimaldi fuhren, machte Stigson seinem Ärger Luft.

»Das ist Beamtenbeleidigung«, sagte Stigson, »jemanden als Affen zu bezeichnen.«

»Schimpansen«, erwiderte Alm und seufzte. »Ich habe Affe gesagt.«

»Ja, aber wir sind doch Kollegen«, sagte Stigson und sah Alm erstaunt an. »Das ist etwas anderes.«

»Du ziehst nicht zufälligerweise in Erwägung, dir eine andere Frisur zuzulegen?«, fragte Alm aus unerfindlichen Gründen.

»Wir hätten den alten Idioten mitnehmen, ihm die Arme auf den Rücken drehen und ihn in eine Zelle schmeißen sollen«, meinte Stigson, der nicht zuzuhören schien.

»Wenn du das wirklich findest, solltest du dir vielleicht einen anderen Beruf suchen«, meinte Alm.

Grimaldi war das genaue Gegenteil von Söderman. Er ging sofort ans Telefon, und sie vereinbarten einen Termin. Nach dem zweiten Klingeln öffnete er die Tür, gab ihnen die Hand und führte sie in seine ordentliche Wohnung.

Sie nahmen auf der Couchgarnitur im Wohnzimmer Platz. Wie sich das für einen Italiener gehörte, bot ihnen Grimaldi Mineralwasser, Limonade, Espresso oder einen Aperitif an. Ein Glas Rotwein hätte es auch gegeben. Er hatte eine Flasche zum Mittagessen geöffnet, und die war noch fast voll, es mache also keine Umstände.

»Danke, aber wir bleiben nicht lang«, sagte Alm.

Was er Mittwoch vor einer Woche getan habe, als sein guter Freund Karl Danielsson zu Hause ermordet worden sei, und zwar nur einen halben Kilometer von seiner eigenen Wohnung entfernt?

»Ich erinnere mich nicht«, sagte Grimaldi. »Vermutlich war ich zu Hause. Ich halte mich eigentlich meistens zu Hause auf.«

»Sie erinnern sich also nicht«, wiederholte Alm.

»Ich will es Ihnen erklären«, sagte Grimaldi.

Ein Jahr zuvor hatte man bei ihm Alzheimer diagnostiziert. Seither nahm er Medikamente, die den Verlauf der Krankheit verzögern sollten. Trotz der Medizin hatte er in den letzten Monaten sein Kurzzeitgedächtnis fast ganz eingebüßt. Wenn sie mit seinem Arzt sprechen wollten, dann könnten sie gerne beim Ärztehaus Solna anrufen. Er habe leider den Namen seines Arztes vergessen. Er stehe aber auf den Tabletten in seinem Badezimmerschrank, und da könnten sie nachsehen.

»Haben Sie schon mal erwogen, sich Notizen zu machen, eine Art Tagebuch zu führen?«, schlug Alm vor.

Hatte er nicht. Und falls es schon mal jemand vorgeschlagen hatte, hatte er es vermutlich vergessen.

»Und es gibt niemanden in Ihrem Umfeld, der es wissen

könnte?«, fragte Alm. »Ich meine, womit Sie so Ihre Tage verbringen?«

»Glücklicherweise nicht«, erwiderte Grimaldi und lächelte freundlich. »Glücklicherweise stehe ich ganz allein im Leben. Wer will schon jemanden, den er liebt, einer solchen Person aussetzen, zu der ich geworden bin?«

Weiter kamen sie nicht. Als sie gingen, warfen sie noch einen Blick in Grimaldis Badezimmerschrank, notierten sich den Namen seines Medikaments und den Namen des verschreibenden Arztes, der bei rezeptpflichtigen Mitteln immer auf der Verpackung stand.

»Das ist wirklich und wahrhaftig der Pate«, sagte Stigson, als sie zurück zur Wache fuhren. »Der Typ ist doch vollkommen klar im Kopf. Wie hieß dieser Mafiaboss in New York gleich wieder? Der, der dieselbe Nummer abgezogen und einen auf verrückt gemacht hat? Wie hieß er gleich wieder?«

»Ich erinnere mich nicht«, sagte Alm.

33

Als Annika Carlsson und Felicia Pettersson bei Akofelis Wohnung eintrafen, waren Niemi und Hernandez bereits dort.

»Hereinspaziert! Wir sind fast fertig«, sagte Niemi. »Ich habe vor einer Stunde versucht, dich auf dem Handy zu erreichen, aber es war abgestellt. Toivonen hat uns geschickt. Es gefällt ihm nicht, wenn wichtige Zeugen in seinen Mordfällen einfach so verschwinden. Vielleicht wird er aber auf seine alten Tage auch einfach menschlich und macht sich Sorgen.«

»Felicia und ich hatten die Handys abgestellt«, sagte Annika, »weil wir uns in Ruhe unterhalten wollten.«

»So unter Frauen, du weißt schon«, sagte Felicia und zwinkerte Chico Hernandez zu.

»Und es ging natürlich um mich«, meinte Chico mit einem selbstbewussten Achselzucken, das nicht nur gespielt zu sein schien.

»Es ging um die attraktivste Kollegin der ganzen Dienststelle«, erwiderte Felicia und seufzte, »um deine Schwester Magda. Du hast übrigens eine schicke Mütze, Chico. Hast du die an der Fleischertheke im Ica geklaut?«

Die Mütze war eine Wegwerfhaube aus weißem Plastik. Sie war Pflicht für jeden gewissenhaften Kriminaltechniker, der den Tatort nicht mit eigenen Haaren und Schuppen kontaminieren wollte. Sie in anderen Zusammenhängen aufzusetzen, wie beispielsweise an einem fröhlichen Kneipenabend, wenn man jemanden kennenlernen wollte, oder in einer dieser überaus beliebten Fernsehserien über Kriminaltechniker, hätte weder dem eigenen Aussehen noch eventuellen Hoffnungen gedient.

»Es kommt nicht auf die Mütze an«, erwiderte Chico mit einem beredten Achselzucken und ging zurück, um sich Akofelis Küchenschrank vorzuknöpfen.

Ein Zimmer mit Küche, eine kleine Diele und ein überraschend großes Badezimmer mit Platz für Toilette, Dusche, Badewanne, Waschmaschine und Trockner. Spärlich möbliert, aufgeräumt. Das eine Zimmer war kaum größer als eine normale Studentenbude und mit einem Bett, ordentlich gemacht und mit einem gestreiften Überwurf von Ikea, einem Kleiderschrank, einer kleinen Couch, einem Fernseher mit DVD-Player, einem Regal mit Lehrbüchern aus dem Studium sowie etwa zwanzig Taschenbüchern, DVDs und CDs, eine mit grünem Plastik bezogene Fitnessbank, eine Hantel und ein Stapel dazugehöriger scheibenförmiger Gewichte. Nichts erinnerte an Akofelis afrikanische Abstammung, keine Teppiche, Felle oder Trachten, keine Skulpturen, Masken oder anderer Nippes. Nicht einmal ein Poster oder Fotos hingen an den Wänden.

In der Küche gab es einen Tisch und zwei Stühle. Auf dem Fußboden unter dem Küchentisch stand ein Drucker, aber Notebook oder normaler Computer fehlten. Der Küchentisch diente ihm ganz sicher auch als Arbeitstisch, und wenn man daran dachte, dass die Wohnung im Erdgeschoss lag, wäre es sicher dumm gewesen, den Computer auf dem Tisch stehen zu lassen, wenn niemand zu Hause war. Das Fenster zum Hof lag auf einer Höhe mit dem Tisch. Das Problem war nur, dass überhaupt kein Computer vorhanden war.

Sie fanden auch keinen Aktenkoffer. Akofelis Handy fehlte auch. Es fehlten auch die Dinge, die man mitnahm, wenn man überstürzt seine Wohnung verließ wie Kleider, Schuhe, Wohnungsschlüssel, Geld, Führerschein und Kreditkarte. Was nicht passte, war die Tatsache, dass sie seinen Pass fanden.

»Im Schuhfach in seinem Kleiderschrank«, sagte Niemi. »Er hatte ihn versteckt. Offenbar schien er ihm wichtig zu sein.«

»Glaubst du, dass er freiwillig verschwunden ist?«, wollte Annika Carlsson wissen.

»Das Meiste spricht dafür«, erwiderte Peter Niemi. »Falls ihm etwas zugestoßen sein sollte, dann zumindest nicht hier. Falls ich mich geirrt haben sollte, dann esse ich Chicos Mütze.« Er grinste.

»Und der Pass? Und sein Computer?«

»Das mit dem Pass stört mich auch«, pflichtete ihr Niemi bei und nickte. »Er könnte natürlich noch einen zweiten Pass besessen haben. Wir müssen überprüfen, ob er noch seinen alten somalischen Pass besaß. Aber ein schwedischer Pass wäre für ihn natürlich Gold wert, falls er sich in eines der südlichen europäischen Nachbarländer auf den Weg gemacht hat. Das mit dem Computer stört mich weniger. Vermutlich besaß er einen Laptop, und den hat er mitgenommen.«

»Grüß Magda von mir«, sagte Felicia und zwinkerte Chico Hernandez zu, als sie zusammen mit Annika die Wohnung verließ. »Frag sie doch, ob sie sich nicht mal mit den anderen Mädels einen feuchtfröhlichen Abend machen will.«

Chico begnügte sich damit, ihr den Finger zu zeigen.

»Ich finde, Chico ist ein wenig schwierig«, sagte Felicia, als sie mit dem Auto zurückfuhren. »Er begreift nicht, dass ich ihm Avancen mache. Vermutlich glaubt er, dass ich lesbisch bin und es auf seine Schwester abgesehen habe.«

»Viele Typen sind so«, meinte Annika Carlsson und lächelte. »Im Übrigen nicht nur die Typen.«

»Und zwar wie?«

»Eine Spur beschränkt. Null Radar, sagen die falschen Sachen, tun die falschen Sachen, obwohl es vollkommen unnötig wäre.«

»Und wer ist der Weltmeister? Denken wir vielleicht an denselben?«, fragte Felicia.

»Ich weiß zumindest, an wen du denkst«, sagte Annika Carlsson und lächelte.

»Ich glaube, er hat manchmal einfach Angst vor dir«, meinte Felicia. »Er ist vermutlich nicht so taff, wie er zu sein vorgibt.«

»Das glaubst du nur.«

»Du brauchst ihn nur anzuschauen, gleich nimmt sich der kleine Mops zusammen«, sagte Felicia.

»Denk bitte daran, dass du über deinen Chef sprichst«, sagte Annika.

»Und das ist sein Glück.« Annika schnaubte verächtlich. »Sonst würde er so einiges zu hören bekommen.«

Als Niemi in die Dienststelle zurückkehrte, war Bäckström offenbar schon nach Hause gegangen. Stattdessen sprach er mit Toivonen und gab ihm eine kurze Zusammenfassung.

»Ihr habt also seinen Pass gefunden«, sagte Toivonen. »Handy, Computer und das Übliche fehlen. Habe ich das richtig verstanden?«

»Ja«, sagte Niemi. »Aber von Sachen, die Danielsson gehört haben könnten, gibt es ebenfalls keine Spur.«

»Und seine Zeitungstasche? Und die Karre, die er beim Zeitungsaustragen verwendet? Der Typ trägt doch jeden Tag Hunderte von Zeitungen aus. Die kann er doch wohl kaum unter dem Arm tragen.«

»Daran habe ich nicht gedacht.« Niemi grinste. »In der Wohnung finden sich weder eine Tasche noch ein Wagen. Auch nicht in seinem Kellerabteil. Dort waren wir nämlich auch, und das ist ganz leer. Ein eigenes Fahrrad scheint er nicht zu besitzen. Aber jetzt, wo du es sagst, erinnere ich mich, dass er so eine Schultertasche mit Zeitungen dabeihatte, als ich mich im Hasselstigen mit ihm unterhalten habe. Die haben wir nicht gefunden. Aber die könnte er als Reisetasche verwendet haben, als er sich dünn gemacht hat. Der Typ scheint übrigens nicht sonderlich viele Sachen besessen zu haben.«

»Und nichts auf Rädern? Kein Karren? Kein alter Kinderwagen?«

»Nein«, sagte Niemi und schüttelte den Kopf.

»Warum hätte er den mitnehmen sollen?«, meinte Toivonen. »Wenn er Richtung Süden verschwunden ist.«

»Keine Ahnung«, erwiderte Niemi.

34

Als Bäckström von der Arbeit nach Hause kam, war es bereits acht Uhr. Er war ausgezeichneter Laune und hatte die halbe Flasche des besten russischen Wodkas, der zu bekommen war, dabei. Die andere Hälfte hatten Nadja und er in seinem Büro getrunken, und zwar auf der Suche nach der Wahrheit, die nur auf dem Boden einer Flasche zu finden war.

Die Suche geht weiter, dachte Bäckström und goss sich als Allererstes in der Küche ein weiteres großes Glas ein, nahm ein Pils aus dem Kühlschrank und machte sich ein Butterbrot mit sehr viel Leberwurst und Gurkenmayonnaisemischung. Er stellte alles auf ein Tablett und platzierte dieses auf dem Couchtisch vor dem Fernseher. Ich muss der Russin sagen, dass sie ein paar Flaschen Bier mitbringt, dachte er.

Dann zog er seine Kleider aus und stellte sich unter die Dusche. Nach dem Duschen puderte er sich ein und putzte sich die Zähne. Beim Zähneputzen dachte er oft an seine Mutter. Auch dieses Mal, obwohl ihm nie so recht klar war, warum eigentlich. Ich komm schon noch drauf, dachte er träge. Er setzte sich aufs Sofa und machte die Nachrichten an, um bei seinem einfachen Abendessen das ganze einheimische und globale Elend genießen zu können, das sich in den vergangenen vierundzwanzig Stunden ereignet hatte.

Dann schlief er ein, und als er erwachte, war es bereits zwei Uhr nachts. Jemand klingelte bei ihm.

Das kann nur dieser verdammte Nachbar sein, der alles aufgetrunken hat, was er mir letzte Woche abgeluchst hat, dachte Bäckström, der bereits wusste, was er sagen würde.

Dem würde er nichts mehr verkaufen, und wenn er seinen russischen Wodka nur anrührte, wäre er ein toter Mann.

Kollegin Annika Carlsson stand angekleidet und scheinbar putzmunter vor ihm.

»Tut mir leid, wenn ich dich geweckt habe, Bäckström«, sagte sie, »aber dein Handy war abgestellt, und deine Privatnummer hatte auch niemand, und deshalb bin ich einfach auf gut Glück hierher gefahren.«

»Kein Problem«, erwiderte Bäckström. »Ich wollte ohnehin gerade aufstehen. Ich gehe immer um diese Tageszeit joggen.« Du bist doch wohl kaum hier, weil du eine Nummer schieben willst, dachte er.

»Du willst sicher wissen …«

»Sag nichts«, fiel ihr Bäckström ins Wort und hob sicherheitshalber noch die Hand.

»Ich bin nicht dumm«, meinte er noch. »Ich will mir nur erst was überziehen.«

35

Axel Stenberg war siebzehn Jahre alt. Er war ein Meter fünfundachtzig groß, athletisch und durchtrainiert. Er war stärker als die meisten Erwachsenen und geschmeidiger als fast jeder andere, ungeachtet des Alters. Er war eine absolute Sportskanone, aber zu faul zum Trainieren. Trotzdem war er einer der besten der Schule in Fußball, Eishockey, Gymnastik und Schwimmen. Es war einfach angeboren. Sein Sportlehrer und er hatten ein kompliziertes Verhältnis. Warum machte er nichts aus seinen hervorragenden körperlichen Voraussetzungen, der Gabe, mit der er zur Welt gekommen war?

Axel hatte blondes, lockiges Haar, blaue Augen und strahlend weiße Zähne und lächelte gerne. Schon in der Grundschule hatten alle Mädchen mit ihm zusammen sein wollen, und so war es immer weitergegangen. Mit Ausnahme seines Sportlehrers hatte er zu allen Lehrern ein schlichtes, sprich schlechtes Verhältnis. Wieso war ihm die Schule nur so egal? Er war schließlich alles andere als unbegabt.

Axel hatte nur ein Interesse im Leben: Mädchen. Diejenige, die ihn im Augenblick interessierte, hieß Hanna. Sie war genauso alt wie er und vor einem Monat in das Haus gezogen, in dem er auch lebte.

Hanna Brodin war siebzehn. Sie war ein Meter fünfundsiebzig groß, schön, anmutig und durchtrainiert. Sie hatte langes, dunkles Haar, braune Augen, weiße Zähne und ein strahlendes Lächeln. Da sie seit der Grundschule die Klassenbeste gewesen war, hatte sie ein ausgezeichnetes Verhältnis zu ihren Lehrern, und das, obwohl alle Jungs immer mit ihr hatten gehen wollen und auf alle erdenkliche Art um ihre Gunst geworben hatten.

Der Letzte in der Reihe derjenigen, die sie angebaggert hatten, war Axel gewesen, und da ihre Mutter zu einer Fortbildung mit ihren neuen Arbeitskollegen gefahren war, waren sie, bereits als sie sich zum ersten Mal alleine sahen, bei ihr gelandet. Axel hatte die von ihm erwarteten Manöver gemacht, aber in dem Spiel, das sie soeben eingeleitet hatten, war sie ebenso geübt wie er, und es hatte ihr keine Mühe bereitet, sich darauf einzustellen.

»Was hältst du von einem abendlichen Bad?«, fragte Axel. »Dem ersten des Jahres?«

»Ist es nicht noch etwas kalt?«, wandte Hanna ein. »Außerdem weiß ich nicht, wo ich meinen Badeanzug habe. Meine Mutter und ich sind noch nicht dazugekommen, alles auszupacken.«

»Ich hatte vor, nackt zu baden«, sagte Axel und lächelte.

»Das kann man sich natürlich nicht entgehen lassen«, erwiderte Hanna und lächelte ebenfalls. »Aber wenn es zu kalt ist, musst du alleine baden.«

Dann nahm Axel sie zu seiner Badestelle mit. Seiner und der seiner Freunde, wenn man genau sein wollte. Sie lag nur hundert Meter unterhalb des Hauses, in dem er und Hanna wohnten. Ein großer, abgerundeter Felsen, von dem man in das Wasser des Ulvsundasees springen konnte. Abgelegen und unzugänglich, perfekt an sonnigen Tagen, und mit von dichten Büschen umstandenen Felsspalten, in denen man sich näherkommen konnte. Perfekt zum Springen, da das Wasser bis ans Ufer vier Meter tief war.

Axel hielt sein Versprechen. Er warf seine Kleider ab und hechtete ins Wasser.

Hanna saß auf dem Felsen und sah ihm zu. Mitternacht, aber hell genug, um noch etwas sehen zu können, und den Rest konnte sie sich vorstellen.

Diese Nummer hat er sicher schon früher abgezogen, dachte Hanna. Ihr gefiel aber doch, was sie sah. Jungs, dachte sie. Manchmal sind sie wirklich sehr berechenbar.

Axel war hier schon oft gesprungen und immer von derselben Stelle, einer ausreichend breiten Spalte, die sich zwei Meter über der Wasseroberfläche befand. Anlauf nehmen, sich abstoßen, das Kreuz durchdrücken, die Arme ausstrecken, die Handflächen aneinanderpressen, ein kaum hörbares Platschen, ein kurzes Aufwirbeln der Wasserfläche, und er verschwand im See. Dann ein paar Bewegungen der Beine, den Rücken vorbeugen, die Arme ausstrecken, das war alles, um den perfekten Bogen unter Wasser zu beenden und wieder an die Oberfläche zu kommen.

Aber nicht dieses Mal, denn plötzlich stieß er mit den Händen gegen etwas. Etwas Weiches, Großes, Stoff, vielleicht eine Persenning, etwas, was nahe am Grund trieb, im dunklen Wasser aber nicht zu sehen war. Axel nahm die Hände zur Hilfe. Tastete sich vor, fand einen Handgriff, einen weiteren, beugte sich weiter vor und ertastete zwei Räder.

Ein Golfwagen, dachte Axel, dessen Onkel Zahnarzt war und am liebsten nur noch Golf gespielt hätte. Er benutzte seinen Neffen als Caddie und gab ihm nach dem achtzehnten Loch ein Bier aus. Beim Abschied steckte er ihm gewöhnlich ein paar hundert Kronen zu, zwinkerte ihm zu und nahm ihm das Versprechen ab, seiner Mutter nichts zu erzählen. Vor allen Dingen sollte er das Geld nicht auf so nutzlose Dinge wie Schulbücher oder andere Bücher verschwenden.

Axel hatte dieses Versprechen immer gehalten. Schließlich gab es unzählige Mädchen, mehr, als er Geld hatte, wenn er mit ihnen etwas unternehmen wollte, was Spaß machte und kostete. Was für ein Irrer hatte einen Golfwagen ins Wasser geworfen? Im Golfwagen seines Onkels lagen Schläger, die zusammengenommen so viel kosteten wie ein Gebrauchtwagen.

Was macht er da eigentlich?, dachte Hanna verärgert. Er

war jetzt sicher schon seit ein paar Minuten unter Wasser. Als sie sich gerade erhob, um sich den Pullover auszuziehen, kam er wieder an die Oberfläche. Er winkte ihr zu.

»Was machst du da eigentlich?«, fragte Hanna sauer.

»Jemand hat einen Golfwagen ins Wasser geworfen«, sagte Axel. »Warte, ich zeige ihn dir«, meinte er und verschwand wieder unter der Oberfläche.

Der Wagen saß nirgendwo fest, das war auch kaum vorstellbar, denn bis zwanzig Meter in den See hinein bestand der Grund aus glattem Fels. Axel packte den einen Handgriff und zog den Wagen hinter sich her. Er ließ sich unter Wasser leicht bugsieren, und zwar zu der Stelle in zehn Meter Entfernung, wo es seicht in den See ging. Hanna half ihm dabei, den Wagen aufs Trockene zu bringen. Erst jetzt merkte Axel, wie schwer er war.

»Wieso Golfwagen?«, sagte Hanna. »Ich finde, das Ding sieht aus wie die Wagen, die Zeitungsboten benutzen, um ihre Tageszeitungen auszutragen.«

Shit, dachte Axel.

»Gratuliere, Axel«, sagte Hanna und lächelte. »Du bist hiermit stolzer Besitzer von zweihundert durchweichten Exemplaren *Dagens Nyheter*.«

Shit, dachte Axel wieder. Die ganze aufgestaute Energie, kein Sex den ganzen Abend, vielleicht hatte ja gelegentlich was in der Luft gelegen, aber jetzt hatte er sich lächerlich gemacht. Was sollte er bloß mit der Karre anfangen? Mal reinschauen und sie dann ganz aus dem Wasser schleifen und in die Büsche werfen, dachte er.

Erst hatte er die Tasche aufgeschnürt und den Stoffdeckel angehoben. Die Tasche war bis zum Anschlag mit irgendetwas in einer schwarzen Plastikfolie gefüllt. Er befühlte es mit den Händen. Fest, abgerundet, definitiv keine Golfschläger, allerdings auch keine Zeitungen. Dann riss er die Folie auf, um zu sehen, was sich darunter verbarg.

»Und? Gibt es Finderlohn?«, fragte Hanna, die auf dem Felsen in der Hocke saß. Eine Spur zu kindisch, dachte sie.

»Shit!«, brüllte Axel und machte einen Satz nach hinten. »Shit, Shit, Shit!«, schrie er und fuchtelte abwehrend mit den Händen in der Luft.

»Was soll denn das?«, fragte Hanna, die jetzt richtig ärgerlich wurde. »Probst du für einen Oscar oder was?«

»Verdammte Scheiße«, sagte Axel. »Da liegt ein Toter im Sack.« Er rannte los, um seine Kleider zu holen. Und das Ganze splitternackt, dachte er.

»Was machen wir jetzt?«, fragte Axel mit einem Kopfnicken in Richtung Wagen, der immer noch am Ufer stand. Er dachte nicht im Traum daran, sicherheitshalber noch einmal nachzusehen. Das Einfachste wäre gewesen, nach Hause zu gehen. Immerhin war er jetzt nicht mehr nackt, aber er fror so sehr, dass er zitterte. Von seinem wertvollsten Teil ganz zu schweigen, das plötzlich so ausgesehen hatte, als hätte es den ganzen Winter in einer offenen Rinne in einem zugefrorenen See gelegen.

»Wir verschwinden«, schlug Axel vor. »Wir verschwinden«, wiederholte er.

»Bist du verrückt?«, sagte Hanna. »Wir müssen die Bullen rufen, das ist dir doch klar.«

Dann hatte Hanna Brodin, siebzehn, auf ihrem Handy die Notrufnummer 112 gewählt und war rasch mit der Einsatzzentrale der Polizei verbunden worden, denn sie hatte genauso geklungen, wie sich Leute anhören, die gerade eine Leiche im Wasser gefunden haben.

»Treibt sie in der Nähe des Ufers?«, fragte die Frau in der Einsatzzentrale. Die Ärmste, dachte sie. Wasserleichen waren kein Spaß, das wusste sie aus eigener Erfahrung.

»Sie liegt in einer Tasche«, entgegnete Hanna.

»In einer Tasche im Wasser also«, sagte die Frau in der Einsatzzentrale. Was sagt sie da?, dachte sie.

»Sie lag im Wasser. Also diese Tasche. Aber mein Freund wollte baden, und dann hat er sie gefunden. Wir haben sie an Land gezogen und reingeschaut. Er hat reingeschaut, ich nicht.«

»Das kriegen wir schon hin«, sagte die Frau in der Einsatzzentrale. »Bleiben Sie, wo Sie sind, also Sie und Ihr Freund. Gehen Sie nicht zu der Tasche zurück, legen Sie auch nicht auf, ich sorge dafür, dass ein Streifenwagen kommt. Die helfen Ihnen dann. Wir können uns in der Zwischenzeit weiter unterhalten.«

»Danke«, sagte Hanna.

Mein Freund, dachte Axel. Das klang nicht ganz hoffnungslos, obwohl sein Schwanz geschrumpft war und er zitterte wie Espenlaub.

Die erste Streife kam von der Polizeidirektion West, Polizeiinspektor Holm und Polizeianwärterin Hernandez. Weder Hanna noch Axel mussten die Arme heben und die Beine spreizen, um sich nach Waffen durchsuchen zu lassen. Holm leuchtete sie mit seiner Taschenlampe an, nickte freundlich und stellte sich vor.

»Ich heiße Carsten Holm«, sagte er, »und das ist meine Kollegin Magda Hernandez.«

Dann trat Holm auf die Tasche zu, leuchtete mit seiner Taschenlampe hinein, nickte Hernandez zu und nahm sein Funkgerät vom Gürtel.

Hernandez nahm Hanna und Axel mit. Sie holte eine Decke aus dem Kofferraum und schlug vor, dass sie auf dem Rücksitz Platz nehmen sollten.

»Dann braucht ihr nicht zu frieren«, sagte Magda und lächelte. »Das hier dauert nicht lange, und dann fahren wir euch nach Hause.«

Meine Güte, was für eine Polizistin, dachte Axel. So eine gutaussehende Frau habe ich noch nie gesehen.

36

Annika Carlsson fasste die Lage während der Fahrt zusammen: zwei Jugendliche, beide siebzehn, eine junge Frau und ein junger Mann, die beide im Jungfrudansen in Solna wohnten, auf dem Berg oberhalb des Ulvsundasees. Gegen halb zwölf Uhr nachts waren sie zum See gegangen, um zu baden. Ihr Haus lag nur etwa hundert Meter vom Badeplatz entfernt.

»Der Typ ist offenbar allein ins Wasser gesprungen, während seine Freundin zusah. Wenn ich es recht verstanden habe, ist er ins Wasser gehechtet und direkt auf eine große Tasche gestoßen«, sagte Annika Carlsson. »Diese Tasche hat er dann ans Ufer geschoben und an Land gezogen. Als er in die Tasche gesehen hat, entdeckte er darin eine Leiche.«

»Und wer sagt, dass es sich dabei um Akofeli handelt?«, sagte Bäckström.

»Holm und Hernandez waren als Erste dort«, erklärte Annika Carlsson. »Holm ist sich ziemlich sicher, dass es sich um Akofeli handelt. Außerdem sagt er, dass er die Tasche wiedererkennt. Es ist die Tasche, die Akofeli offenbar zum Zeitungsaustragen verwendet hat. So ein größeres Modell auf Rädern.«

»Holm und Hernandez. Zum zweiten Mal in einer Woche. Etwas zu viel für meinen Geschmack«, schnaubte Bäckström. »Ich frage mich, ob wir es hier mit zwei kleinen Serienkillern auf Streife zu tun haben.«

»So schlimm ist es vermutlich nicht. Obwohl ich deinen Gedankengang nachvollziehen kann«, erwiderte Annika Carlsson und lächelte. »Es würde mit ihrem Dienstplan übereinstimmen, aber den haben sie schließlich nicht selbst aufgestellt. In diesem Monat arbeiten sie immer in der Nacht von Mittwoch auf Donnerstag.«

»Was ist eigentlich daran auszusetzen, Leichen tagsüber zu entdecken?«, klagte Bäckström, »da sieht man zumindest, was man gefunden hat.«

»Tut mir leid, dass ich dich geweckt habe«, sagte Annika Carlsson. »Aber ich hielt es für das Beste, wenn du von Anfang an dabei bist.«

»Das war klug gedacht, Annika«, sagte Bäckström. »Jetzt hast du zumindest gesehen, wie ich wohne.« Für den Fall der Fälle, dachte er.

»Du wolltest doch ohnehin joggen gehen«, stellte sie fest und lächelte. »Ich war tatsächlich ein wenig überrascht.«

»Überrascht?«

»Ja, darüber, wie schön du wohnst. Schöne Möbel, alles sehr geschmackvoll. Aufgeräumt.«

»Ich habe es halt gerne ein wenig ordentlich«, log Bäckström. Vojne, vojne, dachte er, da er persönlich für jeden weggewischten Staubfussel unter seinem Luxusbett von Hästens hatte bezahlen müssen.

»Die meisten Kollegen, die ich kenne und die allein leben, wohnen in regelrechten Schweinekoben«, sagte Carlsson.

»Säue«, sagte Bäckström entrüstet. Kein Wunder, dachte er, wer hat schon noch Lust zu putzen, wenn ihnen so eine wie du die Braut ausgespannt hat.

»Es ist wirklich gar nicht so leicht, aus dir schlau zu werden, Bäckström«, stellte Annika Carlsson fest und lächelte ihn an.

Die restliche Fahrt über wurde geschwiegen. Carlsson überquerte den Karlbergskanal und fuhr dann an seinem Ufer Richtung Ulvsundasee weiter. Anschließend setzten sie ihren Weg gute zwei Kilometer weit auf einem unbefestigten Weg am See und einem verschlungenen Weg hangaufwärts fort. Absperrbänder, Scheinwerfer und die ersten Schaulustigen, obwohl es mitten in der Nacht war.

»Hier ist es«, sagte Annika Carlsson, als sie ausstiegen, um sich den Kollegen anzuschließen, die die Einsatzzentrale geschickt hatte.

»Ist es aus der anderen Richtung genauso weit?«, fragte Bäckström. »Also wenn man aus Huvudsta kommt?«

»Ja«, antwortete Annika Carlsson und nickte. »Mir ist klar, was du denkst«, sagte sie.

Kieswege, Anhöhen, mehrere Kilometer zu gehen, der Täter muss einen Wagen gehabt haben, dachte Bäckström. Hierher trägt man keine Tasche mit einer Leiche.

37

Bäckström sah sich als Erstes die Leiche an. Stimmt, dachte er, nachdem er sich vergewissert hatte, dass nicht ein weiterer, vollkommen bedeutungsloser Mohr in seiner gegenwärtigen Mordermittlung aufgetaucht war. Es ist der richtige Mohr, dachte Bäckström. Er sah sogar noch wehmütiger aus als an dem Morgen, an dem Bäckström ihn auf der Treppe vor Danielssons Wohnung getroffen hatte.

Dann entdeckte er Toivonen, der ihn aus einiger Entfernung, die Hände in den Hosentaschen vergraben, finster anstarrte. Bäckström trat auf ihn zu und gab ihm etwas, worauf er herumkauen konnte.

»Was glaubst du, Toivonen«, sagte Bäckström. »Mord, Selbstmord oder Unfall?«

»Du redest zu viel Unsinn, Bäckström«, sagte Toivonen. »Versuch dich ausnahmsweise einmal nützlich zu machen. Erzähl mir, warum dieser Bursche ein solches Ende genommen hat.«

»Ich glaube, dass du dich mal wieder vollkommen in was verrannt hast, Toivonen«, sagte Bäckström und lächelte freundlich. »Glaubst du wirklich, dass unser armes Opfer in zwielichtige Geschäfte oder gar kriminelle Aktivitäten verwickelt gewesen sein soll?«

»Und was glaubst du?«, fragte Toivonen und deutete mit einem Kopfnicken zu der Tasche am Ufer hinüber.

»Nichts deutet darauf hin«, meinte Bäckström. »Alles spricht dafür, dass unser Akofeli ein äußerst ehrenhafter und hart arbeitender junger Mann war. Er arbeitete eigentlich als Fahrradkurier und trug dann noch mitten in der Nacht Zeitungen aus, um sich etwas dazuzuverdienen. Trotz seiner guten akademischen Examen. Man bekommt fast den Eindruck, er habe eine philanthropische Ader besessen.

Akofeli hätte es noch weit bringen können«, fuhr Bäckström fort. »Hätte er nur noch zwanzig oder dreißig Jahre durchgehalten, dann hätte er es zu einem eigenen kleinen Lieferwagen gebracht, mit dem er herumgedüst wäre.«

»Wenn du nicht unbedingt Lust verspürst, baden zu gehen, dann rate ich dir, jetzt die Schnauze zu halten, Bäckström«, sagte Toivonen. »Es geht um einen jungen Mann, der ermordet worden ist. Und du stellst dich hierhin und erzählst irgendeinen Scheiß.«

»Jetzt wissen wir Bescheid«, sagte Bäckström eine Viertelstunde später zu Annika Carlsson. »Könntest du mich jetzt bitte wieder nach Hause fahren?«

»Natürlich, Bäckström. Mir ist klar, dass du auf deine morgendliche Joggingrunde nicht verzichten willst.«

Auf dem Weg zurück zu seiner gemütlichen Wohnung sprachen sie über die neuesten Entwicklungen.

»Sag Niemi und Hernandez, dass sie noch mal in der Wohnung des Burschen vorbeischauen sollen«, meinte Bäckström. »Sieh zu, dass sie es dieses Mal ordentlich machen.«

»Ich verstehe, was du meinst«, pflichtete ihm Carlsson bei. »Du meinst im Hinblick darauf, dass er in seinem eigenen Zeitungswagen lag.«

»Sehr scharfsinnig, Annika«, erwiderte Bäckström und grinste. »Es fällt mir schwer zu glauben, dass er den Wagen in die Kurierfirma mitgeschleppt hat. Er muss also zwischendurch nach Hause gefahren sein, um ihn dort abzustellen.«

»Das glaube ich auch«, entgegnete Annika Carlsson. »Mit dem Zeitungsaustragen war er immer gegen sechs fertig. Gegen neun hat er dann beim Kurierdienst angefangen. Wahrscheinlich hat er sich bis dahin sogar noch eine Stunde aufs Ohr legen können.«

»Was meinst du, willst du mich nicht auf eine Tasse Kaffee einladen?«, fragte Annika, als sie vor Bäckströms Haustür hielt. »Es gibt da noch etwas, worüber ich mit dir sprechen will.«

»Klar«, sagte Bäckström. Sie sind wie verrückt nach mir, dachte er, selbst so eine notorische Dosenfresserin wie Ankan Carlsson versucht mir an die Wäsche zu gehen.

38

Während Bäckström in der Küche stand und an seiner neuen italienischen Espressomaschine herumhantierte, bat Annika Carlsson, die Wohnung in Augenschein nehmen zu dürfen.

»Fühl dich wie zu Hause«, sagte Bäckström, der nichts zu verbergen hatte. Am Wochenende hatte seine finnische Kellnerin ihren freien Tag darauf verwendet, wie ein Tornado durch seine Wohnung zu fegen.

»Ich führ dich rum«, sagte Bäckström.

Als Erstes zeigte er ihr sein frischgefliestes Bad und die neue Duschkabine mit Dampfbad, eingebauter Stereoanlage und ausklappbarem Hocker, auf dem man Platz nehmen und philosophieren konnte, während das Wasser auf einen herabströmte und Körper und Seele erquickte.

»Die Stärke der Dusche stellt man an dieser Schalttafel ein«, sagte Bäckström und zeigte es ihr.

»Nicht schlecht«, meinte Annika Carlsson, und ihre Augen blickten fast lüstern.

Anschließend geleitete er sie ins Allerheiligste, seine eigene kleine Werkstatt, in der er während des letzten Wochenendes die Reinigung seiner Wohnung bezahlt hatte, indem er den weißen Tornado in seinem Bett aus der Hästens-Bettenfabrik einmal richtig rangenommen hatte.

»Das ist so ein Hästens, oder?«, fragte Annika Carlsson. »Die kosten doch ein Vermögen?«, meinte sie und befühlte sicherheitshalber die Matratze.

»Du hast es wirklich gemütlich, Bäckström«, seufzte Annika, als sie fünf Minuten später in Bäckströms Wohnzimmer saßen und einen frisch aufgebrühten Cappuccino mit einem winzigen Biscotto genossen. »Der Couchtisch muss ein Vermögen gekostet haben«, meinte sie und fuhr mit der Hand über die schwarze Tischplatte. »Das ist doch Marmor, oder?«

»Kolmårdenmarmor«, sagte Bäckström.

»Wie kannst du dir das alles von einem Polizistengehalt leisten?«, fragte Annika Carlsson. »Bett von Hästens, Fernseher mit Flachbildschirm, nicht nur einen, sondern zwei, Ledersofa und eine Stereoanlage von Bang und Olufsen. Echte Perserteppiche und dann noch diese Armbanduhr. Das ist doch eine echte Rolex? Hast du geerbt oder Lotto gespielt?«

»Spare in der Zeit, so hast du in der Not«, meinte Bäckström, der nicht die geringste Lust verspürte, sich über seine Nebeneinnahmen auszulassen, am allerwenigsten der Kollegin Carlsson gegenüber. »Du wolltest mit mir über etwas sprechen«, erinnerte er sie, um das Thema zu wechseln.

»Ja. Ich nehme gerade meinen ganzen Mut zusammen«, sagte Annika Carlsson und lächelte ihn freundlich an. »Es fällt einem schwer, über gewisse Dinge zu sprechen, aber das weißt du sicher.«

»Ich höre«, sagte Bäckström mit seinem männlichsten Lächeln.

»Wenn man dich reden hört, dann könnte man meinen, du seist so ein etwas desillusionierter Kollege, der nur aus Vorurteilen besteht. Du weißt schon, so wie viele von uns nun einmal bei diesem Job leider werden.«

»Ich verstehe, was du meinst«, sagte Bäckström und war sich bereits klar darüber, welche Taktik er anwenden würde.

»Aber so einfach kann es nicht sein«, meinte Annika Carlsson und schüttelte energisch den Kopf mit den kurzgeschnittenen Haaren. »Ich habe dich schließlich bei der Arbeit erlebt. Du bist der professionellste Ermittler, der mir je untergekommen ist, selbst bei aller Unfreundlichkeit, die du an den Tag legen kannst. Beispielsweise das mit Akofeli. Du warst der Einzige von uns, der sofort begriffen hat, dass bei ihm etwas nicht stimmt. Und als wir in diesem Tresorraum standen und diese Schließfachbox geöffnet haben, hatte ich fast den Eindruck, du hättest hellseherische Gaben. Liegt das bei euch in der Familie, Bäckström?«

»Vermutlich ein wenig auf Seiten meiner Mutter, um ehrlich zu sein«, log Bäckström. Immerhin war sie die konfuseste Frau auf ganz Södermalm, dachte er.

»Das habe ich geahnt«, sagte Annika Carlsson und nickte. »Das habe ich geahnt.«

»Dann habe ich ja auch noch mein starkes Gottvertrauen«, meinte Bäckström und seufzte. »Nichts Besonderes. Meinen einfachen Kinderglauben, den ich von früher bewahrt habe.«

»Ich wusste es, Bäckström«, sagte Annika Carlsson. »Das verleiht dir auch deine Stärke. Diese vollkommen unbezwingbare Kraft.«

»Ich verstehe, was du meinst, Annika«, sagte Bäckström und hob fast herrisch die Hand, um ihr Einhalt zu gebieten, »wenn du ansprichst, wie ich mich meiner Umwelt gegenüber verhalte. Leider handelt es sich wirklich um so ein Burn-out-Syndrom, das früher oder später alle heimsucht, die unsere Arbeit tun. Sie fordert auch von mir ihren Tribut. Das führt dazu, und zwar leider immer häufiger, dass meine Zunge schneller ist als mein Verstand.«

»Ich bin froh, dass es mir gelungen ist, hinter diese Fassade zu schauen«, sagte Annika Carlsson ernst.

»Wo wir nun schon über so heikle Dinge reden«, meinte Bäckström, »gibt es auch etwas, worüber ich gerne mit dir sprechen würde.«

»Ich höre«, erwiderte Annika Carlsson.

»Ich finde nicht, dass du dem kleinen Stigson gegenüber so hart sein solltest«, meinte Bäckström.

»Mag sein, aber du hast doch selbst gehört, wie er sich über diese Frau und ihren Busen ausgelassen hat«, meinte Annika Carlsson und deutete sicherheitshalber auf ihren eigenen.

»Ich weiß«, sagte Bäckström. »Reiner Sexismus. Mit das Schlimmste, was ich mir je im Dienst anhören musste. Aber ich befürchte leider, dass es dafür eine Erklärung gibt.«

»Was willst du damit sagen?«

»Ich fürchte, dass Kollege Stigson bereits in früher Kindheit ein Inzestopfer war.«

»Mein Gott«, sagte Annika und sah Bäckström ungläubig an. »Hat er dir etwa davon erzählt?«

»Nein«, antwortete Bäckström. »So etwas erzählt man normalerweise nicht, musst du wissen. Aber ich erkenne in ihm fast alle Symptome wieder, und nach seiner Auslassung über diese Nachbarin von Danielsson, also diese Frau Andersson mit dem Busen, bin ich mir ziemlich sicher, dass sich seine Mutter an ihm vergangen hat. Es würde mich nicht im Geringsten wundern, wenn es sich herausstellen würde, dass Stigsons Mama eine genaue Kopie unserer Zeugin Frau Andersson ist.«

»Und was machen wir jetzt?«, fragte Annika Carlsson.

»Wir warten ab«, meinte Bäckström. »Wir behalten das im Auge, sind aufmerksam und bereit, Hilfe zu leisten, wenn nötig, aber erst einmal warten wir ab.«

39

Wo zum Teufel kommen die nur alle her?, dachte Bäckström, nachdem er die Tür hinter seiner Besucherin geschlossen hatte, diese ganzen übergeschnappten Frauenzimmer. Eine verrückter als die andere.

Während sich Bäckström von seiner Kollegin Annika Carlsson verabschiedete, suchten Hanna und Axel Trost beieinander und landeten dabei in Hannas Bett.

Axel war gerade erst in sie eingedrungen, da kam er schon. Nicht etwa, weil es das erste Mal gewesen wäre und weil Hanna so wahnsinnig gut aussah, acht von zehn Punkten, diese Hürde hatte Axel bereits mit dreizehn überwunden. Die Sache war komplizierter. Obwohl es das erste Mal mit Hanna war, hatte Axel seit Stunden nur noch eine im Kopf: die junge Polizistin, die Magda Hernandez hieß. Die bestaussehendste Frau seines Lebens, elf Punkte auf einer Skala von zehn, obwohl das eigentlich gar nicht möglich war.

Er versuchte sich zusammenzunehmen und machte einen neuen Versuch, aber der Gedanke an Magda Hernandez und die Nähe von Hanna führten dazu, dass er wieder in die offene Rinne im Eis geriet.

»Ich begreife das nicht«, sagte Axel. »Das ist mir noch nie passiert.« Am liebsten hätte er geheult und wäre weggelaufen.

»Das macht nichts«, sagte Hanna und fuhr mit ihren Fingernägeln über seinen nackten Rücken, auf dem der kalte Schweiß stand. »Du stehst sicher noch unter Schock.« Der Ärmste, dachte sie, da sie sich mit so was schon auskannte.

»Weißt du was«, fuhr sie fort. »Jetzt schlafen wir, und morgen kümmern wir uns um das andere. Schließlich ist das kein Weltuntergang.« Ich frage mich, wie oft das schon gesagt worden ist, dachte sie.

Axel tat nur, als ob er schliefe. Sobald Hanna eingeschlafen war, stand er leise auf, zog sich an und huschte aus der Wohnung.

Auch gut, dachte Hanna, als sie hörte, wie die Tür ins Schloss fiel. Das Leben ging auch ohne Axel weiter, außerdem fing in wenigen Stunden die Schule an.

Ich muss daran denken, Magda Hernandez anzurufen, dachte sie, ehe sie einschlief. Dann können wir über dieses Debriefing sprechen, das ich ihrer Meinung nach besuchen soll.

40

Am Donnerstagmorgen, acht Tage nach dem Mord an Karl Danielsson, meldete sich Lars »Dojan« Dolmander bei seinem Beichtvater Kommissar Toivonen.

Dojan erschien persönlich auf der Wache, weigerte sich jedoch, mit jemand anderem als seinem »alten Kumpel« Toivonen zu sprechen. Er habe einen heißen Tipp zum Raubüberfall in Bromma abzugeben, und Toivonen sei der einzige Beamte im gesamten Polizeikorps, dem er vertraue.

In den letzten zehn von der Sucht dominierten Jahren, seinem steten Niedergang, hatte sich Dojan als Informant durchgeschlagen. Es gab keinen Kriminellen in der gesamten Polizeidirektion West, den Dojan nicht schon mehrfach verpfiffen hätte. Sein einziges kleines Glück im Leben war, dass er sich schon früh entschieden hatte, nur mit Toivonen Geschäfte zu machen.

Er war inzwischen zu weit heruntergekommen, um von seinen eigenen Straftaten leben zu können. Seine Frührente war immer bereits am Tag nach ihrer Auszahlung aufgebraucht, und wenn er bis zum nächsten Zahltag überleben wollte, dann musste er andere verkaufen. Neue und immer gleichermaßen »heiße« Tipps, und da zumindest einige wirklich so heiß waren, wie Dojan vorgab, genoss er immer noch Toivonens Vertrauen.

»Du siehst fit aus, Dojan«, meinte Toivonen. Über und über tätowiert, dreiunddreißig Jahre alt, dass er noch lebt, ist ein Wunder, dachte er.

»Ich habe mit den schweren Sachen aufgehört«, meinte

Dojan. »Letztes Jahr habe ich nur noch Hasch geraucht und natürlich getrunken, aber das ist ja die reine Reformhauskost, verglichen mit dem, was ich in den Jahren davor konsumiert habe.«

»Was du nicht sagst«, erwiderte Toivonen, der hauptsächlich Fleisch, Obst und Gemüse aß, wenn er nicht gerade mit Niemi und den anderen Burschen von der finnischen Kavallerie in die Kneipe ging, um dort seiner Abstammung alle Ehre einzulegen. Aber das war inzwischen schon wieder eine geraume Weile her.

»Ich will mich kurz fassen«, sagte Dojan und nickte geschäftsmäßig. »Sie wissen schon, dieser Überfall auf den Geldtransporter in Bromma Montag letzte Woche, wo sie diese beiden Typen von Securitas umgenietet haben.«

»Hab irgendwie davon gehört«, pflichtete ihm Toivonen mit einem spöttischen Lächeln bei.

»Am selben Abend hat dann jemand Kari Viirtanen in Bergshamra kaltgemacht, auch Tok-Kari oder Tokarev genannt. Sie wissen schon, nach diesem russischen Schießeisen, der Tokarev. Das war so eine Zehn-Millimeter-Pistole, mit der er immer herumfuchtelte.«

»Geliebtes Kind hat viele Namen«, meinte Toivonen.

»Wie auch immer«, meinte Dojan. »Es besteht ein Zusammenhang zwischen dem Mord an Viirtanen und dem Raubüberfall in Bromma.«

»Das habe ich mir auch sagen lassen«, erwiderte Toivonen lächelnd. »Spaß beiseite, Dojan, hast du sonst nichts zu bieten?«

»Die Sache ist folgende«, meinte Dojan, der sich nicht einschüchtern ließ, »Viirtanen war an dem Raubüberfall in Bromma beteiligt. Als die Typen vom Wachdienst die Farbampullen im Geldsack platzen lassen, rastet er aus. Er sagt seinem Fahrer, dass er zurückfahren soll, dann nietet er die Wächtertypen um. Er und sein Fahrer verschwinden, lassen das Auto stehen, lassen den Zaster liegen. Keine roten Lappen sollen ihr

Leben verdüstern. Die schweren Jungs, die hinter dem Raubüberfall stecken, sind wahnsinnig genervt über Tokarev und lassen ihn noch am selben Abend über die Klinge springen. Der Fahrer leistet ihm vermutlich bereits Gesellschaft. An Ihrer Stelle würde ich mir mal diesen Baströckchenmann näher anschauen, den Sie heute Nacht aus dem Ulvsundasee gezogen haben.«

»Schnee von gestern, Dojan«, sagte Toivonen und schaute sicherheitshalber auf die Uhr. Vermutlich hat er keine Ahnung, wer Akofeli war, dachte er.

»Das weiß ich auch«, erwiderte Dojan, »aber jetzt komme ich zur Sache.«

»Ich kann es kaum abwarten«, meinte Toivonen und seufzte.

»Sie wissen doch, dieser alte Buchhalter, der, der im Hasselstigen eins gewohnt hat. Er hieß übrigens Danielsson, Kalle Danielsson, mit dem sie letzten Mittwoch einen Topfdeckeltanz aufgeführt haben. Es besteht ein Zusammenhang zwischen dem Mord an ihm und dem Raubüberfall auf den Geldtransporter in Bromma.«

»Was veranlasst dich zu dieser Annahme?«, fragte Toivonen. »Woher kennst du übrigens Danielsson?«

»Ich bin ihm in Solvalla begegnet«, antwortete Dojan. »Er trieb sich dort mit Rolle Stålhammar rum. Stålis, Sie wissen schon, Ihr ehemaliger Kollege.«

»Den kennst du also auch«, sagte Toivonen.

»Aber klar doch«, meinte Dojan verächtlich. »Er war der Erste, der mich festgenommen hat. Da war ich vierzehn. Ich stand mitten auf dem Karlavägen und habe mit einem Schlauch Benzin aus einem Auto geklaut. Plötzlich hält ein Auto, und es steigt so ein Typ aus, riesig wie ein Haus. Er nimmt den vierzehnjährigen Dojan beim Ohr und schleift ihn auf den Beifahrersitz. Zehn Minuten später sitze ich beim Bereitschaftsdienst der Kripo in Stockholm und warte darauf, dass eine Tante vom Jugendamt kommt und mich wieder rauslässt. Schließlich hatte ich einen Wagen in Östermalm stehen, der nicht abgeschlossen war und auf mich wartete. Im Tank war zwar gerade Ebbe, aber das ist für Leute wie mich schließlich kein Problem.«

»An Rolle Stålhammar erinnerst du dich also«, meinte Toivonen.

»Das ist einer der nettesten Bullen, denen ich überhaupt begegnet bin. Er hat mich sogar ein paarmal zum Boxen mitgenommen, als ich noch ein Junge war. Hat aber alles nichts geholfen«, meinte Dojan und zuckte mit den Achseln.

»Du hast also Stålhammar und Danielsson draußen in Solvalla getroffen«, erinnerte ihn Toivonen.

»Genau«, erwiderte Dojan, »letzten Mittwoch. Irgendwann gegen sechs. Nur wenige Stunden bevor Danielsson etwas zu gewaltsame Bekanntschaft mit seinen Küchenutensilien schloss. Stålis und ich haben ein paar Worte gewechselt. Er erkundigte sich nach meinem Befinden und meinte, ich sähe so furchtbar aus, dass er mich nicht einmal einem alten Schulfreund vorzustellen wage. Das war also Danielsson. Das war natürlich im Scherz. Also, dass er das sagte. Sowohl Stålis als auch dieser Danielsson schienen wahnsinnig guter Laune zu sein, und Danielsson streckte dann seine Pfote aus und stellte sich vor.

Kalle Danielsson, sagte also der Alte, und es war nicht zu übersehen, dass er an diesem Tag schon einiges getankt hatte. Wenn ich nicht nüchtern gewesen wäre, dann hätte mir sein Atem vermutlich den Rest gegeben. Dieser Mann war wirklich sternhagelvoll.«

»Und was hast du gesagt?«

»Dojan«, erwiderte Dojan. »Was hätte ich sonst sagen sollen? Ich meine, was hätten Sie an meiner Stelle gesagt?«

»Entschuldige meine naive Frage«, sagte Toivonen, »aber was hat das alles mit dem Raubüberfall auf den Geldtransporter zu tun? Was gibt es für einen Zusammenhang zwischen Danielsson und dem Raubüberfall?«

»Die Burschen, die hinter der Sache stecken. Und ich spreche jetzt nicht von Tokarev und seinem Fahrer, ich spreche von den schweren Jungs, die bereits sowohl Tokarev als auch den Fahrer beseitigt haben, weil sie die Sache versiebt haben. Wissen Sie, wer die sind?«

»Ja, so eine ungefähre Vorstellung haben wir«, meinte Toivonen, »aber ich höre.«

»Farshad Ibrahim«, sagte Dojan.

Richtig, dachte Toivonen.

»Und sein verrückter kleiner Bruder Farbod Rashid Ibrahim.«

Wieder ein Treffer, dachte Toivonen.

»Und dann noch ihr unheimlicher Cousin. Dieser jähzornige Schrank. Hassan Jalib«, sagte Dojan. »Farshad Ibrahim, Farbod Rashid Ibrahim und Hassan Jalib«, wiederholte er.

Drei Richtige von drei, dachte Toivonen.

»Wieso glaubst du, dass sie hinter diesem Raubüberfall stecken?«, fragte er.

»Es wird geredet«, sagte Dojan. »Es wird geredet, wenn man zu den Leuten gehört, die zuhören«, verdeutlichte er und hielt eine Hand hinters Ohr.

Es wird geredet, dachte Toivonen, dem dieselben Gerüchte bereits zu Ohren gekommen waren und der sich auch selbst einiges zusammenreimen konnte.

»Ich begreife aber immer noch nicht, was Danielsson damit zu tun haben soll«, meinte er.

»Er kannte Farshad«, sagte Dojan.

»Jetzt geht deine Fantasie mit dir durch, Dojan. Wie kommst du nur auf den Gedanken«, sagte Toivonen.

»Abwarten«, erwiderte Dojan. »Also, nachdem sich Rolle und sein Freund Danielsson voneinander verabschiedet hatten, also ich meine, nachdem wir uns draußen in Solvalla begrüßt hatten, fällt mir plötzlich ein, dass ich diesen Mann am selben Tag schon einmal gesehen habe. Und zwar irgendwann zur Mittagszeit. Ich gehe gerade den Råsundavägen entlang, um in der Pizzeria eine Kleinigkeit zu essen. Und wen sehe ich da etwa dreißig Meter von mir entfernt auf der Straße, wer unterhält sich da mit so einem alten Sack an der Ecke Hasselstigen zwanzig Meter von der Pizzeria entfernt, zu der ich unterwegs bin?«

»Ich höre.«

»Farshad Ibrahim«, sagte Dojan.

»Und den kennst du?«

»Selbstverständlich! Wir haben im selben Knast gesessen. Wir hatten in Hall vor zehn Jahren Zellen am selben Gang. Wenn Sie mir nicht glauben, lässt sich das sicher überprüfen. Es war Farshad Ibrahim höchstpersönlich, und ein größeres Schwein gibt es nicht.«

»Was hast du dann gemacht?«

»Schleunigst den Rückzug angetreten«, sagte Dojan. »Farshad gehört zu den Leuten, die andere einfach sicherheitshalber totschlagen, und wenn er seinen normalen Geschäften nachging, dann wollte ich mich da wirklich nicht reinziehen lassen, wo ich doch nur eine Pizza essen gehen wollte.«

»Bist du dir sicher, dass es wirklich Kalle Danielsson war, mit dem er sich dort unterhalten hat?«

»Hundertzwanzig«, erwiderte Dojan und nickte. »Hundertzwanzig Prozent«, verdeutlichte er dann noch.

»Wie kannst du dir so sicher sein?«, beharrte Toivonen.

»Deswegen, weil ich davon lebe«, erwiderte Dojan.

»Meinetwegen«, sagte Toivonen. Wie werde ich jetzt nur Bäckström los, falls das wirklich wahr ist, überlegte er.

»Wie wäre es mit einem Tausender?«, sagte Dojan.

»Was hältst du von zwanzig«, entgegnete Toivonen.

»Und wenn wir uns in der Mitte einigen?«, schlug Dojan vor, der sich den Vorschlag des anderen nicht zu Herzen zu nehmen schien.

»Dann sagen wir zweihundert«, sagte Toivonen.

»Wenn Sie meinen«, sagte Dojan und zuckte mit den Achseln.

41

Während sich Toivonen vertraulich mit Dojan unterhielt, fand eine außerplanmäßige Besprechung Bäckströms mit seinem Ermittlerteam statt. Anlass war der Mord an Septimus Akofeli.

Wie immer ergriff Niemi als Erster das Wort. Er hatte die Leiche zur Gerichtsmedizin begleitet, während Chico Hernandez mit einem Kollegen zu Akofelis Wohnung gefahren war, um sie ein weiteres Mal zu durchsuchen. Beide waren jetzt jedoch wieder zurück.

»Er wurde erdrosselt«, sagte Niemi. »Im Übrigen weist die Leiche keinerlei Verletzungen auf. Er war vollkommen nackt. Er wurde mit einer Schlinge erwürgt, deren Knoten im Nacken einen Abdruck hinterlassen hat. Wenn ihr mich fragt, war er bei Bewusstsein, als es geschah. Er wurde überrascht.«

»Was veranlasst dich zu dieser Annahme?«, wollte Annika Carlsson wissen.

»Obwohl er recht kurze Fingernägel hatte, brachen zwei ab, als er versuchte, die Schlinge auseinanderzuziehen.«

»Um was für eine Schlinge könnte es sich gehandelt haben?«, fragte Bäckström.

»Die Schlinge haben wir nicht gefunden. Es hat sich um eine recht dünne Schnur gehandelt. Möglicherweise eine Wäscheleine oder ein dünnes Kabel. Es könnte aber auch so eine Schnur gewesen sein, mit der man ein Rollo hochzieht. Ich könnte mir ein dünneres Kabel vorstellen.«

»Aus welchem Grund?«, fragte Annika Carlsson.

»Weil es sich am besten eignet«, meinte Niemi und lächelte ironisch. »Die lassen sich auch am leichtesten zuziehen. Man zieht, macht einen Knoten, und er lässt sich nicht mehr öffnen. Perfekt.«

»Du meinst also, es könnte sich um einen Profi gehandelt haben?«, sagte Alm.

»Weiß nicht«, erwiderte Niemi und zuckte mit seinen breiten Schultern. »Irgendwie habe ich meine Zweifel. Wie viele Leute gibt es hier im Land, die auf Erdrosselungen spezialisiert sind? Fallschirmjäger, die Kollegen von der Einsatztruppe und die Jugoslawen, die auf dem Balkan ihr Unwesen getrieben haben. Jedenfalls prahlen sie immer damit, obwohl sie sich hier durchaus zusammennehmen können.«

»Der Täter verfügte über eine beachtliche Kraft. Größer als Akofeli war er auch. So viel ist sicher«, sagte Niemi.

»Wie der, der Danielsson erwürgte«, stellte Bäckström fest.

»Ja, dieser Gedanke hat mich auch schon gestreift«, pflichtete ihm Niemi bei.

»Was wissen wir über den Tatzeitpunkt?«, fragte Bäckström.

»Vermutlich noch am Tag seines Verschwindens«, antwortete Niemi. »Das heißt Freitag, den sechzehnten Mai, irgendwann am Vormittag, Mittag oder Abend.«

»Warum glaubst du das?«, wollte Bäckström wissen.

»Es gibt keine Spuren an der Leiche, die darauf schließen lassen. Aber so pflegt es heutzutage zu sein. Wenn sie nicht mehr ihre Mobiltelefone benutzen, wenn sie nicht zur Arbeit erscheinen, ihre Kreditkarten nicht mehr verwenden, wenn sie von ihrem gewohnten Tagesablauf abweichen, dann ist etwas vorgefallen. So ist es fast immer«, sagte Niemi und nickte nachdrücklich.

Ganz so dumm ist dieser blöde Finne doch nicht, dachte Bäckström, der sich seit dreißig Jahren ebenfalls an diese Faustregel hielt.

»Die Leiche ist in gutem Zustand«, fuhr Niemi fort. »Erdrosselt, nackt, zusammengeklappt und mit Hilfe von Klebeband in schwarze Plastikfolie eingeschlagen. Dann wurde er in seinen eigenen Zeitungswagen gesteckt. Die Plastikfolie stammt von drei schwarzen Müllsäcken, ihr wisst schon, das gängige Modell. Das Klebeband ist fünf Zentimeter breit und weist keine Besonderheiten auf. Ich glaube, dass die Leiche sofort verpackt wurde, noch ehe die Leichenstarre einsetzte. In der Tasche lag auch Ballast. Vier scheibenförmige Gewichte zum Gewichtheben, die je fünf Kilo wiegen, also insgesamt zwanzig Kilo. Sie sind mit demselben Klebeband zusammengeklebt worden. Da Akofeli etwa fünfzig Kilo wog, das Gewicht zwanzig und die Tasche auf Rädern etwa zehn, das genaue Gewicht wissen wir, wenn alles trocken ist, handelt es sich um ein Gesamtgewicht von etwa achtzig Kilo.«

»Auto«, sagte Alm. »Die Leiche ist mit einem Auto vom Tatort zum Fundort gebracht worden.«

»Alles andere wäre höchst unwahrscheinlich«, pflichtete ihm Niemi bei. »Ich habe unlängst einen höchst interessanten Aufsatz in der Zeitschrift für Kriminaltechnik gelesen. Er handelte von Tätern, die ihre Opfer irgendwo in der Landschaft abladen. Es kommt nur äußerst selten vor, dass eine Leiche weiter als fünfundsiebzig Meter getragen wird.«

»Und wenn der Täter einen Leiterwagen oder eine Schubkarre verwendet?«, fragte Bäckström.

»Höchstens ein paar hundert Meter«, meinte Niemi. »Normalerweise werden bei längeren Strecken sowohl Karren als auch die Leiche zuerst in einem Fahrzeug transportiert.«

»Und der Tatort?«, sagte Bäckström.

»Du denkst an Akofelis Wohnung im Fornbyvägen siebzehn«, sagte Niemi und tauschte einen Blick mit Hernandez.

»Wir waren heute Morgen nochmals dort«, meinte Hernandez. »Wir haben wieder nichts gefunden, aber wenn man bedenkt, wie er ermordet wurde, könnte es sich durchaus um den Tatort handeln, selbst wenn wir dort keine Spuren finden. Es gibt auch noch anderes, was dafür spricht.«

»Und zwar?«, fragte Alm.

»Der Zeitungswagen, der mit Sicherheit dem Opfer gehört hat, die Gewichte, mit denen die Leiche versenkt wurde. Wir sind fast hunderprozentig sicher, dass sie dem Opfer gehört haben. In seiner Wohnung gibt es eine Fitnessbank mit Hantel, aber erstaunlich wenigen Gewichten.«

Bäckström nickte.

»Was du nicht sagst.«

»Also Gewichten, die noch in der Wohnung lagen«, verdeutlichte Hernandez.

»Und der Abstand?«

»Von der Wohnung des Opfers bis zum Fundort sind es etwa zehn Kilometer. Man kann fast die ganze Strecke fahren, und zwar bis zum Felsen, von dem es dann jäh ins Wasser geht. Vom Kiesweg bis zum Wasser sind es dreißig Meter. Der Höhenunterschied beträgt dreizehn Meter.«

»Aber Autofahren ist dort verboten«, wandte Annika Carlsson ein.

»Es sei denn, man ist von der Polizei, arbeitet bei der Stadtreinigung oder dem Grünflächenamt oder ist dort als Handwerker mit irgendetwas beschäftigt. Kommt man von Südosten, das heißt aus Richtung Kungsholmen, dann darf man fast bis zum Fundplatz mit dem Auto fahren. Dann muss man nur noch etwa hundert Meter zu Fuß gehen. Zwar bergauf, aber immerhin nicht mehr.« Hernandez zuckte vielsagend die Achseln.

»Habt ihr irgendwelche Reifenspuren gefunden? Ich meine oberhalb des Fundortes?«, sagte Annika Carlsson.

»Unzählige«, meinte Chico und lächelte. »Deswegen ließen sie sich auch nicht verwerten.«

»Chico«, sagte Bäckström, »könntest du bitte einem alten Knochen wie mir den möglichen Tathergang erläutern.«

Da hast du was, worauf du rumkauen kannst, du kleiner Tangowichser, dachte Bäckström, während seine Kollegin Carlsson ihm zustimmend zunickte.

Hernandez fiel es schwer, sein Erstaunen zu verbergen.

»Du willst von mir hören, wie es sich meiner Meinung nach zugetragen haben könnte?«, fragte er.

»Ja«, sagte Bäckström und lächelte ihm aufmunternd zu. Genauso blöd wie seinesgleichen, müssen immer erst noch rückfragen, dachte er.

»Okay«, sagte Hernandez. »Unter dem Vorbehalt, dass es sich um meine persönliche Ansicht handelt. Was den Beginn des Ganzen betrifft, stimme ich mit Peter überein. Das Opfer wurde überrumpelt, von hinten erwürgt, entkleidet und vornübergebeugt. Er ist schmal und durchtrainiert, und als er noch lebte, war es ihm sicher möglich, im Stehen und mit durchgedrückten Knien beide Handflächen auf den Boden zu legen. Nachdem er den Toten vornübergebeugt hatte, hat ihn der Täter mit Klebeband fixiert. Es führt von den Fußgelenken über den Rücken um die Schultern und wieder zurück. Das Klebeband läuft an der Ausgangsstelle, also an den Fußgelenken, wieder zusammen.

Dann wird er in Plastiksäcke eingeschlagen, die seitlich aufgeschnitten sind. Das Paket wird dann mit demselben Klebeband verschlossen und in den Zeitungswagen gepackt. Es handelt sich um einen Handwagen mit zwei Rädern, zwei Handgriffen und einem rechteckigen Rahmen aus Metall. Vorne befindet sich ein größerer Sack aus Segeltuch. In diesen Sack sind Schnüre und Riemen eingenäht, mit dem er sich verschließen und öffnen lässt. Oben hat der Sack eine Klappe aus demselben Material, die sich ebenfalls mit einem Riemen verschließen lässt.«

»Wie lang könnte das gedauert haben?«, fragte Bäckström. »Vom Erdrosseln bis zum zugeknoteten Sack?«

»Ist man stark genug und geschickt und hat die Sachen gleich zur Hand, dann dauert so etwas höchstens eine halbe Stunde«, antwortete Chico. »Zwei oder mehr Personen schaffen es in einer Viertelstunde.«

»Du glaubst also, dass es sich um mehrere Täter handeln könnte?«, fragte Alm.

»Das wäre zumindest nicht ausgeschlossen«, meinte Hernandez und zuckte mit den Achseln. »Einer reicht, mit zwei

Leuten geht es doppelt so schnell. Noch mehr Personen wären vermutlich nur im Weg gewesen. So in etwa.«

Das kapiert wohl jeder, dachte Bäckström und sah Alm vernichtend an.

»Und dann?«, fragte er.

»Erst wird er im Karren aus der Wohnung geschoben. Dann mit dem Fahrstuhl ins Erdgeschoss. Bis zur Straße und einem dort geparkten Auto sind es nur zehn Meter. Ins Auto mit dem Karren und dann los. Insgesamt eine Stunde, aber da solche Transporte fast immer nachts stattfinden und Akofeli wahrscheinlich bereits am Vormittag ermordet wurde, denn da hörte er auf, Lebenszeichen von sich zu geben, hat man vermutlich gewartet, bis es dunkel war, bevor man ihn in den See warf. Man hat ihn ermordet, verpackt und für den Transport vorbereitet. Dann wurde der Karren vermutlich ins Auto gelegt und weggefahren. Oder man ist abends zurückgekehrt und hat ihn geholt. Ich glaube nicht, dass man ihn länger als nötig in seiner eigenen Wohnung liegen ließ.«

»Wann hat man ihn dann in den Ulvsundasee geworfen? Noch am selben Abend, oder?«

Bäckström blickte erst fragend Hernandez an, der den Kopf schüttelte, und dann zu Niemi, der sich damit begnügte, ebenfalls eine verneinende Bewegung anzudeuten.

»Schwer zu sagen«, meinte Niemi. »Der Leichnam war so gut verpackt, dass es sich nicht mehr feststellen lässt. Er könnte bereits am Freitag ins Wasser geraten sein, aber auch bedeutend später. Seit heute früh suchen Taucher übrigens den Seegrund ab. Sie haben nichts gefunden.«

»Sonst noch etwas?«, fragte Bäckström.

»Im Augenblick nicht«, sagte Niemi und schüttelte den Kopf. »Wir melden uns, sobald wir was finden. Oder auch, wenn wir nichts finden«, fügte er noch hinzu und lächelte ein wenig.

»Okay«, sagte Bäckström, der sich nach einem Kaffee und Kuchen sehnte. »Dann befragen wir wieder mal die Nachbarn, und dieses Mal steht also Akofeli im Mittelpunkt des Interesses. Hasselstigen eins und Akofelis Wohnung im Fornbyvägen. Alles über Akofeli und seine eventuellen Kontakte zu Danielsson und was sonst noch von Interesse sein könnte. Haben wir genug Leute?«

»Die Stadtteilpolizei in Tensta hat versprochen, im Fornbyvägen mitzuhelfen«, sagte Annika Carlsson. »Es ist ja ihr Revier, und sie haben gute Kontakte zu den Leuten, die dort wohnen. Um den Hasselstigen müssen wir uns wohl oder übel selbst kümmern. Ich sehe zu, dass das gemacht wird.«

»Gut«, sagte Bäckström.

Dann bat er Stigson darum, noch zu bleiben. Als sie allein waren, legte er ihm eine Hand auf den Arm und spulte noch einmal den Bäckström mit Herz ab, den Carlsson in der vorangegangenen Nacht eingefordert hatte.

»Also, du Ödipus, dieses Mal keine Umarmungen, in Ordnung?«

»Du meinst, die mit den …«, erwiderte Stigson und hielt sich die Hände vor die Brust.

»Genau, die mit den Melonen«, bestätigte Bäckström.

»Ich habe mit Ankan darüber geredet«, sagte Stigson und errötete zusehends.

»Ausgezeichnet«, meinte Bäckström. »Erinnert sie übrigens sehr an deine Mutter?«

»Wer? Ankan?«

»Nein, die Zeugin Andersson«, antwortete Bäckström. »Du weißt schon, wen ich meine, die mit den Riesenmelonen.«

»Nicht im Geringsten«, sagte Stigson. »Meine Mutter ist recht zart.«

Typisch, dachte Bäckström. Das ist das sicherste Indiz überhaupt. Das gänzliche Abstreiten.

42

Die Stadtteilpolizei von Tensta und Rinkeby hatte sich zeit ihres Bestehens vornehmlich darauf konzentriert, ein gutes Verhältnis zu den Menschen aufzubauen, die in ihrem Bezirk lebten. Zu neunzig Prozent handelte es sich dabei um Einwanderer aus allen Krisengebieten dieser Erde, überwiegend Flüchtlinge aus Ländern, in denen das Denken nicht erlaubt war, vom Leben ganz zu schweigen. Es war nicht leicht gewesen, und die Tatsache, dass neunzig Prozent derer, die bei der Stadtteilpolizei arbeiteten, normale Schweden waren, hatte diese Aufgabe nicht unbedingt vereinfacht. Es waren Schweden, die schon seit Generationen im Land lebten, oder auch mal Immigranten der zweiten oder dritten Generation, die in die schwedische Gesellschaft integriert und in ihr verwurzelt waren.

Der Kampf gegen das Verbrechen, die normale Polizeiarbeit, waren dabei zu kurz gekommen. Hier ging es darum, Brücken zwischen Menschen zu errichten und eine Vertrauensbasis, Beziehungen zu schaffen. Es ging um so einfache Dinge wie nur miteinander sprechen zu können.

»Das kriegen wir schon hin«, hatte der Chef der Stadtteilpolizei gesagt, als er mit Annika Carlsson besprach, wie vorzugehen sei. »Wir haben einen guten Draht zur Bevölkerung.«

Anschließend hatten er und seine Kollegen zwei Tage darauf verwandt, sich mit Akofelis Nachbarn zu unterhalten, etwa hundert Personen. Sie hatten von seiner Wohnung im Fornbyvägen bis zur nächsten U-Bahnstation Plakate mit seinem Foto aufgehängt. Diese Plakate hingen auch in Hauseingängen, an Hauswänden, Laternenpfählen und Plakatwänden im ganzen

Viertel. Sie hatten sich mit ihrer mobilen Einsatztruppe sowohl auf dem Marktplatz von Rinkeby als auch auf jenem von Tensta postiert und das Mordopfer Septimus Akofeli gewissermaßen als Sonderangebot feilgeboten.

Niemand hatte etwas gesehen, und niemand hatte etwas gehört. Die wenigen Leute, mit denen sie gesprochen hatten, hatten nur den Kopf geschüttelt. Die meisten hatten ihre Fragen nicht einmal verstanden.

Die Befragung der Nachbarn im Hasselstigen 1 war im Vergleich dazu etwas besser verlaufen. Pettersson und Stigson, unterstützt von der Polizei Solna und angeführt von Annika Carlsson, hatten mit allen Bewohnern des Hauses gesprochen. Mit zwei Ausnahmen hatte niemand Akofeli gekannt. Niemand hatte etwas gesehen oder gehört. Viele hatten Fragen gehabt und waren besorgt gewesen. Ob man es überhaupt wagen könne, in dem Haus wohnen zu bleiben?

Eine der Ausnahmen war die Witwe Stina Holmberg, achtundsiebzig, gewesen.

Stina Holmberg war Frühaufsteherin. Sie schob es auf ihr Alter, je älter man werde, desto weniger Schlaf benötige man. Je näher der Tod rücke, desto mehr müsse man die wache Zeit nutzen. Sie hatte Akofeli im letzten Jahr wiederholte Male kommen und gehen sehen, immer zwischen halb sechs und sechs Uhr morgens, wenn nicht gerade Schneechaos geherrscht hatte oder der U-Bahnverkehr eingestellt gewesen sei.

Einmal hatte sie sogar mit ihm gesprochen, und zwar an dem Tag nach der Ermordung ihres Nachbarn.

»Schließlich hatte ich mein *Svenska Dagbladet* noch nicht bekommen«, erklärte Stina Holmberg.

In der Woche zuvor hatte Frau Holmberg vom *Dagens Nyheter* zu *Svenska Dagbladet* gewechselt. Man hatte ihr die Lieferung der neuen Zeitung für Montag der folgenden Woche versprochen. In den ersten vier Tagen hatte sie trotzdem weiterhin ihre *Dagens Nyheter* erhalten. Am Freitag war sie dann früh aufgestanden, um den Zeitungsboten abzufangen und direkt mit ihm zu sprechen. Sie hatte zwar versucht, den Kundendienst sowohl von *Dagens Nyheter* als auch vom *Svenska Dagbladet* anzurufen, aber da sie kein Tastentelefon besaß, war sie nicht durchgekommen und hatte es schließlich aufgegeben.

Obwohl er gestresst gewirkt hatte, hatte ihr Akofeli versprochen, sich persönlich um die Sache zu kümmern. Dann hatte er ihr ein *Svenska Dagbladet* gegeben, das er »in Reserve« gehabt hatte, ohne weiter darauf einzugehen, warum er noch eine Zeitung vom Vortag bei sich trug.

»Und jetzt funktioniert es in der Tat ausgezeichnet«, stellte Frau Holmberg fest.

Am Wochenende hatte sie zwar dann überhaupt keine Zeitung bekommen, irgendetwas schien nicht funktioniert zu haben, denn mehrere ihrer Nachbarn hatten die ihrigen auch nicht erhalten, aber seit einigen Tagen funktionierte jetzt alles ausgezeichnet. Als Einziges sei möglicherweise noch zu bemängeln, dass der neue Zeitungsbote eine halbe Stunde später erschien als jener, mit dem sie sich unterhalten hatte.

»Er wirkte nett«, meinte Frau Holmberg und schüttelte den Kopf. »Also dieser dunkelhäutige Junge. Etwas gestresst, wie gesagt, aber wer wäre das bei so einem Job nicht. Er war aber freundlich und zuvorkommend. Ich kann mir wirklich nicht vorstellen, dass er Danielsson etwas angetan haben könnte«, meinte sie noch.

»Wie kommen Sie auf diese Idee, Frau Holmberg?«, fragte Stigson. »Ich meine, dass er Ihrem Nachbarn etwas angetan haben soll.« Sie weiß nicht, dass Akofeli ebenfalls ermordet worden ist, dachte er.

»Warum sollten Sie sonst nach ihm suchen? Das kann sich doch ein Kind zusammenreimen«, meinte Frau Holmberg freundlich und tätschelte ihm den Arm.

Die zweite Ausnahme war Seppo Laurén, neunundzwanzig Jahre alt.

»Das ist der, der die Zeitungen austrägt. Er ist Hammarby-Fan«, meinte Seppo und gab Polizeianwärter Stigson das Foto von Akofeli zurück.

»Woher wissen Sie das?«, fragte Stigson. Der Ärmste, dachte er, vollkommen bescheuert, obwohl er ganz normal aussieht.

»Ich hatte ein AIK-T-Shirt an«, sagte Seppo.

»Sie trugen also ein AIK-T-Shirt?«

»Ich saß da und spielte ein Computerspiel. Ein Fußballspiel. Deswegen hatte ich ja dieses T-Shirt an.«

»Wann sind Sie diesem Zeitungsboten denn begegnet?«, fragte Stigson.

»Ich wollte zur Tankstelle und was zu essen kaufen. Da ist rund um die Uhr geöffnet.«

»Und dann sind Sie also dem Zeitungsboten begegnet.«

»Ja. Aber ich bekomme keine Zeitung. Ich lese keine Zeitungen.«

»Sie sind ihm also hier im Haus begegnet?«

»Ja«, sagte Seppo und nickte. »Mein Nachbar bekommt eine Zeitung.«

»Woher wissen Sie, dass er Hammarby-Fan war?«, fragte Stigson.

»Er hat mich gefragt, ob ich AIK-Fan bin. Ihm war wohl mein T-Shirt aufgefallen.«

»Und dann haben Sie also gesagt, dass Sie das sind, also ein AIK-Fan.«

»Ich habe ihn dann gefragt, ob er auch eine Lieblingsmannschaft hat.«

»Und was hat er geantwortet?«

»Dass er Hammarby-Fan ist«, erwiderte Seppo und sah Stigson erstaunt an. »Das sage ich doch die ganze Zeit. Hammarby.«

»Ist das das einzige Mal gewesen, dass Sie mit ihm gesprochen haben?«

»Ja.«

»Erinnern Sie sich, wann das war?«

»Nein«, sagte Seppo und schüttelte den Kopf. »Aber es lag noch kein Schnee. Es war also noch nicht Winter.«

»Da sind Sie sich ganz sicher?«

»Dann hätte ich doch wohl eine Jacke übergezogen. Man geht doch wohl im Winter nicht einfach im T-Shirt aus dem Haus.«

»Nein. Das versteht sich«, entgegnete Stigson. »Das tut man nicht.«

»Nein, denn sonst kann man sich erkälten«, stellte Seppo fest.

»Aber genauer erinnern Sie sich also nicht? Ich meine, was den Zeitpunkt angeht, an dem Sie mit ihm gesprochen haben?«

»Muss erst kürzlich gewesen sein, da Mama im Krankenhaus liegt. Als sie noch zu Hause war, durfte ich nie so lange Computer spielen. Außerdem war dann immer was im Kühlschrank.«

»Ich verstehe«, sagte Stigson. »Wie war er denn so, dieser Zeitungsbote?«

»Er war nett«, antwortete Seppo.

Die Letzte im Haus, mit der sie sich unterhielten, war Frau Andersson. Annika Carlsson hatte Stigson einen Anstandswauwau mitgegeben, und Felicia Pettersson hatte ihm bereits vor dem Klingeln erklärt, dass dieses Mal sie die Fragen stellen würde.

Frau Andersson erkannte Akofeli nicht. Sie hatte ihn nie gesehen, was vielleicht nicht weiter verwunderlich war, da sie morgens immer recht lange schlief.

»Ich stehe frühestens um acht Uhr auf«, sagte Britt-Marie Andersson und lächelte. »Dann trinke ich Kaffee und lese in aller Ruhe die Zeitung. Dann machen ich und der kleine Puttegubbe einen Morgenspaziergang.

Fürchterlich, was da passiert ist«, fuhr sie fort. »Man fragt sich wirklich, was da los ist und ob man es überhaupt wagen kann, hier wohnen zu bleiben.«

Dass ihr Nachbar Karl Danielsson irgendwelche »Berührungspunkte« mit dem Zeitungsboten Akofeli gehabt haben könnte, hielt sie für »vollkommen ausgeschlossen«.

»Nicht etwa weil ich Danielsson sonderlich gut gekannt hätte, das will ich wirklich nicht behaupten, die wenigen Begegnungen haben mir wirklich gereicht, aber dass er irgendetwas mit diesem Mann zu tun gehabt haben soll, der jetzt offenbar ebenfalls ermordet worden ist, halte ich für vollkommen ausgeschlossen.«

»Und aus welchem Grund, Frau Andersson?«, fragte Felicia Pettersson.

»Danielsson war doch Rassist«, sagte Frau Andersson. »Man musste ihn nicht einmal sonderlich gut kennen, um das zu begreifen.«

Dem war nichts hinzuzufügen gewesen, und zu irgendwelchen Umarmungen war es auch nicht gekommen. Felicia Pettersson warf Kollege Stigson einen warnenden Blick zu, als ihm ihre Zeugin die Hand hinhielt und sich mit strahlendem Lächeln und wogendem Busen vorbeugte.

»Dann danken wir Ihnen für Ihre Hilfe, Frau Andersson«, sagte Stigson und schüttelte ihre Hand. »Noch einmal vielen Dank.«

Tüchtiger Junge, dachte Felicia, als sie gingen.

43

Während die Mehrheit seiner Kollegen die Nachbarn befragten, saß Kriminalinspektor Alm in seinem Büro und sann über all diese Grauen Panther nach, die trotz ihres Alters plötzlich in Verbindung mit einem Mordfall in Erscheinung traten. Sicherheitshalber hatte er die Tür seines Zimmers geschlossen.

Entgegen seiner Gewohnheit hatte er zu einem Blatt Papier gegriffen und eine Anzahl hypothetischer Tatverläufe niedergeschrieben, denen allen gemeinsam war, dass Danielssons ehemalige Schulfreunde als Täter fungierten. Einer, zwei oder auch mehrere, obwohl er eigentlich alle neuen Ideen wie Profiling und Tatanalyse aus tiefster Seele verabscheute.

Das Resultat der Vernehmungen von Söderman und Grimaldi war alles andere als zufriedenstellend. Söderman hatte sich ganz einfach geweigert, die Fragen zu beantworten, und Grimaldi hatte sich an nichts erinnern können und das wegen eines Leidens, das sich praktischerweise nicht überprüfen ließ. Jedenfalls nicht von Alm.

Er hatte sich mit einem seiner älteren Kollegen unterhalten, die Grimaldi besser kannten, und dieser hatte nur gegrinst.

»Ich habe ihn vor ein paar Wochen gesehen, als ich mit meiner besseren Hälfte in dieser neuen Pizzeria in Frösunda war, von der alle behaupten, dass sie ihm gehört, obwohl er in keinerlei Verträgen auftaucht. Er schien fit zu sein.«

»Wie meinst du das?«, fragte Alm.

»Er saß da und hielt Händchen mit so einer blonden Donna, und wenn ich sage, dass sie halb so alt war wie er, dann ist das noch übertrieben.«

Die haben Schweden aufgebaut, dachte Alm. Haben diese alten Säcke das nicht von sich behauptet? Wenn das stimmt, dann ist man sicher auch in der Lage, einen alten Kumpel totzuschlagen, egal was die Kriminalstatistik dazu sagt.

Die Unbekannte in seiner Gleichung war der Mord an Akofeli, deshalb benötigte er auch Papier und Bleistift.

Einer von Danielssons alten Freunden schlägt ihn tot. Greift sich den Aktenkoffer mit dem Geld. Hier kam immer noch Rolle Stålhammar mit seinem fragwürdigen Alibi in Betracht, das ganz und gar von einem Zeugen abhing, der ihn allerdings hasste und mit Freuden das Gegenteil beschworen hätte, wenn er nur gewusst hätte, wie alles wirklich zusammenhing.

Es ließ sich aber auch nicht ausschließen, dass zwei oder mehr Täter gemeinschaftlich am Werk gewesen waren. Dass Kalle Danielsson beispielsweise Grimaldi als Geldwäscher gedient hatte. Dass er Geld unterschlagen hatte. Dass ihm Grimaldi und sein Freund Halvan Söderman einen Hausbesuch abgestattet und ihn totgeschlagen hatten, um dann mit dem Aktenkoffer voller Geld zu verschwinden.

Wenn nur Akofeli nicht gewesen wäre.

Akofeli findet den ermordeten Danielsson. Seine alten Freunde, die ihn totgeschlagen haben, haben versehentlich die Tasche mit dem Geld stehen lassen. Ihnen fällt ihr Versäumnis auf, sie kehren zurück, sie entdecken, dass Akofeli die Tasche an sich genommen hat, fahren zu ihm nach Hause, schlagen ihn tot und schmeißen seine Leiche in den Ulvsundasee.

Das kann doch nicht dein Ernst sein, dachte Alm. Und er meinte sich damit selbst. Dann machte er einen dicken schwarzen Strich durch seine letzte Tathergangshypothese.

Akofeli ermordet Danielsson und nimmt die Tasche mit dem ganzen Geld. Danielssons alte Freunde finden das heraus, fahren zu ihm nach Hause, ermorden ihn, holen sich ihre Tasche zurück und schaffen die Leiche beiseite.

Warum?, dachte Alm. Warum hätte Akofeli Danielsson ermorden sollen? Und wie hätten seine alten Freunde nur darauf kommen sollen, dass der Zeitungsbote der Täter war? Die Sache wird immer rätselhafter. Alm seufzte tief und zog einen weiteren schwarzen Strich über das Papier.

Dann begab er sich zu seiner geliebten Frau nach Hause, aß Lammkoteletts mit Knoblauchbutter, Salat und Folienkartoffeln. Da es fast schon Wochenende oder immerhin bereits Donnerstag war, feierten sie schon einmal vor, indem sie eine Flasche Wein köpften.

44

Während das schlichtere Fußvolk vermutlich wie eine kopflose Horde Hühner im Hasselstigen und draußen in Rinkeby herumrannte, widmete sich Bäckström mit seiner einzigen Mitarbeiterin, die diesen Namen verdient hatte, mit Nadja Högberg also, die in Mathematik und Physik promoviert hatte, einer etwas anspruchsvolleren intellektuellen Tätigkeit. Wie er selbst zählte sie zu den Connaisseusen und ausgewiesenen Wodka-Kennern. Eine würdige Gesprächspartnerin in einer Welt, in der man sonst nur von Idioten umgeben ist, und das, obwohl sie ein Frauenzimmer ist, dachte Bäckström.

Nachdem Bäckström nach einem nahrhaften und vielseitigen Mahl auf die Wache zurückgekehrt war, hatte Nadja bei ihm an die Tür geklopft und gefragt, ob sie einen Augenblick bei ihm Platz nehmen dürfe. Sie wolle den Inhalt von Danielssons Taschenkalender mit ihm diskutieren. Das Original hatte sie in einer Beweismitteltüte aus Plastik dabei, drückte ihm aber, um Zeit zu sparen, einen Computerausdruck in die Hand, auf dem sämtliche Einträge im Taschenkalender chronologisch aufgeführt waren.

»Seine Einträge sind sowohl summarisch als auch kryptisch«, fasste Nadja zusammen. »In der Zeit vom ersten Januar dieses Jahres bis zum vierzehnten Mai, also neunzehneinhalb Wochen, gibt es insgesamt einhunderteinunddreißig Einträge. Im Durchschnitt einen Eintrag pro Tag.«

»Ich bin ganz Ohr«, sagte Bäckström, legte das Papier, das sie ihm überreicht hatte, auf den Schreibtisch, faltete seine Hände auf dem Bauch und lehnte sich bequem zurück. Diese Frau hat wirklich Durchblick, dachte er.

»Der erste Vermerk stammt vom ersten Tag des Jahres, dem Neujahrstag, Dienstag, dem ersten Januar, und lautet folgendermaßen, Zitat: ›Herrenabend, Freunde, Mario‹. Ende des Zitats. Es scheint sich um ein zeitiges Abendessen gehandelt zu haben, da es laut Kalender bereits um vierzehn Uhr begann.«

»Sie wollten reichlich Zeit haben«, grinste Bäckström.

»Sicher«, pflichtete ihm Nadja bei. »Die vorletzte Eintragung stammt vom Tag seines Todes, Mittwoch, dem vierzehnten Mai. ›Vierzehn Uhr dreißig. Bank.‹ Das ist übrigens der einzige Vermerk, der auf einen Bankbesuch schließen lässt.«

»Wenn man die Höhe der Bezüge bedenkt, hatte er wohl kaum das Bedürfnis, jeden Tag dorthin zu rennen«, meinte Bäckström.

»Die häufigste Eintragung«, fuhr Nadja fort, »taucht insgesamt siebenunddreißig Mal auf. Fast jeden Mittwoch und Sonntag in dem besagten Zeitraum hat er ›Solvalla‹ oder ›Valla‹ oder ›Trab‹ eingetragen. Ich vermute, dass damit immer das Gleiche gemeint ist. Er hat die Trabrennbahn Solvalla besucht, um zu wetten, und zwar vermutlich jedesmal, wenn dort ein Rennen stattfand. Der letzte Vermerk stammt ebenfalls vom Tag seines Todes: ›Siebzehn Uhr Valla‹. Für die kommenden Tage, Wochen und Monate ist nichts eingetragen. Er scheint immer sehr kurzfristig geplant zu haben.«

»Und keine anderen Trabrennbahnen als Solvalla?« Passt ja gut zu dem, was wir bereits wissen, dachte Bäckström.

»Jedenfalls hat er keine weiteren vermerkt«, erwiderte Nadja und schüttelte den Kopf.

»Nein, bis nach Jägersro wäre es auch ein bisschen weit gewesen, nur um weggeworfene Gewinnbons aufzusammeln«, meinte Bäckström.

»Insgesamt vierundsechzig Einträge sind unterschiedlicher Art. Der bereits erwähnte Besuch bei der Bank, zwei Arzttermine und Ähnliches, beim Rest handelt es sich fast ausschließlich um die Namen seiner alten Freunde. Rolle, Gurra, Jonte,

Mario, Halvan und so weiter. Allein, zu zweit, zu mehreren. Mehrmals in der Woche.«

»Ein geselliger Mann.« Bäckström gluckste. »Und gibt es sonst noch was von Interesse?«

»Ich glaube schon«, erwiderte Nadja. »Insgesamt geht es dabei um dreißig Einträge.«

Jetzt hat sie wieder den Blick, dachte Bäckström. Diese Russin denkt wirklich so scharf wie ein verdammtes Rasiermesser.

»Ich bin immer noch ganz Ohr.«

»Fünf dieser Einträge tauchen immer am Ende jedes Monats auf, an verschiedenen Tagen zwar, aber immer in der letzten Woche des Monats, und stets ist es der gleiche Vermerk. ›R, zehntausend.‹«

»Und wie deutest du das?«

»Dass jemand, dessen Vor- oder Nachname mit einem R beginnt, jeden Monat zehntausend Kronen von Danielsson bekommen hat.«

»Geliebte«, sagte Bäckström, dem plötzlich die Kondome und das Viagra einfielen, die sie in Danielssons Wohnung gefunden hatten. Ich krieg das aber immer noch gratis, dachte Bäckström selbstbewusst, obwohl dies alles andere als die Wahrheit war.

»Glaube ich auch«, sagte Nadja und lächelte. »Wenn es sich um eine Geliebte handelt, dann müsste das R also der erste Buchstabe ihres Vornamens sein.«

»Aber du hast keine Ahnung, um wen es sich handeln könnte?«, fragte Bäckström.

»Ich arbeite daran. Ich habe gerade erst angefangen«, entgegnete Nadja und lächelte.

»Dann gibt es einen Eintrag vom Freitag, dem vierten April: ›SL zwanzigtausend.‹«

»SL«, sagte Bäckström und schüttelte den Kopf. »Wenn er Monatskarten bei Stockholms Verkehrsbetrieben mit der schönen Abkürzung SL gekauft hat, dann hätte diese Summe für seine Freunde und seine Nachbarn mitgereicht.«

»Dieser Jemand mit den Initialen SL hat am Freitag, dem achtzehnten Februar, ebenfalls zwanzigtausend Kronen bekommen. Daran arbeite ich ebenfalls«, sagte Nadja.

Schön, dass außer mir wenigstens noch eine weitere Person arbeitet, dachte Bäckström, der unter der ungebührlichen Arbeitsbürde, unter der er seit fast vierzehn Tagen litt, fast zusammenbrach.

»Aber anschließend wird es dann interessant«, sagte Nadja. »Und zwar richtig interessant, wenn du mich fragst, Bäckström.«

Richtig interessant?

»Ungefähr einmal pro Woche, also vier bis sechs Mal im Monat und insgesamt vierundzwanzig Mal im gesamten Zeitraum tauchen drei Kürzel auf: HJ, FR und FI, jeweils in Großbuchstaben. Sie tauchen etwa gleich oft auf und immer zusammen mit einer Zahl, beispielsweise HJ fünf, FR zwanzig, FI fünfzig. Immer gehören dieselben Zahlen zu denselben Buchstaben, mit einer Ausnahme. Einmal folgten auf die Buchstaben FI die Zahl hundert sowie ein U und ein Ausrufezeichen, also ›FI hundert U!‹.«

»Und wie deutest du das?«, fragte Bäckström, der sicherheitshalber einen Blick auf sein Papier warf und sich mit der freien rechten Hand am Kopf kratzte.

»HJ, FR und FI sind meines Erachtens Namenskürzel«, meinte Nadja. »Die Zahlen zehn, fünfzig und hundert beziehen sich auf Auszahlungen. Also eine Art einfacherer Code.«

»Da scheint der gute Danielsson ja billig weggekommen zu sein«, grinste Bäckström. Ein Fünfer oder ein Zwanziger oder ein Fünfzig-Kronen-Schein, damit wäre sogar ich einverstanden, dachte er. Sogar mit einem Hunderter, es dürfte allerdings nicht einreißen. Aber das war schließlich auch hier nicht der Fall gewesen.

»Das glaube ich nicht«, sagte Nadja und schüttelte den Kopf. »Ich glaube, es sind Multiplikatoren.«

»Multiplikatoren?«, sagte Bäckström. Sdarówje? Njet? Da?

»Das Kürzel FI, der fünfzig bekommt, erhält zehnmal so viel wie das Kürzel HJ, der nur fünf bekommt. Außer einmal, da erhält er hundert, also zwanzig Mal so viel.«

»Genau«, erwiderte Bäckström. »Natürlich. Und dieser Zeitgenosse FR, der jedes Mal zwanzig bekommt, kriegt also viermal so viel wie dieser HJ, der nur fünf einstreicht, aber nur die Hälfte von diesem FI…«

»Vierzig Prozent mit Ausnahme des einen Males, als FI hundert bekommt«, korrigierte ihn Nadja.

»Genau, genau, das wollte ich gerade sagen. Aber diese Bea? Nach jeder solchen Auszahlung steht da also Bea«, meinte Bäckström und deutete sicherheitshalber auf die Liste, die er in Händen hielt. »Beispielsweise ›FI fünfzig, Bea‹ oder ›HJ fünfzig, Bea‹ oder ›HJ, fünf, Bea‹. Wie interpretierst du das?«

»Ich glaube, das ist eine Abkürzung für ›zu bezahlen‹«, sagte Najda. »Leute wie Danielsson verwenden oft solche Abkürzungen, beispielsweise bez., was also bedeutet, das etwas schon bezahlt ist, oder bea., womit er vielleicht meint, dass ein gewisser Betrag noch zu zahlen ist.«

»Ja, ja«, meinte Bäckström, strich sich über das Kinn und versuchte, schlauer auszusehen, als er sich fühlte. »Von wie viel Kohle sprechen wir eigentlich?

Um wie viel Zaster geht es«, wiederholte er sicherheitshalber und dachte an die komplizierte Rechenaufgabe, die ihm möglicherweise bevorstand.

»Jetzt geht es um reine Spekulation, aber das ist dir sicher klar«, meinte Nadja.

»Ich bin ganz Ohr«, sagte Bäckström, legte sicherheitshalber sein Blatt beiseite und lehnte sich zurück.

»Wenn wir einmal annehmen, dass Danielsson an dem Tag, an dem er ermordet wurde, zwei Millionen Kronen aus seinem Schließfach nahm, und berücksichtigen, dass seit seinem letzten Besuch der Bank fast ein halbes Jahr verstrichen war und er da ebenso viel mitgenommen hat, dann glaube ich, dass er jeden Monat etwa siebzehntausend Kronen an HJ, fast siebzigtausend Kronen an FR und fast einhundertsiebzigtausend Kronen an FI ausgezahlt hat. Das heißt also etwa zweihundertfünfzigtausend Kronen jeden Monat«, fuhr sie fort. »Für sechs Monate ergibt das anderthalb Millionen. Zuzüglich der Unkosten, die ihm sicher entstanden sind, und der einhundertsiebzigtausend, die FI bekam, als es um den Multiplikator von hundert plus Ausrufungszeichen ging, dann kommen wir ungefähr auf zwei Millionen, also Pi mal Daumen«, resümierte Nadja mit der sprachlichen Geläufigkeit, die mittlerweile Teil ihrer schwedischen Persönlichkeit war.

»Ich verstehe genau, was du meinst«, sagte Bäckström, der zumindest das Wesentliche mitbekommen hatte. Wäre ich so ein Analytiker beim KUT, dann würde ich mich in der Kleiderkammer aufhängen, wenn ich mit Nadja zu tun bekäme, dachte er.

»Was sollen wir damit anfangen?«, fragte Bäckström. Ich bin immer noch der Chef, dachte er.

»Ich dachte, wir stellen das ins interne Netz des Kriminalistischen Nachrichtendienstes, wir geben das als KUT-Info raus«, sagte Nadja, »vielleicht haben die anderen Dezernate ja etwas beizutragen?«

»Tu das«, sagte Bäckström und nickte zustimmend. Ihm war allerdings schleierhaft, was diese Halbidioten in diesem Stadium beizutragen haben könnten.

»Schlimmstenfalls kriegen wir das auch selber raus«, meinte er.

Dreißig Minuten später stürmte Kommissar Toivonen zu Bäckström ins Büro. Er war hochrot im Gesicht und fuchtelte mit der neuesten KUT-Info, die er gerade per Mail erhalten hatte.

»Verdammt, Bäckström, was soll denn das?«, fauchte Toivonen.

»Bei uns ist alles klar«, erwiderte Bäckström, »danke der Nachfrage. Und wie geht's dir selbst?« Schlaumeier, dachte er.

»HJ, FR und FI«, sagte Toivonen und fuchtelte mit dem Blatt Papier. »Was soll der Unsinn, Bäckström?«

»Warum habe ich plötzlich den Eindruck, dass du mir das vielleicht erklären kannst?«, erwiderte Bäckström und grinste gutmütig. Das wollen wir doch mal sehen, du verdammter Fuchs, dachte er.

»HJ wie in Hassan Jalib, FR wie in Farbod Rashid Ibrahim und FI wie in Farshad Ibrahim«, sagte Toivonen und starrte ihn an.

»Sagt mir gar nichts«, erwiderte Bäckström und schüttelte den Kopf. »Was sind das für Spaßvögel?«

»Du willst diese Namen noch nie gehört haben, Bäckström?«, fragte Toivonen. »Die müsste man doch sogar beim Fundbüro kennen, wo du in den letzten Jahren gearbeitet hast. Die Jungs von der Verkehrspolizei wissen sicher, wer die sind, aber du nicht?«

»Dann hätte ich derentwegen doch wohl kaum eine KUT-Fahndung veranlasst«, meinte Bäckström. Eine sogenannte rhetorische Frage, da kannst du drauf rumkauen, du versoffener Finne, dachte er dann und lächelte breit.

»Pass bloß auf, Bäckström«, sagte Toivonen.

Damit ließ er ihn einfach stehen.

45

Bevor Kommissar Toivonen Feierabend machte, suchte er seine Chefin Anna Holt auf. Sie hatte ihn um ein informelles Gespräch unter vier Augen gebeten. Ohne Mineralwasser, Protokoll und Belanglosigkeiten.

Nach seiner Begegnung mit Bäckström war er direkt zu Nadja gegangen. Er hatte ihr die Lage erläutert und sie gebeten, nach jeglichen Informationen hinsichtlich des Raubüberfalls in Bromma Ausschau zu halten.

»Tut mir leid«, hatte Nadja gesagt. »Ich hatte keine Ahnung, dass ein Zusammenhang zwischen unserem Fall und dem Raubüberfall besteht. Hätte ich das gewusst, wäre ich natürlich zuerst zu dir gekommen.«

»Gut«, hatte Toivonen geantwortet, aber seine Stimme hatte grimmiger als beabsichtigt geklungen. »Morgen setzen wir das Aktionsprogramm gegen die Brüder Ibrahim und ihren Cousin in Gang. Ich will nicht, dass sich die Sache herumspricht, und ich will davon auch nichts in der Zeitung lesen.«

»Mach dir wegen Bäckström keine Sorgen«, hatte Nadja gesagt und ihm den Arm getätschelt. »Ich verspreche dir, ihn unter Aufsicht zu halten.«

»Deinetwegen habe ich mir noch nie Sorgen gemacht«, hatte Toivonen erwidert.

Dann hatte er einen raschen Spaziergang unternommen, um seinen Blutdruck zu senken, und seine oberste Chefin informiert.

»Setz dich«, sagte Anna Holt. »Kann ich dir was anbieten?«

»Danke, mach keine Umstände«, erwiderte Toivonen und nahm Platz.

»Erzähl«, sagte Holt.

»Es besteht ein Zusammenhang zwischen dem Raubüberfall in Bromma und dem Mord an Kari Viirtanen. Ich glaube sogar, dass die Spurensicherung dies bestätigen kann, sobald sie die Untersuchung des Lieferwagens, der beim Raubüberfall benutzt wurde, abgeschlossen haben. Viirtanen hat auf die Wachmänner geschossen. Wir wissen jedoch nicht, wer den Wagen gefahren hat. Dafür kommen einige in Frage, das ist dir sicher auch klar. Wir arbeiten daran.«

»Warum hat er auf sie geschossen?«

»Weil der arme Teufel, der dann gestorben ist, die Farbampulle ausgelöst hat, die im Geldsack lag. Da ist Kari ausgerastet, denn in dem Sack hätten gar keine Farbampullen liegen sollen.«

»Erzähl«, sagte Holt.

Das Geld kam aus London. Schwedische, dänische und norwegische Geldscheine aus Wechselstuben in England und Schottland. Außerdem englische Pfund, die schwedische Banken und Wechselstuben bestellt hatten. Das Geld war in einem gewöhnlichen Privatjet mit zwei Piloten und vier englischen Geschäftsleuten als Passagiere von London nach Bromma transportiert worden. Den vier Passagieren war nicht bewusst gewesen, dass sie in letzter Sekunde noch Gesellschaft von etwa elf Millionen Kronen in einem kleinen Stoffbeutel bekommen hatten.

»Die Geldtransportfirmen machen das immer öfter so. Handelt es sich nicht um wahnsinnig große Summen, dann improvisiert man und schickt es irgendwo mit. Aus Gründen der Flugsicherheit dürfen sich in den Geldsäcken auch keine Farbampullen befinden. Offenbar können diese durch die Druckveränderungen und andere Gegebenheiten ausgelöst werden, was nicht sonderlich ideal wäre, während man sich in der Luft befindet.«

»Das kann ich mir vorstellen«, sagte Holt.

»Da die Wachleute die Säcke nach ihrer Ankunft nicht öffnen dürfen, das hat die Gewerkschaft durchgesetzt, damit man niemanden des Diebstahls verdächtigen kann, werden sie in der Regel ohne Farbampullen zum Depot der Geldtransportfirma befördert, und zwar in ganz normalen Personenwagen, weil dieses Depot nur eine Viertelstunde Fahrt vom Flugplatz Bromma entfernt liegt. Da es nur um den geringen Betrag von elf Millionen ging, hat man es dieses Mal auch wieder so abgewickelt.«

»Den geringen Betrag? Wie groß ist dann ein großer Betrag?«, fragte Holt und lächelte.

»Drei- oder vierstellig, aber im Millionenbereich«, sagte Toivonen und lächelte ebenfalls.

»Und was ging dieses Mal schief?«

»Der Wachmann, der erschossen wurde, war überehrgeizig, und das wurde ihm zum Verhängnis. Ohne seinen Chef zu fragen, hatte er einen leeren Sack mitgebracht, in dem Farbampullen lagen. In diesen legte er dann den Geldsack aus London. Nachdem sich die Räuber des Sacks bemächtigt hatten und verschwunden waren und er sich in Sicherheit wähnte, löste er die Farbampullen mit der Fernbedienung aus. Die Fernbedienung hat eine Reichweite von zweihundertfünfzig Metern, aber er hatte es offenbar etwas zu eilig, da sie bereits nach fünfzig Metern detonierten.«

»Und die Menge reichte aus«, meinte Holt, »um auch die Geldscheine im inneren Sack zu verfärben?«

»Nein«, erwiderte Toivonen und lächelte ironisch. »Das nicht. Die Scheine, die wir in dem stehen gelassenen Auto fanden, waren einwandfrei. Der Wagen war übrigens nur zwanzig Meter vom Hauptquartier der Hell's Angels, etwa einen Kilometer vom Flugplatz entfernt, abgestellt worden. Sie wollten sie wohl etwas ärgern, bevor sie sich aus dem Staub machten.«

»Das Problem war vermutlich nur«, stellte Holt fest, »dass Kari Viirtanen nicht begriff, dass die Scheine noch verwendbar waren.«

»Allerdings«, erwiderte Toivonen und nickte. »Er rastete wie schon so oft aus. Der Fahrer wendet auf der Straße, Kari hat das Seitenfenster bereits runtergekurbelt und ballert auf die Wachmänner, die am Weglaufen sind. Derjenige, der auf der Fahrerseite wegläuft, wird außerdem noch vom Fahrer angefahren. Der Fahrer scheint also auch kein sonderlich angenehmer Mensch zu sein.«

»Was wissen wir über die Waffe?«, fragte Holt.

»Eine Machinenpistole, Modell UZI, Kaliber zweiundzwanzig«, sagte Toivonen. »Die Ballistiker sind sich in dieser Frage recht sicher. Das kleinste Magazin enthält sechzig Patronen, und am Tatort wurden dreißig Patronenhülsen gefunden. Der Wachmann, der tödlich verletzt wurde, wurde von fünf Schüssen im Rücken getroffen, die von seiner kugelsicheren Weste aufgehalten wurden, drei Schüsse trafen ihn am Kopf und töteten ihn sofort. Sein Kollege wurde von etwa zehn Schüssen getroffen, aber keiner war tödlich. Die restlichen zehn Schüsse gingen daneben«, stellte Toivonen fest.

»Klingt wie ein Insiderjob«, meinte Holt.

»Absolut«, pflichtete ihr Toivonen bei. »Unsere englischen Kollegen suchen ihn bei ihren Spezialisten und wir bei unseren. Mit etwas Glück stoßen wir irgendwo auf etwas.«

»Viirtanen ist also von den Leuten erschossen worden, die hinter dem Raubüberfall stecken?«, fragte Holt.

»Ja, es gibt noch mehr Leute, die gelegentlich mal ausrasten.«

»Und der Chauffeur?«

»Er wird wohl so allmählich auftauchen«, meinte Toivonen mit einem ironischen Lächeln.

»Wenn ich dich bei der Besprechung gestern richtig verstanden habe, dann glaubst du, dass die beiden Ibrahimjungs und ihr ungemütlicher Cousin hinter der Sache stecken?«

»Es wird immer viel geredet«, meinte Toivonen. »Eine solche Aktion ist aufwändig und erfordert viele Beteiligte. Autos und Nummernschilder, die zur Automarke passen, müssen gestohlen werden, dann muss jemand Nägel schweißen, die auf die Fahrbahn geworfen werden, und sich einen Fluchtweg ausdenken. Es gibt immer jemanden, der das Maul nicht halten kann. Bei den Brüdern Ibrahim und Hassan Jalib sind dieses Mal die Odds sehr niedrig. Man setze immer auf einen sicheren Sieger«, meinte Toivonen, der die Trabrennbahn Solvalla auch außerhalb des Dienstes aufsuchte.

»Und der Zusammenhang zwischen dem Mord an Danielsson und dem Zeitungsboten?«

»Um der Reihe nach vorzugehen, so gibt es einen Zusammenhang zwischen Danielsson und dem Zeitungsboten, dem armen Schwein, das sie heute Nacht aus dem Ulvsundasee gefischt haben. Kollege Niemi war sogar bereit, darauf zu wetten, dass es sich um denselben oder dieselben Täter handelt. Also um eine, zwei oder sogar mehr Personen«, sagte Toivonen.

»Aber haben die Morde an Danielsson und Akofeli irgendwas mit unserem Raubüberfall zu tun?«

»Hättest du mich das heute Morgen gefragt, dann hätte ich nur den Kopf geschüttelt. Aber jetzt glaube ich es besser zu wissen«, sagte er und reichte Holt eine dünne Klarsichthülle mit einigen Papieren.

»Lies selbst«, fuhr er fort. »Das Protokoll meines Gesprächs mit einem anonymen Informanten sowie die Informationen, die Nadja Högberg in Danielssons Taschenkalender gefunden hat, mit den Schlüssen, die sie daraus zieht.«

»Okay«, sagte Holt, »gib mir fünf Minuten.«

»Ich bin ganz deiner Meinung«, sagte Holt vier Minuten später.

»Das hatte ich nicht anders erwartet«, sagte Toivonen. »Wir müssen uns noch über einige Einzelheiten Klarheit verschaffen, aber wir können vermutlich davon ausgehen, dass Karl

Danielsson als Privatbankier der Brüder Ibrahim und ihres Cousins fungiert hat.«

»Bei denen knapp zwei Tage nach dem Raubüberfall akute Geldknappheit in der Größenordnung von zwei Millionen schwedischen Kronen auftritt«, stellte Holt fest.

»Aufräumen ist teuer«, meinte Toivonen.

46

Nach der Besprechung mit Toivonen ging Holt zu Fuß zu ihrer Wohnung in Jungfrudansen in Solna und kaufte auf dem Weg noch ein. Ihre Wohnung lag nur etwa zwei Kilometer von der Dienststelle entfernt, und wenn es sich ergab, ging sie gerne zu Fuß. An einem Tag wie diesem war ihr das besonders recht. Die Sonne schien von einem blauen, wolkenlosen Himmel. Es herrschte schwedisches Hochsommerwetter, sechsundzwanzig Grad, obwohl es erst Ende Mai war.

Seit sie Chefin der Polizeidirektion West geworden war, betrachtete sie diese immer öfter als ihr eigenes Königreich oder vielleicht auch Königinnenreich, und rief sich dabei stets ins Gedächtnis, wie wichtig es war, dass sich eine gute und aufgeklärte Monarchin um Recht und Gerechtigkeit und alle Untertanen kümmerte. *Holt County*, dachte Holt, denn so hätte es im Volksmund vermutlich geheißen, wenn sie Sheriff im Wilden Westen oder in den Südstaaten gewesen wäre.

Ihr Reich umfasste mehr als dreihundertfünfzig Quadratkilometer Land und Wasser zwischen dem Mälarsee im Westen und dem Edsviken und der Ostsee im Osten. Im Süden verlief die Grenze an der Stadtgrenze, den ehemaligen Zöllen, von Stockholm, bei Norra Järva und Jakobsberg, im Norden bei den äußeren Schären. Es handelte sich um ein Königreich mit etwa dreihunderttausend Einwohnern, von denen ein halbes Dutzend hundertfache Millionäre waren und etliche hundert vielfache, einige zehntausend konnten sich ihren Lebensunterhalt nicht verdienen und bekamen Sozialhilfe, und dann gab es natürlich die normalen Menschen dazwischen.

Ein Reich mit fünfhundert Polizisten, von denen viele mit

Recht zu den besten des Landes zählten. Natürlich auch Evert Bäckström. Und natürlich alle normalen Polizisten dazwischen.

Jetzt hatte der feuerspeiende Drache seine Klauen in das Land geschlagen, das ihrer Verantwortung unterlag. Vier Morde im Laufe einer Woche. Genauso viele wie sonst während eines ganzen Jahres in diesem Gebiet, das auch so schon die Verbrechensstatistik anführte.

Was ich brauche, ist ein Ritter auf einem weißen Pferd, der den Drachen für mich tötet, dachte Holt und kicherte, als sie sich vorstellte, was wohl passieren würde, wenn sie das bei einem der Treffen des Netzwerks für Polizistinnen, in dessen Vorstand sie saß, laut sagen würde.

Wer den Drachen tötet, bekommt die Prinzessin und das halbe Königreich noch dazu, dachte Holt und lächelte. Und falls eine der Kolleginnen hier die Rolle der Prinzessin spielen soll, so hätte die kleine Magdalena Hernandez vermutlich die besten Chancen, zumindest wenn die Kollegen darüber abstimmen mussten.

Sie selbst war zu alt, im Herbst wurde sie achtundvierzig. Holt seufzte. Außerdem hatte sie bereits einen Mann, mit dem es von Tag zu Tag netter wurde. Sie war in ihn verliebt, liebte ihn vielleicht sogar, obwohl sie bislang versucht hatte, diese Gedanken von sich zu schieben. Es reicht, wenn mein weißer Ritter den Drachen für mich tötet, dachte sie.

Wer den Drachen tötet, bekommt die Prinzessin und das halbe Königreich noch dazu, entschied Anna Holt und nickte bekräftigend.

Am liebsten wäre mir, wenn er es gleich tun würde, dachte die Polizeichefin der Polizeidirektion West.

47

Am Freitag wollte Kriminalinspektor Alm etwas früher nach Hause gehen. Schließlich war ohnehin in ein paar Stunden Feierabend, und er hatte noch einiges zu erledigen, bevor er diesen Abend mit seiner lieben Gattin sowie einem befreundeten Ehepaar, das sie zum Essen eingeladen hatten, genießen konnte.

Da war weiter nichts dabei. Die Arbeit schien im erwarteten Tempo mehr oder weniger ohne sein Zutun voranzugehen. Akofelis unerwartetes Ableben hatte die Sache zwar ein wenig kompliziert, aber dafür ließ sich sicher eine Erklärung finden, wenn er die Gelegenheit erhielt, gründlich nachzudenken. Leider war er zu optimistisch gewesen und hatte es dann nicht einmal, wie versprochen, zum Systembolaget geschafft. Stattdessen hatte er seine Frau anrufen und mit ihr streiten müssen, bis sie endlich eingewilligt hatte, alle Dinge zu erledigen, die eigentlich seine Aufgabe gewesen wären.

Eine Stunde nach dem Mittagessen, als er eigentlich schon alles zusammengepackt hatte und bereits durch einen passenden Hinterausgang den Rückzug hatte antreten wollen, hatte er nämlich unerwarteten Besuch erhalten. Als er endlich nach Hause kam, saßen seine Gäste bereits im Wohnzimmer und warteten. Seine Frau stand in der Küche und klapperte mit Tellern und Gläsern, und der Blick, mit dem sie ihn bedachte, war alles andere als gnädig.

»Hallo, Liebling«, sagte Alm und beugte sich vor, um ihr einen Kuss zu geben. Wenigstens einen auf die Wange, dachte er.

»Wenn der Herr Kriminalinspektor die Güte hätte, sich um

die Gäste zu kümmern, so sorge ich dafür, dass sie etwas zu trinken bekommen«, sagte seine Frau und wandte den Kopf ab.

»Natürlich, Liebling«, sagte Alm. Welch ein unglaublich furchtbarer Tag, dachte er.

»Womit kann ich Ihnen dienen, Seppo?«, sagte Alm und nickte Seppo Laurén freundlich zu. Gleichzeitig warf er verstohlen einen Blick auf die Uhr. Vielleicht ist es das Beste, das Tonband einzuschalten, dachte er und stellte sein Taschendiktiergerät auf den Tisch. Der Bursche hatte schließlich nicht alle Tassen im Schrank, man konnte also nie wissen.

»Womit kann ich Ihnen dienen, Seppo?«, wiederholte Alm und lächelte.

»Die Miete«, sagte Seppo. »Wie soll ich das mit der Miete machen?«, meinte er und reichte Alm einen Einzahlungsschein.

»Wem geben Sie sie denn sonst?«, erwiderte Alm freundlich und betrachtete den Einzahlungsschein, den er erhalten hatte. Knapp fünftausend. Wirklich eine Menge für eine Zweizimmerwohnung in so einem Haus.

»Mama«, sagte Seppo, »aber seit sie krank ist, habe ich den Scheck Kalle gegeben. Aber der ist ja ermordet worden. Was soll ich jetzt machen?«

»Kalle Danielsson hat Ihnen also bei der Miete geholfen«, sagte Alm, »seit Ihre Mutter krank ist. Ich muss jemanden vom Sozialamt verständigen, dachte er und warf nochmals einen verstohlenen Blick auf seine Armbanduhr.

»Ja. So habe ich auch das Geld für Lebensmittel erhalten«, meinte Seppo. »Ich meine, von Kalle. Also seit Mama krank ist.«

»Kalle war also so nett und hat Ihnen geholfen«, sagte Alm. Er müsste doch irgendeine Rente oder irgendein Krankengeld bekommen, überlegte er.

»Tja«, erwiderte Seppo und zuckte mit den Achseln. »Er hat mit Mama gestritten.«

»Er hat mit Ihrer Mutter gestritten?«

»Ja«, sagte Seppo. »Erst hat er sie beschimpft. Dann hat er ihr einen Stoß versetzt, und sie ist hingefallen und hat sich den Kopf angeschlagen. Bei uns zu Hause am Küchentisch.«

»Er hat ihr also einen Stoß versetzt«, meinte Alm, »bei Ihnen zu Hause. Und Ihre Mutter hat sich am Kopf verletzt?« Was sagt der Bursche da, dachte er.

»Ja«, sagte Seppo.

»Warum hat er das getan?«

»Dann ist sie krank und bei der Arbeit ohnmächtig geworden. Sie mussten sie ins Krankenhaus bringen, mit dem Krankenwagen«, sagte Seppo und nickte ernst.

»Und was haben Sie getan, als Kalle mit Ihrer Mutter gestritten hat?«

»Ich habe ihn geschlagen«, sagte Seppo. »Karate. Dann habe ich ihn getreten, so karatemäßig. Dann bekam er Nasenbluten. Ich wurde wütend. Ich werde fast nie wütend.«

»Was hat Kalle getan, nachdem Sie ihn geschlagen hatten?«

»Ich habe ihm in den Fahrstuhl geholfen, damit er runter zu sich fahren kann.«

»Und das geschah an dem Tag, bevor Ihre Mutter krank und ins Krankenhaus gebracht wurde?«

»Ja.«

»Und was ist dann passiert, nachdem Ihre Mutter ins Krankenhaus gekommen war?«

»Ich habe einen neuen Computer und eine Menge Computerspiele bekommen.«

»Von Kalle?«

»Ja. Er hat mich auch um Verzeihung gebeten. Wir haben uns die Hand gegeben und gelobt, uns nie mehr zu schlagen. Er hat mir versprochen, mir zu helfen, bis Mama wieder gesund ist und wieder nach Hause kommt.«

»Und seither haben Sie ihn nie mehr geschlagen?«

»Doch«, sagte Seppo und schüttelte den Kopf. »Einmal habe ich ihn noch geschlagen.«

»Und warum haben Sie das getan?«, fragte Alm.

»Sie kommt schließlich nie mehr nach Hause«, sagte Seppo. »Sie ist immer noch im Krankenhaus. Sie will nicht mit mir reden, wenn ich dort bin.«

Was soll denn das schon wieder bedeuten?, dachte Alm. Ich muss Ankan Carlsson auftreiben.

48

Drei Namen hatte sie bereits von Toivonen erhalten. Hassan Jalib, Farbod Rashid Ibrahim und Farshad Ibrahim. Die Signaturen HJ, FR und FI aus Danielssons Taschenkalender. Bleiben zwei übrig, dachte Nadja Högberg, als sie am Freitagmorgen bereits um acht Uhr früh ihren Computer hochfuhr, und zwar fünf Stunden bevor ihr Kollege, Kriminalinspektor Lars Alm, unerwarteten Besuch in seinem Dienstzimmer erhielt.

SL und R, Vor- und Nachname beziehungsweise Vorname, dachte sie.

Erst nahm sie die Liste sämtlicher Personen zur Hand, die im Umfeld der Ermittlungen der Morde an Karl Danielsson und Septimus Akofeli aufgetaucht waren. Opfer, Familie, Freunde und Bekannte, Kollegen, Nachbarn, Zeugen, Verdächtige und Leute, die nur peripher in Erscheinung getreten waren. Die Liste bestand aus dreihundertsechzehn Personen und hatte drei Treffer ergeben, Susanna Larsson, achtzehn, Sala Lucik, dreiunddreißig, und Seppo Laurén, neunundzwanzig.

Susanna Larsson arbeitete bei der Fahrradkurierfirma und war eine Kollegin Akofelis. Sala Lucik lebte in der Wohnung über Akofeli. Man hatte sie befragen wollen, aber sie war nicht zu sprechen gewesen, da sie seit vierzehn Tagen in Solna wegen schwerer Drogenvergehen in Untersuchungshaft saß. Seppo Laurén war Danielssons Nachbar und jener junge Mann, der laut Bäckström nicht mehr alle Tassen im Schrank hatte.

Einfach, dachte Nadja Högberg und schaute sich den Melderegistereintrag von Seppo Laurén an. Seine nächste Angehörige war Ritwa Lauren, neunundvierzig, die seit einigen Monaten wegen einer Gehirnblutung stationär behandelt wurde. Vater unbekannt, las Nadja.

Kann es wirklich so einfach sein?, überlegte Nadja Högberg.

Vermutlich, dachte sie, als sie fünf Minuten später Ritwa Laurens Passfoto auf den Bildschirm bekam. Als das Foto gemacht worden war, war sie zweiundvierzig Jahre alt gewesen. Blond, hübsch, ein reserviertes Lächeln im Halbprofil. Als sie sieben Jahre später ein Foto für einen neuen Pass hatte machen lassen, hatte sie keinen Tag älter ausgesehen als fünfunddreißig.

Seit gut neunundzwanzig Jahren hatte sie in derselben Wohnung im Hasselstigen gewohnt. Als sie noch keine zwanzig gewesen war, war sie dort mit ihrem drei Monate alten Sohn eingezogen. Zu diesem Zeitpunkt hatte ihr zwanzig Jahre älterer Nachbar Karl Danielsson bereits seit fünf Jahren dort gewohnt. Zufälle gibt es nicht, dachte Nadja Högberg.

Vor fast vier Monaten, am Freitag, dem achten Februar, hatte SL zwanzigtausend Kronen von Karl Danielsson erhalten. Am Tag davor, am Donnerstag, dem siebten Februar, war Seppo Lauréns Mutter Ritwa bewusstlos auf einer Toilette an ihrem Arbeitsplatz gefunden worden. Mit dem Rettungswagen war sie dann zum Karolinska-Krankenhaus gefahren worden, dort hatte man sie wenige Stunden später auf der Neurochirurgie operiert. Einen Monat später hatte man sie in eine Rehaklinik verlegt. Sie war zwar nicht mehr bewusstlos, aber kaum ansprechbar.

Fünf Minuten später wühlte Nadja Högberg in dem Berg Quittungen, die die Kriminaltechniker in Danielssons Wohnung gefunden hatten. Darunter fand sich eine Rechnung für einen Computer mit Zubehör, Programmen und sechs Computerspielen über insgesamt 19875 Kronen, die von einem Computergeschäft in Solna Centrum stammte und Freitag, den achtzehnten Februar, bar beglichen worden war.

Den Rest des Tages verbrachte sie mit anderem, hauptsächlich damit, der Frage nachzugehen, wo die Buchführung der vergangenen zehn Jahre versteckt sein könnte. Dieses Mal kein Schließfach, dachte Nadja, da es sich mindestens um einige Kartons mit Papieren handeln musste. Er muss irgendwo einen Lagerraum gemietet haben, nicht zu nah, aber auch nicht zu weit weg. Danielsson schien sowohl praktisch veranlagt als auch bequem gewesen zu sein und sich sein Dasein den Umständen gemäß behaglich eingerichtet zu haben. Eine Distanz, die sich gut mit dem Taxi bewältigen lässt, dachte sie und wandte sich wieder ihrem Computer zu.

Kurz vor fünf stürzten Annika Carlsson und Lars Alm atemlos in ihr Zimmer. Neue und bislang unbekannte Umstände hätten sich am Nachmittag bei einer Vernehmung von Seppo Laurén ergeben, und zwar belastende.

»Ich bin ganz Ohr«, sagte Nadja Högberg, lehnte sich zurück und faltete ihre Hände auf ihrem kleinen runden Bauch. Ich frage mich, wo Bäckström steckt?, überlegte sie, da sie ihn seit dem Vormittag nicht mehr gesehen hatte.

»Er gibt zu, Danielsson schon früher misshandelt zu haben, und zwar offenbar, weil er Danielsson die Schuld dafür gibt, dass seine Mutter ins Krankenhaus gebracht werden musste. Sein Verhältnis zu Danielsson scheint ganz anderer Art gewesen zu sein, als wir bislang angenommen haben. Er hat mitnichten nur kleine Besorgungen für ihn erledigt. Danielsson hat offenbar seine Miete beglichen und ihm Geld für Lebensmittel gegeben. Unter anderem. Das stinkt nach Rache, und zwar hundert Meter gegen den Wind, wenn ihr mich fragt«, fasste Alm zusammen.

»Außerdem hat er ihm einen Computer geschenkt, der etliche Tausend gekostet haben muss«, ergänzte Carlsson.

»Was vielleicht nicht so verwunderlich ist, wenn man bedenkt, dass er Seppos Vater ist«, meinte Nadja.

»Wie bitte?«, sagte Annika Carlsson.

»Was sagst du da?«, ereiferte sich Lars Alm.

»Ich schlage Folgendes vor«, sagte Nadja Högberg und hob besänftigend die Hände. »Du, Annika, könntest Seppo eine Speichelprobe abnehmen, damit haben wir die Vaterschaftsfrage umgehend geklärt. Danielssons DNA haben wir ja bereits. Bei Laurén wird es wohl wie immer vierzehn Tage dauern, bis das SKL von sich hören lässt, aber ich gebe Bescheid, sobald die Speichelprobe vorliegt.«

»Könntest du vielleicht zu ihm nach Hause fahren, Lars, und die Festplatte seines Computers holen?«, fuhr sie fort.

»Wozu brauchst du die?«, fragte Alm.

»Wenn ich mich recht erinnere, dann hat er dir während seiner Vernehmung erzählt, dass er den ganzen Abend und die ganze Nacht damit zugebracht habe, am Computer zu spielen«, sagte Nadja Högberg. Idioten, dachte sie. Jetzt sitzt man hier und leitet plötzlich eine Mordermittlung, obwohl man nur Zivilangestellte ist.

Anderthalb Stunden später war es so weit. Erst erzählte Nadja, was sie über Karl Danielsson, Ritwa und Seppo Laurén bei ihrer Datenbankrecherche herausgefunden hatte. Als sie fertig war, sahen sich Alm und Carlsson kurz an, dann nickten sie Nadja widerwillig zu.

»Aber wieso hat er all die Jahre geleugnet, sein Vater zu sein?«, fragte Annika Carlsson.

»Damit er keinen Unterhalt zahlen muss«, antwortete Nadja. »Auf diese Weise hat Karl Danielsson mehrere hunderttausend Kronen gespart.«

»Aber warum hat er es nicht einmal seinem eigenen Sohn erzählt? Ganz offensichtlich hat Seppo keine Ahnung, dass Danielsson sein Vater ist«, meinte Alm.

»Vermutlich hat er sich seiner geschämt. Für so jemanden wie Karl Danielsson war er nicht gut genug«, konstatierte Nadja. Manche Männer sind Schweine, dachte sie.

Dann waren sie alle drei in Alms Büro gegangen. Dort saß Seppo Laurén, unterhielt sich mit Felicia Pettersson, trank Cola und schien sich pudelwohl zu fühlen.

Nadja schloss seine Festplatte an, und sie sahen sich an, was er vom Nachmittag des vierzehnten Mai bis zum Morgen des fünfzehnten Mai getan hatte. Seppo hatte von Viertel nach sechs am Mittwochnachmittag bis Viertel nach sechs am Donnerstagmorgen am Computer gesessen. Gegen drei Uhr morgens hatte er eine Pause von acht Minuten eingelegt. Im Übrigen war er ununterbrochen zugange gewesen, zwölf Stunden lang.

»Da habe ich Hunger bekommen«, sagte Seppo. »Ich habe eine Pause gemacht, ein Brot gegessen und ein Glas Milch getrunken.«

»Und dann, was haben Sie dann getan? Nachdem Sie mit dem Computerspielen fertig waren?«, fragte Alm, obwohl ihm Nadja warnende Blicke zuwarf.

»Ich bin eingeschlafen«, erwiderte Seppo und sah Alm erstaunt an. »Was hätten Sie denn getan?«

49

Bäckström leitete den Freitag damit ein, seiner Chefin, Anna Holt, die Aufwartung zu machen und um Verstärkung zu bitten. Plötzlich hatte er einen Doppelmord am Hals, aber immer noch dasselbe Ermittlerteam, das von vornherein unzureichend gewesen war.

»Ich verstehe, Bäckström«, sagte Holt, die immer mehr wie sein ehemaliger Chef Lars Martin Johansson klang. »Das Problem ist nur, dass ich niemanden habe, den ich dir überlassen könnte. Wir gehen im Augenblick auf dem Zahnfleisch.«

»Toivonen hat dreißig Leute, um einen Raubmord aufzuklären. Ich habe fünf für zwei normale Morde. Die Prioritäten sehen im Augenblick wirklich sehr seltsam aus«, meinte Bäckström und lächelte gutmütig. Da hast du was, worauf du rumkauen kannst, du kleines, mageres Elend, dachte er.

»Es sind meine Prioritäten«, erwiderte Holt. »Und dazu stehe ich. Sollte es sich zeigen, dass diejenigen, die hinter dem Raubüberfall stecken, auch Danielsson und Akofeli umgebracht haben, dann werde ich dich und deine Mitarbeiter der Ermittlung von Toivonen zuteilen.«

»Das wäre vermutlich nicht sonderlich klug«, meinte Bäckström. Sie ist nicht nur mager, dachte er.

»Warum?«

»Ich kann mir einfach nicht vorstellen, dass die Brüder Ibrahim denjenigen totgeschlagen haben sollen, der ihnen dabei behilflich war, ihr Geld zu verstecken. Noch weniger kann ich glauben, dass Danielsson den Versuch unternommen haben soll, sie zu betrügen. Er war zwar ein Trinker, aber deswegen war er noch lange nicht suizidgefährdet. Weißt du, was mir am allerwenigsten einleuchten will?«

»Nein«, erwiderte Holt und lächelte widerstrebend. »Erzähl.«

»Wenn sie es doch waren, wenn sie Danielsson doch totgeschlagen haben, weil er versucht hat, sie um ihr Geld zu bringen, dann hätten sie doch wohl daran gedacht, dass ihre ganze Kohle noch in Danielssons Schließfach lag.«

»Weißt du was, Bäckström. Ich glaube, dass du da nicht ganz unrecht hast. Vielleicht hast du ja sogar eine gewisse Vorstellung davon, wer Danielsson und Akofeli ermordet haben könnte?«

»Ja«, sagte Bäckström. »Ich brauche aber noch eine Woche.«

»Aber das ist ja ganz ausgezeichnet«, sagte Anna Holt. »Ich freue mich schon darauf, mehr darüber zu erfahren, aber jetzt musst du mich entschuldigen, ich habe nämlich noch einiges zu erledigen.«

Da kann ich doch gleich zwei Lesben auf einen Streich erledigen, dachte Bäckström und begab sich direkt zu Annika Carlsson, um sich zu erkundigen, wie alles so lief.

»Nicht sonderlich gut«, seufzte Carlsson. »Die Befragung der Nachbarn hat nichts ergeben. Die Spurensicherung rührt sich nicht, und vom Staatlichen Kriminaltechnischen Labor und der Gerichtsmedizin haben wir auch nichts gehört, und mir fällt auch nichts mehr ein.«

»Akofeli«, sagte Bäckström und schüttelte seinen runden Kopf. »Irgendwas stimmt da nicht.«

»Aber ich dachte, das hätte Felicia geklärt«, sagte Annika Carlsson und sah ihn erstaunt an. »Deinetwegen übrigens, weil du sie auf die Spur gebracht hast.«

»Ich denke jetzt nicht an seine Telefonanrufe«, meinte Bäckström und schüttelte den Kopf. »Mich stört etwas anderes.«

»Aber dir fällt nicht ein, was es sein könnte?«, sagte Annika Carlsson.

»Nein, leider nicht«, erwiderte Bäckström. »Irgendwas habe ich da im Hinterkopf, aber ich komme nicht darauf, was.«

»Und du glaubst, dass es für die Ermittlung wichtig ist.«

»Wichtig«, Bäckström schnaubte, »wenn ich darauf komme, dann haben wir den Fall gelöst, sowohl den Mord an Danielsson als auch den an Akofeli.«

»Meine Güte«, sagte Annika Carlsson und sah ihn mit großen Augen an.

Au weh, dachte Bäckström, wie dumm darf man eigentlich sein?

»Du musst mir helfen, Annika«, sagte Bäckström und nickte ernst. »Irgendwie glaube ich, dass nur du mir helfen kannst.«

»Ich verspreche es dir«, sagte Annika Carlsson.

Jetzt hast du auch was, worauf du rumkauen kannst, während ich das Wochenende antrete, dachte Bäckström.

Anschließend befolgte Bäckström seine gängige Freitagsroutine. Er programmierte sein Telefon so, dass die Ansage »Dienstlich unterwegs« ansprang, und stellte sein Handy ab. Dann verließ er die Dienststelle und nahm ein Taxi zu einem bewährten Lokal auf Kungsholmen und aß ausgiebig zu Mittag. Dann unternahm er einen kurzen Spaziergang nach Hause zu seiner gemütlichen Wohnung und einem wohlverdienten Mittagsschlaf. Als letzter Punkt seines normalen Freitagsprogramms stand noch der Besuch bei seiner neuen Masseurin aus.

Es handelte sich um eine ungewöhnlich körperbewusste Polin, die ihre Praxis ganz in der Nähe seiner Wohnung hatte. Bäckström war freitags immer ihr letzter Kunde. Er nahm immer das ganze Programm und beendete es immer damit, seiner Supersalami eine kleine Vorahnung der kommenden Freuden vom Wochenende zu geben.

Abends wollte er mit einem alten Bekannten essen gehen, mit einem bekannten Kunsthändler, Gustaf G:son Henning, dem Bäckström schon mehrfach geholfen hatte und der sich mit einem Essen revanchieren wollte.

»Was hältst du vom Opernkeller um halb acht?«, hatte Henning gefragt.

Gut situiert, silberhaarig, maßgeschneiderte Kleider, bekannt von Antiquitätenprogrammen im Fernsehen und eben siebzig geworden. In der Stadt und bei den Leuten, die zählten, lief er unter dem Spitznamen GeGurra. Mit dem Schläger Juha Valentin Andersson-Snygg, geboren 1937, dessen Akte aus dem Archiv der Polizei Stockholm schon vor vielen Jahren verschwunden war, hatte er nicht die geringste Ähnlichkeit.

»Was hältst du von acht Uhr?«, hatte Bäckström erwidert, der gerne etwas Zeit hatte, wenn es um so wichtige Dinge wie die Pflege seines Körpers und seiner Gesundheit ging.

»Einverstanden«, hatte GeGurra zugestimmt.

50

Kommissar Toivonen standen nicht, wie Bäckström glaubte, dreißig Leute zur Verfügung, um den Mord an dem Wachmann aufzuklären. Bereits am Freitagmorgen war die Verstärkung eingetroffen. Er hatte Beamte vom Reichskriminalamt, von der Nationalen Einsatztruppe und vom Einsatzkommando angefordert sowie vom Bezirkskriminalamt in Stockholm und von anderen Bezirken in der Provinz. Sogar die Polizei in Schonen hatte von der Raubüberfallgruppe, die es dort gab, drei Ermittler geschickt. Inzwischen verfügte er also über fast siebzig Ermittler und Fahnder sowie ein eigenes Einsatzteam, und er konnte noch weitere Beamte bekommen, falls er sie brauchte. Toivonen bekam mittlerweile alles, worauf er deutete, und er und seine Gruppenführer hatten den ganzen Tag damit verbracht, ihren Einsatz zu planen.

Nun wurde alles aufgeboten. Innere Fahndung, äußere Fahndung, Beschattung, Telefonüberwachung sowohl von Mobiltelefonen als auch vom Festnetz. Der Druck sollte erhöht werden, alle Mitläufer und Anhänger in den Kreisen um die Brüder Ibrahim und ihren Cousin Hassan Jalib sollten gestört und nach Möglichkeit ausgehoben werden. Man würde sie in U-Haft nehmen, verhören, ihre Autos anhalten, bei jeder Gelegenheit Leibesvisitationen durchführen und sie windelweich prügeln, sobald sie etwas Unpassendes äußerten, eine hastige Bewegung vollführten oder sich überhaupt nur irgendwie regten.

»Jetzt legen wir los. Jetzt knöpfen wir uns die Herren Ibrahim vor«, sagte Toivonen mit finsterer Miene und nickte allen seinen Mitarbeitern zu.

Punkt achtzehn Uhr führten Kommissar Jorma Honkamäki und seine Kollegen von der Nationalen Einsatztruppe sowie von den Einsatzkommandos in Stockholm ingesamt zehn Hausdurchsuchungen in Huddinge-Botkyrka, Tensta-Rinkeby und in Norra Järva durch. Man fragte nicht lange, sondern trat die Türen einfach ein. Wer in den Wohnungen und sonstigen Räumlichkeiten angetroffen wurde, wurde zappelnd und in Handschellen nach draußen getragen. Man hatte Rauschgifthunde, Sprengstoffhunde und normale Polizeihunde zur Verfügung. Alles wurde auf den Kopf gestellt, und in einem Geschäft in Flemingsberg wurde eine ganze Zwischenwand eingerissen. Sie fanden Geld, Rauschgift, Waffen, Munition, Sprengstoff, Zünder, Rauchbomben, Fußangeln, Räubermützen, Overalls, Handschuhe, Nummernschilder und gestohlene Fahrzeuge. Als die Sonne über einem weiteren Tag in der schönsten Hauptstadt der Welt aufging, saßen dreiundzwanzig Personen in Untersuchungshaft, und die Fahndung war gerade erst angelaufen.

Linda Martinez war gerade erst zur Kommissarin im Fahndungsdezernat des Reichskriminalamtes ernannt worden. Toivonen hatte sie angefordert, und sie war nun für die Fahndung nach den Brüdern Ibrahim und ihrem Cousin zuständig. Sie hatte sich ihre Mitarbeiter sorgfältig ausgesucht und kannte die Schwächen ihrer Gegner sehr gut.

»Kein normaler Schwede dabei, soweit das Auge reicht«, stellte Martinez fest, als sie ihre Truppe musterte. »Nur schwarze, braune und blaue«, sagte sie grinsend.

Bevor Toivonen die Dienststelle verließ, suchte er seine Chefin Anna Holt auf, um ihr über die neuesten Erkenntnisse des Kriminalistischen Nachrichtendienstes zu berichten, was eventuelle Verbindungen zwischen Karl Danielsson und den Brüdern Ibrahim und Hassan Jalib anging. Seitdem sie wussten, wonach sie suchen mussten, war es leichter gewesen, Wesentliches zu finden. Unter anderem hatten sie eine neun Jahre alte Aktennotiz entdeckt, aus der hervorging, dass Karl Danielsson bei dem großen Raubüberfall in Akalla nördlich von Stockholm als Geldwäscher beteiligt gewesen sein könnte. Da sich dieser Tipp nie hatte beweisen lassen, war er schließlich zu den Akten gelegt und vergessen worden.

Im März 1999, also vor neun Jahren, hatten mindestens sechs maskierte und bewaffnete Männer das Geldlager des Geldtransportunternehmens in Akalla überfallen. Sie waren mit einem fünfzehn Tonnen schweren Gabelstapler einfach durch die Mauer des Gebäudes gefahren. Dann hatten sie die Angestellten gezwungen, sich auf den Boden zu legen. Fünf Minuten später waren sie mit gut hundert Millionen Kronen in Geldscheinen verschwunden, deren Nummern nicht registriert waren.

»Einhundertmillionensechshundertzwölftausend Kronen, wenn wir genau sein wollen«, sagte Toivonen, der sicherheitshalber noch einmal auf seinem Zettel nachgesehen hatte.

»Das klingt nach einem reellen Tagewerk«, stellte Holt fest. »Also kein lächerlicher kleiner Raubüberfall.«

»Nein, und bei uns ging die Sache vollkommen in die Binsen«, meinte Toivonen.

Sie hatten keine einzige Krone des Geldes wiedergesehen. Sie hatten auch keinen der Beteiligten verurteilen können, obwohl sie klare Vorstellungen davon gehabt hatten, wer die Täter waren und wie sie den Coup durchgeführt hatten. Der einzige Trost war gewesen, dass niemand zu Schaden gekommen war, aber das war nicht das Verdienst der Polizei gewesen, sondern der Kriminellen.

Ihr Anführer war ein bekannter Gangster marokkanischer Abstammung gewesen, ein 1950 geborener Abdul Ben Kader, der mittlerweile fast sechzig Jahre alt war. Er wohnte bereits seit über zwanzig Jahren in Schweden, und sein Name war im Umfeld vieler Straftaten aufgetaucht, angefangen von illegalem Glücksspiel über illegalen Alkoholausschank, Prostitution, organisierten Diebstahl, Hehlerei, Versicherungsbetrug bis hin zu schwerem Raub.

Als ständig Tatverdächtiger hatte er dreimal in Untersuchungshaft gesessen. Er war jedoch nie verurteilt worden und hatte keinen einzigen Tag in einer schwedischen Haftanstalt zugebracht.

»Ein paar Monate nach dem Akallaraub hat sich der Typ zur Ruhe gesetzt und ist nach Marokko heimgekehrt«, sagte Toivonen mit einem ironischen Lächeln. »Dort besitzt er angeblich inzwischen einige Restaurants und mindestens zwei Hotels.«

»Und wo kommen die Brüder Ibrahim und ihr Cousin ins Bild?«, fragte Holt.

Alle drei waren an dem Raubüberfall beteiligt gewesen. Davon waren Toivonen und seine Kollegen überzeugt. Farshad war damals achtundzwanzig Jahre alt gewesen und hatte den eigentlichen Überfall geleitet. Sein drei Jahre jüngerer Cousin hatte den Gabelstapler gefahren, sein kleiner, damals erst dreiundzwanzig Jahre alter Bruder, Afsan, hatte das Geld eingesammelt, obwohl ihn seine Handschuhe, sein Overall und seine Skimütze, die nur die Augen freigelassen hatte, behindert hatten.

»Ben Kader war so etwas wie Farshads Mentor. Farshad war sein Liebling, obwohl er gar kein Nordafrikaner ist, sondern aus dem Iran stammt. Beide sind übrigens Moslems und rühren keinen Tropfen Alkohol an«, bemerkte Toivonen aus unerfindlichen Gründen.

»Farshad kam mit seiner Familie als Flüchtling nach Schweden, als er drei Jahre alt war. Sein jüngerer Bruder ist hier zur Welt gekommen. Ben Kader hat keine Kinder, und da der kleine Farshad aus dem rechten Schrot und Korn war, schloss er ihn offenbar rasch ins Herz. Sie haben immer noch Kontakt, und noch vor wenigen Wochen informierten uns unsere französischen Kollegen über Interpol, dass sie sich vergangenen März an der Riviera getroffen haben.«

»Danielsson«, erinnerte ihn Holt.

»Ben Kader hat ihn als Buchhalter, Buchprüfer und Ratgeber in finanziellen Fragen für seine legalen Unternehmungen verwendet. Er besaß unter anderem ein Lebensmittelgeschäft in Sollentuna, einen Tabakladen und eine Wäscherei mit Änderungsschneiderei hier in Solna. Nach unserem jetzigen Erkenntnisstand war das sicher nicht das Einzige, was Danielsson für ihn erledigte, aber da sich weiter nichts beweisen ließ, wurde er nur zu Informationszwecken vernommen. Als Ben Kader nach Marokko zurückkehrte, übernahm Farshad sowohl das Lebensmittelgeschäft als auch Danielsson. Farshad gehört der Laden in Sollentuna immer noch. Verwandte von ihm arbeiten dort, aber er ist als Besitzer eingetragen. Danielsson jedoch ist aus allen Papieren verschwunden.«

»Akofeli«, sagte Holt. »Wo taucht der auf? An dem Raubüberfall in Akalla kann er kaum beteiligt gewesen sein, denn damals war er erst sechzehn.«

»Ehrlich gesagt habe ich nicht den blassesten Schimmer«, sagte Toivonen und schüttelte den Kopf. »Ich glaube nicht, dass er etwas mit Danielsson oder den Brüdern Ibrahim zu tun hatte. Vielleicht war er ja einfach nur zum falschen Zeitpunkt am falschen Ort und ist in die Sache reingeschlittert. Dass er Danielsson erschlagen haben soll, können wir vergessen.«

»Die Brüder Ibrahim und Hassan Jalib? Könnten die Danielsson und Akofeli ermordet haben?«

»Keine Ahnung«, sagte Toivonen und seufzte.

»Vielleicht kommen wir ja noch drauf«, meinte Holt und lächelte. »Bäckström hat versprochen, bald fertig zu sein. Er braucht nur noch eine Woche, hat er behauptet.«

»Ich kann es kaum erwarten«, schnaubte Toivonen.

Dann fuhr Toivonen zu seinem Reihenhaus in Spånga und kochte für seine beiden Teenager-Söhne, weil seine Frau nach

Norrland gefahren war, um ihren kranken Vater zu besuchen. Nach dem Essen verschwanden seine Jungs, um Freunde zu besuchen. Toivonen goss sich ein Bier und einen Whisky ein und eröffnete das Wochenende vor dem Fernseher. Als sein jüngerer Sohn gegen elf nach Hause kam, lag sein Vater auf dem Sofa, dämmerte immer wieder ein und schaute den Sportkanal.

»Willst du nicht ins Bett gehen, Papa?«, fragte sein Sohn. »Du wirkst nicht ganz fit, wenn du mich fragst.«

51

Die Herren Bäckström und GeGurra trafen kurz nach acht im Opernkeller ein, und ein äußerst zuvorkommender Oberkellner führte sie zu ihrem diskret abseits gelegenen Tisch auf der Glasveranda. Er nahm ihre Bestellungen entgegen, verbeugte sich ein weiteres Mal und eilte davon. Wie üblich ging die Rechnung auf GeGurra.

»Nett, den Herrn Kommissar mal wieder zu sehen«, sagte GeGurra, hob seinen trockenen Martini und biss in eine der Oliven, die auf einem Tellerchen lagen.

»Ganz meinerseits«, pflichtete ihm Bäckström bei und hob seinen doppelten, eisgekühlten Wodka. Obwohl du mit jedem Tag einem gewöhnlichen Wurstbudenbesitzer ähnlicher siehst, dachte er.

Dann bestellten sie. Bäckström hatte die »Schwuchtel« GeGurra sogar dazu gebracht, etwas Vernünftiges zu bestellen, weitgehend zumindest.

»Zuerst hätte ich gerne einen Toast Skagen und etwas gebeizten Lachs auf einem Extrateller, dann ein Rinderfilet à la Rydberg mit zwei Eigelb.« Zu allem Bier und Branntwein, und alles Weitere würden sie später bestellen.

»Was für einen Branntwein wünschen der Herr Direktor?«, fragte der Oberkellner und beugte sich einige weitere Zentimeter schräg zur Seite.

»Tschechisches Pils und russischen Wodka. Haben Sie Standart?« Was soll das mit dem Herr Direktor?, dachte er.

»Leider nicht«, bedauerte der Oberkellner, »aber wir haben Stolichnaya und sowohl Crystal als auch Gold.«

»Stalichnaya«, korrigierte ihn Bäckström, da er ja mittlerweile über Russischkenntnisse verfügte. »Dann fange ich mit Gold zum Fisch an, und danach hätte ich gerne Crystal zum Rinderfilet«, entschied er, da er schließlich auch ein Connaisseur war.

»Ein Glas oder eine Karaffe?«

Macht er sich lustig über mich?, dachte Bäckström, darf man hier etwa nur einen Schluck probieren?

»Eine große Karaffe«, sagte Bäckström, »und zwar durchgehend und vom Feinsten.«

GeGurra schloss sich seiner Bestellung an und machte Bäckström Komplimente zu seiner guten Entscheidung. Er verzichtete jedoch auf den gebeizten Lachs und das zusätzliche Ei, begnügte sich mit einem großen Glas Wodka zur Vorspeise und einem Glas Rotwein zum Rinderfilet.

»Könnten Sie mir ein Glas ordentlichen Cabernet Sauvignon geben?«

Den gab es, einen ausgezeichneten amerikanischen von 2003, Sonoma Valley aus zu neunzig Prozent Cabernettrauben.

»Dazu noch eine Idee Petit-verdot-Trauben, für den gewissen Pfiff.«

Schwuchtel, dachte Bäckström. Wo haben die das eigentlich alles her? Da pfeif ich drauf.

Es wurde sehr nett. GeGurra gab sich wirklich Mühe. Er dankte Bäckström für seine neuesten Einsätze. Dieser hatte ihn über die Entwicklung bei der Aufklärung eines großen Kunstdiebstahls informiert, mit der die Polizei den ganzen Winter befasst gewesen war. Bäckströms halbdebile Kollegen hatten natürlich mal wieder alles versiebt, aber GeGurras Name war trotzdem nicht in den Ermittlungsakten aufgetaucht.

Bäckströms letzter Einsatz im Fundbüro war es gewesen, zwei Disketten zu ziehen. Da er selbst keinen Zugang zu den

Datenbanken hatte, hatte er den Computer eines schwerstens geistig behinderten Kollegen benutzt, eines Kriminaltechnikers, der nur noch halbtags arbeitete, seit er versucht hatte, seine Frau zu vergiften. Eine Diskette für GeGurra und eine für sich, sicherheitshalber.

»Das hat doch alles keine Umstände gemacht«, meinte Bäckström bescheiden.

»Und die neuen Zahlungsmodalitäten funktionieren?«, erkundigte sich GeGurra aus unerfindlichem Grund. »Ich hoffe, du bist zufrieden?«

»Alles bestens«, erwiderte Bäckström, denn trotz seiner betrüblichen Neigungen war GeGurra zumindest ein großzügiger Schwuler. Das muss man ihm lassen, dachte er.

»Etwas ganz anderes, wo ich schon einmal in den Genuss deiner Gesellschaft komme«, meinte GeGurra. »Ich habe in den Nachrichten von diesem fürchterlichen Raubüberfall am Flugplatz Bromma erfahren«, fuhr er fort. »Einer der Wachleute ist ja zu Tode gekommen, der Ärmste. Die Banditen scheinen vollkommen rücksichtslos gewesen zu sein. Das müssen doch wohl Profis gewesen sein? Aus der Fernsehreportage schien hervorzugehen, dass es sich fast um eine militärische Kommandotruppe gehandelt hat.«

»Keine Schwuletten jedenfalls«, pflichtete ihm Bäckström bei, der sich gerade an einige von Juha Valentins frühe Einsätze in den Parks und Klappen von Stockholm erinnerte.

»Ich habe mich mit einem guten Freund unterhalten, der etliche Läden in der Innenstadt besitzt. Seine Angestellten zahlen täglich größere Summen bar auf der Bank ein. Er macht sich wirklich Sorgen«, sagte GeGurra.

»Wirklich das reinste Durcheinander da draußen«, sagte Bäckström. »Er hat allen Grund, sich Sorgen zu machen.«

»Glaubst du nicht, dass du ihm vielleicht helfen könntest? Kannst du dir nicht die Abläufe in seinen Geschäften ansehen und ihm ein paar gute Ratschläge erteilen? Ich bin mir sicher, dass er dafür äußerst dankbar wäre.«

»Ist das einer, der den Mund halten kann?«, fragte Bäckström. »Diese Art von Nebenerwerb ist heikel, falls du verstehst.«

»Natürlich, natürlich«, erwiderte GeGurra und hob sicherheitshalber seine schmale, blaugeäderte Hand zu einer abwehrenden Geste. »Er ist außerordentlich diskret.«

»Du könntest ihm ja meine Handynummer geben«, meinte Bäckström, der ohnehin plante, seine Garderobe vor dem Sommer zu erneuern.

»Er ist noch dazu sehr großzügig«, meinte GeGurra und prostete seinem Gast zu.

Zum Dessert bekamen sie plötzlich Gesellschaft, GeGurra hatte sich treu seiner Neigung etwas Süßes bestellt, während sich Bäckström damit begnügte, einen besseren Cognac zu genießen. Die Gesellschaft war eine »alte und sehr gute Freundin« von GeGurra und wie dieser in der Kunstbranche tätig.

Alt ist gut, dachte Bäckström. Höchstens fünfunddreißig, und was für Brüste, ein Glück, dass der Folkloretänzer mit Troddelstrümpfen nicht dabei ist, dachte er.

Nach ein paar einleitenden Küsschen auf die Wange unter alten Freunden, hatte sie GeGurra einander vorgestellt.

»Mein guter Freund Evert Bäckström«, sagte er, »und das hier ist also meine entzückende Freundin Tatiana Thorén. Sie war früher mit einem meiner alten Geschäftsfreunde verheiratet, der leider irgendwann nicht mehr wusste, was gut für ihn war«, verdeutlichte er.

Was wollen Männer wie du eigentlich mit so einer wie der?, überlegte Bäckström, gab ihr einen männlichen Händedruck und schenkte ihr sein Clint-Eastwood-Lächeln.

»Interessierst du dich ebenfalls für Kunst, Evert?«, fragte Tatiana Thorén, nachdem ihr GeGurra einen Stuhl zurechtgerückt und sie ihr wohlgeformtes Hinterteil darauf niedergelassen hatte, und zwar so, dass Bäckström ihr großzügiges

Dekolleté aus einer ansprechenden Perspektive genießen konnte.

»Ich bin Polizeibeamter«, meinte Bäckström und nickte knapp.

»Polizist, meine Güte, wie aufregend«, sagte Tatiana und riss ihre großen dunklen Augen auf. »Was für eine Art Polizist bist du denn?«

»Ermittlungsbeamter, Morde, schwere Gewaltverbrechen, Kriminalkommissar«, sagte Bäckström. Alles andere ist mir egal, und Clint Eastwood hat gegen mich keine Chance, dachte er.

Dann hatte Tatiana ihnen Gesellschaft geleistet, während sie den schlimmsten Hunger mit einem einfachen Lachsbrot und einem Glas Champagner gestillt hatte. Gleichzeitig schenkte sie Bäckström neunzig Prozent ihrer Aufmerksamkeit.

»Wie aufregend«, sagte Tatiana immer wieder und lächelte ihn mit ihrem roten Mund und ihren weißen Zähnen an. »Ich bin noch nie einem richtigen Kriminalkommissar begegnet. Ich kenne bislang nur die aus dem Fernsehen.«

Bäckström präsentierte ihr die übliche Mischung Heldentaten aus seinem inhaltsreichen Leben als legendärer Polizist. Seine Supersalami rührte sich bereits und war kaum mehr zu bremsen.

GeGurra entschuldigte sich, nachdem er gezahlt hatte. In seinem Alter benötige man seine Nachtruhe. Dann gingen Tatiana und Bäckström in den Nachtclub Café Opera, der neben dem Restaurant lag, und konsumierten noch ein paar Drinks, um richtig in Stimmung zu kommen. Wozu auch immer ich die brauche, dachte Bäckström, da seine Supersalami definitiv in Bereitschaft war. Ein Glück, dass ich hier nicht nackt und nur mit einer Baseballmütze auf dem Kopf herumstehe, dachte Bäckström und lehnte sich an den Tresen. Dann würde ich aussehen wie ein F, dachte er, drückte den Brustkorb raus und zog seinen Schmerbauch ein.

»Meine Güte, Kommissar«, meinte Tatiana und strich ihm mit der Hand über seine Hemdbrust, »das verspricht ja Außergewöhnliches.«

Tatiana wohnte in einer kleinen Zweizimmerwohnung in der Jungfrugatan im Stadtteil Östermalm. Jungfrauenstraße, das Mädel hat Humor, dachte Bäckström, der seine Hosen bereits in der Diele loswurde. Auf dem Weg in ihr Schlafzimmer entledigte er sich der restlichen Kleider; als er sie in ihr breites Bett gelegt hatte, sah er aus wie ein normales T. Dort nahm er sie dann richtig ran, die normale Erste-Streife-am-Tatort-Routine. Er stöhnte und schnaufte, und Tatiana schrie laut. Dann wechselten sie die Stellung, und Tatiana fuhr Salamifahrstuhl, und zwar mindestens einen Kilometer weit, bis es wieder so weit war.

Anschließend schlief er ein, und als er wieder munter wurde, stand die Sonne bereits hoch am blauen Himmel über der Jungfrugatan. Tatiana lud ihn zum Frühstück ein. Sie gab ihm ihre Telefonnummer und nahm ihm das Versprechen ab, dass sie einander sehen würden, sobald sie von ihrem Griechenlandurlaub zurück sei.

52

Freitagnachmittag kehrte Kriminalkommissar Jan Lewin von der Reichsmordkommission von einer Ermittlung in Östergötland zurück. Er fuhr direkt zu seiner Lebensgefährtin Anna Holt, und als er die Tür öffnete, stand sie bereits vor ihm und erwartete ihn. Sie streckte die Hand aus und ergriff die seine.

»Schön, dass du wieder da bist, Jan«, sagte Holt.

Partnerin und Polizeidirektorin, dachte Jan Lewin, als er schließlich auf dem Sofa saß und in den Papieren blätterte, die sie ihm gegeben hatte. Mord, Mordversuch, Raubüberfälle auf Geldtransporte, Mord an einem der Mittäter, Mord an einem alten Säufer und sicherheitshalber noch an dem Zeitungsboten, der den Ermordeten gefunden hatte. Was hat das eigentlich mit Anna und mir zu tun?, dachte er.

»Was glaubst du, Jan?«, sagte Holt und rückte näher an ihn heran.

»Was sagt Toivonen?«, fragte Lewin.

»Dass er nicht den blassesten Schimmer hat«, meinte Anna Holt kichernd.

»Dann ist das vermutlich auch der Fall.« Lewin lächelte sie an. »Ich habe auch nicht den blassesten Schimmer.«

»Du scheinst nicht sonderlich interessiert zu sein«, meinte Holt, nahm ihm die Papiere ab und legte sie auf den Couchtisch.

»Ich bin in Gedanken woanders«, sagte Jan Lewin.

»Und wo?«

»Jetzt sitze ich schon seit über einer halben Stunde neben der schönsten Frau dieser Erde«, Lewin schaute sicherheitshalber noch einmal auf seiner Armbanduhr nach, »einen Kuss und eine Umarmung habe ich bekommen, und dann hat sie mir einen Stoß Papiere zugeschoben. Wir sitzen auf demselben Sofa. Ich lese. Sie sieht mich an. Klar, dass ich meine Gedanken woanders habe.« Lewin nickte Holt zu.

»Woran denkst du?«

»Daran, dass ich dir die Bluse aufknöpfen möchte«, antwortete Jan Lewin.

53

Gegen elf Uhr abends verließen Farshad und sein Bruder Farbod Rashid das große Einfamilienhaus in Sollentuna, in dem sie mit ihren Eltern, ihren drei Schwestern und ihrem jüngsten Bruder Nasir, fünfundzwanzig, wohnten. Im Augenblick schien der Benjamin jedoch verreist zu sein. Seit einer Woche war er wie vom Erdboden verschluckt, und Toivonen beschlichen bereits gewisse Ahnungen hinsichtlich der Ursache.

Sie nahmen Farshads schwarzen Lexus. Etwas Besseres hätte gar nicht passieren können, da dieser bereits mit einem Sender versehen war. Am früheren Abend hatte Farshad nicht aufgepasst und seinen Wagen im Parkhaus neben dem NK-Warenhaus abgestellt. Zusammen mit Talib war er dann mit dem Fahrstuhl in die Delikatessenabteilung im Kellergeschoss gefahren. Nur fünf Minuten, ein paar Leckerbissen für die Mutter, nichts weiter.

Der Gehilfe von Linda Martinez hatte nur eine Minute benötigt, um an dem Fahrzeug einen GPS-Sender anzubringen, und so konnten sie jetzt Alpha 1 – einem roten elektronischen Pfeil mit der Ziffer 1 – in aller Ruhe auf einem Monitor in ihrem Überwachungsfahrzeug folgen.

Farbod Rashid saß am Steuer, während Farshad die meiste Zeit mit dem Handy telefonierte. Vor einem libanesischen Restaurant in der Regeringsgatan hielten sie an, und Hassan Jalib stieg zu. Auch dieser hatte nicht aufgepasst. Ehe er auf dem Rücksitz des Lexus Platz nahm, hatte er aus dem Kofferraum eines silbergrauen Mercedes, der an der Bordsteinkante stand, ein Handy genommen und in die Brusttasche seines Sakkos gesteckt.

Die Kameras im Überwachungswagen hinter dem Lexus knipsten unablässig.

»Bingo«, stellte Linda Martinez fest, da sie ein neues, bislang unbekanntes Fahrzeug entdeckt hatten, und als sie fünf Minuten später an diesem ebenfalls einen Sender anbrachte, war sie eine glückliche Frau. Alpha 3, entschied Martinez und machte einen Eintrag in ihr Notizbuch.

Das hier ist das Leben. Was ist schon das Büro gegen die Straße?, dachte sie. Obwohl sie eigentlich im Büro hätte sitzen sollen. Warum bin ich nur Kommissarin geworden?, dachte sie. Wenn ihr höchster Chef Lars Martin Johansson nicht bereits aufgehört hätte, hätte sie ihm den Stinkefinger gezeigt, denn das war seine Idee gewesen.

Ihre Kollegen im anderen Fahrzeug verfolgten das Überwachungsobjekt und kamen zum Café Opera am Kungsträdgården. Farbod Rashid parkte zwanzig Meter vom Entree entfernt in der zweiten Reihe. Die drei grüßten die Türsteher mit herzlichem Schulterklopfen und verschwanden dann im Nachtclub.

Richtige kleine Ajatollahs, bald werde ich diese Kameltreiber an ihren eigenen Eiern aufhängen, dachte Frank Motoele, dreißig, während er mit dem Objektiv seiner Kamera auf die Gruppe zielte.

»Frank hat Probleme mit Moslems«, erklärte Sandra Kovac, siebenundzwanzig, Magda Hernandez, fünfundzwanzig, die den Beifahrersitz ergattert hatte, da sie sich sofort mit Linda Martinez verstanden und diese sie vom normalen Streifendienst der Überwachungstruppe zugeordnet hatte.

»Frank ist so ein richtig rassistischer Nigger«, meinte Kovac und nickte Magda zu. »Ein großer schwarzer Mann, der alle hasst, falls du dir überlegt haben solltest, warum er so finster aussieht.«

»Dich hasse ich nicht, Magda«, sagte Frank und lächelte. »Wenn du dir dieses rote Top ausziehst, dann beweise ich dir auch, wie sehr ich dich mag.«

»Ein Machoschwein ist er auch noch«, sagte Kovac. »Hatte ich das erwähnt? Außerdem hat er nur einen winzigen, den kleinsten von ganz Afrika.«

»Wenn du jetzt im Auto bleibst, Sandra, und aufhörst, Scheiße zu erzählen, dann hängen Magda und ich uns an ihre Fersen«, entschied Motoele, der gar nicht recht hinhörte, da die Kollegin Kovac seit einer Betriebsweihnachtsfeier vor anderhalb Jahren recht genau wusste, wie es sich wirklich verhielt.

In der Welt, in der Linda Martinez lebte, gab es keine Kollegen, die sich zu Promilokalen Zutritt verschafften, indem sie den Türstehern ihre Dienstmarken zeigten. Dieses Problem hätte sie auf andere Art gelöst, aber Magda Hernandez musste nicht einmal auf ihre Dienste zurückgreifen. Sie lächelte nur ihr blendendes Lächeln und eilte in ihrem roten Top und ihrem kurzen Rock an der Schlange vorbei.

Frank Motoele hingegen wurde von den Türstehern aufgehalten, und es war alles wie immer.

»Tut mir leid«, sagte der Türsteher und schüttelte den Kopf. »Um diese Tageszeit lassen wir nur noch Mitglieder rein.« Hundertneunzig Zentimeter groß, hundert Kilo Muskeln und Augen, in die man nicht unbedingt gerne blickte. Wird das jetzt wieder so wie meistens, wenn ich versuche, nur meine Arbeit zu machen?, dachte der Türsteher. Für die Muskeln dieses Niggers würde ich eine Million geben. Ich würde hier in Bademantel und Schlappen stehen, während mir das Pack zujubelt, dachte er.

»Gästeliste«, sagte Motoele und nickte in Richtung eines Papiers, das der andere Türsteher in der Hand hielt. An einem richtig kalten und ekelhaften Tag, wenn der Regen die Fensterscheiben runterläuft, sehen wir uns sicher im Untersuchungsgefängnis Kronoberg wieder, dachte er, da er trotz seines Äußeren den größten Teil seiner freien Zeit damit verbrachte, Gedichte zu schreiben.

»Kein Problem«, stellte der andere Türsteher fest, nachdem er einen raschen Blick auf seine Liste geworfen hatte.

»Ich fand irgendwie auch, dass wir uns schon mal gesehen haben«, meinte der erste Türsteher, zwang sich zu einem Lächeln und trat beiseite.

»Einmal ist keinmal«, erwiderte Motoele und sah ihn an, während er den Blick nach innen richtete und sinnierte. Irgendwann sehen wir uns wieder, dachte er. Aber vorher treffe ich noch viele, die genauso sind wie du.

Der war ja richtig unheimlich, dachte der Türsteher und sah Motoele hinterher, wie er im Lokal verschwand.

»Hast du die Muskeln von diesem Nigger gesehen?«

»Ich bin mir sicher, das ist so einer, der seine Opfer bei lebendigem Leib auffrisst«, bestätigte sein Kollege und schüttelte den Kopf.

Es war kein größeres Problem gewesen, die Brüder Ibrahim und ihren Cousin zu finden. Der rasierte Schädel des baumlangen Jalib leuchtete wie ein Leuchtturm in dem übervollen Lokal.

»Wir trennen uns«, meinte Frank und lächelte, als hätte er etwas ganz anderes gesagt.

Magda Hernandez lächelte ebenfalls. Sie deutete mit seitlich geneigtem Kopf einen Knicks an und streckte ihm spöttisch die Zunge heraus.

Dich könnte ich wirklich lebendig verschlingen, dachte Motoele und sah ihr hinterher. Will das kleine Fräulein Magda nicht ein Kind von mir?

Fünf Minuten später war sie zurück. Obwohl es im Lokal sehr dunkel war, trug sie ihre riesige Sonnenbrille.

»Hallo, Frank«, sagte sie und strich diesem über den Arm, während die Blicke aller Männer zwischen ihrem roten Top, ihrem roten Mund und ihren weißen Zähnen hin- und herwanderten.

»Ich glaube, es gibt ein Problem«, sagte Magda und legte ihm einen Arm um den Hals. Dann flüsterte sie etwas in sein Ohr.

»Okay«, sagte Frank. »Tausche mit Sandra, sprich mit Linda und frage, ob wir nicht einen guten Fotografen hier einschleusen können.«

»Dann bis später, Liebling«, sagte Magda, stellte sich auf die Zehenspitzen und küsste ihn leicht auf die Wange.

54

Sandra Kovac, siebenundzwanzig, war Immigrantin der zweiten Generation und stammte aus Tensta. Ihr Vater war Serbe und hatte mehr Haare auf der Brust, als gut für ihn war. Er hatte Sandras Mutter sitzengelassen, als sie zwei Jahre alt gewesen war, und hatte seine Tochter in größte Schwierigkeiten gebracht, als sie sich siebzehn Jahre später an der Polizeihochschule in Solna beworben hatte.

»Ich gehe davon aus, dass ihr wisst, dass Sandra Kovac die Tochter von Janko Kovac ist«, sagte der Polizeidirektor aus der Personalabteilung und lächelte die Vorsitzende der für die Aufnahme zuständigen Kommission nervös an.

»An die Erbsünde habe ich nie geglaubt«, erwiderte diese. »Was war denn dein Vater von Beruf?«, meinte sie noch und sah den Polizeidirektor neugierig an.

»Er war Landpfarrer«, erwiderte der Polizeidirektor.

»Das hätte man sich denken können«, sagte die Vorsitzende.

An dem Tag, an dem Sandra Kovac ihre Ausbildung beendet hatte, hatte ein durchtrainierter Mann an ihrer Tür im Wohnheim in Bergshamra geklingelt. Ein Kollege, dachte Sandra. Ein zukünftiger Kollege, dachte sie dann, da man es mit solchen Unterschieden sehr genau nahm, und obwohl sie nur einen Bademantel trug und vielleicht auch, weil sie schon in Erwartung der abendlichen Party mit den zukünftigen Kollegen ihres Jahrgangs ein kleines Glas getrunken hatte, hatte sie die Tür geöffnet.

»Was kann ich für Sie tun?«, fragte Sandra Kovac und zog

sicherheitshalber den Gürtel ihres Bademantels etwas enger, falls sie etwas übersehen haben sollte.

»Einiges, hoffe ich«, sagte der Durchtrainierte, lächelte freundlich und zeigte ihr seinen Ausweis. »Mein Name ist Wiklander. Ich arbeite bei der Sicherheitspolizei. Als Kommissar.«

»Surprise, surprise«, erwiderte Sandra Kovac.

In der Woche darauf hatte sie selbst dort angefangen. Fünf Jahre später war sie mit ihrem Chef zum Reichskriminalamt gewechselt, da ihr höchster Chef noch weiter befördert worden war und jetzt die Verantwortung für die Nationale Kriminalpolizei, die Nationale Einsatztruppe, die Hubschrauber, die Auslandseinsätze und alles andere trug, angefangen mit dem, was geheim war, bis hin zu dem, worin die Öffentlichkeit weiterhin Einblick besaß.

»Du kommst mit, Wiklander«, sagte Lars Martin Johansson beiläufig, einen Tag bevor seine Beförderung öffentlich gemacht wurde.

»Kann ich Sandra mitnehmen?«, wollte Wiklander wissen.

»Die Tochter von Janko?«, fragte Johansson.

»Ja.«

»Besser könnte es gar nicht sein«, meinte Johansson, der um die Ecke schauen konnte.

Magda Hernandez, fünfundzwanzig, war Tochter von Einwanderern aus Chile. Ihre Eltern waren Hals über Kopf in der Nacht geflüchtet, in der Pinochet die Macht übernommen und den Handlangern der Diktatur befohlen hatte, den vom Volk gewählten Präsidenten des Landes, Salvador Allende, zu ermorden. Eine lange Reise hatte begonnen, zu Fuß über die Grenze nach Argentinien. Sie war erst zu Ende gewesen, als sie so weit nördlich gewesen waren, wie man nur kommen konnte, wenn man aus Valparaiso in Chile stammte.

Magda war in Schweden zur Welt gekommen und aufgewachsen. Als sie zwölf Jahre alt gewesen war, hatten alle Männer, denen sie begegnet war, aufgehört, ihr in die Augen zu schauen, und stattdessen den Blick auf ihren Busen gerichtet. Alle Männer zwischen sieben und siebzig, dachte sie. Ihr sieben Jahre älterer Bruder hatte sich aus demselben Grund täglich die Fäuste blutig geschlagen.

Am Tag ihres fünfzehnten Geburtstags hatte sie ein ernstes Wort mit ihm gewechselt.

»Ich lasse sie wegmachen, Chico. Das verspreche ich dir.«

»Ich will, dass du sie behältst«, hatte Chico erwidert und ernst genickt. »Du musst eines verstehen, Magda«, hatte er dann noch hinzugefügt. »Sie sind Gottes Geschenk an uns Männer, und es ist nicht unsere Aufgabe, das zu ändern, was er uns einmal gegeben hat.«

»Okay«, hatte Magda erwidert.

Zehn Jahre später war sie Frank Motoele, dreißig, begegnet. Obwohl ihre Schicht um sechs Uhr morgens zu Ende gewesen war und sie einen ruhigen Nachtschlaf nötig gehabt hätte, war sie mit ihm nach Hause gegangen.

»Will Fräulein Magda nicht ein Kind von mir?«, fragte er und hob sie so in sein Bett, dass er ihr gleichzeitig tief in die Augen sehen konnte.

»Gerne«, erwiderte Magda, »aber versprich mir, vorsichtig zu sein.«

»Ich verspreche es«, antwortete Frank Motoele. »Ich verspreche dir, dich nie zu verlassen«, fügte er dann noch hinzu. Und zwar, weil mein Feuer im Norden am stärksten brennt, dachte er.

Frank Motoele stammte aus einem Kinderheim in Kenia. Er war seinen Eltern fünfundzwanzig Jahre zuvor begegnet. Sein Vater Gunnar war Zimmermann aus Borlänge und für die Firma Skanska an einem Hotelneubau in Kenia beteiligt. Er war mit seiner Frau Ulla dorthin gezogen und blieb zwei Jahre.

Eine Woche vor ihrer Rückreise nach Schweden hatten sie Frank im Kinderheim abgeholt.

»Aber was machen wir mit allen Papieren?«, hatte Ulla wissen wollen. »Müssen wir die nicht vorher haben?«

»Das kriegen wir schon hin«, sagte der Zimmermann Gunnar Andersson, zuckte mit seinen breiten Schultern und nahm Frau und Sohn mit nach Hause.

Auf dem Flugplatz Arlanda hatte man sie dann allerdings vierundzwanzig Stunden lang festgehalten, aber auch das hatte sich geregelt, und sie hatten nach Borlänge fahren dürfen.

»Das da draußen ist Schnee«, hatte Gunnar Andersson erklärt und durch die Windschutzscheibe des Mietwagens gedeutet. »*Snow*.«

»*Snow*«, sagte Frank und nickte. Wie auf dem Gipfel des Kilimandscharo, dachte er, denn davon hatte ihm das nette Fräulein im Kinderheim schon erzählt. Sie hatte ihm auch Fotos gezeigt, das kannte er also schon, obwohl er erst fünf Jahre alt war. Wie weißes Speiseeis, und zwar unendlich vieles, dachte er.

Am Tag seines achtzehnten Geburtstags hatte Frank Andersson mit seinem Vater Gunnar gesprochen. Er wolle wieder seinen Geburtsnamen annehmen, Andersson in Motoele ändern.

»Wenn du nichts dagegen hast«, sagte Frank.

»Schon okay«, erwiderte Gunnar. »An dem Tag, an dem man seine Abstammung verleugnet, verleugnet man sich selbst.«

»Dann ist das also okay?«, fragte Frank sicherheitshalber nach.

»Solange du nicht vergisst, dass ich dein Vater bin«, erwiderte Gunnar.

»Du hast mit Frank geschlafen«, stellte Sandra Kovac tags darauf fest, als sie in der Tiefgarage auf ein ehemaliges Kinderheimkind aus Nairobi warteten, das sich bereits eine Viertelstunde verspätet hatte.

»Ja«, sagte Magda und nickte.

»Superleistung«, sagte Sandra Kovac und seufzte. »Aber mach dir keine Sorgen, einmal ist keinmal«, meinte sie, schließlich war sie ja Janko Kovacs Tochter und hielt sich auf einem anderen Planeten auf als Leute wie Magda Hernandez.

»Er will mit mir ein Kind bekommen«, sagte Magda.

»Ich dachte, du wolltest bei uns im Dezernat anfangen?«, sagte Jankos Tochter. »Das hat zumindest Linda gesagt, als ich mit ihr geredet habe.«

»Das hat zumindest er gesagt«, meinte Magda. »Zu mir.«

»Wenn er das gesagt hat, dann meint er das sicher auch«, sagte Sandra. Mit mir wollte er kein Kind, der Scheißkerl, dachte sie.

»Ich habe ihm erklärt, dass alles seine Zeit hat«, meinte Magda.

»Und was hat er dazu gesagt?«

»Was alle Romantiker sagen«, meinte Magda und lächelte. »Und alle Machos«, sagte sie dann grinsend.

»Na, denn«, erwiderte Sandra.

55

Bereits am Samstagmorgen schüttete Grislund, sechsunddreißig, Kommissar Jorma Honkamäki, zweiundvierzig, dem Einsatzchef von Toivonens Überwachungstruppe, der normalerweise stellvertretender Chef für die Einsatzfahrzeuge der Stockholmer Polizei war, sein Herz aus.

Dieses Herz war bereits weit geöffnet, da er es bereits drei Tage zuvor seinem alten Freund Fredrik Åkare, einundfünfzig, ausgeschüttet hatte, der Sergeant at Arms bei den Hell's Angels in Solna war. Die Miene von Åkare war sehr finster gewesen, als er Grislunds Werkstatt betreten hatte. Was bleibt einem einfachen Automechaniker und Vater zweier Kinder schon anderes übrig?, dachte Grislund.

»Okay, Grislund, wenn du nicht deine eigene Ölwanne austrinken willst, dann schlage ich vor, dass du mir sagst, wo ich den kleinen Nasir finden kann«, hatte Åkare gesagt und der Ölwanne einen Tritt versetzt, sodass sich ihr Inhalt über den sauberen Betonboden ergossen hatte, um den Ernst seiner Worte zu unterstreichen.

Grislund hatte alles erzählt. Er war ein einfacher Mann, aber er wusste, wann es an der Zeit war, die Seiten zu wechseln. Grislund hieß natürlich gar nicht Grislund. Er war sogar adlig. Er war nach seinem Vater Stig getauft und hieß nach seiner Mutter Svinhufvud, da diese sich geweigert hatte, wie Grislunds Vater Nilsson zu heißen. Der Name Svinhufvud war ihr Glück und das Unglück ihres Sohnes, und leider hatte sie trotz ihrer feinen Abstammung keine Krone besessen, um den Spott, dem sich ihr Sohn ausgesetzt gesehen hatte, etwas abzumildern.

Bereits im Kindergarten hatten die anderen Kinder ihn von Svinhufvud, Schweinekopf, in Grislund, Schweinewiese, umgetauft. Der einzige Vorteil war gewesen, dass er, obwohl er eigentlich Tischmanieren besaß, seinem Spitznamen bald alle Ehre hatte einlegen können. Als Kind hatte ihn sein Vater Stig gerufen, und als Grislund seiner Mutter erzählt hatte, er habe die Absicht, mit einem Freund eine Autowerkstatt in Norra Järva zu eröffnen, hatte sie kein Wort mehr mit ihm geredet. Sein Vater nannte ihn immer noch Stig. Vielleicht wusste er es nicht besser, oder er wollte seine Frau ärgern. Vermutlich geht es um Mama, hatte Grislund gedacht, der damals siebzehn geworden war und gerade den Automechanikerzweig des Gymnasiums in Solna beendet hatte.

Die Werkstatt war ganz gut gelaufen, wozu auch seine alten Freunde beigetragen hatten, hauptsächlich Farshad Ibrahim, den er bereits auf der Grundschule in Sollentuna kennengelernt hatte, sowie alle anderen, die Farshad bereits damals als seine Gefolgsleute betrachten konnte.

Åkare hatte er erst sehr viel später kennengelernt. Eines Tages war er einfach aufgetaucht, hatte einen alten Lieferwagen von einem Lastwagen gekippt und ihn gebeten, die Kiste noch vor Sonnenuntergang zu verschrotten. Das hatte Grislund getan und einen weiteren Kunden gewonnen.

Er hatte gerade ganz friedlich unter seinem eigenen Juwel gelegen, einem Chevrolet Bel Air von 1956, und zog mehr aus alter Liebe ein paar alte Muttern nach. Plötzlich stieß jemand das Werkstatttor auf, kam auf ihn zu und zerrte ihn, ehe er noch den Kopf zur Seite wenden konnte, an den Fußgelenken unter dem Wagen hervor. Ein Wunder, dass er sich nicht am Fahrgestell des Chevrolets den Kopf eingeschlagen hatte.

»Grislund«, sagte Jorma Honkamäki und lächelte ihn mit seinen Schlitzaugen an. »Ruf deine Alte an und sag ihr, dass das Abendessen ausfällt. Ich lade dich im Solna-Knast zu einer Bockwurst mit Kartoffelbrei ein.«

Verglichen mit Åkare benahm er sich recht anständig, und da eine weitere Lebensversicherung nie verkehrt war, schüttete er sein Herz ein weiteres Mal aus.

Honkamäki hatte zwar mit Vorhaltungen begonnen, er hatte offenbar einiges gefunden, Stahldraht, Lötzinn, allerhand Werkzeug, das man benötigte, etwa zehn Fußangeln, mit denen er bereits fertig gewesen war und die er versteckt hatte, sowie einige alte Nummernschilder, die er immer in Reserve hatte, was aber sonst wegen Geringfügigkeit nur zu einem Schulterzucken geführt hätte.

Wäre da nicht die Hundertgrammtüte gewesen, um deren Aufbewahrung ihn Nasir am Montag der Vorwoche gebeten hatte, als er eine ganze Tasche voller Fußangeln geholt hatte.

»Nur heute«, hatte ihm Nasir versichert. »Ich habe später eine Lieferung, und falls da was schiefgeht…« Ein vielsagendes Achselzucken.

»Okay«, hatte Grislund gesagt, weil er ein netter Mensch war und ihm zufriedene Kunden lieber waren, insbesondere wenn sie einen älteren Bruder besaßen, der Farshad Ibrahim hieß. Außerdem hatte Nasir versprochen, die Tüte noch am selben Abend wieder abzuholen. Nach Erledigung des Jobs hatte er mit seiner Freundin nach Kopenhagen fahren und feiern wollen. Sie wollten einen gemeinsamen Bekannten von ihm und Grislund treffen und etwas über die Stränge schlagen, vielleicht etwas rauchen.

»Ich saufe ja nicht, wie du und die anderen Schweden«, hatte Nasir gemeint.

»Hundert Gramm Koks«, sagte Honkamäki, »und da rechnet man grob mit vierzehn Tagen pro Gramm, Grislund, deine Fingerabdrücke sind auf dem Paket, und wieso kommt mir plötzlich der Gedanke, dass du vollkommen schwachsinnig geworden bist?«

Vier Jahre, dachte Grislund, denn rechnen konnte er schließlich. Es war wirklich höchste Zeit, sein Herz zu erleichtern.

»Reg dich ab, Honkamäki«, sagte Grislund. »Du sprichst mit einem einfachen Fußsoldaten in der großen Armee des organisierten Verbrechens. Wo hätte ich das Geld dafür hernehmen sollen?«

Und alles nur wegen so einem verdammten Cockerspaniel, dachte er. Erst war der Hund einfach nur rumgerannt, wie es diese Köter immer taten, die Honkamäki mitschleppte, dann war er plötzlich vor der größten Ölwanne, die er in seiner Werkstatt hatte, stehengeblieben, hatte gejault und sich nicht mehr eingekriegt. Bei dieser Ölwanne hätte es sich für Åkare wirklich gelohnt. Das Herrchen des Köters hatte dann auch umgehend seine Hände in die Ölwanne gesteckt.

Deswegen schüttete er sein Herz jetzt ein zweites Mal aus und erzählte, wie es sich verhielt. Verglichen mit Åkare benahm sich Honkamäki zumindest wie ein halber Mensch. Er würgte ihn nicht und stieß ihm auch nicht den Zeigefinger in die Nase.

Nasir und Tokarev hatten nach der Schießerei in Bromma Hals über Kopf die Flucht ergriffen. Sie waren allerdings nur fünfhundert Meter weit gefahren, dann hatten sie ihren Lieferwagen zwanzig Meter vom Allerheiligsten der Engel stehenlassen, dem Clubhaus der Hell's Angels, das mehr oder minder an das Flugplatzgelände angrenzte.

Es war unklar, warum sie das getan hatten. Weil immer noch roter Qualm aus dem Seitenfenster stieg? Weil sie die Konkurrenz ärgern wollten? Weil dort gerade ein Parkplatz frei war? Dummerweise hatte Nasir bereits seine Maske abgenommen, als er ein paar Straßen weiter an einem von Åkares vielen Informanten vorbeigerannt war und in der Ferne bereits die Sirenen der Einsatzfahrzeuge geheult hatten.

»Nasir«, meinte Grislund abschließend, »fährt wie eine gesengte Sau.«

»Der kleine Nasir«, meinte Honkamäki. »Ich frage mich nur,

wie viel sein böser großer Bruder dieses Mal springen lassen muss, um ihm Kost und Logis zu gewährleisten.«

»Ein richtiger Scheißkerl«, meinte Grislund. »Wissen Sie, was der Arsch gesagt hat, nachdem er seine verdammten Fußangeln bekommen hat und ich ihm versprochen habe, mich um sein blödes Koks zu kümmern, damit ich endlich wieder meine Ruhe habe und mich um meinen eigenen Kram kümmern kann? Wissen Sie, was der Scheißkerl gesagt hat, bevor er ging?«

»Nein«, erwiderte Honkamäki.

»Quiek, quiek«, sagte Grislund.

»Du hast es nicht leicht, Grislund«, meinte Honkamäki grinsend.

»Stimmt«, pflichtete ihm Grislund bei. Wer sagt auch, dass wir Menschen es leicht haben sollen, dachte er.

»Hast du das sonst noch jemandem erzählt?«, fragte Honkamäki.

»Nein«, erwiderte Grislund und schüttelte den Kopf. Irgendwo hört der Spaß schließlich auf, dachte er.

»Ein kleines Vögelchen hat mir gezwitschert, dass du Besuch von Åkare bekommen hast«, sagte Honkamäki, und seine Stimme klang eher so, als würde er laut nachdenken.

»No way«, sagte Grislund. Das ist jetzt wirklich ein bisschen viel verlangt, dachte er.

»Das kriegen wir schon auf die Reihe«, meinte Honkamäki.

»Was geschieht mit den Fingerabdrücken?«, wollte Grislund wissen. »Ich meine, die auf dieser verdammten Plastiktüte mit Nasirs Koks sind?«

»Welche Fingerabdrücke?«, sagte Honkamäki. »Ich weiß nicht, wovon du sprichst.«

Grislund bat selbst darum, in U-Haft bleiben zu dürfen. Zumindest bis Montag, damit keine unnötigen Gerüchte aufkamen.

»Fühl dich wie zu Hause, Grislund«, meinte Honkamäki.

Dann rief er Toivonen an und erstattete Bericht.

»Was wollte der Kleine in Kopenhagen?«, sagte Toivonen. »Da sitzen doch die Hell's Angels in der Stadtverwaltung.«

»Ich habe mit den dänischen Kollegen gesprochen«, meinte Honkamäki. »Sie haben versprochen, nach ihm Ausschau zu halten. Wenn wir Glück haben, lebt er noch.«

Und wenn er es nicht tut, ist das auch nicht schlimm, dachte Toivonen.

56

Während Grislund Honkamäki sein Herz ausschüttete, kaufte Alm in Solna Centrum ein. Vor dem Systembolaget begegnete er einem sauren Rolle Stålhammar und erdreistete sich, ihm trotz dessen finsterer Miene eine einfache Frage zu stellen.

»Wie sieht's aus, Rolle?«, fragte Alm.

»Was glaubst du«, erwiderte Stålhammar.

»Seppo«, sagte Alm. »Seppo Laurén. Du weißt schon, der Bursche, der Kalle Danielsson gelegentlich geholfen hat«, verdeutlichte er.

»Einstein«, sagte Stålhammar.

»Einstein?« Was soll das, dachte Alm.

»Wir haben ihn immer so genannt«, meinte Stålhammar. »Nett und freundlich und etwas geistesabwesend und nicht so wie alle anderen. Kalle nahm ihn manchmal nach Solvalla mit, wenn er in Laune war. Er gab dann die Wetten für uns ab, und wir konnten in aller Ruhe unser Bier trinken.«

»Und wie ging das?«, fragte Alm.

»Ohne Probleme«, antwortete Stålhammar. »Es gab nie irgendwelche Probleme. Der Junge kann wahnsinnig gut rechnen, mit dem Reden ist es dann schon schwieriger.

Ich erinnere mich an einmal, das waren die Rennen am Tag vor dem Elitloppet. Da hatte Kalle Seppo auch wieder mitgeschleift. Er war damals noch nicht sonderlich alt. Vor einem Lauf ließ ich die Bemerkung fallen, der Ausgang sei in diesem Rennen gänzlich ungewiss. Jedes der Pferde könne gewinnen. Zehn Pferde, ein Favorit und einige Halbfavoriten. Hätten das Zwei- bis Fünffache des Einsatzes eingebracht. Für die anderen sieben Gäule hätte man mehr als das Zwanzigfache des

Einsatzes bekommen und für einen sogar mehr als das Hundertfache.«

»Na«, sagte Alm. Sturzbesoffen, dachte er.

»Der Junge war damals erst zehn, höchstens, und will von Kalle siebenhundert Kronen leihen. Kalle war guter Dinge und auch schon etwas betrunken. Er hatte beim Lauf davor mit einem Außenseiter gewonnen. Er drückt Seppo also tausend Kronen in die Hand. Seppo bittet mich, auf jedes der sieben Pferde, für die man mehr als das Zwanzigfache des Einsatzes bekommt, einhundertzweiundvierzig Kronen und sechsundachtzig Öre zu setzen. Er selbst ist schließlich noch zu jung, um spielen zu dürfen. Er reichte damals noch kaum einmal bis zum Wettschalter hinauf. Ich erklärte ihm, dass einzelne Kronen und Öre nicht zulässig seien.

›Setz halt hundertvierzig Kronen‹, sagte Seppo, was ich dann auch tat. Eines der sieben Pferde siegte. Es hieß Night Runner. Man bekam das Sechsundachtzigfache des Einsatzes zurück. Weißt du, was das Bürschchen gesagt hat?«

»Nein«, erwiderte Alm. Das ist doch jetzt vollkommen belanglos, dachte er.

»Gib mir meine zwölftausendvierzig Kronen«, sagte Stålhammar.

»Das verstehe ich jetzt nicht«, sagte Alm.

»Das liegt daran, dass du etwas dumm bist, Alm«, sagte Stålhammar. »Du warst immer etwas dumm. Seppo ist nicht dumm. Er ist anders. Er redet wie ein Spasti und sieht aus wie ein Spasti, aber dumm ist er nicht. Und wieso habe ich jetzt auf einmal Lust, dir eins in die Fresse zu hauen?«, sagte Stålhammar.

»Du glaubst also nicht, dass Kalle vielleicht seine Mutter gebumst hat?«, fragte Alm, der es angezeigt fand, das Thema zu wechseln.

»Was weiß ich?«, antwortete Stålhammar grinsend. »Wieso fragst du sie nicht selbst? Wenn Kalle sie gebumst hat, dann weiß sie das sicher noch.«

So ist das also, dachte Alm.

»Du glaubst nicht, dass Kalle der Vater von Seppo sein könnte?«

»Frag ihn doch selbst«, meinte Stålhammar, immer noch grinsend. »Ich meine nicht den Jungen, denn der sagt ja nicht viel, aber Bäckström und du könntet vielleicht Kalle vernehmen. Ihr könntet euch auch an so ein Medium wenden, wie sie manchmal im Fernsehen auftreten. So eine magische Alte, die Kontakt mit dem Jenseits aufnehmen kann. Fragt ruhig Kalle. Wenn ihr Glück habt, dann könnt ihr ihm auch noch eine Unterhaltsnachzahlung abknöpfen.«

So ist das also, dachte Alm, und ehe er sich noch für die Auskünfte bedanken konnte, hatte Stålhammar bereits kehrt gemacht und ihn stehen gelassen.

57

Montagfrüh erstattete Linda Martinez Toivonen Bericht über ihre Überwachung der Brüder Ibrahim und ihres Cousins Hassan Jalib.

Alles verliefe nach Plan und sogar noch besser, als sie zu hoffen gewagt hätten. Bereits drei der Fahrzeuge der Familie Ibrahim seien mit einem Sender ausgestattet. Sie hätten einen bislang unbekannten Mercedes aufgespürt, der offenbar von Hassan Jalib gefahren werde. Und wenn ihnen der falkenäugige Gott der Überwachung geneigt sei, dann würden sie im Laufe des Tages auch zwei ihrer Handynummern knacken.

»Sie sind dann in unterschiedliche Richtungen verschwunden. Jalib hat im Café Opera eine Eroberung gemacht und ist mit dem Taxi mit zu ihr gefahren. Sie wohnt außerhalb, in Flemingsberg. Farshad und Farbod Rashid haben das Café Opera wenig später verlassen und sind in ihr Haus in Sollentuna zurückgekehrt. Als Jalib vor dem Haus des Mädchens aus dem Taxi steigt, tätigt er einen Anruf mit seinem Handy. Wenige Sekunden später klingelt das Handy von Farshad. Dieser steht vor seinem Haus in Sollentuna. Die Jungs von der Handyüberwachung werten gerade die Daten von den Sendemasten aus. Da wir den exakten Zeitpunkt und die genaue Position der Handys kennen, könnte das klappen.«

»Klar klappt das«, sagte Toivonen. Im Krieg muss so was einfach klappen, dachte er.

»Sonst noch was?«, fragte er.

»Möglicherweise gibt es ein Problem«, meinte Linda Martinez. »Wenn du dir die Fotos anschaust, dann verstehst du, was ich meine«, sagte sie und reichte Toivonen eine Klarsichthülle mit Überwachungsfotos.

Ein kurzer Blick auf das oberste Foto genügte. Den kleinen Fettsack bring ich um, dachte Toivonen.

»Erzähl«, sagte er.

Farshad und Farbod Rashid hatten ihr Haus in Sollentuna gegen elf verlassen. Zwanzig Minuten später hatten sie Jalib in der Regeringsgatan in der City aufgelesen. Anschließend waren sie zu dritt zum Café Opera gefahren.

»Punkt halb zwölf verschwinden sie im Lokal«, sagte Linda Martinez. »Zwei von meinen Leuten heften sich an ihre Fersen. Im Lokal entdecken sie den Kollegen Bäckström mit einer Frau an der Bar. Die Brüder Ibrahim und Jalib stehen etwas abseits, und laut meinem Mann, das ist übrigens Frank Motoele, ist vollkommen klar, dass sie Bäckström beobachten. Motoele hat außerdem den Eindruck, dass zumindest Farshad versucht, Augenkontakt mit der Frau in Bäckströms Gesellschaft aufzunehmen. Nichts deutet jedoch auf einen Kontakt zwischen Bäckström und unseren drei Überwachungsobjekten hin. Bäckström scheint vollkommen von seiner Damenbekanntschaft absorbiert zu sein.«

Ein halbes Dutzend Fotos von Bäckström und seiner Begleiterin. Bedeutend mehr von den drei Überwachungsobjekten, zwei Fotos mit Bäckström und seiner Dame im Hintergrund und Farshad Ibrahim im Vordergrund, den Rücken zur Kamera.

Bäckström lehnt an der Bar. Er lächelt die schöne Frau an seiner Seite an und erzählt mit großen Gesten. Sie strahlt ihn an und scheint vollkommen von ihm fasziniert zu sein.

»Wissen wir, wer sie ist?«, fragte Toivonen.

»Ja«, antwortete Martinez. »Sandra Kovac war auch dabei und erkannte sie aus ihrer Zeit bei der Sicherheitspolizei sofort wieder. Sie heißt Tatiana Thorén, eigentlich Polin, schwedische Staatsangehörigkeit, inzwischen geschiedene Thorén. Lässt sich aushalten. Eine der teuersten Luxusprostituierten. Sie nimmt zwischen zehn- und zwanzigtausend pro Nacht. Sie wohnt in einer Wohnung in der Jungfrugatan in Östermalm. Dorthin nimmt sie ihre Kunden jedoch nur selten mit, meist gehen sie ins Hotel.«

»Und was ist dann passiert?«

»Wenig später verlassen Thorén und Bäckström das Café Opera. Sie nehmen sich ein Taxi und fahren zu Thorén, wo sie die Nacht verbringen. Bäckström verlässt ihre Wohnung erst gegen zehn am nächsten Vormittag. Wenige Minuten nachdem Bäckström und Thorén das Lokal verlassen haben, verlassen auch die Brüder Ibrahim das Café Opera. Sie fahren sofort nach Sollentuna, und zwar mit Farshads Wagen, dem schwarzen Lexus. Wie immer sitzt Farbod Rashid am Steuer. Sie unternehmen keinen Versuch, Bäckström zu verfolgen. Jalib geht eine halbe Stunde später. Er befindet sich jetzt in Gesellschaft einer jüngeren Frau. Sie fahren, wie bereits erwähnt, im Taxi zu ihr. Auch sie ist bereits identifiziert, Josefine Weber, dreiundzwanzig. Sie arbeitet in einem Jeansladen in der Drottninggatan. Unbelastet. Sie verbringt sehr viel Zeit in Nachtlokalen und umgibt sich mit Leuten wie Jalib. Wäre perfekt, wenn wir ihre Handynummer in Erfahrung bringen könnten. Das dürfte nicht allzu schwer sein.«

»Und wie deutest du diese Sache?«, fragte Toivonen.

»Sie fahren zum Café Opera, um einen Blick auf Bäckström zu werfen. Thorén hat Bäckström aufgerissen und hat ihnen gesagt, wo sie zu finden sind. Sieht mir ganz nach einem Anwerbungsversuch aus, und wenn du mich fragst, haben sie unseren sogenannten Kollegen Evert Bäckström auch schon halb rumgekriegt. Dass sie sich Bäckström ausgesucht haben, ist vermutlich auch kein Zufall, man muss nur an seinen Ruf denken.«

»Ich bin ganz deiner Meinung«, sagte Toivonen. Den kleinen Fettwanst mach ich kalt, dachte er.

58

Da Bäckström nicht im Mindesten ahnte, worüber gerade in Toivonens Dienstzimmer gesprochen wurde, erschien er ausgesprochen guter Dinge an seinem Arbeitsplatz. Überdies war er ungewöhnlich früh dran, weil er mit der Waffenkammer endlich einen Termin vereinbart hatte, um seine Dienstwaffe abzuholen. Eben jene Waffe, die ihm seine mächtigen Widersacher zu entwenden versucht hatten, um ihn so einfach wie möglich des Lebens berauben zu können.

Bäckström benutzte fast nie eine Dienstwaffe. Ein Mann mit so einer Supersalami wie er brauchte keine Penisverlängerung, und außerdem scheuerten Holster und Kolben fürchterlich, ganz egal, ob er die Waffe unter der linken Schulter oder in Gürtelhöhe trug. Seit die Nationale Einsatztruppe jedoch versucht hatte, ihn umzubringen, als sie ihn vor gut sechs Monaten überfallen hatten, ein sogenannter Einfall, hatte er diesbezüglich seine Auffassung geändert. Er hatte sich damals ins Reichstagsgebäude begeben, um ein Mitglied des Reichstags zu verhören, das in den Mord an Ministerpräsident Olof Palme verwickelt war, war aber stattdessen der versuchten Geiselnahme der Person, die er vernehmen wollte, bezichtigt worden.

Bäckström war ein Ritter ohne Furcht und Tadel, und es wäre ihm nicht im Traum eingefallen, eine Waffe in Schwedens Reichstag mitzuführen. Er hatte mit offenem Visier gekämpft, sein Gegner jedoch nicht. Als sie ihn mit Bomben und Granaten angegriffen hatten, hatte er sich nur mit seinen bloßen Händen verteidigen können.

Als er nach einiger Zeit das Krankenhaus in Huddinge hatte

verlassen können, hatte er sofort seine Dienstwaffe zurückverlangt. Seine listigen Gegner hatten sich den Umstand zunutze gemacht, dass er ans Krankenbett gefesselt gewesen war, und sie ihm entwendet. Er hatte außerdem einen Antrag gestellt, die Waffe auch in seiner Freizeit tragen zu dürfen, und diesen Antrag eloquent begründet.

Er hatte jedoch einen abschlägigen Bescheid erhalten, und zwar mit den seltsamsten formalen Begründungen. Seinem Arbeitgeber war nämlich aufgefallen, dass er sich der jährlichen Schießübung, die zum Tragen der Dienstwaffe berechtigte, nicht mehr unterzogen hatte, seit er vor drei Jahren seinen Posten bei der Reichsmordkommission verlassen hatte. Zuvor hatte er diese Übung allerdings immer pünktlich absolviert. Dass er stets seinen alten Freund und Kollegen Kriminalinspektor Rogersson vorgeschickt hatte, der dann alles Praktische für ihn erledigt hatte, ging seinen Arbeitgeber schließlich nichts an. Das betraf nur ihn und Rogersson, und was die sogenannten Kontrollen anging, damit konnten sie ihn mal.

Bäckström musste eine neue Schießprüfung ablegen. Bereits beim dritten Versuch bestand er mit Glanz, und zwar kurz vor seiner Versetzung zur Polizeidirektion West. Sein Arbeitgeber hatte trotzdem versucht, die Angelegenheit zu verschleppen, und erst als er sich mit Hilfe der Gewerkschaft beschwert hatte, hatte man nachgegeben. Der Bescheid, dass er jetzt wieder ein vollwertiger Polizeibeamter war, hatte ihn in der Vorwoche erreicht. Jetzt hatte er wieder das Recht, eine Waffe zu tragen und gegebenenfalls zu töten. Bäckström hatte keine Sekunde gezögert und unverzüglich einen Termin, zu dem ihm die Waffe ausgehändigt werden sollte, vereinbart.

Er hatte sich vorbereitet. Für sein eigenes Geld hatte er in einer Waffenhandlung ein sogenanntes Wadenhalfter gekauft, wie es sein amerikanischer Kollege Popeye im Filmklassiker »French Connection« trug. Anschließend hatte er bei seinem Schneider einen Sommeranzug aus Leinen abgeholt mit einem weiten Jackett und Hosen mit weiten Hosenbeinen. Shorts zu einem Wadenhalfter zu tragen, wäre kontraproduktiv gewesen. Und da man ihnen einen warmen und sonnigen Sommer in Aussicht gestellt hatte, wollte er auch nicht unnötig schwitzen.

In seinem erstklassig sitzenden gelben Leinenanzug, das Holster bereits unterhalb der linken Wade umgeschnallt, fand er sich um neun Uhr morgens im Waffenlager der Polizeidirektion West ein.

»Dienstwaffe, Sig Sauer neun Millimeter, Dienstholster, Standardmagazin für fünfzehn Schuss, eine Schachtel Patronen zu zwanzig«, sagte der Lagerverwalter und legte ihm die schönen Dinge auf den Tresen. »Hier unterschreiben«, sagte er und schob Bäckström ein Formular hin.

»Warte«, sagte Bäckström. »Zwanzig Patronen? Was soll der Unsinn?«

»Standardzuteilung«, sagte der Lagerverwalter. »Willst du mehr, brauche ich eine Genehmigung von der Polizeidirektorin.«

»Vergiss es«, erwiderte Bäckström. »Diesen Plunder kannst du behalten«, meinte er und gab das Holster zurück. Dann steckte er Pistole, Magazin und Munition in seine Jackentasche, weil er nicht preisgeben wollte, wo er seine Waffe zu tragen gedachte.

Dieser Bäckström wirkt wirklich vollkommen labil, dachte der Lagerverwalter und schaute dem gelben Leinenanzug hinterher. Kleider wie ein Mafiaboss trägt er auch. Vielleicht sollte ich die Jungs von der Einsatztruppe anrufen und warnen.

Nachdem er die Tür seines Büros hinter sich geschlossen hatte, nutzte Bäckström die Gelegenheit, um etwas zu üben. Er steckte seine Waffe in das Holster, schüttelte seine Leinenhose, sodass sie locker fiel, ließ sich auf das rechte Knie fallen, zog gleichzeitig das linke Hosenbein mit der linken Hand hoch, zog gleichzeitig mit der Rechten, zielte und drückte ab.

Suck on this, motherfucker, dachte Bäckström.

Übung macht den Meister, sagte er sich und machte das

Ganze noch einmal. Rasch runter aufs Knie, sein verwirrter Gegner trifft daneben, er schießt über seinen Kopf hinweg, Bäckström zieht seine Waffe, zielt sorgfältig und verzieht den Mund zu einem ironischen Lächeln.

»*Come on punk! Make my day, Toivonen*«, zischte Bäckström.

»Meine Güte, kannst du einem Angst einjagen«, sagte Nadja Högberg, die gerade mit einem Berg Aktenmappen in sein Büro trat.

»Ich übe nur ein wenig«, meinte Bäckström und lächelte männlich. »Womit kann ich dir dienen, Nadja?«, fragte er.

»Hier sind die Papiere, die du haben wolltest«, sagte Nadja und legte die Unterlagen auf seinen Schreibtisch. »Alles Wissenswerte über die Brüder Ibrahim und ihren Cousin Hassan Jalib. Dann habe ich versprochen, dich daran zu erinnern, dass in einer Viertelstunde eine Besprechung mit dem Team stattfindet.«

»*Yes*«, sagte Bäckström, legte seinen linken Fuß auf den Schreibtisch und schob seine Waffe in ihren Holster.

Nadja schüttelte erst den Kopf, als sie die Tür wieder hinter sich geschlossen hatte. Die reinsten Kinder, dachte sie.

Bevor Bäckström zu der Besprechung ging, lud er noch das Magazin. Fünfzehn Patronen und eine im Lauf. Die restlichen vier Patronen steckte er für alle Fälle in die Hosentasche. Sobald er an einer Waffenhandlung vorbeikam, wollte er sich noch eine ordentliche Schachtel kaufen.

Als er an Toivonens geschlossener Tür vorbeiging, musste er sich sehr zusammennehmen, sie nicht aufzureißen und eine Salve in die Decke des verdammten Fuchses abzufeuern. Ein Kopfschuss wäre etwas übertrieben gewesen, aber ein paar Schüsse in die Decke, damit sich der blöde Finne zumindest in die Hosen machte. Das hat er redlich verdient, dachte Bäckström.

59

»Willkommen«, sagte Bäckström und musterte seine Mannschaft, lächelte sein herzlichstes Lächeln und nahm dann an der Schmalseite des Tisches Platz.

Er war immer noch glänzender Laune und immer noch bewaffnet. Heimlich bewaffnet, dachte Bäckström, da keiner seiner bescheuerten Kollegen ahnen konnte, was er unter seinen erstklassig sitzenden gelben Hosen trug.

»Ich dachte, wir fangen vielleicht mit einem Brainstorming an«, meinte Bäckström. Damit nicht gleich alles zum Teufel ging, gab er ihnen auch gleich einen kleinen Fingerzeig, auf dem sie herumkauen konnten.

»Der Zusammenhang«, fuhr Bäckström fort, »besteht ein Zusammenhang zwischen dem Mord an Karl Danielsson und dem an Septimus Akofeli?«

»Natürlich«, antwortete Nadja Högberg. »Der Mord an Karl Danielsson hat zumindest zu dem Mord an Akofeli geführt.«

Ankan nickte zustimmend, die Dunkelhäutige und der Folkloretänzer auch. Der Holzkopf in der Versammlung wiegte diesen nur skeptisch hin und her.

»Du scheinst zu zögern, Alm«, sagte Bäckström. »Ich bin ganz Ohr.«

Alm hatte es schwer gehabt mit Seppo Laurén. Zum einen hatte er schließlich eingeräumt, Danielsson mindestens zweimal misshandelt zu haben, zum anderen war da noch ihr gemeinsamer Hintergrund und die Brutalität, mit der Danielsson ermordet worden war.

»Der Täter hat ihn regelrecht kaputtgeschlagen«, sagte Alm.

»Er hat beinahe versucht, ihn auszulöschen. Ich finde, das passt zu Seppo, insbesondere, wenn er sich in den Kopf gesetzt haben sollte, dass Danielsson den Krankenhausaufenthalt seiner Mutter verschuldet hat. Typischer Vatermord, wenn ihr mich fragt.«

»Und weiter?«, fragte Bäckström und lächelte listig. »Was ist dann passiert?« Für einen Specht stellt Alm vermutlich ein Festmahl dar, dachte er.

»Die einfachste Erklärung erscheint mir am plausibelsten«, meinte Alm. »Akofeli schnüffelt in Danielssons Wohnung herum, findet die Tasche mit dem Geld, nimmt sie mit nach Hause und wird ermordet. Ihr wollt jetzt vielleicht wissen, wer ihn ermordet hat?«

»Ja, in der Tat«, meinte Bäckström mit einem jovialen Grinsen. »Wer hat ihn ermordet?« Sobald der Holzkopf den Mund aufmacht, stehen wir vor den wahren Herausforderungen, dachte er.

»Ich finde, wir sollten die Sache nicht unnötig verkomplizieren«, meinte Alm. »Die einfachste Erklärung lautet, wenn ihr mich fragt, dass es irgendein Komplize war. Schließlich wimmelt es dort, wo er wohnte, von Schwerkriminellen. Dafür sprechen auch die Anrufe, die er getätigt hat. Sie treffen sich in Akofelis Wohnung, um die Beute zu teilen. Es kommt zum Streit, zu Handgreiflichkeiten, Akofeli wird ermordet, der Mörder schafft die Leiche weg.«

»So, so«, meinte Bäckström. Ankan, die Dunkelhäutige und das traurige Inzestopfer aus Dalarna wirkten eher skeptisch, Nadja Högberg verdrehte die Augen und stöhnte sicherheitshalber auch noch laut. »Du scheinst nicht ganz überzeugt zu sein, Nadja?« Die Russin wird ihm noch seinen ganzen Holzkopf abhobeln, dachte Bäckström.

»Ich habe eher den Eindruck, dass Akofeli überrumpelt und von hinten erdrosselt wurde«, meinte Nadja. »Außerdem kann Seppo Laurén Danielsson gar nicht ermordet haben, schließlich besitzt er ein Alibi. Während der Mord begangen wird, ist er in Computerspiele vertieft. Seppo Laurén hat also ein sogenanntes Alibi. Das ist Latein und bedeutet ›anderswo‹, das heißt, Seppo Laurén sitzt vor seinem Computer in seiner Wohnung ganz oben im Haus. Er befindet sich also nicht in Danielssons Wohnung im ersten Stock im selben Haus.«

»Ein sogenanntes Alibi, auf das ich nicht sonderlich viel gebe«, meinte Alm. »Woher wollen wir wissen, dass er wirklich dort saß? Wir wissen doch nur, dass irgendjemand an seinem Computer gesessen hat, und nicht, dass es auch wirklich Laurén war.«

»Wer hätte es sonst sein sollen?«, wollte Nadja wissen. Kollege Alm muss ein vollkommener Idiot sein, und das ist selbst in diesem Haus relativ selten, dachte sie.

»Jeder x-Beliebige, den er kennt«, meinte Alm. »Er hat die Tat geplant, ein Freund verschafft ihm sein Alibi, nicht auszuschließen, dass ihm Akofeli geholfen hat. Schließlich räumt Laurén sogar ein, Akofeli zu kennen.«

»Er hat mit ihm einmal gesprochen, als Akofeli seine Zeitungen austrug«, fiel ihm Nadja ins Wort.

»Das behauptet er, ja«, sagte Alm. »Wenn wir den finden, der an Lauréns Computer saß, dann haben wir auch dieses Problem gelöst.«

»Ich werde jetzt einen ernsthaften Versuch unternehmen«, sagte Nadja Högberg und atmete tief durch, um Kraft zu sammeln.

»Ich bin ganz Ohr«, sagte Bäckström. Jetzt fällt der Specht über ihn her, dachte er.

»Der Einzige, der an Seppos Computer gesessen haben kann, ist er selbst. Es ist vollkommen ausgeschlossen, dass außer ihm jemand anders dort gesessen hat.«

»Weshalb glaubst du das, Nadja?«, fragte Bäckström.

»Weil Seppo einzigartig ist«, antwortete Nadja. »Vermutlich gibt es nur einen Menschen wie ihn.«

Was soll das jetzt wieder?, dachte Bäckström. Der Bursche ist doch geistig zurückgeblieben.

»In der fraglichen Nacht hat er Sudokus gelöst, ihr wisst schon, solche japanischen Zahlenrätsel, wie es sie in den Zeitungen gibt, mit dem Unterschied, dass die seinigen am Computer dreidimensional waren, also ungefähr wie dieser Zauberwürfel. Aus der Einloggliste weiß ich, welche Probleme er gelöst hat und wie er dabei vorgegangen ist. Er löst sie auf eine Art und in einer solchen Geschwindigkeit, dass er über eine einzigartige Intelligenz verfügen muss. Vermutlich gibt es nur einen einzigen Seppo auf der ganzen Welt.«

»Aber der arme Junge ist doch ein Dummkopf«, meinte Alm.

»Nein«, erwiderte Nadja. »Ich bin zwar keine Ärztin, aber ich vermute, dass er an einer bestimmten Variante des Autismus leidet, die sich dadurch auszeichnet, dass er mit der Sprache sehr sparsam umgeht. Wir finden, dass er wie ein Kind spricht, aber eigentlich sagt er einfach nur das Nötigste. Ungefähr so, wie kleine Kinder sprechen, ehe ihnen ihre Eltern eine Menge unnötiger Wörter beibringen und sie an Ironie, Sarkasmus und ganz normale Lügen gewöhnen.«

»Der Knabe ist also ein Genie?« Was behauptet sie denn da schon wieder?, dachte Bäckström.

»Ganz sicher ist er ein Mathegenie«, erwiderte Nadja. »Sozial gehandicapt? Gewiss, wenn wir unsere Maßstäbe anlegen. Als er Danielsson zum ersten Mal eins aufs Maul gegeben hat, verteidigt er sich damit, Danielsson habe seine Mutter gestoßen. Beim zweiten Mal ist er erzürnt, weil seine Mutter nicht mit ihm sprechen will. Das lässt sich doch wohl kaum besser ausdrücken? Als er Danielsson nach dem ersten Mal in den Fahrstuhl hilft, sagt er, Danielsson hätte den Lift genommen und sei nach Hause gefahren. Er sagt nicht, Danielsson hätte auf den Knopf gedrückt und sei in den ersten Stock gefahren, wo er wohnt, um dann seine Wohnung zu betreten und die Tür hinter sich zu schließen. All das, was normale Menschen gesagt hätten, ohne eigentlich Genaueres zu wissen. Lies dein eigenes Verhörprotokoll, Lars«, sagte Nadja.

»Bist du dir ganz sicher, Nadja, bei dem, was du da behauptest?«, fragte Annika Carlsson.

»Hundertprozentig«, sagte Nadja. »Heute morgen habe ich ihm ein dreidimensionales Sudoku gemailt, an dem ich selbst jetzt schon seit drei Wochen sitze. Ich bekam es postwendend zurück. Er erklärte mir außerdem noch, wie ich es lösen könne. Und zwar in der ihm eigenen Kindersprache.«

»Okay«, sagte Bäckström. »Ich glaube nicht, dass wir noch viel weiter kommen. Außerdem gibt es noch einiges zu tun.«

»Ich höre«, sagte Annika Carlsson und beugte sich über ihren Notizblock.

»Wir müssen wohl noch eine dritte Runde am Hasselstigen drehen, ein paar gute Fotos der Brüder Ibrahim und von Hassan Jalib mitnehmen und die Nachbarn befragen, ob sie sie dort gesehen haben«, sagte Bäckström. »Besonders interessant wäre natürlich, ob sie zusammen mit Karl Danielsson gesehen worden sind.«

»Du glaubst an einen Zusammenhang zwischen den beiden Morden und Toivonens Ermittlung?«, fragte Annika Carlsson.

»Ich weiß nicht recht«, erwiderte Bäckström. »Toivonen scheint daran zu glauben, und da ich seit jeher ein netter und kooperativer Kollege bin, dachte ich, dass wir dieser Sache einmal nachgehen sollten.«

»Dann machen wir das«, sagte Annika Carlsson und stand abrupt auf.

»Ich wollte mich persönlich daran beteiligen«, meinte Bäckström, der seit einigen Stunden eine tödliche Waffe an seiner linken Wade trug und sich nach dem Dschungel vor den Toren der Wache sehnte.

»Darf ich mich setzen?«, fragte Nadja, als sie nur zwei Minuten nach der Besprechung Bäckströms Büro betrat.

»Natürlich, Nadja«, sagte Bäckström und schenkte ihr sein jovialstes Lächeln. »Du sollst wissen, dass dir meine Tür immer offen steht.« Ich frage mich, was aus dem Wodka geworden ist, den sie mir besorgen wollte?, dachte er.

»Womit kann ich dir helfen?«, fuhr er fort.

»Damit«, sagte Nadja und hielt Karl Danielssons schwarzen Taschenkalender in die Höhe.

»Ich dachte, dieses Problem hätten wir bereits gelöst?«, erwiderte Bäckström.

»Ich bin mir da nicht mehr so sicher«, meinte Nadja.

»Erzähl«, sagte Bäckström und nahm seine Lieblingsstellung ein und legte sicherheitshalber noch sein Bein auf den Schreibtisch, damit seine Besucherin immerhin die Mündung der kleinen Sigge sehen konnte.

»Irgendwas stimmt da nicht«, sagte Nadja.

»Hinsichtlich deiner Berechnungen über die Beträge, die er ihnen ausgehändigt hat?«, fragte Bäckström.

»Nein«, antwortete Nadja. »Das passt weitgehend, vorausgesetzt, unsere Vermutungen stimmen, und ich bin immer noch davon überzeugt, dass es um Geld geht.«

»Ich bin ganz Ohr«, sagte Bäckström.

»Der psychologische Aspekt entspricht nicht meinem Bild von Danielsson«, meinte Nadja. »Wenn es sich wirklich so verhält, dass er jede Woche Geld an Farshad Ibrahim, Farbod Rashid Ibrahim und Hassan Jalib ausbezahlt hat, sprich die Kürzel FI, FR, und HJ, dann begreife ich nicht, warum er das Risiko eingegangen sein soll, darüber in seinem eigenen Taschenkalender Buch zu führen.«

»Vielleicht wollte er Leuten wie dir einen Anhaltspunkt geben, falls ihm etwas zustößt«, sagte Bäckström, »eine Art Rückversicherung.«

»Der Gedanke hat mich auch schon gestreift«, sagte Nadja. »Aber warum führt er dann nicht die richtigen Summen auf, sondern schreibt, dass Farshad einmal zehnmal so viel bekommt wie Hassan, einmal sogar mehr als zwanzigmal so viel, und dass Farbod viermal so viel bekommt wie Hassan?«

»Das ist doch recht natürlich. Schließlich ist Farshad ihr Anführer, Farbod ist sein jüngerer Bruder, und Hassan ist nur der kleine Cousin vom Land, der auch noch dabei sein darf.«

»Alle scheinen der Überzeugung zu sein, das Geld stamme von dem Raubüberfall in Akalla vor neun Jahren, als fast das ganze Depot der Geldtransportfirma zerstört wurde«, meinte Nadja. »Farshad leitet die Aktion, Hassan macht die Drecksarbeit und fährt den Gabelstapler durch die Mauer, der kleine Bruder Farbod packt das Geld in die Säcke. Ich kann mir vorstellen, dass Farshad am meisten bekam, aber es wäre doch einleuchtender gewesen, wenn Ben Kader einen größeren Teil der Beute Hassan Tamal gibt als Farbod Rashid Ibrahim?«

»Vielleicht haben sie ja bei ihrem Bankier Danielsson nicht gleich viel eingezahlt?«, meinte Bäckström und lächelte sie listig an.

»Kann schon sein«, sagte Nadja und zuckte mit den Achseln. »Eine andere Möglichkeit wäre aber, dass wir trotz Toivonen und seinen vielen Tipps alles missverstanden haben.«

»Wie meinst du das?«

»Dass die Kürzel FI, FR und HJ etwas ganz anderes bedeuten, dass sie für andere Personen stehen oder vielleicht nicht einmal für Personen, sondern für etwas ganz anderes«, meinte Nadja und zuckte sicherheitshalber ein weiteres Mal mit den Achseln.

»Aber man kann Geld doch wohl nur an Personen geben«, wandte Bäckström ein. »Du sagst doch selbst, dass du überzeugt bist, dass es um Geld geht, und die Kürzel stimmen mit ihren Namen überein. Außerdem handelt es sich nicht um sonderlich gebräuchliche Namen. Ich glaube, du zerbrichst dir umsonst den Kopf.«

»Vielleicht irre ich mich ja«, meinte Nadja und erhob sich.

»Wir werden der Sache schon noch auf den Grund kommen«, meinte Bäckström und nickte Nadja zuversichtlich zu. Offenbar schien seine einzige Mitarbeiterin, die diesen Namen verdient hatte, jetzt auch ins Wanken zu geraten.

»Davon bin ich vollkommen überzeugt«, erwiderte Nadja.

60

Bevor er das Fort verließ, blätterte Bäckström noch den enormen Papierstapel durch, den Nadja ihm gegeben hatte.

Wohl kaum ein Chorknabe, dachte Bäckström, als er die Lektüre beendet hatte.

Farshad Ibrahim war siebenunddreißig Jahre alt und im Alter von vier Jahren nach Schweden gekommen, zusammen mit Vater, Mutter, zwei älteren Schwestern und einer alten Großmutter. Insgesamt sechs Personen, alles politische Flüchtlinge aus dem Iran.

In Schweden war die Familie noch um Farshads zwei jüngere Brüder angewachsen, um Farbod, zweiunddreißig, und seinen jüngsten Bruder Nasir, fünfundzwanzig. Die Großmutter war bereits ein Jahr nach ihrem Eintreffen in Schweden verstorben. Die beiden älteren Schwestern waren verheiratet und hatten die Familie verlassen. In dem großen Einfamilienhaus in Sollentuna wohnten also noch fünf Personen. Die drei Brüder Ibrahim und ihre Eltern. Das eigentliche Familienoberhaupt war Farshad, da sein Vater drei Jahre zuvor einen schweren Schlaganfall erlitten hatte.

Aus moralischer Sicht war er ein höchst bedenkliches Oberhaupt. In dem Jahr, als er fünfzehn Jahre alt geworden war, hatte Farshad einen gleichaltrigen Mitschüler erstochen. Er war wegen Totschlags verurteilt und unter Aufsicht des Jugendamtes gestellt worden. Das schien sein Leben aber nicht in positiver Richtung beeinflusst zu haben. Möglicherweise war er verschlagener geworden, denn es waren zehn Jahre verstrichen, bis er zum ersten Mal zu einer Gefängnisstrafe verurteilt worden war. Vier Jahre für schweren Raubüberfall, und den Hauptteil der Strafe hatte er also in derselben Strafvollzugsanstalt für Schwerstkriminelle abgesessen wie der eifrigste Informant Kommissar Toivonens.

Einige Monate vor seiner Entlassung war er in eine normale Haftanstalt verlegt worden, um ihn auf das bevorstehende Leben außerhalb der Gefängnismauern vorzubereiten. Auch das war mehr oder minder missglückt.

Nach einer Woche war einer von Farshads Mitinsassen mit einer Wäscheleine erdrosselt in der Wäscherei aufgefunden worden. Alles hatte auf Farshad als Täter gedeutet, der sich einen schwulen Informanten vom Hals hatte schaffen wollen, die Tat war ihm aber nicht nachzuweisen gewesen, und Farshad selbst hatte nur geschwiegen.

Wieder in Freiheit war er umgehend des großen Raubüberfalls auf das Depot der Geldtransportfirma in Akalla verdächtigt worden. Er hatte drei Monate in Untersuchungshaft verbracht und geschwiegen und war dann in Ermangelung von Beweisen auf freien Fuß gesetzt worden. Farshad war mittlerweile ein Mann mit einem Ruf. Er war Nachfolger Ben Kaders, obwohl dieser Marokkaner war und er selbst aus dem Iran stammte. Er war Moslem und rührte keinen Tropfen Alkohol und keine Drogen an. Er hatte keine zufälligen Frauenbekanntschaften, es gab überhaupt keine Frauen in seinem Leben, wenn man von seiner Mutter und seinen zwei Schwestern absah. Vor allem war er weder durch Falschparken, Geschwindigkeitsübertretungen noch Schlägereien aufgefallen. Er war lebensgefährlich, schweigsam, und er schien nur drei Menschen zu vertrauen, seinen zwei jüngeren Brüdern Farbod und Nasir sowie seinem Cousin Hassan Jalib.

Die zwei jüngeren Brüder waren, ihren Vorstrafen nach zu urteilen, in die Fußstapfen Farshads getreten oder hatten es zumindest versucht, ohne dass es ihnen so recht geglückt wäre. In den Augen der Gesellschaft war vor allem Nasir das schwarze Schaf der Familie, da er bereits im Alter von vierundzwanzig Jahren vier Gefängnisstrafen von insgesamt vier Jahren verbüßt hatte. Körperverletzung, Vergewaltigung und Raubüberfall. Laut Angaben im Fahndungsregister beschäftigte er sich rege mit Sex und Drogen, die Spielarten waren mannigfaltig. Alkohol konsumierte er jedoch nicht. Er war in jeder Hinsicht ein rechtgläubiger Moslem und kein normaler Schwede, der soff und dann allen gegenüber, die sich die Zeit nahmen zuzuhören, plauderte.

Er hatte im Laufe der Jahre über hundert polizeiliche Vernehmungen über sich ergehen lassen. Anfangs waren noch seine Mutter und eine Vertreterin des Jugendamts zugegen gewesen. Nasir hatte geschwiegen.

»Ich heiße Nasir Ibrahim«, hatte Nasir gesagt und seine Personenkennziffer heruntergebetet. »Ich habe dem nichts hinzuzufügen.«

»Du bist genau wie dein großer Bruder Farshad«, hatte einer der vielen Beamten festgestellt. »Lassen wir uns doch genau da beginnen und uns etwas über deinen ältesten Bruder Farshad Ibrahim sprechen. Er ist ja bekannt dafür, anderen Menschen mit Respekt zu begegnen.«

»Ich heiße Nasir Ibrahim, dreiundachtzig null zwei null sechs … Sie sprechen von meinem ältesten Bruder. Ich erwarte Respekt, wenn Sie von ihm reden.«

»Sicher doch«, antwortete der Beamte.

Mehr hatte er nie gesagt, wenn er sich in der Gesellschaft von Polizisten befand. In der Kneipe konnte es schon mal anders sein. In den Akten fanden sich Überwachungsfotos und Gespräche, die mitgehört und mitgeschnitten worden waren. Immer wieder hatten auch Leute widerwillig ausgesagt. Auch, dass Farshad einige Male gezwungen gewesen war, seinen Bruder wie im Alten Testament zu züchtigen, obwohl beide Moslems waren.

Hassan Jalib war der Vetter vom Lande, sowohl im übertragenen Sinne als auch buchstäblich. Er war einige Jahre nach den Ibrahims mit seiner Familie nach Schweden gekommen und hatte die erste Zeit im Haus der Verwandtschaft in Sollentuna verbracht. Er war sechsunddreißig Jahre alt, dreiunddreißig davon hatte er in Schweden verbracht. Vorstrafen wegen Totschlags, Körperverletzung, Raubüberfällen, Nötigung und Erpressung. Er war des Mordes und mehrerer schwerer Raubüberfälle verdächtigt worden, dann eines weiteren Mordes sowie eines Mordversuchs. Er war zu drei Gefängnisstrafen von insgesamt zehn Jahren verurteilt worden, von denen er acht abgesessen hatte. Er war Farshads Leibwächter, Killer und Mädchen für alles. Mit seinen zwei Metern Körpergröße, einhundertdreißig Kilo Körpergewicht, rasiertem Schädel, Dreitagebart, braunen, tiefliegenden Augen und einem Unterkiefer, der ständig in Bewegung war, als würde er etwas kauen, war er eine furchteinflößende Gestalt.

So einem Typen sollte man mal mit meiner kleinen Sigge einen neuen Scheitel ziehen, dachte Bäckström. Er stand abrupt auf und zog seine gut geschnittenen, gelben Leinenhosen glatt.

»Come on punks, come on all of you, make my day«, sagte Kriminalkommissar Evert Bäckström halblaut.

61

Befragung der Nachbarn. Hasselstigen 1, drittes Stockwerk. Jetzt ging es um Farshad Ibrahim, Farbod Rashid Ibrahim, Hassan Jalib und ihre eventuellen Kontakte zu Karl Danielsson. Man verfügte über gute Fotos, eigene, eben erst aufgenommene Überwachungsfotos, im Namen der Gerechtigkeit ergänzt um einige ähnliche Gestalten, die keinesfalls mit der Sache zu tun hatten, weil sie die getreuen Mitarbeiter von Linda Martinez waren, allerdings nur die dunkelhäutige Variante, keine braunen, schwarzen oder blauen, und das, obwohl Frank Motoele seine Dienste angeboten hatte, als er seiner Chefin dabei behilflich gewesen war, das Material für die fotografische Gegenüberstellung zusammenzustellen.

Seppo Laurén hatte nichts gesehen, obwohl Alm versuchte, ihm auf die Sprünge zu helfen.

»Die habe ich noch nie gesehen«, sagte Seppo und schüttelte den Kopf.

»Schauen Sie sie sich sicherheitshalber noch einmal an«, drängte ihn Alm. »Die Leute, für die wir uns interessieren, sind also Ausländer, Einwanderer, wenn man so will.«

»Ich verstehe nicht, was Sie meinen«, sagte Seppo und schüttelte den Kopf.

Ein richtiges kleines Genie, dachte Alm, seufzte und packte seine Fotos wieder ein.

»Aber da sind doch nur Ausländer oder meinetwegen Einwanderer, wie man heute sagt, auf den Fotos«, stellte Frau Stina Holmberg fest.

»Aber Sie erkennen keinen wieder, Frau Holmberg?«, fragte Jan O. Stigson.

»Hier in Solna wohnen ja fast nur noch Einwanderer«, erwiderte Frau Holmberg und nickte Felicia Pettersson freundlich zu.

»Was auch immer das mit der Sache zu tun haben könnte«, meinte sie dann.

Die meisten Nachbarn erkannten niemanden wieder.

Ein irakischer Einwanderer, der im dritten Stock wohnte und in der U-Bahn die Fahrscheine verkaufte, machte den Beamten allerdings ein Kompliment für ihre gute Arbeit.

»Ich glaube, Sie sind auf der richtigen Spur«, sagte er zu Annika Carlsson.

»Warum das?«, fragte Carlsson.

»Iraner, das sieht man doch ganz deutlich«, meinte der Fahrscheinverkäufer verächtlich. »Die sind vollkommen verrückt und zu allem fähig.«

Bäckström schloss sich ihnen relativ spät an und erst nach einem vorbereitenden Gespräch mit der Kollegin Carlsson.

»Ich glaube, es ist das Einfachste, wenn wir beide mit dieser Frau Andersson sprechen«, meinte Bäckström. »Ich meine, mit Rücksicht auf den jungen Stigson.«

»Ich verstehe genau, was du meinst«, stimmte ihm Annika Carlsson zu.

Eigentlich hatte Bäckström jedoch gar nicht an den Kollegen Stigson gedacht. Er hatte seine eigene Agenda. Nach der Begegnung mit Tatiana Thorén, die sich sicher in die Länge ziehen würde, da sie offenbar ganz verrückt nach ihm war, war es höchste Zeit für einige vergleichende Studien, damit er nicht später Probleme bekam.

Die Weiber werden schließlich ganz schön schlaff mit den Jahren, dachte Bäckström.

Frau Britt-Marie Andersson lieferte ihnen einen Goldklumpen oder genauer gesagt zwei.

Ihr BH muss aus Stahl sein, dachte Bäckström eine halbe Stunde später, als er zusammen mit der Kollegin Carlsson auf Britt-Marie Anderssons Sofa saß und ihr die Fotos zeigte. Obwohl ihre mutmaßliche Zeugin über dieselbe imponierende Üppigkeit wie die nur halb so alte Tatiana verfügte, hatte ihr die Schwerkraft noch nichts anhaben können.

Wie macht sie es nur, wenn sie sie in die Freiheit entlässt?, überlegte Bäckström. Legt sie sich vorher auf den Rücken?

»Den hier erkenne ich wieder«, sagte Frau Andersson aufgeregt und deutete auf ein Foto von Farshad Ibrahim. Sicherheitshalber beugte sie sich zu Bäckström vor und deutete mit einem roten Fingernagel.

Unbegreiflich, dachte Bäckström und versuchte seinen Blick loszureißen und auf ihren Finger zu schauen.

»Sind Sie sich auch ganz sicher?«, fragte Annika Carlsson.

»Vollkommen sicher«, erwiderte Frau Andersson und nickte Bäckström zu.

»Wann haben Sie ihn zuletzt gesehen?«, fragte Bäckström.

»Das war an dem Tag, an dem Danielsson ermordet wurde«, sagte Frau Andersson. »Es muss am Vormittag gewesen sein, als ich mit Puttegubbe Gassi ging. Sie standen auf der Straße und unterhielten sich. Direkt vor unserer Haustür.«

»Ganz sicher?«, wiederholte Annika Carlsson und tauschte einen Blick des Einverständnisses mit Bäckström aus, der sich endlich wieder in der Gewalt hatte und sicherheitshalber im Sofa zurücklehnte.

»Den hier auch«, sagte Frau Andersson und legte den Finger auf Hassan Jalib. »Ist das nicht so ein Riese?«

»Zwei Meter«, bestätigte Bäckström.

»Dann ist er das. Er lehnte auf der anderen Straßenseite an einem Auto und betrachtete Danielsson und diesen anderen, mit dem sich Danielsson unterhielt.«

»Haben Sie gesehen, was für ein Auto es war?«, fragte Carlsson.

»Es war schwarz, da bin ich mir ganz sicher. So was Teures, Tiefergelegtes. Ein Mercedes, vielleicht auch ein BMW.«

»Könnte es ein Lexus gewesen sein?«, fragte Carlsson.

»Ich weiß nicht«, sagte Frau Andersson. »Ich kenne mich mit Autos nicht aus. Ich habe zwar einen Führerschein, aber ich besitze schon seit Jahren kein Auto mehr.«

»Aber Sie erinnern sich an den großen Mann, der dort stand?«, fragte Bäckström.

»Da bin ich mir ganz sicher«, sagte Frau Andersson. »Er stand schließlich da und glotzte mich an, um es ganz klar zu sagen. Als ich ihn zufälligerweise anschaute … da machte er so eine Miene, also mit der Zunge«, verdeutlichte Frau Andersson und errötete.

»War das eine Miene, mit der er etwas Unanständiges andeuten wollte?«, fragte die zuvorkommende Annika Carlsson. »Gewissermaßen wie eine obszöne Geste?«

»Ja«, sagte Frau Andersson und holte tief Luft. »Das war wirklich alles andere als erfreulich. Ich ging daraufhin sofort ins Haus.«

Donnerwetter, dachte Bäckström. Die Alte muss ein gutes Gedächtnis haben.

»Aber Sie haben keine Anzeige erstattet?«, fragte Carlsson.

»Anzeige? Weswegen denn? Der Sache mit der Zunge wegen?«

»Wegen sexueller Belästigung«, erläuterte Annika Carlsson.

»Nein«, sagte Britt-Marie Andersson. »Wenn das, was in den Zeitungen steht, stimmt, ist das auch vollkommen unsinnig.«

Jetzt reicht's, dachte Bäckström.

»Dann möchten wir uns ganz herzlich für Ihre Hilfe bedanken, Frau Andersson«, sagte er.

»Darüber brauchst du dir nicht weiter den Kopf zu zerbrechen, Nadja«, sagte Bäckström, als er sich eine halbe Stunde später wieder in seinem Büro befand. »Ich meine, über diese Sache mit dem Taschenkalender. Wir haben eine Zeugin, die Farshad und Jalib zusammen mit Danielsson vor seinem Haus gesehen hat, und zwar am Vormittag des Tages, an dem er ermordet wurde.«

»Ich nehme das zur Kenntnis, Bäckström«, sagte Nadja Högberg.

Vielleicht lässt ihre Scharfsinnigkeit manchmal nach, dachte Bäckström und zog sicherheitshalber seine Hosen glatt.

61

Ehe er Feierabend machte, schaute Bäckström noch bei Toivonen vorbei und informierte ihn über die Beobachtungen der Zeugin Andersson. So ein armer, versoffener Finne kann jede erdenkliche Hilfe gebrauchen, dachte Bäckström. Außerdem fühlte er sich immer noch für ihn verantwortlich, schließlich war er einmal sein Ausbilder gewesen.

Toivonen wirkte seltsam desinteressiert.

»Schnee von gestern«, sagte Toivonen, »aber trotzdem danke.«

»Sag Bescheid, wenn du Hilfe brauchst«, meinte Bäckström und lächelte, die joviale Variante. »Ich habe beim Mittagessen gehört, dass ihr jetzt mit hundert Leuten an dem Fall arbeitet, aber trotzdem nicht weiterkommt.«

»Die Leute reden so viel Unsinn«, erwiderte Toivonen. »Wir kommen schon klar, du brauchst dir also über die Brüder Ibrahim und ihren kleinen Vetter nicht den Kopf zu zerbrechen. Wie läuft's übrigens bei euch?«

»Gib mir noch eine Woche«, sagte Bäckström.

»Bin schon gespannt«, erwiderte Toivonen. »Wer weiß? Vielleicht bekommst du ja einen Orden, Bäckström.«

Würde zu gerne wissen, was er eigentlich wollte, der kleine Fettsack, dachte Toivonen, als Bäckström gegangen war. Ich muss mal ein paar Worte mit Linda Martinez wechseln.

Gibt man so einem verdammten Finnen den kleinen Finger, dann nimmt er gleich die ganze Hand, dachte Bäckström, als er Toivonens Büro verließ. Das hatte er diesmal verhindert. Ich würde allerdings zu gern wissen, was er eigentlich so treibt, dachte er.

Toivonens Informanten und Bäckströms Zeugin im Hasselstigen 1 zum Trotz ließ Danielssons Taschenkalender Nadja Högberg keine Ruhe. Außerdem war ihr eine Idee gekommen.

Man gibt nicht nur Personen Geld, dachte Nadja. Man bezahlt auch für Waren und Dienstleistungen, und fast immer, ohne daran zu denken, wer sie produziert oder ausgeführt hat.

Ein Versuch kann nicht schaden, dachte Nadja und klopfte sicherheitshalber bei Bäckström, der vielleicht immer noch Räuber und Gendarm mit sich selbst spielte, an. Das Büro war leer und sein Handy wie immer abgestellt.

Dann muss ich halt morgen früh mit ihm reden, dachte Nadja. Und zwar als Erstes.

Es sollte jedoch eine Woche vergehen, bis sie die Möglichkeit erhielt, mit ihm zu sprechen. Am selben Abend ereigneten sich nämlich Dinge bei Evert Bäckström zu Hause – in seinem gemütlichen Bau auf Kungsholmen –, die die ganze Nation aufrüttelten und Kriminalkommissar Evert Bäckström zu einem Namen machten, der in aller Munde war, und seinem Chef Kommissar Toivonen, obwohl er körperlich in Topform war, fast einen Schlaganfall und einen Herzinfarkt noch dazu eintrugen.

63

Dieses Mal war Hassan Jalib von Anfang an dabei, als der schwarze Lexus das Haus in Sollentuna gegen acht Uhr abends verließ. Das Überwachungsfahrzeug folgte ihm im Abstand von einigen Häuserblocks, und zwar auf einer Parallelstraße, da sie ihr Objekt auf dem Monitor hatten und deswegen keine unnötigen Risiken einzugehen brauchten.

Erst als sie die Stadtgrenze erreichten, näherten sie sich dem Lexus. Der Verkehr wurde dichter, Sandra Kovac saß am Steuer, und als der Lexus am Ende des Sveavägen nach links abbog, begriff sie sofort, was los war. Es ging in die größte Tiefgarage in der gesamten Stockholmer Innenstadt, dachte sie. Drei Stockwerke unter mehreren Häuserblöcken, vier Ausfahrten und ein Dutzend Ausgänge.

»Scheiße«, fluchte Sandra. »Die Schweine hängen uns ab.«

Magda Hernandez schnappte sich ein Funkgerät, sprang aus dem Wagen und stellte sich an die Einfahrt für den Fall, dass die drei einfach nur wendeten und wieder aus der Tiefgarage fuhren.

Kovac und Motoele drehten auf der Jagd nach dem schwarzen Lexus in der Tiefgarage ihre Runden und fanden ihn schließlich ordentlich abgestellt im untersten Stockwerk neben einem der vielen Ausgänge. Kovac und Linda Martinez verhandelten auf einer codierten Funkfrequenz.

»Reg dich nicht auf, Sandra«, sagte Martinez. »So was kommt vor. Das ist schließlich kein Beinbruch. Erkundet die nähere Umgebung und versucht, eines der anderen Fahrzeuge anzupeilen.«

»Was sollen wir davon halten?«, fragte Toivonen eine halbe

Stunde später. »Wollen sie ins Ausland verschwinden und sich die Sonne auf den Bauch scheinen lassen?«

»Glaube ich nicht«, erwiderte Martinez. »Es war den ganzen Tag lang ruhig, kaum Gespräche auf den Handys, deren Nummern wir gestern ermittelt haben. Seit sie die Tiefgarage verlassen haben, wird überhaupt nicht mehr telefoniert, was darauf schließen lässt, dass sie zusammen sind und sich nicht anrufen müssen. Aber dass sie irgendeine Schweinerei aushecken, liegt auf der Hand. Die Frage ist nur, welche.«

»Flughäfen, Fähren, Bahnhöfe?«, fragte Toivonen.

»Schon erledigt«, sagte Martinez. »Die Kollegen sind vorgewarnt und haben versprochen, ihr Möglichstes zu tun.«

»Verdammt«, sagte Toivonen, der plötzlich eine Idee hatte. »Bäckström, der kleine Fettsack, wir müssen kontrollieren …«

»Toivonen, hältst du mich für blöd?«, fiel ihm Martinez ins Wort. »Wir beaufsichtigen ihn, seit er vor vier Stunden die Dienststelle verlassen hat, vor vier Stunden und zweiunddreißig Minuten, um genau zu sein.«

»Und was hat er gemacht?«

»Er ist um siebzehn Minuten vor fünf in seiner Wohnung eingetroffen. Was er dort getan hat, ist nicht ganz klar, aber den Geräuschen nach zu urteilen, hat er erst einmal einen ordentlichen Mittagsschlaf gehalten. Vor anderthalb Stunden ist er dann in seinem Stammlokal aufgetaucht, und dort sitzt er immer noch.«

»Und tut was?«, fragte Toivonen.

»Trinkt Bier und Schnaps und nimmt gesundheitsschädliche Mengen Bauchfleisch mit Wurzelgemüse zu sich, während er die Kellnerin, eine üppige Blondine namens Saila, bezirzt. Übrigens eine Landsmännin von dir.«

Das Leben ist nicht gerecht, dachte Toivonen.

Etwa eine halbe Stunde vor Mitternacht rief wieder einmal jemand den Notruf 112 der Stockholmer Polizei.

Es war einer von mehreren tausend Anrufen in den letzten

vierundzwanzig Stunden und ähnelte leider vielen von diesen verdächtig.

»Ich rufe Sie an und störe Ihre nächtliche Ruhe«, sagte die Stimme am Telefon.

»Wie heißen Sie, und wie kann ich Ihnen helfen?«, fragte der Beamte der Notrufzentrale. Betrunken, dachte er.

»Ich heiße Hasse Ahrén«, ließ sich die Stimme vernehmen. »Direktor Hasse Ahrén. Ich war früher Chef bei TV 3.«

»Und wie kann ich Ihnen helfen?« Sturzbetrunken, dachte der Beamte der Notrufzentrale.

»In der Wohnung meines Nachbarn wird wie verrückt geballert«, sagte Ahrén.

»Wie heißt denn Ihr Nachbar?«

»Bäckström. So ein teuflischer, kleiner Fettsack, der eine Art Polizist ist. Säuft, was das Zeug hält, und ist vermutlich der mit der Knarre in der Hand, wenn es Sie interessiert.«

64

Bäckström war gezwungen gewesen, dreimal zur Schießprüfung anzutreten, ehe man ihm endlich seine Waffe zurückgegeben hatte, die ihm seinen grundlegenden Menschenrechten gemäß als schwedischem Polizisten zustand.

Beim ersten Mal hatte er nicht einmal einen einzigen Schuss abfeuern dürfen.

Bäckström hatte ein Taxi zum Schießplatz südlich der Stadt genommen. Er hatte den Ausbilder getroffen, der aussah wie alle Waffenausbilder, permanentes Stirnrunzeln und Brauen, die nahtlos in den Haaransatz übergingen. Er hatte seine Waffe entgegengenommen, ein geladenes Magazin in den Handgriff gedrückt, durchgeladen und sich dann umgedreht, um sich zu erkundigen, welche der Schießscheiben er durchsieben solle.

Der Ausbilder hatte sich plötzlich bleich wie eine Kopfschmerztablette zur Seite geworfen und ihn angeschrien, sofort die Waffe wegzulegen. Bäckström hatte getan, wie ihm geheißen.

»Ich wäre dir dankbar, Bäckström, wenn du mir nicht mit einer geladenen und entsicherten Waffe vor der Nase herumfuchteln würdest. Dafür wäre ich wirklich außerordentlich dankbar«, hatte der Ausbilder mit gepresster Stimme mitgeteilt.

Dann hatte er sich die Pistole geschnappt, die Patrone im Lauf entfernt, das Magazin herausgezogen, sicherheitshalber noch einmal mit dem Zeigefinger gefühlt, und dann die Waffe in die Jackentasche gesteckt.

»Damit du dir nicht in die Hosen machst«, hatte Bäckström höflich wie immer gemeint.

Das hatte aber nicht geholfen, er hatte nicht schießen dürfen. Der Ausbilder hatte nur den Kopf geschüttelt und war gegangen.

Beim zweiten Mal hatte er es mit einer Ausbilderin zu tun gehabt. Als er sie erblickte, hatte er sofort gewusst, was für ein Spiel seine Gegner spielten. Die Tussi hatte sogar einen Helm und eine schusssichere Weste getragen. Die ganze Zeit hatte sie hinter ihm gestanden und ihm gesagt, was er zu tun hatte. Bäckström hatte nicht den Nerv gehabt, hinzuhören. Wie hätte er das auch tun sollen? Er hatte sich wie angewiesen bereits den Gehörschutz aufgesetzt. Jetzt versuchte er sich auf die eigentliche Aufgabe zu konzentrieren. Er hob seine Waffe, zielte sorgfältig und schloss das linke Auge. Er kniff sogar noch das rechte Auge halb zu und gab erst dann eine Salve auf den Pappkameraden vor sich ab.

Bestens, dachte Bäckström, als er eine Minute später das Ergebnis betrachtete. Zumindest die Hälfte der Kugeln hatte getroffen, und obwohl er kein Mediziner war, sah er sofort, dass der überwiegende Anteil davon tödlich gewesen wäre.

»Wo kann ich mir jetzt meine Dienstwaffe abholen?«, fragte Bäckström.

Erst schüttelte die Ausbilderin nur den Kopf. Sie hatte dieselbe Gesichtsfarbe wie ihr Kollege beim Mal davor, und als sie etwas sagte, klang sie genauso wie dieser:

»Ein schwedischer Polizeibeamter, der angegriffen wird und sich dem Risiko schwerer Gewalt ausgesetzt sieht, ich spreche von einer sogenannten akuten Krisensituation, soll auf die Beine des Angreifers schießen und zwar unterhalb des Knies, da selbst ein Treffer im Oberschenkel tödlich sein kann.«

»Korrigiere mich, falls ich unrecht habe«, meinte Bäckström. »Wenn also ein Irrer mit dem Messer auf dich losgeht, dann versuchst du, ihm ins Knie zu schießen.«

»Ich versuche, unterhalb des Knies zu treffen«, berichtigte

ihn die Ausbilderin. »Ganz richtig, das steht so in den Vorschriften.«

»Wahrscheinlich sollte ich ihn auch noch fragen, ob er nicht noch eine Umarmung und einen Kuss von mir will«, meinte Bäckström grinsend. Kopfschüttelnd hatte er sich dann vom Acker gemacht. Als er wieder im Taxi saß, rief er sofort seinen Cousin an, der Funktionär bei der Polizeigewerkschaft war.

»Dein Arbeitgeber verweigert dir also immer noch das Recht auf deine kleine Sigge«, stellte der Cousin fest, und seine Stimme klang plötzlich so blutrünstig, wie Bäckström sich fühlte.

»Genau«, sagte Bäckström. »Und was wirst du gegen die Scheißkerle unternehmen?«

Sein Verwandter versicherte, nichts unversucht zu lassen. Er wollte sich an eine alte, zuverlässige Kraft wenden, die früher Vertrauensmann gewesen war, aber jetzt als Waffenausbilder an der Polizeihochschule arbeitete. Das gab ihm das Recht, alle nötigen Zeugnisse auszustellen.

»Ich rede mit ihm, dann ruft er dich wegen eines Termins an«, sagte der Cousin.

»Gibt es noch etwas, woran ich denken muss?«, fragte Bäckström.

»Bring ihm eine Flasche mit«, erwiderte sein Cousin.

Um Zeit zu sparen, überreichte ihm Bäckström auf dem Schießplatz der Polizeihochschule als Allererstes eine Flasche seines besten Maltwhiskys.

»Vielen, vielen Dank«, sagte die zuverlässige Kraft und leckte sich die Lippen. »Dann ist es vielleicht an der Zeit, sich der kleinen Sigge zuzuwenden«, meinte er und reichte Bäckström seine eigene Sig Sauer.

»Spürst du es?«, fragte er und nickte Bäckström zu, der die Waffe in der Hand wog.

»Was?«, fragte dieser.

»Man wird eigentlich nur dann richtig scharf, wenn man die kleine Sigge in der Hand hält«, meinte der Ausbilder und sah ebenso glücklich aus wie in dem Augenblick, als ihm Bäckström das Geschenk überreicht hatte.

Hat wahrscheinlich nicht alle Tassen im Schrank, dachte Bäckström. Dann zielte er genau und schloss sicherheitshalber das linke Auge und kniff das rechte zusammen und feuerte wie immer eine gezielte Salve ab. Er traf, wo er immer traf.

»Alle Achtung, Bäckström«, sagte sein Ausbilder, dem es schwerfiel, seine Bewunderung zu unterdrücken. »Da hast du es ihnen aber gegeben.«

Bevor sich Bäckström mit dem Zeugnis in der Tasche verabschiedete, gab ihm sein neuer Freund noch ein paar Ratschläge mit auf den Weg.

»Mir kam da noch ein Gedanke, Bäckström …«

»Und?«

»Obwohl du nach unten zielst, triffst du recht weit oben, um es einmal so auszudrücken.«

»Tja«, erwiderte Bäckström.

»Vielleicht solltest du erwägen, auf die Erde direkt vor dem Angreifer zu zielen«, schlug der Ausbilder vor. »Ich meine, im Hinblick auf all diese Weicheier, die in den Disziplinarausschüssen sitzen.«

Kannst du vergessen, du Schlappschwanz, dachte Bäckström, der wieder vollwertiger Mitbürger und Polizeibeamter war. Wenn auch nur einer die Hand gegen mich erhebt, dann puste ich ihm das Gehirn weg.

65

Bäckström hatte seine geliebte Stammkneipe bereits vor Mitternacht verlassen. Seinem weißen Tornado aus Jyväskylä war etwas dazwischengekommen, ihr Männe war plötzlich aufgetaucht, um sie von ihrem Arbeitsplatz abzuholen. Er hatte Bäckström finster angeschaut. Also war Bäckström nach Hause getrottet, hatte die Tür seines gemütlichen Baus geöffnet, ausgiebig gegähnt und war eingetreten.

Dann muss ich mich wohl damit begnügen, meine kleine Sigge etwas im Arm zu halten, dachte Bäckström gerade, als er entdeckte, dass er unerwarteten Besuch erhalten hatte.

»Willkommen daheim, Herr Kommissar«, sagte Farshad Ibrahim und lächelte seinen Gastgeber freundlich an.

Sein riesiger Cousin schwieg. Er glotzte Bäckström mit seinen tiefliegenden schwarzen Augen einfach nur an. Ein Gesicht, wie in Stein gehauen, wäre nicht sein Unterkiefer ständig in Bewegung gewesen.

»Was kann ich für die Herren tun?«, fragte Bäckström. Verdammte Scheiße, was mach ich jetzt?, dachte er.

»Ich darf Ihnen vielleicht ein kleines Glas anbieten?«, schlug er vor und nickte in Richtung Küche.

»Wir trinken beide nicht«, erwiderte Farshad Ibrahim und schüttelte den Kopf. Er saß bequem zurückgelehnt auf Bäckströms Lieblingssessel, während sein Cousin mitten im Zimmer stand und weiterhin finster vor sich hin starrte.

»Machen Sie unseretwegen keine Umstände, Herr Kommissar«, fuhr er fort. »Wir sind in friedlicher Absicht hier. Wir wollen Ihnen einen Geschäftsvorschlag unterbreiten.«

»Ich bin ganz Ohr«, meinte Bäckström, während er so diskret wie möglich seine gelben Leinenhosen zu lockern versuchte, die ihm plötzlich vollkommen schweißnass vorkamen, während sein Bein unkontrolliert zu zittern begann.

»Wir interessieren uns dafür, was Ihre Kollegen so treiben«, sagte Farshad. »Wie ich die Sache sehe, gibt es zwei Möglichkeiten«, fuhr er fort, und es klang fast so, als würde er laut nachdenken.

Er steckte die Hand in die Jackentasche und zog ein Bündel Tausender hervor und legte es auf Bäckströms Couchtisch. Ein Bündel, das sehr an jene erinnerte, die Bäckström in einem gewöhnlichen Topf voll Gold gesehen hatte. Anschließend zog er aus unerfindlichen Gründen ein Stilett aus der Innentasche seiner Jacke, klappte die Klinge aus und begann seine Fingernägel zu säubern.

»So wie ich die Sache sehe, gibt es zwei Möglichkeiten«, wiederholte Farshad Ibrahim, immer noch mit freundlicher Stimme, obwohl sein Cousin nach wie vor den Unterkiefer rotieren ließ und er selbst ganz in seine Maniküre vertieft zu sein schien.

Spielen wir mal wieder den sensiblen Bäckström, entschied Bäckström, und da ihm wenig andere Möglichkeiten blieben, legte er sofort voll los. »Gnade, Gnade!«, schrie er, verzerrte sein rundes Gesicht und streckte seine gefalteten Hände flehend nach oben. Dann ließ er sich vor Jalib auf das rechte Knie fallen, als wolle er ihm einen Heiratsantrag machen.

Jalibs Unterkiefer kam endlich zur Ruhe, er trat einen halben Meter zurück und sah mitleidig auf den flehenden, zu seinen Füßen auf den Knien liegenden Bäckström hinab. Dann zuckte er mit den Schultern und schaute zur Seite auf seinen Chef. Die Szene schien ihn in Verlegenheit zu bringen.

»Benimm dich wie ein Mann, Bäckström, nicht wie ein Frauenzimmer«, sagte Farshad warnend, schüttelte den Kopf und deutete mit dem Messer auf ihn.

In diesem Augenblick schlug Bäckström zu.

66

Ungefähr zu jener Stunde, als es sich Bäckström in seinem geliebten Stammlokal bequem gemacht hatte, hatte die Polizei in Kopenhagen einen Tipp erhalten. Eine anonyme Person, der Stimme nach zu urteilen in Dänemark geboren und mittleren Alters, hatte die Einsatzzentrale angerufen und eine Nachricht hinterlassen.

In der hintersten Ecke des großen Parkplatzes am Fasanvejen ein paar hundert Meter am alten SAS-Hotel vorbei und nur fünf Minuten vom Zentrum entfernt stehe ein Müllcontainer. In diesem Container liege eine Leiche, verpackt in einem gewöhnlichen Jutesack, in dem sich früher einmal Schweinefutter befunden habe. Der Mann im Sack sei nicht selbst dort hineingekrochen, und damit sogar die dänische Polizei ihn finden könne, hätten diejenigen, die ihn dorthin gelegt hätten, seine nackten Füße aus dem Sack ragen lassen.

»Das war alles«, stellte der Anrufer fest und beendete dann seinen Anruf von seinem Handy mit Prepaidkarte, dessen Besitzer sich nicht ermitteln ließ und das für bestimmte Anrufe absolut notwendig war.

Drei Minuten später war der erste Streifenwagen an Ort und Stelle, und eine halbe Stunde später erhielten die zwei Kollegen von der Ordnungspolizei Gesellschaft von etlichen Kriminalbeamten und von der Spurensicherung.

Etwa zu dem Zeitpunkt, als sich Bäckström einen Schnaps zu seinem doppelten Espresso bestellte, war man so weit, dass man den Sack öffnen und einen genaueren Blick auf den darin befindlichen Leichnam werfen konnte. Um den Hals hing ein gewöhnlicher Adressenanhänger mit der Aufschrift: »Nasir

Ibrahim zur Überstellung an die Kriminalpolizei Stockholm.« Der Leiche hatte jemand ein Strafmandat für Falschparken in den Mund gestopft, und die Verletzungen ließen auf einen langsamen und qualvollen Tod schließen.

Als Botschaft an einen mohammedanischen Gauner, der beim Abstellen des Fluchtfahrzeugs geschlampt hatte, war das fast schon überdeutlich, und da die Polizei in Kopenhagen vorgewarnt war, hatten sie ihren schwedischen Kollegen Jorma Honkamäki von der Schutzpolizei in Stockholm angerufen. Als Honkamäki das Gespräch entgegennahm, stand er auf der Straße vor Bäckströms Haus und überwachte das Finale des Bäckströmschen Einsatzes.

Nasirs ältester Bruder wurde gerade in einen Rettungswagen gehoben. Zwei Sanitäter hielten die Trage, eine Krankenschwester hielt eine Infusionsflasche in die Höhe. Farshad jammerte in einer Sprache, die Honkamäki nicht verstand, seine Hose war bis zu den Knöcheln heruntergezogen und blutgetränkt.

Sein Cousin Hassan Jalib war gerade von einem anderen Krankenwagen weggefahren worden. Bewusstlos, den Hals mit einem Schaumstoffkragen versehen. Ein Arzt und eine Krankenschwester hatten Mühe gehabt, ihn am Leben zu erhalten.

Nasirs anderem Bruder, Farbod, schien es noch am besten zu gehen. Zwar war ihm seine Nase eingeschlagen worden, und er war blutbesudelt, und seine Hände waren auf dem Rücken mit Handschellen gefesselt, außerdem schien er keine Lust zu haben, auch nur einen Schritt zu gehen, aber im Übrigen war er genau wie immer.

»Ich werde euch alle in den Arsch ficken, ihr verdammten Schweine!«, schrie Farbod, als ihn zwei von Honkamäkis Kollegen in einen Mannschaftswagen hoben.

Was zum Teufel ist hier los?, überlegte Honkamäki kopfschüttelnd.

»Was zum Teufel ist hier los?«, sagte Kommissar Toivonen eine Minute später, als er aus seinem Dienstwagen stieg und Honkamäki entdeckte.

67

In dem Moment, in dem der offenbar in Verlegenheit geratene Jalib seinen Blick abwandte – so viel Schwäche bei einem Mann, fast so schwach wie eine Frau –, schlug Bäckström zu. Blitzschnell packte er ihn bei den Fußknöcheln und zog mit aller Kraft.

Jalib fiel wie eine abgesägte Kiefer hintenüber. Mit fuchtelnden Armen schlug er der Länge nach hin und traf mit Hinterkopf und Nacken auf Bäckströms Couchtisch auf, woraufhin die wunderbare Platte aus Kolmårdenmarmor zersplitterte.

Bäckström zog im Handumdrehen seine Sigge, kam, allerdings mit etwas Mühe, wieder auf die Beine, schloss sicherheitshalber das linke Auge und zielte extra genau.

Farshad hatte sich ebenfalls erhoben. Abwehrend hob er die Hände und ließ das Springmesser fallen, sodass es mit der Spitze in Bäckströms teurem, echten Teppich stecken blieb.

»Immer mit der Ruhe, Kommissar«, sagte Farshad und wedelte beschwichtigend mit seinen erhobenen Händen.

»*Make may day, punk!*«, brüllte Bäckström und feuerte eine richtige Salve ab, ohne seinen frischverlegten Parkettfußboden auch nur im Geringsten zu gefährden.

68

Bäckströms Nachbar hätte die Notrufnummer gar nicht anrufen müssen, da die Polizei die ganze Zeit vor Ort war.

Kurz nach elf Uhr abends tauchte plötzlich der weiße Mercedes, Alpha 3, auf Sandra Kovacs Monitor auf. Am früheren Abend hatte er sich auf der obersten Ebene derselben Tiefgarage wie der stehen gelassene Lexus befunden.

Der Überwachungswagen mit Kovac, Hernandez und Motoele hatte sich in der Nähe befunden, und nur wenige Minuten später fuhren sie hundert Meter hinter dem Mercedes, der sich offenbar auf der Fahrt nach Kungsholmen befand. Farbod saß am Steuer, Farshad neben ihm, und Hassan Jalib nahm offenbar den gesamten Rücksitz ein.

Kovac rief Linda Martinez über Funk an. Martinez forderte die Streife an, die am früheren Abend Bäckström beaufsichtigt hatte und jetzt ein paar Straßen von Bäckströms Stammlokal entfernt bei McDonald's eine Kaffeepause machte.

Kriminalinspektor Tomas Singh, adoptiert aus Malaysia, und sein Kollege Gustav Hallberg, trotz seines Namens adoptiert aus Südafrika, warfen sich in ihren Wagen und kehrten zu dem Lokal zurück, wo sie Bäckström eine Viertelstunde zuvor mit einem großen Glas Cognac zurückgelassen hatten. Er saß immer noch dort. Vermutlich bei demselben Glas, da dieses inzwischen leer war.

»Was machen wir jetzt?«, fragte Hallberg.

»Warten«, erwiderte Singh.

Fünf Minuten später gab Bäckström einer blonden Kellnerin ein Zeichen, erhob sich, nahm ein ansehnliches Bündel Geldscheine aus der Tasche, knüllte die Rechnung zusammen, nahm einen Fünfhunderter aus dem Geldbündel und schüttelte den Kopf, als ihm die Kellnerin das Wechselgeld zurückgeben wollte.

»Kollege Bäckström scheint gut bei Kasse zu sein«, stellte Kriminalinspektor Hallberg fest.

»Was glaubst du denn, warum wir hier sitzen?«, erwiderte Kriminalinspektor Singh, der seinem Kollegen fünf Dienstjahre voraus hatte und bereits geläutert war.

Als Bäckström aufstand, um zu zahlen, hielt der weiße Mercedes zwanzig Meter von Bäckströms Haustür entfernt. Farshad und Jalib stiegen aus, und Farbod parkte ein, schaltete die Scheinwerfer aus und blieb sitzen. Gleichzeitig betraten sein Bruder und sein Cousin Bäckströms Haus. Kovac hielt fünfzig Meter weiter, stellte den Motor ab, machte die Scheinwerfer aus, ließ den Wagen noch ein Stück weiterrollen und hielt dann endgültig an.

»Was machen wir jetzt?«, fragte Magda Hernandez.

»Offenbar ist Bäckström auf dem Weg«, sagte Kovac, die den Kollegen Singh im Headset hörte. »Tomas und Gustav verfolgen ihn zu Fuß«, teilte sie mit und nickte Hernandez zu.

»Irgendwas stimmt hier nicht«, meinte Motoele kopfschüttelnd.

»Was stimmt nicht?«, fragte Hernandez.

»Nur so ein Gefühl«, meinte Motoele. »Ich habe den Eindruck, dass Bäckström nicht weiß, dass die ihn treffen wollen.«

»*Dirty cop*«, sagte Kovac höhnisch. »Klar weiß er das.«

»Bäckström hat sein Handy seit heute Nachmittag abgestellt«, wandte Motoele ein.

»Entweder besitzt er ein weiteres Handy, oder sie haben den Zeitpunkt irgendwie anders vereinbart«, meinte Kovac.

Vier Minuten später betrat Bäckström das Haus, in dem er wohnte.

»Ihm hinterherschleichen und durch seinen Briefkastenschlitz zu lauschen, kannst du vergessen«, sagte Kovac und sah Motoele warnend an. »Wir gehen keine unnötigen Risiken ein.«

»Es ist verdammt warm hier im Wagen. Darf ich nicht ein Fenster aufmachen, Mutti«, sagte Motoele und kurbelte die hintere Seitenscheibe runter.

»Ich habe immer gedacht, solche wie du lieben die Wärme«, spottete Kovac. »Erkälte dich nur nicht, Frank.«

»Von wegen, Zeitpunkt vereinbart«, sagte Motoele, als er einen gedämpften Schuss aus der Ferne hörte. Während er aus dem Auto sprang und die Straße entlangrannte, knallte es stetig. Gedämpfte Schüsse, dasselbe Geräusch, das er Tausende von Malen gehört hatte, als er auf dem Schießplatz mit seiner eigenen Dienstwaffe geübt hatte.

Farshad Ibrahim sah und hörte nichts. Er hörte Musik auf seinem iPod, summte mit, hatte die Augen geschlossen und gab sich ganz der Musik hin, als plötzlich jemand die Tür aufriss und ihn am Hals packte. Reflexmäßig hatte er das Messer, das zwischen den Sitzen lag, an sich gerissen. Im nächsten Augenblick lag er schon bäuchlings auf der Straße, und jemand trat ihm ganz fest auf die Hand, schubste das Messer beiseite und trat ihm ganz fest in die Seite, als er versuchte, aufzustehen. Dann packte ihn diese Person an den Haaren, riss seinen Kopf zurück und schlug ihm mit der Handkante die Nase ein, und er sah Sternchen. Die Person schlug immer wieder zu, ihm wurde schwarz vor Augen, und er konnte fast nichts mehr hören.

»Hör auf, Frank!«, schrie Sandra Kovac. »Willst du ihn totschlagen?« Dann stieß sie ihren Kollegen beiseite. Stemmte Farbod ein Knie ins Kreuz, bog ihm die Hände auf den Rücken und ließ die Handschnellen zuschnappen, erst die rechte, dann die linke.

»Du bist wohl übergeschnappt«, sagte sie.

»Das Araberschwein hat versucht, mich abzustechen«, sagte Motoele und nickte in Richtung Messer, das im Rinnstein auf der anderen Straßenseite lag.

»Nimm dich verdammt noch mal zusammen, Frank«, sagte Kovac. »Er hatte kein Messer mehr in der Hand, als du auf ihn losgegangen bist.«

Frank Motoele schien ihr nicht zugehört zu haben. Er zuckte mit den Achseln, zog seine Dienstwaffe und verschwand durch Bäckströms Haustür.

69

Farshad war bereits nach dem ersten Schuss zusammengesackt. Offenbar war sein linkes Bein getroffen, obwohl es Bäckström nicht einmal im Traum eingefallen wäre, auf so eine bescheuerte Stelle zu zielen.

Bäckström feuerte dann sicherheitshalber noch ein paar Schüsse ab und traf fast überall, aber dann war es still geworden. Jalib lag mit halb offenen, aber blicklosen Augen auf dem Rücken, und sein Unterkiefer bewegte sich nicht mehr. Aus seinen Ohren und seiner Nase lief Blut, und seine Beine zuckten seltsam. Bäckström beugte sich vor und schnappte sich die schwarze Pistole, die in seinem Gürtel steckte, und ließ sie unter seinem eigenen Gürtel verschwinden.

Dann ging er auf Farshad zu, der winselnd auf dem Boden lag und sich sein linkes Bein hielt. Er blutete wie ein abgestochenes Schwein auf Bäckströms teuren Teppich. Außerdem jammerte er laut.

»Jetzt hältst du die Schnauze, du Heulsuse«, sagte Bäckström, und da es eh schon egal war, verpasste er dem Bein, das seine kleine Sigge schon recht übel zugerichtet hatte, noch einen kräftigen Tritt.

Farshad verdrehte die Augen und wurde ohnmächtig. Bäckström steckte das Geldbündel ein und verschaffte sich einen Überblick. Endlich wieder Ruhe in der Bude, dachte er, als bei ihm das Telefon klingelte.

»Bäckström«, fauchte Bäckström, während er die Zerstörung betrachtete, die ihn umgab.

»Wie ist die Lage, Bäckström?«, sagte eine Frau. »Hier ist deine Kollegin Kovac«, erklärte Sandra Kovac.

»Alles im grünen Bereich«, erwiderte Bäckström.

»Ich stehe mit ein paar Kollegen vor deiner Wohnungstür. Willst du uns nicht reinlassen?«, fragte Kovac.

»Aber keine Idioten von der Einsatztruppe?«, wollte Bäckström wissen, der denselben Fehler nicht ein zweites Mal machen wollte.

»Nur ganz normale Kollegen«, versicherte ihm Kovac.

»Okay«, erwiderte Bäckström. »Gib mir noch eine Minute.«

Er verbarg das Geld an einem sicheren Ort und goss sich einen großen Whisky ein. Dann steckte er sich auch noch seine Sig Sauer unter den Gürtel, wo es allmählich recht eng wurde.

Das war's dann wohl, dachte Bäckström und betrachtete die Verwüstung, die ihn umgab, ein weiteres Mal. Sicherheitshalber, dachte er.

Dann öffnete er die Tür und ließ die anderen rein, setzte sich aufs Sofa und trank das große Glas leer. Sicherheitshalber goss er sich noch einen weiteren Whisky ein. Was ist bloß aus der Polizei geworden? Hier hatte er sicher eine geschlagene Viertelstunde in konkreter Lebensgefahr geschwebt, aber es war ihm selbst geglückt, Ruhe und Ordnung wiederherzustellen. Und alles, was ihm sein Arbeitgeber zu bieten hatte, waren fünf Rotznasen, die auftauchten, wenn bereits alles erledigt war. Zwei Frauenzimmer, zwei Neger und ein armer Teufel, der vermutlich nur Mulatte war und dafür von seinen Kameraden gemobbt wurde. Was zum Teufel ist bloß mit der schwedischen Polizei los?, dachte Bäckström.

Als Peter Niemi eine halbe Stunde später auftauchte, hielt er auf der Schwelle inne und seufzte tief. Dies war einmal der Tatort eines Verbrechens, dachte Niemi. Formell gesehen ist das immer noch der Tatort eines Verbrechens. Obwohl er inzwischen von etwa fünfzig Personen betreten worden war, angefangen von den Sanitätern bis hin zu den Polizisten, die alles verschoben hatten und vermutlich an allen Gegenständen herumgefingert hatten.

»Okay«, sagte Niemi. »Ich muss sämtliche Anwesenden darum bitten, die Wohnung zu verlassen, damit mein Kollege und ich unsere Arbeit erledigen können.«

»Vergiss es, Niemi«, sagte Bäckström. »Hier wohne nämlich ich.«

»Bäckström, Bäckström«, sagte Niemi. Er steht vermutlich unter Schock, dachte er.

»Hier hast du Jalibs Pistole«, sagte Bäckström und legte sie auf die kümmerlichen Überreste seines schönen Couchtisches aus Kolmårdenmarmor. »Und hier hast du meine eigene«, sagte er.

»Und das Messer auf dem Fußboden?«, sagte Niemi und nickte in Richtung Messer.

»Das gehört Farshad Ibrahim«, antwortete Bäckström. »Du darfst es gerne mitnehmen.«

»Und die Einschüsse?«, sagte Niemi.

»Alles hat sich hier drin ereignet«, sagte Bäckström. »Offenbar haben die Schweine meine Tür mit einem Dietrich geöffnet. Sie haben mir hier aufgelauert. Dann war plötzlich die Hölle los.« Er zuckte mit den Achseln. Den Rest kannst du dir meinetwegen selbst zusammenreimen, dachte er.

»Hat außer dir noch jemand geschossen, Bäckström?«, fragte Chico Hernandez.

»Keine Ahnung«, log Bäckström. »Alles ging so verdammt schnell. Es war ein einziges Chaos.

Jetzt müssen mich die Herren entschuldigen«, fuhr er fort. »Fühlt euch wie zu Hause. Ich muss mich einen Moment ausruhen.«

Eine Stunde später bekam Bäckström Besuch von Anna Holt und der Kollegin Annika Carlsson.

»Wie geht's, Bäckström?«, fragte Holt.

»Prima«, erwiderte Bäckström, obwohl es ihm auch schon

besser gegangen war. Außerdem fühlte er sich seltsam abgehoben. Es kam ihm so vor, als ginge es überhaupt nicht um ihn.

»Kann ich irgendwas für dich tun?«, fragte Holt. »Ärztliche Untersuchung, Debriefing. Ich habe dir übrigens ein Hotelzimmer reserviert.«

»No way«, sagte Bäckström und schüttelte sicherheitshalber noch den Kopf.

»Ist es in Ordnung, dass ich noch bleibe und mich um dich kümmere?«, fragte Annika Carlsson. »Dann kann ich auch die schlimmste Unordnung im Wohnzimmer beseitigen. Ich habe mit Niemi gesprochen. Das ist also okay«, bekniete sie ihn.

»Willst du das wirklich?«, fragte Bäckström und sah sie erstaunt an. Eine Powerlesbe, die freiwillig bei so einem wie mir putzen will? Wie soll das alles bloß enden?, dachte er.

»Und ich verspreche, auf dem Sofa zu schlafen«, sagte Annika Carlsson und lächelte.

»Das ist okay«, erwiderte Bäckström. Was sagt sie da?, dachte er.

»Auf der Straße stehen gut und gerne fünfzig Journalisten«, meinte Holt. »Ich vermute, dass du nichts dagegen hast, wenn ein paar Kollegen von der Schutzpolizei den Hauseingang bewachen.«

»Schon okay«, meinte Bäckström und zuckte mit den Achseln.

»Wir sprechen dann morgen ausführlicher«, sagte Holt. »Melde dich, wenn dir danach ist.«

Bäckström stellte sich unter die Dusche. Er stand einfach da und ließ das Wasser an sich herunterlaufen. Dann trocknete er sich mit seinem Bademantel ab und nahm anschließend eine braune und eine blaue Tablette, die ihm der an Dr. Mengele erinnernde Polizeiarzt verschrieben hatte, aus den Döschen. Dann legte er sich ins Bett. Er hatte noch kaum den Kopf aufs Kissen gelegt, da schlief er schon ein, und als er erwachte, duftete es nach Kaffee und frischen Brötchen mit Butter und Käse.

»Guten Morgen, Bäckström«, sagte Annika Carlsson und lächelte ihn strahlend an. »Soll ich dir das Frühstück ans Bett bringen, oder willst du in der Küche frühstücken?«

»In der Küche«, sagte Bäckström. Lieber keine Risiken eingehen, dachte er.

70

Den Dienstagvormittag verbrachten Anna Holt und Toivonen damit, die Ereignisse zusammenzufassen.

Hassan Jalib war in der Nacht zweimal in der Neurochirurgie des Karolinska-Krankenhauses operiert worden. Er hatte schwere Gehirnblutungen, und die Ärzte kämpften auf der Intensivstation um sein Leben.

Hassan Jalib war zwei Meter groß, einhundertdreißig Kilo Muskeln und Knochen, gefürchtet in Stockholms Unterwelt und sogar von Leuten, die aussahen wie er. Er war hintenüber gefallen und mit dem Kopf auf einem Couchtisch aufgeschlagen. Wäre er ein gewöhnlicher Schurke aus dem Kino oder Fernsehen gewesen, wäre er wieder aufgestanden, hätte sich geschüttelt und Bäckström zu Hackfleisch verarbeitet. Da er jedoch in die Wirklichkeit gehörte, war es unsicher, ob er überhaupt überleben würde.

Farshad Ibrahim hatte die Nacht ebenfalls im OP verbracht, und das, obwohl die einzige Kugel, die ihn getroffen hatte, gemäß polizeilicher Vorschriften unterhalb des Knies eingeschlagen war. Sie hatte sowohl Schien- als auch Wadenbein zertrümmert, was auch in Ordnung und beabsichtigt gewesen war. Dann waren jedoch einige unerwartete Dinge eingetreten. Die Kugel gehörte zu jenem neuen Typus, der sich nach Aufschlag auflöst. Damit sollten Durchschüsse und Querschläger verhindert werden. Der Preis, den man in Kauf nahm, war eine größere Verwundung des Getroffenen. Dieses Mal war die Ummantelung der Kugel zersplittert, und ein Splitter davon hatte sich den Oberschenkelknochen entlang einen Weg gebahnt und die Oberschenkelvene beschädigt. Als Farshad Ibrahim im Krankenhaus eintraf, hatte er schon drei Liter Blut verloren. Im Krankenwagen war es zwei Mal zum Herzstillstand gekommen. Zehn Stunden später lag er auf der Intensivstation. Der Ausgang war ungewiss.

Seinem jüngeren Bruder hatte man bereits auf der Straße vor Bäckströms Haustür eine rasche Diagnose gestellt. Nasenbeinbruch, eventuell ein paar gebrochene Rippen und gebrochene Finger der rechten Hand. Nichts, womit das Personal des Untersuchungsgefängnisses nicht auch fertig wurde. Während der kurzen Fahrt im Mannschaftswagen war er ohnmächtig geworden und vom Sitz gefallen. Erst hatten alle geglaubt, er würde nur »den Affen geben«, aber dann hatte man ihn ebenfalls ins Karolinska-Krankenhaus gefahren, und eine Stunde später hatte er ebenfalls auf dem Operationstisch gelegen. Rechtsseitig mehrere gebrochene Rippen, punktierte Lunge und akuten Lungenkollaps. Er war jedoch in einer bedeutend besseren Verfassung als sein älterer Bruder und sein Cousin.

»Er kommt mit Sicherheit durch«, stellte der Chirurg fest, mit dem Honkamäki sprach. »Falls nicht etwas Unerwartetes eintritt natürlich nur.« Das sagten die Mediziner immer.

Nasir Ibrahim war tot. Man hatte ihn gefoltert, vermutlich mit einem normalen Lötkolben, und ihm dann mit dem üblichen stumpfen Gegenstand, unklar welchem genau, den Schädel zerschmettert. Sicherheitshalber hatte man ihn dann noch mit der stabilen Paketschnur, an der man auch noch den Adressenanhänger befestigt hatte, erdrosselt. Man rechnete damit, dass die Leiche am späteren Nachmittag bei der Gerichtsmedizin in Solna eintreffen würde. Falls die schwedischen Gerichtsmediziner noch einmal einen Blick auf die Arbeit werfen wollten, die ihre dänischen Kollegen von der Gerichtsmedizinischen Abteilung des Reichskrankenhauses in Kopenhagen bereits geleistet hatten.

Sicherheitshalber hatte man Farshad Ibrahim, Farbod Rashid Ibrahim und Hassan Jalib vor einigen Stunden unter dringendem Tatverdacht in U-Haft genommen. In zwei Fällen unter dem dringenden Verdacht, einen Mordanschlag auf Kriminalkommissar Evert Bäckström und Kriminalinspektor Frank Motoele unternommen zu haben. Außerdem ging es um illegalen Waffenbesitz. Weitere Anklagepunkte würden folgen. Und zwar etliche.

Obwohl sich keiner der drei aus eigener Kraft in seinem Krankenhausbett bewegen konnte, hatte man eine imponierende Bewachung aufgeboten. Etwa zwanzig uniformierte Beamte der Einsatztruppe, der Einsatzkommandos und der normalen Streifenpolizei.

Kommissar Toivonen war alles andere als erfreut.

»Kann mir jemand erklären, wie man es zulassen konnte, dass mir dieser kleine Fettsack meine ganze Ermittlung zusammenschießt?«, sagte Toivonen und starrte seine Chefin mit blutunterlaufenen Augen an. »Ist das hier jetzt Schweden oder nicht?«

»Tja«, sagte Anna Holt. »Wir leben immer noch in Schweden, und ganz so einfach, wie du es darstellst, ist es vermutlich nicht.«

»Nasir wurde ermordet, Farshad, Jalib und Farbod liegen auf der Intensivstation«, sagte Toivonen und nahm sicherheitshalber die Finger zur Hilfe, während er aufzählte.

»Tja«, wiederholte Holt. »Zumindest hatte Kollege Bäckström nicht das Geringste mit dem Mord an Nasir zu tun.«

»Vermutlich solltest du dich mal mit Herrn Åkare und seinen Kumpanen unterhalten«, schlug Holt vor.

Will sie mich verarschen?, überlegte Toivonen, der in seinem langen Leben als Polizeibeamter schon eine größere Zahl vollkommen unsinniger Gespräche mit Fredrik Åkare und seinen Freunden von den Hell's Angels geführt hatte. Beim letzten

Mal hatte ihm Åkare sogar den Arm getätschelt, bevor er in Gesellschaft seines Anwalts mit Pomade im Haar verschwunden war.

»Sind Sie nicht überhaupt so ein Hinterwäldlerfinne, Toivonen?«, hatte Åkare gefragt.

»Was hat das mit der Sache zu tun?«, hatte Toivonen wissen wollen und versucht, das höhnische Lächeln seines Besuchers zu ignorieren.

»Dann kennen Sie doch vermutlich auch unseren alten Vorsitzenden. Er ist auch so ein Hinterwäldlerfinne. Er lässt übrigens grüßen. Sie sollen sich bei ihm melden, wenn Sie eine Runde Motorrad fahren und ein Bier trinken gehen wollen.«

Toivonen hatte sich nicht bei ihm gemeldet. Jetzt würde er jedoch dazu gezwungen sein, und darauf freute er sich ganz und gar nicht.

»Laut Kollege Niemi«, sagte Toivonen, der sich nicht so leicht geschlagen gab, »hatte Farshad einen Schlüssel zu Bäckströms Wohnung in der Hosentasche.«

»Einen recht kürzlich angefertigten Nachschlüssel, wenn ich richtig unterrichtet bin«, sagte Holt, die sich ebenfalls mit Niemi unterhalten hatte.

»Es ist aber trotzdem recht seltsam, dass sie sich ausgerechnet in Bäckströms Wohnung begeben haben«, meinte Toivonen.

»Ich verstehe, was du meinst. Ich kenne Bäckströms Ruf auch, aber wenn sie ihn einfach nur hätten bestechen wollen, dann hätten sie ja bloß klingeln müssen. Und wenn sie wirklich aus diesem Grund dort gewesen sein sollten, dann scheinen die Verhandlungen nicht sonderlich zufriedenstellend verlaufen zu sein. Um es einmal vorsichtig auszudrücken«, stellte Holt fest, die schließlich auch richtige Polizeibeamtin war.

»Vielleicht hatten sie zuwenig Kohle dabei«, meinte Toivonen. »Laut Niemi hatte Farshad keine einzige Krone in der Tasche.«

»Wie auch immer«, sagte Holt. »Jetzt wollen wir unserer Fantasie ein wenig Einhalt gebieten. Was wir bislang wissen, deutet darauf hin, dass Farshad und Jalib, ohne dass Bäckström etwas davon wusste, in seine Wohnung eingedrungen sind und ihn überrascht haben. Um ihn zu ermorden, ihn zu bedrohen, ihn zu erpressen oder ihn zu zwingen, ihnen zu helfen. Vielleicht auch, um ihn zu bestechen. Das wissen wir alles nicht. Bäckström scheint jedes Recht gehabt zu haben, sich zu wehren. Der Schuss, der Farshad ins Bein traf, entspricht der Dienstordnung.«

»Was hältst du von den anderen fünf Kugeln, die Kollege Niemi aus den Wänden und der Decke gepult hat?«

»Vermutlich gab es einen Tumult. Laut Bäckström haben sie sich auf ihn geworfen, als er die Wohnung betrat. Jalib mit gezogener Pistole und Farshad mit einem Messer. Es gelingt Bäckström, seine Waffe zu ziehen. Er gibt ein paar Schüsse ab. Wo liegt das Problem?«

»Berichtige mich, falls ich mich irre«, sagte Toivonen und atmete tief durch. Ich bin ganz ruhig, dachte er.

»Bäckström ringt Jalib zu Boden, entwaffnet ihn und schlägt ihn bewusstlos. Gleichzeitig gibt er einige Schüsse mit seiner Pistole ab. Als Jalib bewusstlos ist, schießt er Farshad ins Bein. Perfekter Treffer, genau unter dem linken Knie. Farshad versucht nämlich, ihn mit seinem Messer zu erstechen. Habe ich das alles richtig verstanden?«, fragte Toivonen.

»Ja, so ungefähr«, erwiderte Holt und zuckte mit den Achseln. »Laut Kollegin Carlsson, die heute Morgen mit Bäckström gefrühstückt hat, hat er Jalib mit irgendeinem Trick zu Boden gebracht, den er in seiner Jugend im Judo gelernt hat. Bäckström behauptet, früher ein Judo-Ass gewesen zu sein. Bedauerlicherweise traf Jalib mit dem Kopf recht unglücklich auf der Kante von Bäckströms Couchtisch auf, aber das können wir unter diesen Umständen wohl kaum Bäckström anlasten. Als dann Farshad auf Bäckström mit seinem Messer losgeht, schießt er ihm ins Knie.«

»Stimmt, laut Bäckström.«

»Ich habe sowohl mit Niemi als auch mit Hernandez gesprochen. Laut ihrer kriminaltechnischen Untersuchung gibt es nichts, was Bäckströms Version widerspricht. Die Sache mit Jalib ziehen sie nicht im Geringsten in Zweifel. Die Einschüsse in den Wänden können außerdem nicht von einem Schützen abgegeben worden sein, der sich die ganze Zeit an derselben Stelle befand. Das könnte ebenfalls sehr gut mit Bäckströms Bericht übereinstimmen.«

»Von wegen kriminaltechnische Untersuchung«, sagte Toivonen verächtlich. »Du hast doch selbst gesehen, wie es dort aussah. In dieser Wohnung sind mindestens fünfzig Leute rumgetrampelt.«

»Unter anderem du und ich und all die anderen Kollegen. Auch das war nicht Bäckströms Schuld.«

»Nein, beileibe nicht!«, erwiderte Toivonen. »Gib dem kleinen Fettsack einen Orden und ein zusätzliches Jahresgehalt als Bonus. Hast du übrigens gesehen, was für Möbel das fette Schwein ...«

»Augenblick mal, Toivonen«, fiel ihm Holt ins Wort.

»Ich höre«, sagte Toivonen. Ich bin ganz ruhig, dachte er.

»Wieso habe ich plötzlich den Eindruck, dass du etwas eifersüchtig auf den guten Bäckström bist?«, fragte Holt und lächelte. Wie die Kinder, genau wie die Kinder, dachte sie, als Toivonen aus ihrem Büro stürmte.

Bereits in den Sechsuhrnachrichten wurde Bäckström zum Held der Nation erklärt. Etliche seiner Kollegen konnten da nur den Kopf schütteln und sich überlegen, wie das eigentlich zugegangen war. Die meisten zogen es jedoch vor, den Mund zu halten und nicht zu widersprechen. Der eine oder andere gab seinen Zweifeln jedoch Ausdruck.

Einer von diesen war Jorma Honkamäki. Er begegnete Frank Motoele im Entree des Karolinska-Krankenhauses.

»Man fragt sich wirklich, was da eigentlich los war«, meinte Honkamäki und seufzte.

»Wie meinst du?«, fragte Motoele und sah ihn mit Augen an, die plötzlich genauso schwarz wurden wie eine Winternacht in der Savanne.

»Na, bei dem kleinen Fettsack«, führte Honkamäki weiter aus.

»Wähle deine Worte mit Bedacht«, meinte Motoele reserviert. »Du sprichst schließlich von einem Helden.«

71

Bäckström und Annika Carlsson verließen das Haus diskret über den Hinterhof. Vor der Haustür auf der Straße herrschte das reinste Volkstreiben, und die Ordnungspolizei hatte alle Hände voll zu tun, Journalisten und andere Schaulustige in Schach zu halten. Etliche versuchten, ins Haus vorzudringen, einige nur, um sich zu versichern, dass er wirklich noch lebte. Briefe, Blumen und Pakete wurden abgegeben, Kerzen und Partyfackeln wurden angezündet und bedeckten eine mehrere Quadratmeter große Fläche, obwohl es Hochsommer war.

»Zwei Dinge«, sagte Annika, als sie im Auto saßen. »Du musst zum Debriefing und außerdem mit den Kollegen von der internen Ermittlung reden.«

»Warum das?«, fragte Bäckström bockig.

»Je früher, desto besser. Dann hast du es hinter dir«, meinte Annika Carlsson. »Womit willst du anfangen?«

»Am besten, du entscheidest auch das«, meinte Bäckström.

»Sehr klug«, sagte Annika Carlsson, tätschelte ihm den Arm und lächelte.

Das Debriefing war rasch erledigt. Bäckström sprach mit einem ehemaligen Kollegen vom Reichskriminalamt, der an einem Burn-out-Syndrom gelitten, die Krise überwunden, sich wiedergefunden und dann eine neue Aufgabe innerhalb einer Polizeibehörde gefunden hatte, die sich in ständiger Veränderung befand.

»Wie geht es dir, Bäckström?«, sagte der ehemalige Kollege und neigte sicherheitshalber den Kopf ein wenig zur Seite.

»Prima«, erwiderte Bäckström. Es ist mir noch nie besser gegangen. Und selbst? Ich habe mir sagen lassen, du hättest das Ende der Fahnenstange erreicht. Versager, dachte er.

Fünf Minuten später ging Bäckström bereits wieder.

»Was soll ich in meinen Bericht schreiben?«, fragte sein Debriefer.

»Lass deiner Fantasie freien Lauf«, erwiderte Bäckström.

Der Besuch bei der internen Ermittlung der Polizei Stockholm nahm eine ganze Stunde in Anspruch. Hier hatte Bäckström schon häufiger gesessen und auch schon bedeutend länger, während man sich offenherzig und kollegial angebrüllt hatte. Dieses Mal hatten sie ihm erst mal einen Kaffee angeboten, und der Polizeidirektor, der Chef des Rattendezernats war, hatte ihn persönlich willkommen geheißen und ihm versichert, dass er keinesfalls irgendwelcher Unregelmäßigkeiten verdächtigt würde. Bäckström warf Annika Carlsson, die er mitgebracht hatte, falls eine Zeugin benötigt würde, einen Blick zu. Außerdem war Annika Carlsson Vertrauensfrau der Gewerkschaft bei der Polizeidirektion West.

Soweit man bislang wusste, sprach alles dafür, dass Bäckström die Wahrheit sagte. Die Kollegen von der Spurensicherung, Peter Niemi und Jorge Hernandez, hatten etliche Spuren gesichert, die Bäckströms Version untermauerten. Die Kollegen, die als Erste eingetroffen waren, Sandra Kovac, Frank Motoele, Magda Hernandez, Tomas Singh und Gustav Hallberg, hatten wie ein Mann zu Bäckströms Gunsten ausgesagt.

»Wir haben Motoele erst vor einer Stunde vernommen. Offenbar hat er die Wohnung als Erster betreten. Seine Beschreibung hat uns sehr erschüttert. Das reinste Schlachtfeld, offenbar grenzt es an ein Wunder, dass du noch lebst, Bäckström. Du hast vielleicht gehört, dass ein weiterer Täter versucht hat, Motoele auf der Straße zu erstechen, nur wenige Minuten bevor sie dir in deiner Wohnung zu Hilfe eilen konnten.«

»Fürchterliche Geschichte«, meinte Bäckström. »Wie geht es ihm denn?« Wie bitte? Mir helfen? Rotznasen, dachte er.

»Den Umständen entsprechend gut«, meinte der Polizeidirektor, ohne sich weiter über irgendwelche Details auszulassen.

»Eigentlich haben wir nur vier Fragen«, meinte er dann.

»Ich bin ganz Ohr«, sagte Bäckström, und Annika Carlsson war bereits deutlich anzusehen, dass mit ihr nicht zu spaßen war.

Bäckström hatte seine Dienstwaffe getragen, als er um halb zwölf Uhr nachts seine Wohnung betreten hatte. Warum?

»Ich war im Dienst«, antwortete Bäckström. »In Anbetracht der augenblicklichen Situation trage ich wie alle meine Kollegen eine Dienstwaffe, wenn ich das Haus verlasse. Ich kam nach Hause, um das Hemd zu wechseln und eine Kleinigkeit zu essen, bevor ich mich wieder zur Dienststelle Solna begeben wollte.«

»Wir arbeiten im Moment mehr oder weniger rund um die Uhr«, sagte Annika Carlsson. »Wir haben es mit zwei Doppelmorden zu tun, die offenbar mit dem Raubüberfall in Bromma zusammenhängen. Wir sind personell außerordentlich unterbesetzt. Mit sechs Kollegen sollen wir zwei Mordfälle lösen.«

Aber hallo, dachte Bäckström, sie wird sich doch wohl nicht in mich verliebt haben?

»Ja, das ist schrecklich«, pflichtete ihr der Polizeidirektor bei und schüttelte seinen ergrauten Kopf. »Wir gehen im Augenblick alle auf dem Zahnfleisch.«

Farshad Ibrahim hatte einen Nachschlüssel zu Bäckströms Wohnung besessen. Ob Bäckström eine Vorstellung habe, wie er in den Besitz dieses Nachschlüssels gelangt sei?

»Er hat ihn jedenfalls nicht von mir bekommen«, antwortete Bäckström. »Ich war diesem Ibrahim noch nie begegnet, bevor er mich in meiner Wohnung angriff. Ich habe zwei Schlüssel, einer liegt in meinem Schreibtisch in meinem Büro, und den anderen habe ich an meinem Schlüsselbund. Vermutlich verfügt auch der Hausmeister über einen Schlüssel.«

»Du hast also keinerlei Vorstellung davon, wie Ibrahim in den Besitz deines Schlüssels gekommen sein kann?«

»Nein«, log Bäckström, der sich bereits ausgerechnet hatte, wie die Sache zusammenhing. Er hatte jedoch vor, das mit GeGurra und Tatiana Thorén selbst zu klären. »Ich habe nie einen Schlüssel verloren, falls du das wissen willst. Wäre mir so etwas passiert, hätte ich umgehend das Schloss austauschen lassen.«

»Und der Hausmeister?«, schlug der Polizeidirektor vor.

»Mit dem habe ich bislang kaum ein Wort gewechselt«, meinte Bäckström.

»Und der Schlüssel, der in deinem Schreibtisch im Büro liegt. Schließt du die Schreibtischschublade ab?«

»Augenblick mal«, sagte Bäckström. »Du glaubst doch wohl nicht im Ernst, dass einer meiner Kollegen solchen Leuten wie Ibrahim und Jalib meinen Wohnungsschlüssel geben würde?«

»Es gibt schließlich auch eine Putzfirma«, beharrte der Polizeidirektor.

»Ich glaube nicht, dass wir hier sonderlich weiter kommen«, meinte Annika Carlsson. »Außerdem ist das doch wohl nicht unsere Angelegenheit, um es einmal so auszudrücken.«

»Wirklich nicht«, pflichtete ihr der Polizeidirektor bei.

Ich muss dafür sorgen, dass auch tatsächlich ein Schlüssel in der Schreibtischschublade liegt, dachte Bäckström. Für den Fall der Fälle. Wo bekomme ich nur einen her, der genauso aussieht und trotzdem nicht passt?

Bäckström hatte in seiner Wohnung Alkohol getrunken. Weshalb?

»Ich habe mir einen Whisky genehmigt«, meinte Bäckström. »Ich hatte einen Puls von zweihundert, und da dachte ich, dass ich wirklich einen gebrauchen könnte. Mit Arbeit würde es in dieser Nacht ohnehin nichts mehr werden, so viel war mir klar, und meine eigene Waffe händigte ich Niemi aus, sobald er auftauchte.«

Der Polizeidirektor verstand auch das. Er hätte es vermutlich genauso gemacht.

Was du nicht sagst!, dachte Bäckström.

Bäckström hatte insgesamt sechs Schüsse abgefeuert. Einer davon hatte Farshad Ibrahim getroffen. Ob er eine Vorstellung davon habe, welcher dieser Schüsse das gewesen sei?

»Der letzte«, antwortete Bäckström. »Wenn ich in aller Ruhe darüber nachdenke, dann bin ich mir sogar ziemlich sicher.«

Erst hatte sich dieser Riese Jalib mit gezogener Pistole auf ihn geworfen. Bäckström hatte versucht, sich zu wehren, es war ihm gelungen, seine eigene Waffe zu ziehen, und mehrere Schüsse waren abgefeuert worden, während er mit Jalib gerungen hatte. Dann war es ihm gelungen, ihn zu Fall zu bringen und ihm die Waffe abzunehmen.

»Da kam der andere mit erhobenem Messer auf mich zu«, sagte Bäckström. »Ich zielte und schoss ihn in den linken Unterschenkel.«

»Ja.« Der Polizeidirektor seufzte. »Das war alles. Manchmal scheinen wir Polizeibeamten wirklich einen Schutzengel zu besitzen.«

»Was willst du jetzt machen, Bäckström?«, fragte Annika Carlsson. »Willst du nach Hause fahren und dich ein paar Stunden ausruhen? Eigentlich müsstest du auch mal was essen?«

»Dienststelle. Und ein Hamburger auf dem Weg«, erwiderte Bäckström. »Wir müssen uns schließlich um unsere Ermittlung kümmern.«

»Du bist der Chef«, erwiderte Carlsson.

72

Nadja umarmte ihn und flüsterte ihm ins Ohr: »Ich habe die Tüte in deine Schreibtischschublade gelegt.«

Bäckström war fast gerührt. Wie immer, wenn ihn jemand im Herzen berührte.

»Danke, Nadja«, sagte Bäckström. Russen, sentimentale Schwachköpfe, dachte er.

Der junge Stigson erhob sich und salutierte, obwohl er nicht einmal Uniform trug.

»Willkommen, Chef«, sagte Stigson. »Schön, dich wohlbehalten wieder hier zu haben.«

»Danke«, erwiderte Bäckström und klopfte ihm auf die Schulter. Ich frage mich wirklich, ob sich sein Vater nicht auch noch an ihm vergangen hat, dachte er.

»Ein Glück, dass alles gutgegangen ist«, meinte Alm.

»Danke«, entgegnete Bäckström. Ekelhafter Schleimer, dachte er. Nicht genug damit, dass du vollkommen bekloppt bist, ein Kriecher bist du auch noch.

»Ich bin wirklich froh, dass du noch lebst, Chef«, sagte Felicia Pettersson und umarmte ihn anschließend. Sie legte ihm einfach die Arme um den Hals und drückte ihn an sich.

»Schon gut«, sagte Bäckström. Die sind ja heute alle vollkommen verrückt nach dir, dachte er.

»Zurück zur Tagesordnung«, sagte Bäckström. »Was gibt es zu rapportieren?«

Alles verlief nach Plan. Zumindest im Großen und Ganzen. Die Befragung der Nachbarn in Rinkeby zog sich leider hin. Nichts von Interesse habe sich ergeben, obwohl sich die Kollegen von der Stadtteilpolizei wirklich ins Zeug gelegt hätten, meinte Annika Carlsson.

Die Überprüfung von Danielssons Bekanntenkreis gestaltete sich ebenfalls schwierig. Viele seiner alten Freunde schienen nicht sonderlich daran interessiert zu sein, überhaupt über ihn zu reden, und Alm hatte inzwischen größte Bedenken, was einige von ihnen anging.

»Der ehemalige Kollege Stålhammar ist ja alles andere als ein sympathischer Mensch. Er scheint leider unter einer schweren Persönlichkeitsstörung zu leiden.«

»Hast du deine Ansicht geändert?«, fragte Bäckström und lächelte extra freundlich.

»Geändert ist vielleicht zu viel gesagt«, meinte Alm. »Ich hatte die ganze Zeit über meine Zweifel.«

Nadja Högberg hatte in den Melderegistern Nachforschungen über Danielsson angestellt. Sie hatte auch Nachfragen bei Firmen laufen, die Lager und Kellerräume vermieteten. Bisher ohne Ergebnis.

In Bäckströms Abwesenheit hatte sie Toivonen mit Fragen gelöchert. Wie es mit dem Zusammenhang zwischen Farshad Ibrahim und Danielsson aussehe? Er hatte ihr sogar Hilfe angeboten, falls sie die benötige. Er konnte sich vorstellen, zwei Leute an sie abzutreten. Nadja hatte ihm daraufhin erklärt, sie kämen schon allein zurecht, wenn ihr Chef erst einmal wieder zurück sei. Außerdem könne sie das kaum alleine entscheiden.

»Wen denn?«, fragte Bäckström. »Wen hat er denn an uns loswerden wollen?«

»Luft vom Reichskriminalamt und Asph, der bei der Polizei Stockholm arbeitet«, meinte Nadja und seufzte.

Ein Dummkopf und ein Hohlkopf, dachte Bäckström, der beide kannte. Einen normalen Holzkopf hatte er ja bereits.

»Auf die beiden können wir gut verzichten«, meinte er. Unglaublich, dachte er, bloß weil jemand versucht, mich umzubringen, versuchen sie jetzt, meine Ermittlung zu infiltrieren.

»Und sonst?«, fragte er.

»Ich glaube, dass ich auf etwas gestoßen bin, was von Interesse sein könnte«, sagte Felicia Pettersson.

»Ich höre«, sagte Bäckström.

Felicia Pettersson hatte das Telefon von Akofeli überprüft. Sie hatte seine Gesprächslisten der letzten drei Monate angefordert. Die Telefonnummer, die er am Tag vor seinem Verschwinden fünf Mal angerufen hatte, tauchte so gut wie täglich auf.

»Er hat dort fast jeden Tag angerufen«, sagte Felicia Pettersson. »Oft frühmorgens zwischen halb sechs und sechs, während er seine Zeitungen austrug. Niemanden sonst hat er so oft angerufen.«

»Aber wir wissen immer noch nicht, wem diese Nummer gehört?«, fragte Bäckström.

»Nein. Aber sie hat nichts mit seinem Arbeitsplatz zu tun. Mit denen habe ich geredet. Von seiner Familie und seinen Freunden kennt die Nummer auch niemand. Er scheint im Übrigen nicht viele Freunde besessen zu haben. Er traf sich vor allem mit seinen Kollegen von der Kurierfirma und mit Leuten, die er noch von der Uni kannte. Ein paar Freunde hatte er noch aus dem Gymnasium. Außerdem traf er gelegentlich einen seiner Nachbarn. Keine dieser Personen kennt diese Telefonnummer.«

»Und wo hält sich die Person mit diesem Handy auf?«, fragte Bäckström.

»Hier in Solna«, antwortete Pettersson. »Solna und Sundbyberg. Immer dieselben Masten.«

»Hast du die Nummer mit der Fahndungsliste abgeglichen?«

»Natürlich«, antwortete Felicia. »Die Nummer steht nicht

im Register der Handys, die schon einmal überprüft worden sind. Jetzt steht sie da, weil ich sie eingetragen habe.«

»Tja«, sagte Bäckström und strich sich übers Kinn. »Irgendwas mit diesem Akofeli ist komisch.«

»Du bist noch nicht draufgekommen, Chef, was dir Kopfzerbrechen bereitet?«, fragte Felicia.

»Wahrscheinlich werde ich langsam alt«, meinte Bäckström. »Früher oder später fällt der Groschen hoffentlich. Wir machen nach Plan weiter. Früher oder später werden wir der Sache schon noch auf den Grund kommen. Grab bei Akofeli weiter, Felicia. Mein Gefühl rät mir, ihn im Auge zu behalten. Ich wünschte mir, ich könnte das präzisieren, aber im Augenblick ist es nur so ein Gefühl.«

Da hast du was, worauf du rumkauen kannst, dachte Bäckström, der sich langsam wieder wie ein Mensch fühlte. Gefühl, was für ein Unsinn! Und wie werde ich jetzt Wachmann Carlsson los, damit ich mir anständig den Bauch vollschlagen kann?, dachte er.

73

Am Nachmittag hatte die Bezirkspolizeidirektorin eine außerordentliche Besprechung mit ihrem großen Stab anberaumt. Der Druck von den Medien war enorm. Die Leute forderten, ihren Helden, Kommissar Evert Bäckström, endlich treffen zu dürfen. Sie konnte sich nicht erinnern, seit dem Mord an Anna Lindh einen solchen Aufstand erlebt zu haben, und damals hatte man nicht nach ihr verlangt, sondern nach dem damaligen Chef des Bezirkskriminalamtes. Inzwischen hatte er andere Aufgaben und stand weniger im Licht der Öffentlichkeit, aber es hatte Zeit und Mühe gekostet, sicherzustellen, dass er fortan von allzu großer Aufmerksamkeit durch die Medien verschont würde.

Der neue Chef der Human-Relations-Abteilung hatte das Brainstorming mit einem interessanten Vorschlag eingeleitet. Er hatte früher bei einem Think-Tank der Konservativen und zeitweilig auch als stellvertretender Pressesprecher des Ministerpräsidenten gearbeitet. Erst vor einem Monat hatte er über ein Wochenende an einer geheimen und außerordentlich interessanten Konferenz auf dem Herrenhof Gimo teilgenommen. In jener verschwiegenen Runde hatte es ihm keine Probleme bereitet, den Vorhang zu lüften.

Unzählige Umfragen hatten ergeben, dass die Öffentlichkeit nach Glamour giere, dass der »Selbstbestätigungskoeffizient« in den dreißig Jahren seit Beginn der Erhebungen noch nie so hoch gewesen war. Alle Kurven wiesen steil nach oben.

Soldaten, Polizisten, ja sogar ganz normale Zollbeamte, Beamte von der Küstenwache und Feuerwehrleute forderten weitere Dienstränge, Titel, schönere Achselklappen, Abzeichen,

Orden und Urkunden. Die Öffentlichkeit wünschte sich einen größeren Einfluss der Königsfamilie auf die schwedische Gesellschaft, man wollte erneut Logen einführen, und eine Mehrheit befürwortete, dass diese so liberal sein sollten, dass nicht nur einer Menge Schöngeister und Generäle Zutritt gewährt würde, sondern auch ihnen selbst.

Der Ministerpräsident, der am letzten Tag der Beratungen erschienen war, hatte einen außerordentlich interessanten Vorschlag unterbreitet. Einen kühnen Vorschlag, der eines großen politischen Denkers würdig und gleichzeitig der interessanteste war, den der HR-Chef je gehört habe.

»Und zwar?«, fragte die Bezirkspolizeidirektorin.

»Adel. Der Ministerpräsident wollte zumindest zur Debatte stellen, den Adel wieder einzuführen. Das Finanzamt hat errechnet, dass sich damit jährlich Milliardensummen an Gratifikationen und Abfindungen einsparen ließen.«

»Alle jagen heutzutage irgendwelchen Schimären hinterher. Und was sind die *fifteen minutes of fame* schon dagegen, seinen nackten Arsch bei Big Brother zeigen zu dürfen«, stellte der Chef der HR-Abteilung fest.

»Was hattest du dir konkret vorgestellt?«, fragte die Chefjuristin der Bezirkspolizeidirektorin, eine magere Frau, etwa im gleichen Alter wie ihre oberste Chefin, die, seit er seinen Posten angetreten hatte, ein begehrliches Auge auf den hauseigenen Staubsaugervertreter geworfen hatte.

»Die Große Polizeimedaille in Gold«, sagte der HR-Chef. »Die höchste Auszeichnung der Polizei, die gewissermaßen seit einem Menschenalter in Vergessenheit geraten ist.«

Zuletzt war vor fünfunddreißig Jahre eine Verleihung erwogen worden. Nach dem Geiseldrama in einer Bank am Norrmalmstorg, bei dem die beiden »Helden vom Norrmalmstorg«, die Kriminalinspektoren Jonny Johnsson und Gunvald Larsson, die in einem Tresorgewölbe gefangenen Geiseln befreit und die Täter rechtzeitig vor Redaktionsschluss und den Abendnachrichten von Kamerablitzen illuminiert und an einer Mauer aus Mikrofonen vorbei in Handschellen abgeführt hatten.

Damals war die Medaille nicht verliehen worden. Der einstige Polizeidirektor, ein Kompromisskandidat mit einem Parteibuch der Volkpartei, der den Posten bekommen hatte, da es keinen besseren Kandidaten gegeben hatte, hatte einfach nicht genug Schneid gehabt.

»Es war mitten im Wahlkampf, sozialdemokratische Regierung und all das. Palme war vollkommen übergeschnappt, also bekam der Polizeidirektor kalte Füße. Ganz einfach zu wenig Mumm«, stellte der HR-Chef fest.

Zuletzt war die Medaille vor fast sechzig Jahren verliehen worden, und zwar an den damaligen Oberwachtmeister der Polizei Stockholm Viking Örn für seinen entscheidenden Einsatz bei den sogenannten Margarinekrawallen im November 1948.

»Die Große Polizeimedaille in Gold«, sagte die Bezirkspolizeidirektorin, und es klang fast so, als würde sie die Worte auf der Zunge zergehen lassen. Sie hatte sich etwas ganz anderes vorgestellt, aber das würde sie für sich behalten. Bis auf Weiteres zumindest.

»Könntest du da nicht mal einen Blick drauf werfen, Margareta«, sagte sie zu ihrer Chefjuristin, »und die Fakten zusammenstellen, dann treffen wir uns morgen früh zu einer weiteren Besprechung.«

»Gerne«, sagte die Chefjuristin und nickte aus unerklärlichem Grund dem neuen HR-Chef freundlich zu. »Es ist mir ein Vergnügen«, fügte sie noch hinzu.

Wer war Viking Örn?

Was waren die Margarinekrawalle?

74

Wer war Viking Örn?

Viking Örn war 1905 in Klippan in Schonen als Sohn des Mühlenbesitzers Tor Balder Örn und seiner Frau Fidelia Josefina, geborene Markow, zur Welt gekommen. Er war Polizeibeamter und außerdem ein legendärer Ringer. Bei der Olympiade in Berlin 1936 hatte er die Goldmedaille im griechisch-römischen Stil im Schwergewicht gewonnen, und man erzählte sich, er habe seine herkulische Stärke erworben, als er als Dreikäsehoch die steilen Mühlentreppen zu Hause in Klippan mit Neunundneunzig-Kilo-Mehlsäcken rauf- und runtergewetzt sei.

Viking Örn war 1926 Anwärter der Stockholmer Polizei geworden, und in Klippan und ganz Schonen hatte man Volkstrauer ausgerufen. Klippan war die schwedische Ringer-Hochburg gewesen. Viking Örn hatte seinem Club schon etliche Meistertitel beschert und würde jetzt in den Ringerclub der Polizei Stockholm eintreten.

In der legendären Olympiaendausscheidung 1936 in der Berliner Sporthalle hatte er den großen Sohn und Helden des Dritten Reiches, den ringkämpfenden Baron Claus Nicholaus von Habenix besiegt. Bereits nach einer Minute hatte Örn Habenix auf die Matte gezwungen, hatte erneut zugepackt und den Baron in einen Hebegriff genommen und mit seinen Riesenarmen hochgehoben. Anschließend hatte der schwedische Wikinger einen fürchterlichen Schrei ausgestoßen, sich halb um sich selbst gedreht und von Habenix in die dritte Reihe der Zuschauertribüne geschleudert.

Zwölf Jahre später hatte er die Große Polizeimedaille in Gold erhalten.

Viking Örn war zu diesem Zeitpunkt Oberwachtmeister gewesen und stellvertretender Chef des Einsatzkommandos, das bei seiner Gründung fünfzehn Jahre zuvor von dessen erstem Chef als die schwedische Entsprechung der deutschen SA beschrieben worden war. In den Jahren nach dem Krieg hatten sich dessen Aufgaben teilweise gewandelt. Das Einsatzkommando konzentrierte sich vornehmlich auf den Transport von besonders gefährlichen Gefangenen von und zu den Gefängnissen und anderen Anstalten sowie auf den Schutz von »Gebäuden, Anlagen und anderen Werten« in der königlichen Hauptstadt.

Man verfügte außerdem über das erste Spezialfahrzeug der Polizei. Einen schwarzen, extra langen Plymouth V8, in dem bis zu zehn Schutzleute plus Fahrer Platz fanden. Außerdem richtige Schränke, da Örn sie fast ausschließlich aus dem Ringerclub der Polizei Stockholm rekrutierte. Im Volksmund wurde der Wagen »schwarze Maja« genannt und seine Besatzung »die Blumenkohlbrigade« nach der Form ihrer Ohren.

Am dritten Tag der Margarinekrawalle in einer für die Nation kritischen Lage, in der alles auf der Kippe gestanden hatte, war es Viking Örn gelungen, einer Entwicklung Einhalt zu gebieten, die zur Katastrophe hätte führen können. Zur Belohnung hatte er die Große Polizeimedaille in Gold erhalten.

Aber was waren die Margarinekrawalle gewesen?

Die Margarinekrawalle waren ein lange vernachlässigtes Kapitel der neueren schwedischen Geschichte, und erst sehr viel später hatte die Historikerin Maja Lundgren in ihrem Standardwerk über die Rationierungspolitik der schwedischen Regierung nach Ende des Zweiten Weltkriegs (»Satte Männer und magere Mütter«, Bonnier Fakta, 2007) diese Vorfälle eingehender beleuchtet.

Die Krawalle hatten am Donnerstag, dem 4. November 1948, begonnen, und Grund für die Unzufriedenheit der Demonstranten war gewesen, dass die schwedische Regierung die Margarinerationierung nicht aufgehoben hatte, obwohl seit dem Ende des Krieges im Mai 1945 dreieinhalb Jahre vergangen waren. Demonstriert hatten Hausfrauen aus der Arbeiterklasse, und die Demonstration war anfänglich sehr bescheiden ausgefallen. Es hatte sich um etwa fünfzig Frauen gehandelt, von denen nur etwa ein halbes Dutzend ein Plakat mit sich geführt hatten.

Aus unklaren Gründen hatten sie sich dafür entschieden, vor dem Hauptquartier des Gewerkschaftsverbands am Norra Bantorget statt vor der Regierungskanzlei in der Altstadt zu demonstrieren. Ministerpräsident Tage Erlander und der verantwortliche Minister Gustaf Möller waren relativ ungeschoren davongekommen; der Zorn der Demonstrantinnen hatte sich stattdessen gegen den Vorsitzenden des Gewerkschaftsverbands Axel Strand und seinen nächsten Mitarbeiter, den Schatzmeister des Verbands Gösta Eriksson gerichtet.

Zum ersten Mal in der schwedischen Geschichte hatte das Land eine alleinregierende Arbeiterpartei an der Macht. Jeder rechtgläubige Sozialdemokrat wusste auch, dass die Regierungsmitglieder Marionetten des Gewerkschaftsverbands, LO, waren. Daher hatte man die LO-Burg, das Hauptquartier des Gewerkschaftsverbands, gewählt, um dort zu demonstrieren, und nicht etwa die Regierungskanzlei.

Etwa fünfzig Frauen hatten sich vor der Treppe des Gewerkschaftsverbands versammelt und einem Vertreter dieser Organisation eine Liste mit ihren Forderungen überreicht. Man hatte ihnen den Rat erteilt, sich an die Regierung zu wenden.

Am zweiten Tag war der Ton schärfer geworden. Die Anzahl der Frauen hatte sich vervielfacht. Einige hundert Mütter forderten: »Margarine aufs Brot der Kinder der Arbeiterklasse.« Außerdem skandierten sie: »Die Reichen essen Butter, wir essen Bezugsscheine.« Am dritten Tag, Samstag, dem 6. November, war die Lage kritisch geworden. »Satte Männer und magere Mütter« hatte auf einem der hämischsten Plakate gestanden, auf dem außerdem noch Strand und Erlander mit erhobenen Schnapsgläsern abgebildet gewesen waren.

Es war Sonnabend und außerdem der Todestag des Heldenkönigs Gustaf II. Adolf gewesen, und der Tag war somit für Manifestationen dieser Art außerordentlich schlecht gewählt gewesen.

Arbeiterfrauen waren mit der Bahn aus der gesamten Mälarregion angereist, die Anzahl der Demonstrantinnen betrug bereits am Morgen mindestens ein halbes Tausend, die Polizei der Klara-Wache hatte sich an den Polizeipräsidenten Henrik Tham gewandt und um Hilfe gebeten, da die lokale Wache die Ordnung und Sicherheit nicht mehr garantieren konnte. Tham hatte das Einsatzkommando unter Befehl des legendären Viking Örn angefordert. Dieser war in der Schwarzen Maja, gefolgt von mehreren normalen Streifenwagen, eingetroffen, hatte sich einen Weg durch die aufgebrachte Menge gebahnt und sich, umgeben von seinen respekteinflößenden Ringerkameraden, ganz oben auf die Treppe des Hauptquartiers des Gewerkschaftsverbands gestellt. Keiner hatte den Säbel ziehen müssen.

»Geht nach Hause, Weiber, sonst gibt's Prügel!«, hatte Örn gebrüllt und mit seiner Rechten, die so groß war wie der Schinken, der beim Weihnachtsessen Seiner Majestät serviert wurde, gedroht.

Und da sich dies alles zur bösen alten Zeit zugetragen hatte, als fast alle Frauen taten, was ihre Männer ihnen sagten, waren sie einfach davongetrottet. Außerdem hatten sie ja alle Kinder gehabt, um die sie sich hatten kümmern müssen, und überdies hatte es zu regnen begonnen, ein kalter, ungemütlicher Novemberregen.

Viking Örn war der Held der herrschenden Mittelklasse geworden, und man hatte ihm die Große Polizeimedaille in Gold verliehen. Der Polizeipräsident hatte ihm gedankt, und sämtliche konservativen Tageszeitungen hatten ihm in Leitartikeln ihre Hochachtung ausgesprochen. Leider hatte er sich auch zu einigen Äußerungen hinreißen lassen, die sechzig Jahre später im bleichen Licht historischer Erkenntnis als weniger geglückt gelten mussten.

In einem Radiointerview des Senders Stockholm-Motala hatte er seinen eigenen Einsatz sogar heruntergespielt. Viel Lärm um nichts, mit dem Ringkämpfer Baron sei es da schon ganz anders gewesen. Was seien das für Waschlappen, die einen Haufen hysterischer Frauenzimmer nicht zum Schweigen bringen und dazu bewegen konnten, sich wieder um die ihnen gemäßen Dinge wie Kochen, Putzen, Waschen, Spülen und Kinderbetreuung zu kümmern, statt auf Straßen und Plätzen herumzurennen und ihm und seinen Kollegen und allen wohlanständigen Bürgern Ärger zu machen. Er selbst habe mit solchen Dingen zu Hause keinerlei Probleme.

Nur eine abweichende Stimme war in dieser medialen Marschmusik laut geworden. Die Journalistin Bang hatte knapp konstatiert, dass Viking Örn der geborene Anführer des Blumenkohlbataillons der Polizei Stockholm sei, und hätte es ihn nicht in Wirklichkeit gegeben, so hätte man ihn erfinden müssen.

Der Stab der Bezirkspolizeidirektorin las schweigend das pro memoria der Chefjuristin. Eine Sekunde lang dachte die Bezirkspolizeidirektorin, dass Evert Bäckström wie geschaffen für diese Auszeichnung war, aber dann besann sie sich eines Besseren.

Der HR-Chef hatte versucht, die Sache zu retten.

»Wie sieht es mit den Leuten aus, die die Auszeichnung bislang erhalten haben?«, fragte er. »Es werden doch wohl nicht alle wie dieser Örn gewesen sein?«

»Allerdings nicht«, erwiderte die Chefjuristin mit ungewöhnlich milder Stimme. »Es gibt sogar Personen aus der Weltgeschichte, denen diese Auszeichnung zuerkannt worden ist.«

»Was du nicht sagst«, meinte der HR-Chef, der im Grunde ein positiver Mensch war und sich gerne Hoffnungen machte.

Der berühmteste war der deutsche SS-General Reinhard Heydrich gewesen. Heydrich war 1939 auf schwedische Initiative hin zum Vorsitzenden des internationalen Polizeiverbandes ernannt worden. Ein Jahr später hatte man ihm die Große Polizeimedaille in Gold für seinen »herausragenden Einsatz zur Aufrechterhaltung der öffentlichen Ordnung in der vom Krieg gebeutelten Tschechoslowakei« verliehen.

»Brauchst du noch weitere Beispiele?«, fragte die Chefjuristin und lächelte milde.

Also das Übliche, dachte die Bezirkspolizeidirektorin, als sie zur nächsten Besprechung eilte. Eine Pressekonferenz mit dem kleinen, fetten Unglück ließ sich leider nicht umgehen. Anna Holt war hoffentlich Frau genug, den Schaden zu begrenzen. Sie selbst kannte eine Person, die nicht anwesend sein würde. Und dann gibt es natürlich die übliche Vase aus Bleikristall, dachte sie.

75

Am selben Tag fand Bäckströms Pressekonferenz statt, die von seiner obersten Chefin, Polizeidirektorin Anna Holt persönlich, überwacht wurde. Neben ihm auf dem Podium saß auch sein unmittelbarer Vorgesetzter, Kommissar Toivonen, sowie der Pressesprecher der Bezirkspolizeidirektorin.

Da ein großer Zustrom erwartet wurde, hatte die Bezirkspolizeidirektorin den großen Saal des Präsidiums in Kungsholmen zur Verfügung gestellt.

Bedauerlicherweise hatte diese nicht die Möglichkeit, selbst daran teilzunehmen, da sie eine wichtige Besprechung hatte. Das hatte sie zumindest Holt gegenüber erklärt, obwohl sie in Wirklichkeit, in der Welt, in der Augen, die sehen, und Ohren, die hören konnten, eigentlich nichts verborgen blieb, allein in ihrem Büro gesessen und sich das Ereignis live im TV 4 angesehen hatte.

Anna Holt fasste einleitend den Vorfall kurz zusammen. Es wurden fast keine Fragen gestellt, obwohl sich die Journalisten im Saal drängten.

Anschließend referierte Toivonen den Ermittlungsstand, was den Überfall auf den Geldtransporter in Bromma anging. Die Hauptverdächtigen säßen inzwischen in U-Haft. Am Nachmittag würde die Staatsanwältin gegen Farshad Ibrahim, Farbod Rashid Ibrahim und Hassan Jalib Anklage wegen Mordes, Mordversuchs und schweren Raubs erheben.

In Bezug auf die zwei eigentlichen Täter beim Überfall schwieg sich Toivonen jedoch aus. Die Ermittlung befinde sich in einer kritischen Phase, und er wolle sich deswegen darüber nicht weiter äußern. Die Journalisten schienen dies jedoch nicht gutzuheißen, denn fast alle ihre Fragen bezogen sich vor allem darauf. Zudem schienen ihnen die wesentlichen Fakten bereits bekannt zu sein.

Kari Viirtanen, Nasir Ibrahim? Was sei mit denen?

Kein Kommentar.

Kari Viirtanen war vor dem Haus seiner Freundin in Bergshamra erschossen worden. Die Täter, Hintermänner des Raubüberfalls, hätten sich an ihm rächen wollen, weil er die Sache versiebt und einen Wachmann erschossen hatte. Oder?

Kein Kommentar.

Nasir Ibrahim habe das Fluchtfahrzeug beim Raubüberfall in Bromma gefahren und es vor dem Clubhaus der Hell's Angels fünfhundert Meter vom Tatort entfernt stehen lassen. Dann sei er ermordet in Kopenhagen aufgefunden worden. Sei das die Rache der Hell's Angels gewesen?

Kein Kommentar.

Etwa da brach der Pressesprecher die Befragung ab, um Kommissar Evert Bäckström das Wort zu erteilen. Keiner der Journalisten hatte dagegen etwas einzuwenden.

Könne Bäckström erzählen, was Montagabend in seiner Wohnung vorgefallen sei?

Im Saal war es plötzlich mucksmäuschenstill. Die Journalisten forderten sogar die Fotografen auf, die Bilder von Bäckström machen wollten, still zu sein.

Bäckström versetzte alle, die ihn kannten, in Erstaunen. Er war zurückhaltend, fasste sich kurz, wirkte fast mürrisch, und die wenigen Male, die er den Mund zu einem Lächeln verzog, sah er fast so aus wie eine schwedische Entsprechung von Andy Sipowicz, dem Helden in der Fernsehserie »NYPD Blue«. Das war auch den Reportern und den Leuten, die die Schlagzeilen texteten, nicht entgangen. Trotzdem bereitete es ihnen Mühe, sich zwischen Andy Sipowicz und Clint Eastwoods »Dirty Harry« Callahan zu entscheiden.

»Darüber gibt es nicht viel zu sagen«, antwortete Bäckström. »Sie sind in meine Wohnung eingedrungen, und als ich über die Schwelle trat, fielen sie über mich her und versuchten, mich umzubringen.« Dann nickte er und lächelte verschmitzt.

Sein Publikum hielt dies für eine Kunstpause und harrte weiterer Worte. Bäckström zuckte aber nur noch einmal mit den Schultern, nickte und wirkte fast desinteressiert.

»Ja, das war's«, sagte er.

Seine Zuhörer schienen dies anders zu sehen. Sie bombardierten ihn mit Fragen, und schließlich musste der Pressesprecher für Ordnung sorgen. Er erteilte der Reporterin der größten Fernsehanstalt das Wort.

»Wie haben Sie reagiert?«, schrie sie und hielt ihm das Mikrofon hin, obwohl Bäckström fünf Meter von ihr entfernt saß und ein Mikro am Revers trug.

»Was blieb mir schon übrig?«, meinte Bäckström. »Einer hatte eine Pistole und versuchte, mich zu erschießen. Der andere schwang ein Messer und versuchte, mich damit niederzustechen. Ich versuchte einfach, am Leben zu bleiben.«

»Wie haben Sie reagiert?«, schrie die Reporterin der staatlichen Fernsehanstalt, die nicht nochmals übergangen werden wollte.

»Ich reagierte meinem Training gemäß«, antwortete Bäckström. »Ich entwaffnete den Mann mit der Pistole und stellte ihn ruhig. Der andere ging daraufhin mit dem Messer auf mich los, also schoss ich ihm ins Bein. Unter das Knie«, fügte er aus unerfindlichen Gründen noch hinzu.

»Hassan Jalib«, keuchte der *Expressen*-Reporter, »einer unserer meistgefürchteten und bekanntesten Berufskiller versuchte Sie zu erschießen, sagen Sie. Daraufhin haben Sie ihm also die Waffe abgenommen und ihn unschädlich gemacht. Laut unseren Informationen liegt Jalib mit zertrümmertem Schädel im Karolinska-Krankenhaus und schwebt immer noch in Lebensgefahr.«

»Erst nahm ich ihm die Waffe ab, mit der er mich erschießen wollte, und dann brachte ich ihn mit einem Judogriff, den ich schon als Junge gelernt habe, zu Fall. Leider fiel er mit dem Kopf gegen eine Tischkante, und das bedaure ich aufrichtig …«

»Sie haben ihn also entwaffnet und zu Boden geschlagen …«

»Ein bisschen ist er schon auch selbst schuld«, fiel ihm Bäckström ins Wort. »Was hätte ich denn Ihrer Meinung nach tun sollen? Mich bei ihm bedanken und ihn umarmen?«

Niemand im Saal schien dieser Meinung zu sein. Allgemeiner Jubel. Die Bäckströmsche Heldenfeier hätte noch die ganze Nacht weitergehen können, wenn er sie nicht selbst nach zehn Minuten abgebrochen hätte.

»Jetzt müssen Sie mich entschuldigen«, sagte Bäckström und erhob sich. »Ich habe nämlich noch einiges zu erledigen, unter anderem muss ich noch einen Doppelmord aufklären.«

»Noch eine letzte Frage«, flehte die Reporterin von TV3, und da sie mehr wegen ihrer blonden Haare und ihres Riesenbusens bekannt war als wegen ihrer journalistischen Fähigkeiten, verwandelte sich Bäckström wieder in Sipowicz und nickte ihr gnädig zu.

»Was ist Ihrer Meinung nach der Grund dafür, dass ausgerechnet auf Sie ein Mordanschlag verübt wurde?«, fragte sie.

»Vielleicht werde ich ja mehr gefürchtet als manch andere Kollegen«, sagte Bäckström und zuckte mit den Achseln. Dann nahm er sein Mikro ab und ging. Als er auf dem Weg nach draußen an Kollege Toivonen vorüberkam, tat er dieses auf eine Weise, die niemandem entgehen konnte.

Was gut für Bäckström ist, ist gut für die Polizei und damit auch gut für mich, dachte die Bezirkspolizeidirektorin und schaltete ihren Fernseher aus. Einstweilen jedenfalls.

76

Der ungewöhnlich schweigsame Held gehörte im Unterschied zu Andy Sipowicz und Harry Callahan in die Wirklichkeit. In Ermangelung von Bäckström hatten andere über ihn erzählen müssen. Die Zeitung *Aftonbladet* brachte ein großes Interview mit seinem Waffenausbilder, der sich geradezu überschwänglich äußerte.

»Der beste Schüler, den ich je hatte… einer der besten Schützen der Polizei… ein Phänomen… besonders in akuten Krisensituationen… vollkommen eiskalt…«

Mehrere seiner Kollegen hatten sich ebenfalls geäußert, und dass die Mehrzahl es vorzog, anonym zu bleiben, lag ausschließlich daran, dass Bäckström in den Augen der Polizeiführung immer eine sehr kontroverse Person gewesen sei.

Im Übrigen war man sich vollkommen einig, die Beurteilungen waren enthusiastisch.

»Ein legendärer Ermittler des Morddezernats.«

»Jemand, der immer recht behält.«

»Ein Kollege, der immer in die Bresche springt.«

»Kennt keinerlei Furcht, gibt nie klein bei und weicht keinem Problem aus.«

»Nichts ist ihm gewachsen.«

Und so weiter und so weiter.

Zwei seiner Kollegen hatten sich namentlich interviewen lassen. Zum einen sein alter Freund und Kamerad Kriminalinspektor Rogersson, seinerseits ein »legendärer Ermittler«, der sich mit der Äußerung begnügte, Bäckström sei ein verdammt fähiger Mann. Zum anderen einer seiner früheren höchsten

Vorgesetzten, Lars Martin Johansson, der mittlerweile pensioniert war und der ihn gefeuert hatte, als beide noch am Reichskriminalamt gewesen waren.

»Was ich von Evert Bäckström halte?«, sagte Johansson.

»Ja, was halten Sie von ihm?«, wiederholte der Reporter von *Dagens Nyheter,* obwohl er einen guten Überblick über Johanssons und Bäckströms gemeinsame Geschichte hatte.

»Evert Bäckström ist ein richtiger kleiner Scheißer«, sagte Johansson.

»Darf ich das zitieren?«

»Klar«, erwiderte Johansson. »Wenn Sie mich dann anschließend nicht mehr belästigen.«

Aus irgendeinem Grund fehlte Johanssons Urteil später in der Zeitung.

Nach beendeter Pressekonferenz lud Holt den engeren Kreis zu einem einfachen Mittagessen ein und bedankte sich bei Bäckström mit einer Kristallvase, in die Bäckströms Namen und das Wappen der Polizei eingraviert waren. Außerdem erhielt er eine alte Dienstmarke, von der es hieß, sie habe einmal Viking Örn gehört.

Als Bäckström nach Hause kam, klingelte er bei seinem Nachbarn, dem ehemaligen Fernsehchef mit Alkoholproblemen, und überreichte ihm die Vase.

»Was zum Teufel soll ich damit?«, fragte der Nachbar und glotzte Bäckström misstrauisch an.

»Da kannst du dich drin ersäufen, du verdammte Denunziantenschwuchtel«, sagte Bäckström, der bei seinem Besuch bei der internen Ermittlung das Tonband von der Notrufzentrale gehört hatte.

Den restlichen Abend brachte er damit zu, alle Briefe und Mails zu lesen, die er bekommen hatte, und einige der vielversprechendsten zu beantworten. Dann öffnete er alle Pakete und Geschenke und genehmigte sich zwischendurch ein paar kleine Gläser.

Der beste Wodka der Welt, dachte Bäckström und hielt das kleine Glas, das Nadja ebenfalls in die Tüte mit der Flasche gesteckt hatte, in die Höhe. Diese Frau hat wirklich ein sehr großes Herz, dachte er.

77

Am Mittwoch, vierzehn Tage nach dem Mord an Karl Danielsson, war somit einiges geschehen. Bäckström hatte sich von einem Dienststellenpromi in einen echten Promi verwandelt.

Die größte Ermittlung der Polizei Stockholm seit dem Mord an Anna Lindh war nur noch ein Scherbenhaufen, und obwohl die Täter die Zeche hatten zahlen müssen, konnte Toivonen die Sache nicht sonderlich spaßig finden. Ihm und seinen Kollegen blieb nur noch übrig, die Scherben aufzukehren, und das schien nicht sonderlich einfach zu sein.

Hassan Jalib war nicht ansprechbar. Sein Arzt hatte nur den Kopf geschüttelt. Selbst wenn sein Patient überleben sollte, würde er auch in einer sehr fernen Zukunft nichts beizutragen haben. Umfassendes Schädeltrauma, bleibende Schäden.

»Sie können sich das also gleich aus dem Kopf schlagen, Herr Kommissar«, sagte der Arzt und nickte Toivonen zu.

Mit Farshad und Farbod Rashid Ibrahim konnte man an sich sprechen. Das Problem war nur, dass sich beide nicht mit der Polizei unterhalten wollten.

Sie sprachen mit Fredrik Åkare, der guter Dinge war und seinen üblichen Rechtsanwalt dabei hatte. Ihre Fragen waren ihm unbegreiflich. Er und seine Freunde sollten Nasir Ibrahim ermordet haben? Jemanden, dem Åkare nie begegnet war, dem er beim besten Willen auch nicht hätte begegnen wollen. Am allerwenigsten in Kopenhagen. Im Übrigen sei fast ein Jahr seit seinem letzten Aufenthalt in der dänischen Hauptstadt, wo er ein paar alte Freunde und Bekannte getroffen hatte, verstrichen.

»Manchmal mache ich mir geradezu Sorgen um Sie, Toivonen«, sagte Åkare und lächelte. »Sie haben doch wohl nicht wieder zur Flasche gegriffen?«

Peter Niemi lieferte Beweismaterial, das bei einer normalen Ermittlung den Durchbruch bedeutet hätte.

»Die Pistole, die Bäckström Hassan Jalib abgenommen hat, ist die, mit der Kari Viirtanen ermordet wurde«, sagte Niemi. »Fragt sich nur, was uns das jetzt noch nützt.«

Toivonen stöhnte nur laut. Dieser verdammte kleine Fettsack, dachte er.

»Was tun wir?«, fragte Niemi.

»Wir sehen zu, dass die Staatsanwältin was zu lesen bekommt«, sagte Toivonen. »Vorzugsweise bevor Bäckström seine nächste Pressekonferenz gibt.«

»Ich verstehe«, erwiderte Niemi. »Du oder ich?«, fuhr er dann fort.

»Was?«

»Den Fettsack mit eigenen Händen erwürgen«, sagte Niemi und grinste.

78

Nadja Högberg hatte die Pressekonferenz nicht besucht und auch die Einladung zum Mittagessen ausgeschlagen, obwohl diese von Bäckström persönlich gekommen war. Sie hatte einiges zu tun, da sie an diesem Tag bei Shuregard nur einen halben Kilometer von der Dienststelle entfernt einen gemieteten Lagerraum gefunden hatte. Ein freundlicher Angestellter hatte bei einem der Köder, die Nadja ausgelegt hatte, angebissen. Er hatte die Liste der Mieter seiner Firma mit der Liste verglichen, die er von der Kripo in Solna erhalten hatte, und war auf einen kleineren Lagerraum gestoßen, der an Blixtens Elektrizitätsaktiengesellschaft vermietet war.

Nadja fuhr mit dem jungen Stigson hin. In dem Lagerraum standen etwa zehn Kartons, die die Buchhaltung der Karl Danielsson Holding AB enthielten, jedoch keine Spur von Blixtens El.

In einem Karton ganz unten fand sie ein neunundzwanzig Jahre altes handschriftliches Testament, das am Heiligen Abend 1979 verfasst, unterzeichnet und von zwei Zeugen beglaubigt worden war. Es hatte folgenden Wortlaut:

»Testament.«

Anschließend zwei Leerzeilen, dann der eigentliche Text.

»Ich, Karl Danielsson, im Vollbesitz meiner geistigen Kräfte und bei ausgezeichneter Gesundheit und an einem Tag wie diesem außerordentlich guter Laune nach einem ordentlichen Mittagessen, verfüge hiermit als meinen letzten Willen, dass

alles, was ich besitze, sowohl bewegliche Habe als auch andere, nach meinem Tod an Ritwa Laurén sowie ihren und meinen leiblichen Sohn Seppo vererbt werden soll.

Solna, den 24. Dezember 1979.

Karl Danielsson hatte das Testament mit einer geschwungenen Schrift unterzeichnet, beglaubigt worden war es von »Rolle Stålhammar« und »Halvan Söderman«.

Vermutlich waren alle drei betrunken gewesen. Nadja seufzte, da sie zu Dingen dieser Art eine altmodische Einstellung besaß.

Nadja und Stigson nahmen die Kartons und das Testament zur Dienststelle mit.

Dort brachten sie ein paar Stunden damit zu, die Ordner mit der Buchführung durchzublättern. Es handelte sich überwiegend um Abrechnungen von Aktien- und Wertpapiertransaktionen und Quittungen über Werbungskosten, überwiegend Bewirtung und Reisen.

Mittlerweile besaß Nadja auch eine ziemlich gute Kenntnis dessen, wie die Karl Danielsson Holding AB ihr Geld verdient hatte. Danielsson hatte sich nicht durch seine Fähigkeiten im Umgang mit Wertpapieren ausgezeichnet, sondern höchstwahrscheinlich durch seine Bereitschaft, schwarzes Geld entgegenzunehmen und mit Hilfe verschiedener finanzieller Transaktionen zu waschen.

Acht Jahre zuvor hatte die Aktiengesellschaft, die weitgehend pleite gewesen war, ein gelinde gesagt großzügiges Darlehen von fünf Millionen von einem ausländischen Geldgeber erhalten. Als einzige Sicherheit hatte der Gläubiger eine persönliche Bürgschaft von Karl Danielsson empfangen, der zu diesem Zeitpunkt ein versteuertes Einkommen von knapp zweihunderttausend Kronen im Jahr gehabt hatte. Die Entwicklung der internationalen Aktienmärkte hatte für alles Übrige gesorgt. Das Darlehen war offenbar bereits nach drei Jahren zurückgezahlt worden, und mittlerweile verfügte die Gesellschaft über ein zu besteuerndes Kapital von gut zwanzig Millionen und einen Wert, der noch einiges darüber lag.

Nadja seufzte, rief beim Dezernat für Wirtschaftskriminalität an und erinnerte die Kollegen an ihr Versprechen, diesen Teil der Ermittlung zu übernehmen, sobald sie die Akten gefunden hätte. Beim Dezernat für Wirtschaftskriminalität versprach man, wieder von sich hören zu lassen. Im Augenblick habe man alle Hände voll zu tun, aber in der Woche darauf würde es sicher wieder ruhiger.

Nadja schaute auf die Uhr. Höchste Zeit, nach Hause zu fahren und das Abendessen zuzubereiten, das sie dann allein vor dem Fernseher zu sich nehmen würde.

Dann rief sie aber doch noch Rolle Stålhammar auf seinem Handy an, nannte ihren Namen und fragte ihn, ob sie ihn nicht zum Essen einladen dürfe. Sie würde ihm gerne ein paar Fragen stellen. Stålhammar sträubte sich anfangs. Er fand, die Polizei hätte ihm und seinen Freunden, sowohl lebenden als auch verstorbenen, schon genug Ärger bereitet.

»Ich habe nicht die Absicht, Ihnen Ärger zu machen«, sagte Nadja. »Es geht um Karl Danielssons altes Testament. Außerdem kann ich gut kochen.«

»Für solche Frauen hatte ich schon immer eine Schwäche«, erwiderte Stålhammar.

Zwei Stunden später klingelte Stålhammar an der Tür ihrer Wohnung im Vintervägen in Solna. Die Piroggen lagen bereits im Ofen, der Borschtsch stand auf dem Herd und der auf russische Art eingelegte Hering bereits mit Bier, Wasser und dem besten Wodka der Welt auf dem Tisch.

Nadja hatte vom Kochen gerötete Wangen, und Rolle Stålhammar überreichte ihr als Allererstes einen kleinen Blumenstrauß. Außerdem trug er einen Schlips, duftete nach Rasierwasser und schien vollkommen nüchtern zu sein.

»Du bist wirklich eine Weltmeisterin, was das Kochen angeht, Nadja«, stellte Stålhammar fest, als sie eine Stunde später im Wohnzimmer Platz nahmen, um Kaffee zu trinken und etwas armenischen Weinbrand zu verkosten.

»Du musst entschuldigen, dass ich vielleicht etwas unfreundlich war, als du angerufen hast.«

Rolle Stålhammar konnte sich an Kalle Danielssons Testament sehr gut erinnern.

»Wir waren etwa ein halbes Dutzend alter Freunde und feierten Weihnachten zusammen. Mario hatte das Mittagessen organisiert. Das mit Seppo wussten alle, also dass er der Junge von Kalle und Ritwa war. Er war damals übrigens erst ein paar Monate alt. Dann haben wir angefangen, Kalle zu verspotten, und fragten ihn, wer für die Versorgung seines Kleinen aufkommen müsse, er oder wir. Damals ging es bei Kalle immer ziemlich drunter und drüber, und an diesem Heiligabend war er vollkommen blank, wenn ich mich recht entsinne. Wie es jetzt bei seinem Ableben damit aussah, weißt du sicher besser als ich. Kalle hatte ja ein paar schöne Möbel, die sich zu Geld machen lassen, aber der Junge wird wohl kaum mit irgendwelchen Millionen rechnen können. Die Geschichte mit seiner Mutter ist ja auch fürchterlich.«

»Was würdest du sagen, wenn ich behaupten würde, dass Kalle Danielsson ein Vermögen von fünfundzwanzig Millionen besaß, als er starb?«, fragte Nadja.

»Dass du genauso klingst wie Kalle in den letzten Jahren, wenn er vollkommen blau war«, erwiderte Stålhammar, grinste und schüttelte den Kopf.

»Kalle war eine Künstlernatur, ein Bohemien«, fuhr er fort. »Wenn er Geld in der Tasche hatte, gab er immer alles gleich aus. Er schien allerdings auch immer ganz gut über die Runden zu kommen. Er hatte ja seine Rente und vermutlich auch irgendwelche privaten Rentenversicherungen. Außerdem hatte er sich auf Solvalla einigermaßen zurückgehalten. Dieses Jahr haben wir sogar mal ein Plus gemacht. Wir spielen ja manchmal zusammen, aber das weißt du sicher schon. Wir hatten im Frühling mal einen Systemtippschein, mit dem wir fast hunderttausend gewonnen haben.«

»Und vor zehn Jahren?«

»Da ging es rauf und runter«, erwiderte Stålhammar und zuckte mit seinen breiten Achseln. »Wie viel besaß er denn?« Stålhammar sah sie neugierig an, während er den Cognacschwenker in seinen kräftigen Fingern kreisen ließ.

»Fünfundzwanzig Millionen«, sagte Nadja.

»Und du bist dir ganz sicher?«, fragte Stålhammar, dem es schwerfiel, sein Erstaunen zu verbergen. »Kalle war ein Ass, was Buchführung angeht. Ich erinnere mich, dass Blixtens Elektrogeschäft einmal arg in den roten Zahlen war, aber Kalle hat das wieder hingekriegt. Er ist einfach runter zur Bank gegangen, hat einen Riesenkredit aufgenommen, und die Sache war geritzt. ›Aus Eiweiß macht man Baiser‹, hat Kalle immer gesagt.«

»Fünfundzwanzig Millionen ohne Baiser«, meinte Nadja.

»Unglaublich«, sagte Rolle Stålhammar und schüttelte den Kopf.

79

Alm fiel es schwer, den Gedanken an Seppo Laurén und einen eventuellen Vatermord fallen zu lassen. Er hatte sich mit einem Kollegen vom Reichskriminalamt unterhalten, der sich mit Computern auskannte. Es gab verschiedene Möglichkeiten, sich mit Hilfe eines Computers ein falsches Alibi zu verschaffen. Man konnte eine andere Person stellvertretend an den Computer setzen, und konnte man genug und war man verschlagen genug, dann musste nicht einmal jemand vor dem Computer sitzen.

»Man kann sich über einen zweiten Computer einklinken, und das ist manchmal nur sehr schwer zu ermitteln«, erklärte der Experte.

»Was du nicht sagst«, meinte Alm, der seinem eigenen Computer meist einen Tritt versetzte, wenn dieser nicht gehorchte.

»Mittlerweile gibt es Programme, die all das für dich erledigen. Dann kannst du machen, was du willst. Der Computer arbeitet von allein und erledigt alle Aufgaben, die das Programm ihm stellt.«

»Er könnte also auch einfach ein Computerspiel spielen?«, fragte Alm.

»Ja, beispielsweise auch das.«

Nadja war nicht sonderlich beeindruckt, als ihr Alm die Ansichten eines der »besten Computerspezialisten« der Behörde referierte.

»Na schön, Alm«, sagte Nadja, »aber das Problem liegt leider woanders.«

»Und wo?«, fragte Alm.

»Seppo beschäftigte sich sehr gerne mit Computerspielen«, erwiderte Nadja. »Das ist eigentlich das Einzige, was ihm Spaß macht. Warum sollte er das von einem Programm für sich erledigen lassen? Einmal abgesehen davon, dass es ihm sicher keine Schwierigkeiten bereiten würde, ein solches Programm zu erstellen.«

»Da sagst du es doch selbst, Nadja«, meinte Alm. »Hör dir doch einmal selbst zu.«

»Schlag dir Seppo aus dem Kopf«, sagte Nadja. »Er hat Danielsson nicht ermordet.«

»Wie kannst du dir da so sicher sein?«

»Seppo kann nicht lügen«, antwortete Nadja. »Leute wie er können das nicht. Hätte er Danielsson erschlagen, so hätte er es gesagt, als du ihn danach gefragt hast. Er hätte das auf dieselbe Art erzählt wie alles andere, wonach wir ihn gefragt haben.«

Was für ein Idiot, dachte Nadja, als Alm gegangen war.

Nicht genug damit, dass sie sich für eine Computerspezialistin hält, dachte Alm, als er die Tür ihres Büros schloss, jetzt will sie sich auch noch mit Psychiatrie auskennen.

Alm gab nicht auf, und am Tag darauf wurden seine Mühen endlich belohnt. Am Mittwoch, dem 9. April, einen Monat vor seiner Ermordung, war Karl Danielsson in die Notaufnahme des Karolinska-Krankenhauses eingeliefert worden. Gegen elf Uhr abends hatte ihn ein Nachbar bewusstlos im Entree des Hasselstigen 1 gefunden und einen Krankenwagen gerufen.

Da er keine äußeren Verletzungen aufgewiesen hatte, hatten die Sanitäter erst geglaubt, er hätte einen Herzinfarkt oder einen Schlaganfall erlitten, aber der untersuchende Arzt hatte, nachdem man den Patienten entkleidet hatte, andere Verletzungen gefunden. Jemand hatte Karl Danielsson von hinten niedergeschlagen. Kräftige Blutergüsse ließen auf Schläge in die Kniekehlen und auf den Rücken und Nacken schließen. Er hatte eine leichte Gehirnerschütterung erlitten und war ohnmächtig geworden.

Auf der Notaufnahme war er dann wieder zu sich gekommen. Der Arzt hatte ihn gefragt, ob er sich daran erinnere, was vorgefallen sei. Karl Danielsson hatte erwidert, er müsse gestolpert und auf der Treppe gestürzt sein.

»Aber das haben Sie ihm nicht abgenommen?«, fragte Alm, als er sich mit dem Arzt unterhielt.

»Nein«, antwortete dieser. »Das war vollkommen ausgeschlossen. Er ist von hinten niedergeschlagen worden. Vermutlich erhielt er als Erstes einen Tritt in die Kniekehlen und fiel vornüber. Dann erhielt er Schläge, als er auf dem Boden lag.«

»Haben Sie eine Vorstellung davon, was für eine Waffe der Täter verwendet haben könnte?«, fragte Alm.

Auch darüber hatte der Arzt eine eindeutige Ansicht gehabt und diese sogar in der Krankenakte vermerkt.

»Ein Baseballschläger, ein normaler Knüppel oder ein Schlagstock längeren Modells. Der Patient war genauso zugerichtet wie die Opfer von Hooligans oder so. An diesem Abend hat außerdem ein Fußballspiel im Råsundastadion stattgefunden, AIK gegen Djurgården, wenn ich mich recht entsinne.«

»Daran können Sie sich erinnern? Sind Sie sich sicher?«, fragte Alm.

»Daran würden Sie sich auch erinnern, wenn Sie an diesem Abend hier Bereitschaft gehabt hätten«, sagte der Arzt und lächelte ironisch. »Die Notaufnahme hier war das reinste Feldlazarett.«

Dann unterhielt er sich mit der patenten Dame, die auf demselben Treppenabsatz wohnte wie Seppo. Sie besaß eine kurvenreiche, gut erhaltene Figur, obwohl sie schon vor einigen Jahren ihren Fünfzigsten gefeiert haben musste, fiel Alm auf, der selbst einige Monate zuvor seinen Sechzigsten gefeiert hatte.

»Der arme Junge kann einem leidtun«, sagte Britt-Marie Andersson. »Er ist ja zurückgeblieben, um es einmal so auszudrücken.«

»Wissen Sie, wie sein Verhältnis zu Karl Danielsson aussah?«, fragte Alm.

»Sie meinen, abgesehen davon, dass er sein Sohn war?«, erwiderte Britt-Marie Andersson mit der Andeutung eines Lächelns.

»Das wissen Sie also«, stellte Alm fest.

»Das wissen die meisten hier im Haus, jedenfalls die, die schon lange genug hier wohnen. Ob es der Junge selbst weiß, ist nicht so sicher. Seine Mutter …«

»Ja?«, bohrte Alm.

»Also einmal abgesehen davon, dass sie jetzt im Krankenhaus liegt«, sagte Frau Andersson und presste missbilligend die Lippen zusammen, »war seine Mutter ein richtiges kleines Flittchen. Sie hatte was mit Danielsson, obwohl der mindestens fünfundzwanzig Jahre älter war, und machte daraus bei Gott kein Geheimnis. Aber ich bin mir nicht sicher, ob Seppo das wusste.«

»Und das Verhältnis von Seppo und Karl Danielsson?«, erinnerte sie Alm.

»Er war so etwas wie Danielssons Laufbursche. Mach dies, mach jenes. Und meist tat er dann auch das, was ihm aufgetragen worden war. Aber manchmal gerieten sie wie Hund und Katze aneinander, und in den letzten Jahren ereignete sich so manches, um es einmal so auszudrücken.«

»Können Sie mir ein paar Beispiele nennen, Frau Andersson?«

»Ja. Irgendwann letzten Winter kam ich nach Hause, nachdem ich mit meinem kleinen Liebling Gassi gegangen war. Da gab es unten im Eingang einen fürchterlichen Vorfall. Danielsson war betrunken und krakeelte, und plötzlich fiel Seppo ihn an und versuchte ihn zu erwürgen. Es war fürchterlich«, sagte Frau Andersson und schüttelte den Kopf. »Ich schrie die beiden an, dass sie sich benehmen sollten, und da haben sie in der Tat aufgehört.«

»Aber vorher versuchte Seppo also, ihn zu erwürgen?«

»Ja. Hätte ich mich nicht eingemischt, so hätte es böse enden können«, sagte Frau Andersson und seufzte, dass ihr Busen bebte.

Hm, dachte Alm und begnügte sich mit einem Nicken.

Jetzt schnappt sich der Habicht die Taube, dachte Alm. Nachdem er Frau Andersson verlassen hatte, rief er seinen Kollegen Stigson auf dem Handy an und wies ihn an, sich umgehend im Hasselstigen 1 einzufinden. Stigson traf eine Viertelstunde später ein, aber Seppo öffnete erst, nachdem sie zwei Minuten ununterbrochen bei ihm geklingelt hatten.

»Ich spiele Computer«, sagte Seppo.

»Sie müssen eine kleine Pause einlegen. Wir müssen nämlich mit Ihnen reden«, sagte Alm und bemühte sich, seine Stimme freundlich und belehrend zugleich klingen zu lassen.

»Okay«, sagte Seppo und zuckte mit den Schultern.

Könne er sich daran erinnern, wann er Karl Danielsson das zweite Mal geschlagen habe?

»Keine Ahnung«, sagte Seppo und schüttelte den Kopf.

»Wenn ich Ihnen sage, dass es derselbe Tag war, an dem AIK gegen Djurgården spielte, erinnern Sie sich dann daran, welcher Tag es war?«

»Das war der neunte April«, antwortete Seppo und nickte fröhlich. »Jetzt erinnere ich mich. Das war ein Mittwoch.«

»Daran erinnern Sie sich also auch«, sagte Stigson, »dass es ein Mittwoch war? Wieso erinnern Sie sich ausgerechnet daran?«

»Weil heute auch wieder ein Mittwoch ist«, sagte Seppo. »Mittwoch, der achtundzwanzigste Mai. Der April hat dreißig Tage«, erklärte Seppo und hielt Stigson sicherheitshalber seine Armbanduhr hin.

Der Junge ist vollkommen plemplem, dachte Alm und beschloss, rasch das Thema zu wechseln.

»Erinnern Sie sich, wie Sie ihn geschlagen haben?«, fragte Alm.

»Ja«, sagte Seppo und nickte.

»War das auch mit Karate?«, wollte Alm wissen.

»Nein«, antwortete Seppo. »Ich habe ihn mit meinem Baseballschläger geschlagen.«

»Das, was Sie jetzt sagen, Seppo, ist sehr schwerwiegend«, meinte Alm. »Sie haben ja bereits einmal zu mir gesagt, dass Sie Danielsson beim ersten Mal einen Karateschlag versetzt haben, aber dieses Mal haben Sie ihn also mit einem Baseballschläger geschlagen? Warum taten Sie das?«

»Das habe ich doch gesagt«, erwiderte Seppo. »Ich war sehr wütend.«

Alm unterhielt sich flüsternd übers Handy mit der Staatsanwältin, dann nahmen sie Seppos Baseballschläger mit, ihn jedoch nicht.

»Wir wollen morgen noch einmal mit Ihnen reden«, sagte Alm. »Wir wollen also nicht, dass Sie verreisen oder so.«

»Kein Problem«, sagte Seppo. »Ich verreise nie.«

80

Am Tag nach der Pressekonferenz scharte Bäckström seine Ermittler zu einer neuerlichen Besprechung um sich. Alm platzte schier vor Mitteilungsdrang, also verwendete Bäckström erst einmal sehr viel Zeit auf unzählige Formalitäten und bat dann schließlich Nadja, von ihrem großen Fund zu berichten, Danielssons Buchhaltung und seinem Testament.

Auch Nadja hatte es nicht eilig.

»Du meinst also, dass Danielsson ein Vermögen von fünfundzwanzig Millionen besaß?«, sagte Bäckström. Ein gewöhnlicher Alkoholiker, wo soll das noch hinführen?, dachte er.

»In etwa«, erwiderte Nadja und nickte. »Nach Abschaffung der Erbschaftssteuer ist das ungefähr die Summe, die sich Seppo und seine Mutter teilen können.«

»Und die Steuer?«, wandte Bäckström ein. »Die werden doch wohl jede Öre für sich beanspruchen.«

»Das kann ich mir nicht vorstellen«, sagte Nadja. »Dieser Buchhaltung sind auch die nicht gewachsen.«

»Was meine eigenen Theorien zusätzlich bestärkt«, fiel ihr Alm ins Wort, der nicht länger zuhören wollte.

»Es geht hier sicher um mehr als gewöhnlichen Vaterhass. Der Junge hatte auch ein finanzielles Motiv, Danielsson zu erschlagen. Ich finde, es ist höchste Zeit, dass wir ein ernstes Wort mit unserer Staatsanwaltschaft reden, um den Jungen unter dringendem Tatverdacht festzunehmen. Dann müssen wir seine Wohnung filzen. Die Spurensicherung soll sich dann auch mal diesen Baseballschläger ansehen, den wir gestern bei ihm mitgenommen haben.«

Aus irgendeinem Grund sah Alm sowohl Bäckström als auch Nadja finster an, während er Dampf abließ.

»Immer mit der Ruhe«, sagte Bäckström und lächelte gutmütig. »Wie steht es übrigens mit der Überprüfung der Handys, Felicia?«

Diese schritt, laut Felicia Pettersson, ganz ausgezeichnet voran. Am Vortag hatte sie die Listen des Anschlusses erhalten, den Akofeli in den Monaten vor seinem Tod so gut wie täglich angerufen hatte.

»Diese Prepaidhandynummer existiert erst seit etwa einem halben Jahr«, sagte Felicia, »und scheint im Großen und Ganzen nur dafür verwendet worden zu sein, Gespräche entgegenzunehmen.«

»Von Akofeli«, sagte Bäckström.

»Hauptsächlich von Akofeli. Ich habe noch ein weiteres Prepaidhandy ausfindig gemacht, aber von diesem wurde nur etwa einmal in der Woche angerufen. Diese Nummer existiert allerdings schon seit mehreren Jahren.«

»Und was wissen wir über diese Nummer?«, fragte Bäckström.

»Alles«, erwiderte Felicia Pettersson und lächelte entzückt. »Jedenfalls glaube ich das.«

»Alles«, wiederholte Bäckström. Was sagt sie da?, dachte er.

»Ich habe die Listen ja erst gestern bekommen und habe also erst angefangen, aber ich bin mir ziemlich sicher, wem diese andere Nummer gehörte.«

»Und wem?«, fragte Bäckström.

»Karl Danielsson«, antwortete Felicia Pettersson.

»Was sagst du da?«, fragte Bäckström.

»Du liebes bisschen«, sagte Stigson.

»Woher willst du das wissen?«, fragte Annika Carlsson.

»Interessant«, meinte Nadja.

Was ist hier eigentlich los?, dachte Alm, der als Einziger nichts sagte.

»Das konnte ich mir recht schnell zusammenreimen«, meinte Felicia, »und wie bereits gesagt, Chef, hast du mich auf die richtige Spur gebracht.«

»Ich bin ganz Ohr«, sagte Bäckström.

»Dieses Handy wird recht fleißig bis zu dem Tag verwendet, an dem Karl Danielsson ermordet wird«, fuhr sie fort. »Dann verstummt es ganz. Die letzten drei Gespräche werden etwa um sieben Uhr abends geführt, also einige Stunden, bevor Danielsson ermordet wurde. Erst ein kurzer Anruf bei einem Mobiltelefon, das Roland Stålhammar gehört. Vermutlich erkundigte sich Danielsson, ob er bereits auf dem Weg sei. Anschließend ein etwas längeres Gespräch mit Gunnar Gustafsson, Gurra Kusk, wie er auch genannt wird. Vielleicht um für den Trabrennentipp zu danken, den er Danielsson gegeben hatte. Schließlich ein kurzes Gespräch mit der Mailbox eines Empfängers. Vermutlich wollte sich Seppo Laurén bei seinem Computerspiel nicht stören lassen. Es gibt Unmengen Gespräche davor mit Danielssons Freunden und Kontakten. Ich habe eben erst angefangen, eine komplette Auswertung dürfte ein paar Tage in Anspruch nehmen.«

»Es ist also folgendermaßen«, sagte Bäckström. »Wir haben es mit drei Telefonen zu tun, alles Prepaidhandys. Eines gehört Akofeli und ein weiteres Danielsson. Beide telefonieren mit einem Handy, das nur dazu verwendet zu werden scheint, Anrufe entgegenzunehmen. Der Besitzer dieses Handys ist unbekannt. Sowohl Akofelis als auch Danielssons Handy sind seit ihrer Ermordung verschwunden.«

»*Yes*«, sagte Felicia Pettersson.

»Nächste Frage«, sagte Bäckström. »Wie ist es mit …«

»Nein«, unterbrach ihn Felicia und schüttelte den Kopf.

»Danielsson und Akofeli haben nicht miteinander telefoniert. Falls Sie das wissen wollten.«

»Du bist wirklich kein Dummchen, Felicia«, stellte Bäckström fest.

»Danke, Chef«, sagte Felicia. »Falls es Sie interessiert, glaube ich, dass ...«

»Natürlich«, sagte Bäckström.

»... dass wir diesen Fall gelöst haben, sobald wir das dritte Handy gefunden haben.«

»Aber sicher«, sagte Bäckström. Würde man die Augen schließen, könnte man fast glauben, dass die kleine Pettersson russisches Blut in den Adern hat, dachte er.

»Wartet, stopp, die Beweise«, sagte Alm. »Welchen Zusammenhang gibt es zwischen Danielsson und Akofeli, abgesehen davon, dass beide ermordet wurden und offenbar dieselbe Handynummer angerufen haben?«

»Das reicht doch wohl«, meinte Nadja. Der Typ muss der reinste Idiot sein, dachte sie.

»Beide kennen den Mörder, aber nicht einander, glaube ich jedenfalls«, sagte Felicia.

»Und wer käme dann in Frage?«, sagte Alm, der förmlich spürte, wie bei ihm der Groschen fiel. »Der Einzige, der eingeräumt hat, beide zu kennen, ist doch Seppo Laurén. Wenn ihr mich fragt, dann könnte ich mir lebhaft vorstellen, dass Seppo noch ein Extra-Handy besitzt, so ein Prepaid-Ding mit unbekanntem Eigentümer.«

»Ich weiß ja nicht«, meinte Bäckström und zuckte mit den Achseln. »Das Problem mit den Mördern, die mir bislang begegnet sind, ist, dass sie nie sonderliche Lust hatten, überhaupt etwas einzuräumen.«

»Aber das hier ist doch vollkommen verrückt«, sagte Alm, der rot angelaufen war. »Ich will jetzt einen klaren Bescheid. Was sollen wir mit Laurén anstellen?«

»Zu ihm fahren und mit ihm reden«, meinte Bäckström. »Ihn fragen, ob er Danielsson erschlagen und Akofeli erwürgt hat.«

»Nach Danielsson habe ich ihn bereits gefragt«, sagte Alm.

»Und was hat er geantwortet?«

»Er hat es geleugnet«, sagte Alm.

»Da siehst du's«, erwiderte Bäckström und grinste. »Außerdem glaube ich nicht, dass wir weiterkommen, wenn wir hier rumsitzen und jammern. An die Arbeit, los geht's.«

Aber erst ein nahrhaftes Mittagessen, dachte Bäckström. Auch eine Legende kann etwas Gutes brauchen, um darauf herumzukauen, dachte er.

81

Nach dem Mittagessen verbrachte Bäckström den Rest des Tages damit, eine Anzahl exklusiver Interviews zu gewähren und allen, denen diese Gnade zuteil wurde, ein paar denkwürdige Worte mit auf den Weg zu geben.

Der Reporterin der christlichen Zeitung *Dagen* gestand er seinen Kinderglauben und sein Vertrauen in Gott.

»Von tödlicher Gewalt zu Boden geschlagen, erhielt ich die Kraft, aufzustehen und zurückzuschlagen«, sagte Bäckström und setzte eine salbungsvolle Miene auf.

Den Reportern der beiden Abendzeitungen hatte er dann nacheinander mitgeteilt, er habe schon lange gefunden, dass die Polizei zu kleinlich sei, was die Weiterleitung von Informationen, nicht zuletzt an die Abendzeitungen, angehe.

»Wie könnten wir sonst den großen Detektiv, die Öffentlichkeit, gewinnen, wenn Sie und Ihre Kollegen nicht wären«, seufzte Bäckström und nickte dem *Expressen*-Reporter zu.

»Im Interesse der Öffentlichkeit«, stellte er eine halbe Stunde später fest, als er mit dem Journalisten von *Aftonbladet* sprach. »Es ist die Pflicht der Polizei, die Medien zu informieren, damit diese die Mitbürger des Landes unterrichten können, wie die Dinge sich verhalten.«

Beim folgenden Gespräch mit *Svenska Dagbladet* äußerte er dann Besorgnis über die allgemeine Rechtssicherheit.

Beim letzten Gespräch, dem mit *Dagens Nyheter*, begnügte er sich einfach damit, alle Fragen mit einem Kopfnicken zu beantworten.

»Ich bin da ganz Ihrer Meinung«, wiederholte Bäckström

zum x-ten Male. »Das hätte ich selbst nicht besser ausdrücken können. Es ist ganz einfach fürchterlich. Ich meine, was soll aus dem Rechtsstaat nur werden?«

Auf dem Heimweg besuchte er erst GeGurra und führte mit ihm ein offenes Gespräch unter vier Augen. GeGurra war nicht nur verzweifelt, er war förmlich am Boden zerstört, als ihm klar wurde, wie die Täter in den Besitz von Bäckströms Wohnungsschlüsseln gekommen sein mussten.

»Ich verspreche und versichere dir, Bäckström«, sagte GeGurra, »dass diese Frau mich genauso betrogen hat wie dich. Als sie mich anrief und fragte, ob ich sie nicht abends ausführen wolle, sagte ich, ich sei bereits verabredet, dass ich mit einem sehr guten Freund, der noch dazu Polizeibeamter sei, im Opernkeller zu Abend essen wolle. Ich konnte doch nicht ahnen, welch heimtückische Absichten sie hatte. Ich meinte zu spüren, dass sie dich als Person ungeheuer anziehend fand.«

Das glaubst du doch wohl selbst nicht, dachte Bäckström.

»Und was machen wir jetzt mit dem Couchtisch und mit den ganzen Einschüssen in den Wänden?«, fragte Bäckström.

In dieser Hinsicht müsse er sich nicht die geringsten Sorgen machen. GeGurra verfüge über alle nötigen Kontakte und Mittel, um alles wieder in Ordnung bringen zu lassen. Noch dazu umgehend.

»Ich verlange, das für dich tun zu dürfen, Bäckström«, sagte GeGurra. »Dass ich vollkommen ahnungslos war, entbindet mich schließlich nicht von meiner Verantwortung. Ich trage eine Mitschuld daran, dass du in Lebensgefahr geraten bist.«

»Couchtisch, Teppich, Wände«, wiederholte Bäckström, der sich nicht von schönen Worten ablenken lassen wollte.

»Natürlich, mein lieber Freund«, sagte GeGurra. »Was hältst du übrigens von diesem Tisch hier?« Er deutete auf den Couchtisch, der in seinem eigenen Arbeitszimmer stand.

»Eine Antiquität, chinesische Lackarbeit, die Farben passen perfekt zu deinem Sofa«, drängte GeGurra.

»Hübscher Teppich«, meinte Bäckström und deutete auf den Teppich, auf dem der Tisch stand.

»Chinesisch, richtig alt«, erwiderte GeGurra. »Eine ausgezeichnete Wahl, wenn du mich fragst.«

Die Kollegen vor seiner Haustür waren von zwei Sekuritas-Wachleuten ersetzt worden. Sie waren ihm dabei behilflich, den Couchtisch, den Teppich und die Sendungen, die im Laufe des Tages eingetroffen waren, nach oben zu tragen.

Bäckström bereitete sich mit dem, was sein Kühlschrank hergab, ein einfaches Mahl zu. Anschließend ging er die Ausbeute des Tages durch. Mails und Briefe, Pakete und Geschenke, angefangen von einem gestickten Teewärmer in Form eines Huhns und einem handgeschriebenen Brief mit hundert Kronen bis hin zu einem größeren Betrag, den ihm ein anonymer Gönner auf sein Konto überwiesen hatte.

Den Teewärmer warf er in den Mülleimer.

Den Brief las er. »Gott bewahre Sie, Kommissar. Danke für Ihren Einsatz«, grüßte der »Bankdirektor im Ruhestand, Gustaf Lans, dreiundachtzig«.

Herzlichen Dank, du alter Geizhals, dachte Bäckström. Legte den Hunderter in sein Portemonnaie und warf den Brief in den Papierkorb.

Gerade als er diese administrative Aufgabe beendet hatte, klingelte es an der Tür.

»Hallo, Bäckström«, sagte Annika Carlsson und lächelte. »Ich dachte, ich schaue noch mal bei dir vorbei, bevor du zu Bett gehst.«

Das glaubst du doch wohl selbst nicht, dachte Bäckström.

»Willst du eine Tasse Kaffee?«, fragte er.

Annika Carlsson bewunderte seinen neuen Couchtisch und seinen neuen Teppich und sogar die Einschusslöcher in den Wänden und in der Decke.

»An deiner Stelle würde ich sie so belassen«, sagte Annika Carlsson. »Sieht richtig schick aus. Denk doch nur mal an alle Frauen, die du hierher abschleppst. Was die für Augen machen. Der Mann hat Einschüsse in der Wand«, sagte Annika Carlsson. »Selbst ich werde fast ...«

»Entschuldige, Annika«, unterbrach sie Bäckström. »Eine persönliche Frage.«

»Klar«, erwiderte Annika. »Frag nur. Ich höre.«

»Und du versprichst mir, dass du nicht beleidigt bist?« Denn wer wünscht sich schon einen Kieferbruch vor dem Zubettgehen?, dachte er. Jalib und das andere Brechmittel hatten ihm gereicht.

»Du willst sicher wissen, ob ich eine Lesbe bin«, sagte Annika und sah ihn verzückt an.

»Ja«, sagte Bäckström.

»Die Leute reden so viel«, meinte Annika Carlsson und zuckte mit ihren breiten Schultern. »Meine letzte Lebensgefährtin war eine Kollegin, die sich beim Revier City mit Fragen der Gewalt innerhalb von Familien befasst. Aber das ist schon seit einem halben Jahr vorbei. Der letzte Sex, wenn man mal von dem absieht, den man sich selbst verschafft, war dann aber mit einem Typen. Nicht einmal mit einem Kollegen. Er war so eine Art Vertreter. Ich habe ihn in der Kneipe aufgegabelt.«

»Und? War der was?«, fragte Bäckström.

»Nein«, sagte Annika und schüttelte den Kopf. »Viel Gerede, wenig dahinter. Fast nur Gerede, wenn ich es mir recht überlege.«

Eine Frau, die so redet. Wo soll das noch alles enden?, dachte Bäckström und begnügte sich mit einem Nicken.

»Ich spiele immer mit offenen Karten und bin eine Anhängerin des Freistils«, verdeutlichte Annika Carlsson. »Dachtest du an was Bestimmtes, Bäckström?«

»Ich dachte eigentlich gerade nur daran, mich hinzulegen«, sagte Bäckström. Wie soll das nur enden mit Schweden?, dachte er. Mit mir und all den anderen normalen, ehrlichen und hart arbeitenden Männern? Was kommt da bloß auf uns zu?

82

Als erste Maßnahme am Freitagmorgen beschloss Bäckström, die im Großen und Ganzen einzige noch übrige Wolke an seinem sonst strahlend blauen Himmel zu zerstreuen. Er ging in Toivonens Büro und verlangte von ihm eine neue Dienstwaffe, da seine eigene offenbar noch bei den Kriminaltechnikern in Stockholm lag, weil die Nichtstuer von der internen Ermittlung den Arsch mal wieder nicht hoch bekamen.

»Was willst du mit der?«, fragte Toivonen und sah Bäckström finster an.

Das kann dir ja wohl scheißegal sein, dachte Bäckström, besann sich dann aber jedoch. Wenn man es mit vollkommenen Idioten wie Bäckström zu tun hatte, war es besser, die Formen zu wahren.

»Ich bin Polizeibeamter. Ich habe das Recht auf eine Dienstwaffe, und es ist deine Schuldigkeit, mir eine zu besorgen.«

»Wen wolltest du denn dieses Mal über den Haufen schießen, Bäckström?«, fragte Toivonen, der langsam munter wurde.

»Ich brauche sie für meinen persönlichen Schutz im Dienst sowie für die übrigen Aufgaben, die der Dienst erfordern könnte«, erwiderte Bäckström, der sich inzwischen das Nötigste angelesen hatte.

»Vergiss es, Bäckström«, sagte Toivonen und schüttelte den Kopf. »Sag doch einfach, wie es ist. Du hast Geschmack daran gefunden. Rumrennen und auf Leute schießen.«

»Ich verlange eine neue Waffe«, wiederholte Bäckström mit eisiger Stimme.

»Okay, Bäckström«, sagte Toivonen und lächelte freundlich. »Ich will versuchen, mich deutlich auszudrücken, und zwar so deutlich, dass selbst du es verstehst. Ich habe nicht die Absicht, dir eine neue Dienstwaffe zu geben, selbst dann nicht, wenn du mir anbietest, dass ich sie dir bei der Übergabe persönlich in deinen fetten Arsch schieben darf.«

»Du bekommst eine schriftliche Anfrage«, sagte Bäckström, »mit Durchschlag an die Leitung und an die Gewerkschaft.«

»Tu das, Bäckström«, sagte Toivonen. »Wenn dir die Leitung eine geben will, dann ist das deren Sache. Ich will nicht das Blut anderer Menschen an meinen Händen haben.«

Weiter kamen sie nicht.

Am Abend gingen Toivonen, Niemi, Honkamäki, Alakoski, Arooma, Salonen und einige andere finnische Kollegen ins Restaurant Karelia. Sogar ein Kommissar Sommarlund hatte mitkommen dürfen, obwohl er eigentlich nur von den Ålandinseln stammte. Männer mit ihren Wurzeln, von rechtem Schrot und Korn, mit dem Herz auf dem rechten Fleck, was Sommarlund anging, hätte er genauso gut auf dem finnischen Festland geboren worden sein können. Wollten sie feiern oder ihre Wunden lecken? Das spielte keine Rolle, einen Grund brauchten sie nicht, und es war genauso wie immer.

Sie hatten gedünstete Elchschnauze, Piroggen mit Lachs und Ei und Lammsteak mit gekochten Rüben gegessen, hatten Bier und Branntwein getrunken und »Kotkas Rose« gesungen, während sie immer wieder miteinander angestoßen hatten.

»Kotkan Ruusu«, sagte Sommerlund mit verträumter Miene. Das muss wirklich ein erstaunliches Frauenzimmer gewesen sein.

Bäckström hatte nicht gezaudert und eine seiner eifrigsten neuen Bewunderinnen aufgesucht, die ihm außerdem noch Fotos von sich gemailt hatte. Nach den Fotos zu urteilen, war sie einen Abstecher wert, und da sie mitten in der Stadt wohnte, konnte er auch gleich wieder gehen, falls sie das Verfallsdatum bereits überschritten haben sollte.

Vielleicht waren die Fotos ja nicht mehr ganz neu, dachte Bäckström eine Stunde später, aber sie war jedenfalls guten Willens gewesen. Die Supersalami hatte wie immer ihre Arbeit gründlich erledigt, und als er vor seiner Haustür aus dem Taxi stieg, ging die Sonne bereits wieder an einem wolkenlosen Himmel auf. Bäckström musste die Treppe nehmen, da einer seiner faulen Nachbarn offenbar nicht dafür gesorgt hatte, dass der Fahrstuhl wieder nach unten fuhr, und als er sich gerade mit dem Schlüssel an seiner Wohnungstür im zweiten Stock zu schaffen machte, hörte er über sich auf der Treppe leise Schritte.

Am früheren Morgen hatte sich ein Zeuge bei Kriminalinspektorin Annika Carlsson gemeldet.

»Lawman«, sagte Lawman. »Ich weiß nicht, ob Sie sich noch an mich erinnern. Aber ich arbeite bei Miljöbudet und war ein Kollege von Akofeli.«

»Ich kann mich noch gut an Sie erinnern. Was kann ich für Sie tun?«, fragte Annika Carlsson. Ich würde gerne mal wissen, ob er die Fahrräder vom Gehsteig geräumt hat, dachte sie.

»Ich habe zu meiner Aussage noch etwas hinzuzufügen«, sagte Lawman.

»Wo befinden Sie sich im Augenblick?«, fragte Annika Carlsson, der es lieber war, ihre Gesprächspartner sehen zu können.

»Ganz in Ihrer Nähe«, sagte Lawman. »Ich habe gerade ein Paket in Ihrer Dienststelle abgegeben. Und zwar bei diesem schießwütigen Bäckström. Einer unserer verrückten Kunden wollte ihm einen Geschenkgutschein zukommen lassen. Äußerst zweifelhaft, wenn Sie mich als Juristen fragen, aber …«

»Ich hole Sie am Empfang ab«, sagte Annika Carlsson. Fünf Minuten später saß Lawman in ihrem Büro.

Am Tag zuvor war Lawman etwas eingefallen. Etwas, was er Annika Carlsson und ihrer Kollegin nicht erzählt hatte, als sie ihn an seinem Arbeitsplatz aufgesucht hatten.

»Sie erinnern sich doch, dass mich Akofeli nach diesem Notwehrparagraphen gefragt hat. Wie weit man gehen dürfe und so weiter.«

»Ich erinnere mich«, erwiderte Annika, die bereits ins Vernehmungsprotokoll geschaut hatte.

»Da war etwas, was ich vergessen habe«, sagte Lawman. »Ein Lapsus meinerseits.«

»Und zwar?«, fragte Annika.

»Er bat mich, ihm Beispiele für Gewalt zu nennen, die zur Notwehr berechtigt. Ich erinnere mich, dass ich alle Arten von Misshandlung bis hin zum Mordversuch erwähnte. Außerdem sagte ich noch etwas über das Notstandsrecht, das dann zur Anwendung kommt, wenn man jemand anderem hilft.«

»Ich weiß«, erwiderte Annika Carlsson. »Und was hatten Sie vergessen?«

»Mister Seven, also Septimus, stellte auch eine ganz konkrete Frage. Etwas seltsam, wenn man die Umstände bedenkt, finde ich.«

»Was hat er denn gefragt?«

»Wie es sich bei einer Vergewaltigung verhält«, erwiderte Lawman. »Wenn also jemand versucht, einen zu vergewaltigen. Ob man dann dasselbe weitgehende Notwehrrecht hat wie beispielsweise bei einem Mordversuch.«

»Und wie haben Sie diese Frage gedeutet?«, wollte Annika Carlsson wissen.

»Ich habe sie ganz wörtlich genommen«, antwortete Lawman. »Ich wollte wissen, ob ihm einer unserer seltsamen Kunden an die Wäsche gegangen sei.«

»Und was hat er daraufhin geantwortet?«

»Er hat nur mit den Achseln gezuckt«, sagte Lawman. »Er wollte nicht darüber sprechen.«

Verdrängung, dachte Annika Carlsson. Genau wie sie das

bei dem Kurs über sexuellen Missbrauch vergangenen Herbst gelernt hatte. Das Opfer bestreitet alles, dachte sie. Aber da Bäckström bereits Feierabend gemacht hatte, gab es niemanden, mit dem sie darüber hätte reden können.

Ich muss das aufgreifen, wenn ich morgen früh bei ihm vorbeischaue, dachte sie.

Vorsichtige Schritte auf Bäckströms Treppe. Die kleine Sigge liegt bei den Faulpelzen von der Spurensicherung unter Verschluss, und mir steht nichts anderes zur Verfügung als eine klassische Bäckström-Finte, dachte Bäckström. Er trat vor, hob die linke Hand und steckte die rechte in sein Jackett.

»Keine Bewegung, sonst schieß ich dir ein Loch in den Kopf«, sagte Bäckström.

»Immer mit der Ruhe, verdammt noch mal«, sagte der Zeitungsbote und wedelte sicherheitshalber mit Bäckströms Exemplar des *Svenska Dagbladet*.

Der Zeitungsbote, dachte Bäckström und nahm die Zeitung entgegen, die dieser ihm hinhielt.

»Weshalb nehmen Sie nicht den Fahrstuhl«, fragte Bäckström, »statt im Treppenhaus herumzuschleichen und den Leuten einen Schreck einzujagen?«

»Ich hatte nicht den Eindruck, dass Sie sich so leicht einen Schreck einjagen lassen, Herr Kommissar«, meinte der Zeitungsbote und grinste. »Gute Arbeit übrigens. Ich habe Sie im Fernsehen gesehen.«

»Der Fahrstuhl«, erinnerte ihn Bäckström.

»Stimmt«, erwiderte der Zeitungsbote. »Ich mache es wie alle anderen Zeitungsausträger. Ich nehme den Aufzug ins oberste Stockwerk und laufe dann die Treppe runter.«

»Warum fahren Sie denn nicht mit dem Aufzug auch wieder runter?«, fragte Bäckström. Dann muss man nicht unnötig viel zu Fuß gehen, dachte er.

»Das würde zu lange dauern. Stellen Sie sich das doch mal vor. Immer wieder in den Aufzug einzusteigen, nur um ein

Stockwerk nach unten zu fahren. Dann hätten Sie Ihr *Svenska Dagbladet* erst beim Abendessen.«

Als Bäckström in seine Diele trat und die Wohnungstür hinter sich schloss, schlug plötzlich die Erleuchtung wie ein Blitz in seinen Kopf und erhellte das gesamte Innere seines runden Schädels.

Akofeli, dachte Bäckström. Hasselstigen 1, ein Haus mit fünf Treppen und Aufzug. Warum, zum Teufel, bist du nicht mit dem Aufzug nach oben gefahren?

83

Frische Brötchen, friedliche Absichten, frappierende Neuigkeiten«, sagte Annika Carlsson und schwenkte eine Tüte aus der Bäckerei.

»Komm rein«, knurrte Bäckström, der nur wenig geschlafen hatte, weil er mindestens zwei Stunden lang gegrübelt hatte, ehe ihn dann doch der Schlaf übermannte.

»Wie spät ist es übrigens?«

»Zehn Uhr«, sagte Annika Carlsson. »Ich bin davon ausgegangen, dass du dich die ganze Nacht mit einer deiner Bewunderinnen verlustiert hast, und wollte dich nicht zu früh wecken.«

»Das ist nett von dir«, antwortete Bäckström und grinste. Anhängerin des Freistils, aber ganz nett eigentlich, dachte er.

»Wenn du also in die Dusche verschwindest, dann macht dir die nette Tante Annika das Frühstück«, sagte Annika Carlsson.

»Pfannkuchen und Bacon«, schlug Bäckström vor.

»Von wegen«, erwiderte Annika verächtlich.

»Was hältst du davon, Bäckström?«, fragte Annika eine halbe Stunde später, nachdem sie ihm berichtet hatte, was Lawman erzählt hatte.

»Wovon?«, wollte Bäckström wissen, der in Gedanken ganz woanders war.

»Dass Kalle Danielsson versucht haben könnte, ihn zum Sex zu zwingen. Das Profil solcher Täter passt auch recht gut auf ihn. Älterer Mann mit Alkoholproblem, der überwiegend mit

Männern Umgang pflegt, offenbar sexuell aktiv, da er sowohl Viagra als auch Kondome im Haus hatte. Junger Mann wie Akofeli, schwarz, nur halb so groß, sicher sehr verlockend für so einen wie Danielsson, wenn er sich einen hinter die Binde gekippt und alle Hemmungen verloren hat.«

»Vergiss es«, sagte Bäckström und schüttelte den Kopf. »Danielsson war nicht der Typ.«

»Was für ein Typ war er nicht?«, erwiderte Annika.

»Er war kein Arschficker«, sagte Bäckström.

»Wieso das?«, wandte Annika Carlsson ein. »Ärsche fickt ihr doch wohl alle, wenn ihr die Gelegenheit dazu erhaltet?«

»Jungenärsche«, präzisierte Bäckström. Von wegen Freistil, dachte er.

»Findest du?«, sagte Annika Carlsson, begnügte sich dann aber damit, die Achseln zu zucken.

»Hör dir aber mal Folgendes an«, sagte Bäckström. »Gestern Abend, als ich nach Hause kam, habe ich plötzlich begriffen, was an der Geschichte mit Akofeli nicht stimmt. Du weißt schon, die Sache, über die ich die ganze Zeit nachgedacht habe.«

»Okay, okay«, sagte Annika Carlsson eine Viertelstunde später. »Er ist also alle Treppen hochgelaufen, statt den Aufzug zu benutzen. Und worin besteht das Problem? Vielleicht wollte er etwas zusätzlich trainieren? Ich mache das selbst sehr oft, Treppensteigen. Sehr effektiv, das kann ich dir sagen.«

»Jetzt machen wir es folgendermaßen«, sagte Bäckström.

»Okay«, erwiderte Annika Carlsson, die sicherheitshalber schon ihr kleines schwarzes Notizbuch hervorgezogen hatte.

»Ich will alles über Akofelis Arbeitsrunde wissen«, sagte Bäckström. »Welche Straßen, welche Häuser, mit welchem Haus er anfing, wo er aufhörte, wie viele Zeitungen er insgesamt austrug, wie viele Zeitungen er im Hasselstigen eins austeilte und in welcher Reihenfolge. Verstanden?«

»Okay«, sagte Annika Carlsson und nickte. »Und wo erreiche ich dich, wenn ich damit fertig bin?«

»In meinem Büro«, sagte Bäckström. »Ich muss mir nur erst noch etwas anziehen.«

84

Obwohl Samstag war, befand sich Bäckström an seinem Arbeitsplatz und dachte scharf nach. Er dachte sogar so scharf nach, dass er darüber das Mittagessen vergaß.

»Sitzt du hier und starrst Löcher in die Wand?«, fragte Annika Carlsson. »Ich habe dich in der Kantine gesucht.«

»Ich denke nach«, erwiderte Bäckström.

»Du hattest recht«, meinte Annika Carlsson. »Mit Akofelis Zeitungsrunde stimmt wirklich was nicht.«

Surprise, surprise, dachte Bäckström. Inzwischen hatte er eine recht deutliche Vorstellung davon, wie es sich verhielt.

»Erzähl«, sagte er.

Gegen drei Uhr morgens holten Akofeli und die anderen Zeitungsboten, die in derselben Gegend arbeiteten, ihre Zeitungen bei einer Ausgabestelle der Austrägerfirma im Råsundavägen ab. In Akofelis Fall handelte es sich um etwa zweihundert Exemplare *Dagens Nyheter* und *Svenska Dagbladet* und dazu noch ungefähr ein Dutzend Exemplare *Dagens Industri*. Er folgte einer von seiner Firma vorgegebenen Route, die derart verlief, dass er beim Austragen keinen Schritt zu viel machen musste.

»Im Großen und Ganzen kann man sagen, dass er sich in nordwestlicher Richtung bewegte und dass Hasselstigen eins das vorvorletzte Haus seiner Runde war. Diese Runde dauert zwei bis drei Stunden, und es ist vorgesehen, dass alle ihre Zeitungen vor sechs Uhr morgens erhalten.«

»Und die letzten Häuser?«, fragte Bäckström.

»Das ist ja das Seltsame«, erwiderte Annika Carlsson. »Das

letzte Haus seiner Runde ist Hasselstigen vier und das vorletzte Hasselstigen zwei. Nummer vier liegt an der Kreuzung Råsundavägen, und die U-Bahnstation, von der aus er dann nach Hause nach Rinkeby gefahren ist, liegt ein paar hundert Meter weiter den Råsundavägen entlang. Statt den kürzesten Weg zu nehmen, scheint er den Schluss seiner Runde geändert zu haben. Er ist am Hasselstigen eins vorbeigegangen, ohne dort irgendwelche Zeitungen auszuteilen. Dann ist er direkt zum Hasselstigen vier gegangen, also zu dem letzten Haus, und hat dort die Zeitungen ausgeteilt. Dann geht er die Straße zurück zum Hasselstigen zwei, zum vorletzten Haus, und wirft dort die Zeitungen ein. Dann geht er quer über die Straße und beendet seine Runde damit, dass er im Hasselstigen eins die Zeitungen einwirft.«

»Ein Umweg von ein paar hundert Metern«, meinte Bäckström, der sich mittlerweile in dem Viertel recht gut auskannte.

»In der Tat gute dreihundert Meter«, meinte Annika Carlsson, die die Strecke erst ein paar Stunden zuvor probegegangen war.

»Ein vollkommen unnötiger Umweg, der ihn schätzungsweise mindestens fünf Minuten gekostet haben muss«, fuhr sie fort. »Recht seltsam, da er es doch vermutlich eilig gehabt haben muss, nach Hause nach Rinkeby zu kommen, um dort seine Zeitungskarre abzustellen und ein paar Stunden zu schlafen, ehe er wieder bei dem Kurierdienst anfangen musste.«

»Und dann«, fragte Bäckström, »wie ist es dann im Hasselstigen eins weitergegangen?«

»Jetzt wird die Geschichte noch seltsamer«, meinte Annika Carlsson.

Im Hasselstigen 1 gab es elf Mieter, die eine Tageszeitung abonniert hatten, sechs lasen *Dagens Nyheter* und fünf *Svenska Dagbladet*. Nach dem Mord an Karl Danielsson waren nur noch zehn übrig gewesen, und da die alte Frau Holmberg von *DN* zu *Svenska Dagbladet* gewechselt hatte, herrschte zwischen den beiden konkurrierenden Zeitungen inzwischen ein Gleichgewicht.

»Fünf *DN* und fünf *Svenska*«, fasste Annika Carlsson zusammen.

Was immer das jetzt mit der Sache zu tun haben mag, dachte Bäckström.

»Ich bin ganz Ohr«, sagte er.

»Die Erste, die ihre Zeitung erhält, ist Frau Holmberg im Erdgeschoss. Da ist weiter nichts dabei, da er an ihrer Wohnungstür auf dem Weg zum Fahrstuhl vorbeikommt. Dann müsste er also den Aufzug nach ganz oben nehmen und die Treppen wieder nach unten, um die restlichen zehn Zeitungen auf dem Weg einzuwerfen. Der Letzte im Haus, der seine Zeitung erhält, wäre dann also unser Mordopfer Karl Danielsson, der in der ersten Etage wohnt und der Einzige auf diesem Stockwerk ist, der eine Tageszeitung bezieht.«

»Aber nicht an diesem Morgen«, sagte Bäckström.

»Nein«, erwiderte Annika Carlsson. »Denn wie du, als du am Tatort eingetroffen bist, richtig bemerkt hast, hatte Akofeli noch Zeitungen in seiner Tasche. Gemäß Protokoll, das Niemi und Hernandez angefertigt haben, als sie dorthin kamen, lagen neun Tageszeitungen in seiner Umhängetasche. Unsre Jungs sind wirklich gründlich. Elf minus die eine, die er bereits bei Frau Holmberg eingeworfen hatte, minus die, die er gerade Karl Danielsson geben wollte, als ihm auffiel, dass seine Tür nur angelehnt war und er tot in der Diele lag.«

»Die Zeitung, die er auf die Schwelle gelegt hatte«, sagte Bäckström.

»Genau«, entgegnete Annika Carlsson.

»Hat er das immer so gemacht?«

»Jedenfalls schon eine geraume Zeit«, meinte Annika Carlsson. »Jedenfalls habe ich diesen Eindruck.«

»Und worauf beruht dieser Eindruck?«, fragte Bäckström.

»Ich selbst bin morgens um kurz vor sieben am Tatort eingetroffen und habe mit Niemi beschlossen, dass ich das ganze

Haus durchsuchen würde, während sie mit Danielssons Wohnung beschäftigt waren. Im Erdgeschoss gibt es einen Raum für Fahrräder und Kinderwagen. Er ist jedoch fast leer, da fast nur alte Leute in dem Haus wohnen, aber jedenfalls standen dort ein Kinderwagen und einige Räder und außerdem Akofelis Zeitungswagen. Ganz gemäß dem Protokoll, das ich selbst angefertigt habe, obwohl ich mir in jenem Moment nichts weiter dabei dachte.«

»Hätte er den Wagen nicht vor der Haustür stehen lassen können?«, meinte Bäckström. »Wäre das nicht einfacher gewesen?«

»Das finde ich jetzt auch, aber damals dachte ich mir nichts dabei. Du bist wahrscheinlich schlauer als ich, Bäckström«, sagte Annika Carlsson und lächelte.

»Na ja«, meinte Bäckström bescheiden lächelnd.

»Wie auch immer, als ich also dort im Fahrradraum stehe, kommt eine Mieterin, um ihr Fahrrad zu holen«, fuhr Annika Carlsson fort.

»Und die ist natürlich nicht begeistert«, sagte Bäckström.

»Nein. Sie wollte natürlich wissen, was los sei, da wir ihr Haus mittlerweile mit mindestens zehn Kollegen auf den Kopf stellten. Ich ließ mich jedoch nicht über irgendwelche Details aus. Ich erklärte, bei uns sei eine Anzeige eingegangen. Ich fragte sie nach ihrem Namen und was sie in dem Fahrradraum zu suchen hätte. Sie zeigte mir sogar ihren Ausweis, noch bevor ich sie darum bitten konnte. Sie erklärte, sie wohne im Haus, dass sie auf dem Weg zur Arbeit sei und dass sie immer das Rad zur Arbeit nehmen würde, wenn gutes Wetter sei. Sie arbeitet übrigens an der Rezeption des Scandic Hotels an der Autobahn zum Flugplatz Arlanda. Dorthin sind es ungefähr fünf Kilometer, und sie fängt um acht Uhr morgens an.«

»Der Zeitungswagen«, sagte Bäckström.

»Nach dem brauchte ich auch gar nicht erst zu fragen. Sie erzählte, der hätte immer da gestanden. Zumindest mehrere Monate. Sie hat sich nämlich darüber geärgert, weil er im Weg stand, wenn sie zu ihrem Fahrrad wollte. Sie hatte sogar die Absicht gehabt, einen Zettel zu schreiben und auf den Wagen zu legen. Ihr war klar, dass er dem Zeitungsboten gehörte. Sie bezieht allerdings keine Zeitung, weil sie die auf der Arbeit gratis lesen kann.«

»Sie hatte also keinen Überblick über Akofelis Zeiten?«

»Nein«, antwortete Annika Carlsson. »Sie ging wohl davon aus, dass sie sich immer knapp verfehlten, und ich habe mir darüber weiter keine Gedanken gemacht. Jedenfalls nicht zu jenem Zeitpunkt.«

»Und du hast mit niemandem im Haus geredet?«, fragte Bäckström.

»Wofür hältst du mich?«, sagte Annika Carlsson. »Ich lebe doch nicht ganz hinterm Mond.«

»Kluge Mitarbeiter sind Gold wert«, sagte Bäckström.

»Akofeli traf eine Person, die im Haus wohnt«, sagte Annika Carlsson.

»Natürlich tat er das«, sagte Bäckström. »Diesen Verdacht hatte ich die ganze Zeit.«

85

Anna Holt erwachte an diesem Morgen um sieben Uhr. Sie hatte einen diffusen, erotischen Traum gehabt, alles andere als unangenehm, und als sie aufschaute, sah sie, dass Jan Lewin neben ihr im Bett lag und sie anschaute. Er hatte seinen Kopf auf die rechte Hand gestützt und spielte mit seiner linken mit ihrer rechten Brustwarze.

»Du bist wach«, stellte Holt fest.

»Sehr wach«, entgegnete Jan Lewin, lächelte und nickte aus irgendeinem Grund an sich hinunter.

»Hoppla«, sagte Holt und streckte eine Hand unter die Decke, um nachzufühlen. »Ich glaube, wir haben ein akutes Problem.«

»Und was machen wir damit?«, fragte Jan Lewin und legte ihr eine Hand in den Nacken.

»Wir lösen es«, meinte Holt, zog die Decke beiseite und setzte sich rittlings auf ihn.

Morgens ist es wirklich am besten, dachte Holt eine halbe Stunde später. Munter war sie jetzt auch. Das wurde sie immer. Jan wirkte jedoch bedeutend ruhiger. Er war drauf und dran, wieder einzuschlafen. Typisch, dachte sie. Im selben Augenblick klingelte ihr Telefon.

»Welcher Idiot ruft samstags um diese Tageszeit an?«, stöhnte Lewin.

»Ich habe eine gewisse Ahnung«, meinte Holt und griff zum Hörer. Die Bezirkspolizeidirektorin, dachte sie.

»Ich hoffe, ich habe dich nicht geweckt«, sagte die Bezirkspolizeidirektorin. Sie klang genauso wach wie Holt, aber bedeutend wütender.

»Ich war schon wach«, sagte Holt, ohne weiter darauf einzugehen, und schaute Lewin fröhlich an.

»Hast du schon die Zeitungen gelesen?«, fragte die Bezirkspolizeidirektorin.

»Nein«, antwortete Holt. »Welche denn?«

»Alle«, sagte die Bezirkspolizeidirektorin. »Bäckström«, präzisierte sie dann. »Er scheint allen sein Herz ausgeschüttet zu haben. Sogar diesem christlichen Blatt. Er hat sogar die Gelegenheit genutzt, sich zu seinem festen Glauben an Gott zu bekennen.«

»Ich rede mit ihm«, sagte Holt. Man kann über Bäckström sagen, was man will, aber in dieser Beziehung ist er nicht dumm, dachte sie.

»Danke«, sagte die Bezirkspolizeidirektorin und legte auf.

»Mir wurde gerade ein wenig Arbeit auferlegt«, sagte Holt, »du hingegen solltest wieder einschlafen.«

»Ich kann das Frühstück machen«, sagte Jan Lewin und setzte sich im Bett auf.

»Du willst vielleicht wissen …«

»Nein«, sagte Lewin und schüttelte den Kopf. »Ich bin Polizeibeamter, hatte ich das nicht gesagt? Deswegen habe ich bereits eine ziemlich gute Vorstellung davon, worum es bei diesem Gespräch ging.« Immer dieser Bäckström, dachte er.

Anna Holt setzte sich an ihren Computer und ging online. Sie las die Tageszeitungen und sah ihre Befürchtungen bestätigt. Dann rief sie Bäckström auf seinem Handy an. Wie immer erhielt sie keine Antwort. Anschließend sprach sie mit Annika Carlsson.

Was sie kann, kann ich schon lange, dachte Anna Holt. Die Person, an die sie dachte, war die Bezirkspolizeidirektorin, und deswegen rief sie Toivonen an.

»Toivonen«, stöhnte Toivonen.

»Holt«, sagte Holt.

»Ich höre, Chefin?«, sagte Toivonen. »Es wurde gestern etwas spät«, erklärte er.

»Bäckström«, sagte Holt und erklärte ihm dann innerhalb von zwei Minuten, worum es ging.

»Ich schlage vor, wir warten bis Montag«, sagte Toivonen. »Da Wochenende ist und wir von Bäckström sprechen«, verdeutlichte er.

»Er ist, ob du es glaubst oder nicht, bei der Arbeit«, sagte Holt. »Ich habe eben mit Annika Carlsson telefoniert. Offenbar ist er schon seit heute Morgen dort.«

»Das tut er nur, um mir eins auszuwischen«, sagte Toivonen.

86

Was machen wir jetzt?«, fragte Annika Carlsson.

»Wir gehen es ganz gelassen an«, sagte Bäckström, »um nicht versehentlich etwas zu vermasseln.«

»Ich höre«, sagte Carlsson.

»Diese Liste, die Alm über alle Bekannten Danielssons erstellt hat«, sagte Bäckström, »die würde ich mir gerne einmal ansehen. Ruf ihn an und sag ihm, er soll sie mir sofort bringen.«

»Nicht nötig«, sagte Carlsson. »Du kannst meine lesen. Ich hab eine Kopie.«

»Schade«, sagte Bäckström. »Ich hätte den Idioten gerne etwas geärgert.«

Die alten Burschen aus Solna und Sundbyberg, dachte Bäckström, als er eine Viertelstunde später Alms Verzeichnis über Karl Danielssons näheren Bekanntenkreis durchging. Halvan, Blixten, Gurra Kusk. Der Pate Grimaldi und der ehemalige Kollege Rolle Stålhammar. Zuverlässige Burschen, die sich seit fast fünfzig Jahren um Sinn und Verstand tranken.

Dann rief er einen von ihnen an.

»Kommissar Bäckström, der Held der Nation«, sagte Halvan Söderman. »Was verschafft einem einfachen Mann wie mir diese Ehre?«

»Ich muss mit Ihnen reden, Söderman«, sagte Bäckström. Schon betrunken, und ich sitze hier noch stocknüchtern, grau und unterbezahlt an meinem kleinen Schreibtisch, dachte er.

»Meine Tür ist bereits weit geöffnet«, erwiderte Halvan. »Es wird mir eine Ehre sein, Sie in meiner einfachen Bleibe begrüßen zu dürfen. Haben Sie besondere Wünsche, Herr Kommissar, was die Bewirtung angeht?«

»Über einen Kaffee würde ich mich freuen«, antwortete Bäckström. »Schwarz und ohne Zucker.«

Dann ging er in Nadjas Zimmer, steckte Karl Danielssons Taschenkalender ein und rief ein Taxi.

»Sind Sie sicher, dass ich Ihnen nicht einen kleinen Schluck anbieten kann?«, fragte Halvan Söderman und nickte in Richtung der Kognakflasche, die zwischen Bäckström und ihm auf dem Küchentisch stand.

»Nein, danke«, antwortete Bäckström.

»Sie sind nicht nur mit Ihrer Knarre ungewöhnlich schnell, Sie sind auch noch ungewöhnlich charakterfest, Bäckström«, stellte Söderman fest. Dann goss er sich einen ordentlichen Schuss in seine eigene Kaffeetasse.

»So ein Branntwein ist gut«, sagte Söderman und seufzte zufrieden. »Und gesund. Eine Million Alkoholiker können schließlich nicht irren.«

»Da ist etwas, was ich Sie fragen wollte«, sagte Bäckström und zog Danielssons schwarzen Taschenkalender hervor.

»Da Sie es sind. Fragen Sie einfach, Bäckström«, sagte Halvan. »Wäre es einer Ihrer sogenannten Kollegen gewesen, dann hätte ich mir jetzt bereits die Boxhandschuhe angezogen.«

»Das hier ist Karl Danielssons Taschenkalender«, sagte Bäckström. »Er enthält einige Einträge, auf die ich mir keinen rechten Reim machen kann.«

»Das kann ich mir denken«, grinste Söderman. »Kalle war ein verschlagener Bursche.«

»Gewisse Einträge wiederholen sich stetig. Wir glauben, es könnte sich dabei um Zahlungen an drei verschiedene Personen handeln.«

»Durchaus vorstellbar«, meinte Söderman. »Eindeutig, wenn Sie mich fragen. Wie heißen sie denn?«

»Es handelt sich um Abkürzungen«, sagte Bäckström. »Abkürzungen ihrer Namen, glauben wir. Plus die Summen. Die Abkürzungen lauten HJ, FR und FI, durchgehend in Versalien, also in Großbuchstaben. Sehen Sie selbst«, sagte Bäckström und reichte Söderman den Taschenkalender.

»Und was sollen diese Abkürzungen bedeuten? Wie sollen diese Burschen noch mal heißen?«

»Hassan Jalib, Farbod Rashid Ibrahim und Farshad Ibrahim.«

»Das sind doch diese Irren, die Sie umbringen wollten, Bäckström«, sagte Söderman, während er in dem Taschenkalender blätterte.

»Ja«, erwiderte Bäckström. »Können Sie sich erinnern, ob Danielsson mal von ihnen gesprochen hat?«

»Über solche Sachen sprach er nie. Da konnte er noch so betrunken sein. Ob er für solche Gestalten Geld versteckt hat? Ich kann mir gut vorstellen, dass er das getan hat, aber so bekloppt, dass er auch noch darüber gesprochen hätte, war er nicht.«

»Ach nein?«, meinte Bäckström.

»Nein«, sagte Halvan Söderman mit Nachdruck. »Ich befürchte allerdings, Herr Kommissar, dass Sie das alles gründlich missverstehen. Ich würde zwar sehr gerne dazu beitragen, diese Kameltreiber für alle Ewigkeiten hinter Gitter zu bringen und ihren Zellenschlüssel in den Råstasee zu werfen, aber in dieser Sache sind sie unschuldig, fürchte ich.«

»Ach«, erwiderte Bäckström.

»Kalle Danielsson war ein verschlagener Bursche«, meinte Halvan. »Diese Einträge beziehen sich auf etwas ganz anderes als auf irgendwelche blöden Dattelfresser von sonstwoher.«

»Das müssen Sie mir erklären«, sagte Bäckström.

»Es ist eine verdammt gute Geschichte«, sagte Halvan Söderman, schüttelte den Kopf und lächelte seinen Gast glücklich an.

»Sitzen Sie übrigens gut, Bäckström?«, fragte er.

»Ja«, antwortete dieser.

»Dann will ich sie Ihnen erzählen«, sagte Halvan. »Halten Sie sich gut fest, damit Sie nicht vor Überraschung in Ohnmacht fallen.«

87

Was hast du jetzt wieder angestellt, Bäckström?«, fragte Annika Carlsson, als Bäckström drei Stunden später in sein Büro zurückkehrte.

»Ich habe ein solides Mittagessen zu mir genommen und einen Doppelmord aufgeklärt«, sagte Bäckström. Und außerdem habe ich auf dem Weg noch Halstabletten gekauft, dachte er.

»Was hast du selbst unternommen?«, wollte er dann wissen.

»Überprüft, worum du mich gebeten hast. Alles scheint so weit zu stimmen. Ich habe auch den Mietwagen gefunden, nach dem ich suchen sollte. Er wurde bei der OK-Tankstelle in Sundbyberg am Samstag, dem siebzehnten Mai, ausgeliehen und am Tag darauf zurückgegeben.«

»Na also«, sagte Bäckström. »Und worin besteht jetzt das Problem?«

»Toivonen«, sagte Carlsson. »Ich fürchte, du musst dich mit ihm unterhalten.«

»Wenn er mit mir reden will, dann weiß er ja wohl, wo er mich finden kann«, meinte Bäckström.

»Ein Tipp, Bäckström«, sagte Annika Carlsson. »An deiner Stelle würde ich mit ihm reden und dabei die Klappe nicht so weit aufreißen. Ich habe ihn bislang nur einmal so erlebt, und was dann kam, war alles andere als spaßig.«

»Was du nicht sagst«, meinte Bäckström. Der verdammte Fuchs traut sich was, dachte er.

Immerhin, Toivonen wusste sich zu beherrschen. Ausgesprochen sogar. Als Bäckström sein Büro betrat, nickte er nur freundlich und bat ihn, Platz zu nehmen.

»Nett, dich zu sehen, Bäckström«, sagte Toivonen. »Ich habe ein paar hübsche Fotos, die ich dir zeigen möchte.«

Was sagt er da?, dachte Bäckström.

»Ich finde, wir sollten mit diesen hier anfangen«, sagte Toivonen und reichte Bäckström einen Packen Überwachungsfotos. »Sie sind vom Freitag letzter Woche, als du dich amüsiert und Tatiana Thorén kennengelernt hast. Vorher hattest du mit Juha Valentin Andersson-Snygg oder Gustaf G:son Henning, wie er sich inzwischen nennt, zu Abend gegessen. Ich vermute, er hat euch einander vorgestellt.«

»Was soll der Scheiß?«, knurrte Bäckström. »Meine Ermittlung kriecht im Schneckentempo voran, weil wir zu wenig Leute haben. Und du stellst deine Fahnder dazu ab, einen deiner Kollegen zu schikanieren. Ich hoffe, du hast dafür eine verdammt gute Erklärung.«

»Dass du auch immer so übertreiben musst, Bäckström«, sagte Toivonen. »Wir haben die Brüder Ibrahim und Hassan Jalib überwacht. Sie sind zum Café Opera gefahren, und da bist du mit dem kleinen Fräulein Thorén plötzlich mitten im Geschehen aufgetaucht. Da sich Farshad so auffällig für dich zu interessieren schien, hielten wir es für angezeigt, diese Entwicklung ebenfalls im Auge zu behalten.«

»Ich bin diesem Idioten zum ersten Mal begegnet, als er in meiner Wohnung auftauchte und mich umbringen wollte«, sagte Bäckström.

»Ich höre, was du sagst«, sagte Toivonen, »und glaube dir teilweise. Ich glaube, sie sind zu dir gekommen, weil sie dich bestechen wollten. Sie brauchten jemanden, der ihnen Informationen zum Ermittlungsstand liefert. Wahrscheinlich standen sie wahnsinnig unter Druck. Farshad ist ein verschlagenes Kerlchen, und an Geld fehlt es ihm auch nicht. Den Schlüssel zu deiner Wohnungstür hatte ihnen vermutlich die Thorén besorgt. Vermutlich hat sie dich ziemlich schnell flach gelegt.«

»Von mir hat niemand einen Schlüssel bekommen.«

»Nein«, sagte Toivonen. »Aber sobald du eingepennt warst,

hat sie einen Abdruck gemacht. Sie ist übrigens eine Prostituierte von der teureren Sorte.«

»Wenn du das sagst, Toivonen«, meinte Bäckström und zuckte mit den Achseln. »Mich hat es jedenfalls keine Öre gekostet. Was hat sie dir abgeknöpft? Fünfhundert Finnmark, oder was?«

»Immer mit der Ruhe, Bäckström«, sagte Toivonen. »Ich hatte nicht die Absicht, dich wegen illegalem Kauf von Sex dranzukriegen. Es ist gravierender als das, fürchte ich«, fuhr Toivonen fort. »Diese Bilder wurden an jenem Abend aufgenommen, als du die Schießorgie veranstaltet hast. Du säufst in deiner kleinen Stammkneipe. Bier und einen großen Schnaps vor dem Essen, dann noch ein Bier und ein paar kleine Schnäpse zum Essen, Kaffee und ein ordentlicher Cognac nach dem Essen. Ein Polizeibeamter besucht in seiner Freizeit das Gasthaus, trinkt, trägt seine Dienstwaffe. Mir ist klar, warum du ein Glas in der Hand hattest, als du den Kollegen die Tür geöffnet hast. Was hältst du übrigens von den Bildern? Verdammt gute Qualität, oder?«

»Ich verstehe nicht, wovon du sprichst«, sagte Bäckström und hielt das erste Foto in die Höhe. »Hier sitze ich mit einem alkoholfreien Bier und dazu einem Glas Apfelsaft. Diese Kombination solltest du übrigens selbst mal ausprobieren.«

»Klar«, sagte Toivonen und grinste. »Und dann bestellst du dir Wasser in Schnapsgläsern zu deinem nächsten alkoholfreien Bier und rundest das Mahl mit einem weiteren Apfelsaft ab. Dieses Mal in einem Cognacschwenker. Sehr lustig, Bäckström. Wenn ich nicht noch eine Kopie der Rechnung hätte, dann würde ich die Sache auf sich beruhen lassen.«

»Worauf willst du hinaus?«, fragte Bäckström.

»Ich habe einen kleinen Vorschlag«, sagte Toivonen.

»Ich höre«, erwiderte Bäckström.

»Diese sogenannten Kollegen von der Internen Ermittlung sind mir scheißegal«, sagte Toivonen. »Ich gehöre nicht zu den Leuten, die ihre Arbeitskollegen verpfeifen. Wenn sich jemand danebenbenimmt, dann ziehe ich ihm die Ohren lang. Wir erledigen so was intern. Das haben wir hier in Solna immer so gemacht.«

»Der Vorschlag«, meinte Bäckström. »Du hast etwas von einem Vorschlag gesagt.«

»Einer zunehmenden Anzahl Kollegen missfallen deine Äußerungen in den Medien. Den Rest können wir zur Not hinnehmen. Wenn du in den Zeitungen über uns herfallen willst, solltest du dir meiner Meinung nach eine andere Arbeit suchen. Du könntest Kriminalreporter werden oder diesen abgehalfterten Professor von der Reichspolizeibehörde ablösen, der uns jeden Donnerstag in ›Aktenzeichen XY ungelöst‹ die Ohren abkaut. Wenn du jedoch das Maul hältst, dann halten auch wir das Maul. Solltest du jedoch weiterhin das Maul aufreißen, dann musst du damit rechnen, dass die Fotos, die Quittung und alles andere, was meine Kollegen und ich in ihren Schreibtischschubladen zusammengetragen haben, irgendwann in einer Zeitungsredaktion auftaucht. War das nicht überhaupt einer deiner Wünsche? Größere Offenheit von Seiten der Polizei den Medien gegenüber?«

»Interessant«, sagte Bäckström.

»Gut«, sagte Toivonen, »und da du nicht auf den Kopf gefallen bist, gehe ich davon aus, dass wir uns einig sind. Wie geht es übrigens mit deiner Ermittlung voran?«

»Gut«, meinte Bäckström. »Ich rechne damit, den Fall bis Montag abzuschließen.«

»Ich höre«, sagte Toivonen.

»Wir sprechen dann darüber«, meinte Bäckström und erhob sich.

»Ich kann es kaum abwarten«, sagte Toivonen grinsend.

Wir sehen uns bei der Pressekonferenz, dachte Bäckström, nickte knapp und ging.

88

Wie ist es gelaufen?«, fragte Annika Carlsson. »Ich habe mir fast schon Sorgen gemacht.«

»Alles easy«, erwiderte Bäckström.

»Was wollte er denn? Er war vollkommen außer sich, als er bei mir reinstürzte. Das war schon nicht mehr normal.«

»Dieser alte Fuchs«, sagte Bäckström. »Er hatte ein paar Ratschläge und etwas Coaching von seinem alten Betreuer und Mentor nötig.«

»Freut mich, zu hören«, sagte Annika Carlsson und lächelte ironisch. »Wie geht's jetzt mit unserem Fall weiter?«

»Wie üblich«, sagte Bäckström. »Große Überprüfung der verdächtigen Person, Telefonüberwachung, das komplette Programm. Lautlos, unsichtbar, keine Spuren. Ruf übrigens Nadja an, damit sie dir hilft. Ich rechne das dann als Überstunden. Wir kommen ohne die jungen Leute zurecht, und den Kollegen Alm sollten wir lieber nicht erst in die Sache reinziehen.«

»Es scheint kein Handy zu geben«, sagte Annika Carlsson. »Hier taucht jedenfalls keins auf.«

»Es muss eins geben«, meinte Bäckström. »Und zwar das Handy, bei dem sowohl Danielsson als auch Akofeli angerufen haben, jenes, das nur Gespräche entgegengenommen hat. Mit etwas Glück existiert es noch. Außerdem muss es einen Festnetzanschluss geben.«

»Mit dem habe ich bereits angefangen«, bestätigte Annika Carlsson seine Vermutung.

»Na dann«, meinte Bäckström und lächelte sarkastisch. »Am Montag können wir dann wohl zu den Handschellen greifen.«

89

Am Sonntagmorgen erlitt Hassan Jalib eine weitere Gehirnblutung. Der Arzt, der ihm eine knappe Woche zuvor das Leben gerettet hatte, kam nochmals zum Einsatz. Dieses Mal verlief die Operation nicht so gut und wurde bereits nach einer Viertelstunde abgebrochen. Um halb sechs Uhr morgens wurde Jalib in der Neurochirurgie des Karolinska-Krankenhauses für tot erklärt.

Das Ableben von Leuten wie Jalib konnte unbehagliche Folgen haben. Allzu viele Gleichgesinnte konnten auf seltsame Gedanken kommen. Fünf Minuten nach Jalibs Tod traf Kommissar Honkamäki weitere Sicherheitsvorkehrungen. Er sprach mit Toivonen und Linda Martinez. Toivonen fasste den formellen Beschluss. Er forderte sechs weitere Kollegen von der Ordnungspolizei und sechs Kriminalbeamte an.

Die Ordnungspolizei sollte den äußeren Schutz verstärken. Die Kriminalbeamten sollten das Krankenhausgelände und die Gebäude auf verdächtige Fahrzeuge und Personen und eventuelle sonstige Auffälligkeiten hin überwachen.

Gegen neun Uhr morgens erschien Frank Motoele auf der Orthopädischen Chirurgie, begrüßte die Kollegen im Entree, nahm den Aufzug in den siebten Stock, wo Farshad Ibrahim in einem Einzelzimmer eingeschlossen lag. Sein linkes Bein war vom Knöchel bis zum Schritt eingegipst.

»Wie sieht's aus«, sagte Motoele und nickte seinem Kollegen zu, der am Eingang der Station saß, auf der Farshad Ibrahim lag.

»Keine Probleme«, sagte der Kollege und lächelte. »Der Patient schläft. Ich habe eben noch mit der Schwester geredet.

Er hat wahnsinnige Schmerzen. Sie pumpen ihn also die ganze Zeit mit Schmerzmitteln voll, damit müssen wir uns abfinden. Er schläft die meiste Zeit. Wenn du mit seinem kleinen Bruder reden willst, der liegt auf der Herzchirurgie. Dieses Mal ohne Messer.«

»Ich mach mal eben einen Kontrollgang«, sagte Motoele.

»Tu das«, sagte der Kollege von der Ordnungspolizei. »Ich gehe unterdessen ins Raucherzimmer. Ich werde hier nämlich noch verrückt. Dieser verdammte Nikotinkaugummi ist vollkommen unbrauchbar.«

Irgendwas stimmt nicht, dachte Motoele, schon bevor er die Tür zu Farshads Zimmer öffnete.

Sicherheitshalber schob er die Tür mit dem Fuß auf und legte die Hand auf den Griff seiner Pistole. Das Zimmer war leer, das Fenster stand offen, das Bett war ans Fenster geschoben, und jemand hatte eine normale Kletterleine am Bettgestell festgebunden.

Bis nach unten, sieben Stockwerke tiefer, waren es zwanzig Meter. Dort stand bereits eine Person und wartete auf den Mann, der sich trotz Gips die Leine hinunterhangelte. Er war jedoch nur wenige Meter weit gekommen, als Frank Motoele seinen Kopf durchs Fenster steckte.

Motoele packte die Leine und zog. Eine Kleinigkeit für jemanden wie Motoele mit seinen hundert Kilo Muskeln und Knochen. Farshad Ibrahim am anderen Ende des Seils wog nur knapp siebzig. Außerdem hatte Farshad einen Fehler begangen. Statt die Leine locker zu lassen und einfach hinabzugleiten, hatte er sich an ihr festgeklammert und war wieder fast einen Meter nach oben gewandert. Da wandte Motoele seinen Blick nach innen und ließ die Leine los. Farshad hatte ebenfalls losgelassen und fiel ins Leere. Zwanzig Meter weiter unten prallte er auf dem Rücken auf und war sofort tot. Erst da entdeckte Motoele, dass Farshads Komplize eine Pistole gezogen hatte und auf ihn schoss.

Er war ein schlechter Schütze. Motoele hingegen ließ sich

Zeit. Er zog seine Waffe, duckte sich hinter der Fensterbank. Dann zielte er auf den oberen Bereich des Beines, umfasste seine Waffe mit beiden Händen und hielt beide Augen geöffnet. Alles gemäß Vorschrift, und mit etwas Glück erwischte er die Schlagader im Oberschenkel. Der Mann unten fiel um, verlor seine Waffe, packte sein kaputtgeschossenes Bein und schrie in einer Sprache, die Motoele nicht verstand.

Motoele kehrte den Blick nach innen, steckte seine Waffe in den Holster und ging auf den Korridor und seinen Kollegen entgegen. Er konnte das Geräusch laufender Schritte und die Rufe bereits hören.

Es waren nicht einmal dreißig Minuten verstrichen, da rief Kommissar Honkamäki bereits Toivonen an, um ihm kurz Rapport zu erstatten. Irgendjemand hatte Farshad dabei geholfen, das Fenster seines Zimmers zu öffnen. Dieselbe Person hatte ihm eine normale Kletterleine mit Knoten gegeben. Sie war gut zwanzig Meter lang. Kollege Motoele hatte versucht, ihn wieder ins Zimmer zu ziehen. Da war Farshad plötzlich die Leine entglitten, er war ins Leere gefallen und zwanzig Meter tiefer auf dem Rücken aufgeschlagen. Einer seiner Komplizen hatte wiederholte Male auf Motoele geschossen. Motoele hatte das Feuer erwidert. Mit einem Schuss und hatte dabei recht weit oben im Bein getroffen. Er hatte ihn unschädlich gemacht. Der Helfer war festgenommen und identifiziert worden, und man hatte ihn auf die Notaufnahme gebracht, die praktischerweise nur hundert Meter von der Orthopädischen Chirurgie entfernt war. Außerdem lag bereits ein konkreter Verdacht vor, wer Farshad geholfen hatte.

»Eine im Iran geborene Krankenpflegerin der Station ist seit etwa einer Stunde von ihrem Arbeitsplatz abgängig«, meinte Honkamäki abschließend.

»Was soll denn das schon wieder!«, stöhnte Toivonen.

»Alles vorschriftsmäßig«, erwiderte Honkamäki. »Was hättest du an unserer Stelle getan?«

»Der jüngere Bruder lebt aber noch?«, sagte Toivonen.

»Ja, er lebt noch. Aber es wundert mich nicht, dass du diese Frage stellst«, antwortete Honkamäki und lächelte ironisch.

»Bring ihn ins Untersuchungsgefängnis«, sagte Toivonen. »Wir müssen zusehen, dass seine Sicherheit gewährleistet ist.«

»Das habe ich bereits versucht«, sagte Honkamäki. »Sie weigern sich, ihn aufzunehmen. Sie behaupten, keine adäquate Pflege gewährleisten zu können.«

»Dann fahr ihn ins Huddinge-Krankenhaus«, sagte Toivonen.

»Huddinge?«, fragte Honkamäki. »Wieso das?«

»Ich will ihn nicht hier im Bezirk haben«, sagte Toivonen. »Nicht solange die Leute hier wie die Fliegen sterben, obwohl sie von meinen Leuten bewacht werden.«

»Okay«, sagte Honkamäki.

»Und was den Kollegen Motoele betrifft …«

»Darum habe ich mich bereits gekümmert. Die Kriminaltechniker sind schon hier, und die Interne Ermittlung ist unterwegs. Jetzt fehlt eigentlich nur noch Bäckström«, meinte er und lachte.

Kaum zu glauben. Drei zu null für die Christen, dachte Bäckström, als er sich im Fernsehen die Morgennachrichten ansah. Endlich Pfannkuchen mit Speck, dachte er. Seine Wärterin war offenbar anderweitig beschäftigt.

»Ich begreife, dass du schockiert bist, Motoele«, sagte der Mann von der Internen Ermittlung.

»Nein«, erwiderte Motoele und schüttelte den Kopf. »Ich bin nicht schockiert. Alles lief vorschriftsmäßig ab.« Respekt, dachte er und kehrte den Blick nach innen.

90

Am Montag nach dem Mittagessen war Bäckström bereit zuzuschlagen. Er sprach erst mit Annika Carlsson und gab ihr genaue Anweisungen.

»Bäckström, Bäckström«, sagte Annika Carlsson und schüttelte den Kopf. »Du bist wirklich der gerissenste Kollege, mit dem ich je zusammengearbeitet habe. Ich weiß gar nicht, auf wie viele unzulässige Beweisprovokationen du es bei der Unterhaltung mit dieser fürchterlichen Person eigentlich bringen willst.«

»Ich auch nicht«, meinte Bäckström. »Du verhältst dich aber wie besprochen.«

»Natürlich, Chef. Und was machen wir mit Felicia und dem kleinen Stigson?«

»Die dienen als Reserve«, entgegnete Bäckström. »Stigson mit hochzunehmen ist undenkbar, und sollte eine akute Krisensituation entstehen, will ich mir nicht auch noch um Felicia Sorgen machen müssen.«

»Sehr klug«, pflichtete ihm Annika bei.

»Die beiden bleiben also für den Fall der Fälle draußen auf der Straße im Auto sitzen, bis wir sie rufen«, sagte Bäckström.

Dann fuhren sie mit zwei zivilen Autos zum Hasselstigen 1. Stigson und Pettersson parkten vor der Haustür. Bäckström und Annika Carlsson fuhren mit dem Aufzug nach oben. Annika Carlsson versteckte sich auf der Treppe zum Speicher, und Bäckström klingelte. Da er seinen Besuch bereits am Morgen angekündigt hatte, wurde bereits nach dem zweiten Klingeln geöffnet.

»Willkommen, Herr Kommissar«, sagte Britt-Marie Andersson, lächelte ihn mit ihren strahlend weißen Zähnen an und strich sich aus unerfindlichen Gründen mit der Linken über den Abgrund ihres ausladenden Dekolletés.

»Darf ich dem Herrn Kommissar etwas anbieten?«

»Eine Tasse Kaffee, vielen Dank«, erwiderte Bäckström. »Ich würde auch gerne Ihre Toilette aufsuchen.«

»Natürlich«, sagte Britt-Marie Andersson, neigte den Kopf zur Seite und beugte sich vor, um einen besseren Einblick zu gewähren. »Wieso muss es eigentlich so förmlich zugehen?«, fragte sie dann. »Ich heiße Britt-Marie.« Sie hielt ihm ihre braungebrannte Hand hin.

»Bäckström«, erwiderte Bäckström mit einer Andeutung seines Harry-Callahan-Lächelns.

»Du bist noch so ein richtig altmodischer Mann, Bäckström«, sagte Britt-Marie Andersson, lächelte und schüttelte den Kopf. »Fühl dich wie zu Hause, dann koche ich dir einen Kaffee.«

Bäckström verschwand auf der Toilette. Sobald er sie in der Küche hantieren hörte, ging er leise in die Diele und entriegelte die Tür. Im Falle einer akuten Krisensituation wollte er nicht, dass seine Kollegen die Tür eintreten mussten. Dann betätigte er die Spülung, veranstaltete Geräusche mit der Toilettentür, ging ins Wohnzimmer und setzte sich auf das geblümte Sofa seiner Gastgeberin.

Britt-Marie Andersson tischte groß auf. Sie hatte sogar ihren Kakerlaken-Hund dazu gebracht, ein tüchtiger Puttegubbe zu sein und sich in seinen geblümten Korb zu legen. Sie nahm auf einem rosa Sessel Platz, schob ihn vor, sodass sie mit ihren braungebrannten Knien fast Bäckströms erstklassig geschneiderte gelbe Leinenhose berührte, und schenkte Kaffee ein.

»Ich vermute, dass du ihn schwarz trinkst«, sagte Britt-Marie und seufzte zufrieden.

»Ja«, erwiderte Bäckström.

»Wie alle richtigen Männer«, meinte Britt-Marie und seufzte erneut.

Außer wenn ich einen Espresso trinke, dachte Bäckström, dazu lasse ich mir immer etwas warme Milch bringen.

»Schwarz ist wunderbar«, sagte Bäckström.

»Darf ich dir einen kleinen Cognac anbieten oder vielleicht einen kleinen Whisky?«, sagte Britt-Marie und deutete mit einem Kopfnicken auf die Flaschen, die ebenfalls auf dem Tablett standen.

»Einen kleinen Cognac könnte ich eigentlich vertragen«, fuhr sie fort, »aber nur einen klitzekleinen.«

»Aber sicher«, sagte Bäckström. »Das wäre vielleicht angezeigt«, meinte er, ohne einen Grund zu nennen.

»Erzähl«, sagte Britt-Marie und legte den Kopf zur Seite. »Ich sterbe vor Neugier. Am Telefon hast du erwähnt, dass du dich bei mir bedanken möchtest.«

»Genau«, erwiderte Bäckström. »Das habe ich wohl gesagt.«

»Entschuldige, dass ich unterbreche«, sagte Britt-Marie und trank mit gespitzten Lippen vorsichtig einen Schluck, »aber ich muss dir für deine Kleidung ein Kompliment machen. Gelber Leinenanzug, hellbraunes Leinenhemd, passender Schlips, dunkelbraune italienische Schuhe, vermutlich handgenäht. Die meisten Kriminalpolizisten, denen ich begegnet bin, sahen so aus, als hätten sie die Nacht auf einer Parkbank verbracht.«

»Man wird eben nach seinen Kleidern beurteilt«, meinte Bäckström. »Wie gesagt, vielen Dank für das Kompliment. Ich bin also gekommen, um dir zu danken.«

»Und ich kann mir kaum vorstellen, wobei ich geholfen haben soll«, sagte Britt-Marie Andersson.

»Ich auch nicht«, erwiderte Bäckström. »Aber erst hast du uns ja den Tipp mit meinem ehemaligen Kollegen Rolle Stålhammar gegeben. Wobei du allerdings vergessen hast, uns zu erzählen, dass du vor etwa vierzig Jahren eine Affäre mit ihm hattest und dass ihr so dermaßen gefickt habt, dass ihr nicht mehr gewusst habt, wo oben und wo unten ist. Als er uns jedoch nicht genügte, hast du uns weitergeholfen, indem du die Brüder Ibrahim und ihren unheimlichen Cousin bezichtigt hast.

Klar«, fuhr Bäckström fort. »In einem Punkt glaube ich dir. Du hast sie sicher mit Kalle Danielsson reden sehen. Ich bin vollkommen überzeugt davon, dass dieser große Typ, der neben ihrem Auto stand, dir irgendwie obszön die Zunge herausgestreckt hat. Als wir dann immer noch nicht zufrieden waren, ist es dir schließlich gelungen, dem einfältigsten meiner Kollegen einzureden, dass Seppo Laurén schon seit Jahren zu Gewalt neigt und außerdem seinen Vater Karl Danielsson hasst. Tatsache ist, dass du seit vierzehn Tagen meine Mitarbeiter wie aufgeregte Hühner durch die Gegend scheuchst. Eine Sache hast du allerdings zu erwähnen vergessen.«

»Und die wäre?«, fragte Britt-Marie Andersson. Plötzlich saß sie ganz aufrecht, jedes Lächeln war erloschen, und ihre Hand zitterte nicht im Geringsten, als sie sich ihren kleinen Cognacschwenker ein weiteres Mal vollgoss.

»Dass du Karl Danielsson Mittwochabend mit seinem eigenen Topfdeckel erschlagen hast und ihn anschließend noch sicherheitshalber mit seinem eigenen Schlips erwürgt hast. Dann hast du seinen Aktenkoffer mit dem Geld, den er dir schwachsinnigerweise vorher gezeigt hatte, mitgenommen. Und dass du Freitagmorgen, nur dreißig Stunden später, deinen kleinen Liebhaber Septimus Akofeli erwürgt hast, weil er sich offenbar recht rasch zusammengereimt hat, dass nur du die Täterin sein konntest, und bereits am Donnerstag den Standpunkt eingenommen hatte, du hättest aus Notwehr gehandelt, um nicht von Danielsson vergewaltigt zu werden. Du musst ihm gegenüber bereits irgendwann zuvor Kalle Danielsson erwähnt haben. Vermutlich hast du erzählt, Danielsson habe sich dir gegen deinen Willen aufzwingen wollen. Als ihr euch dann am Freitag wiederseht, Akofeli und du, fordert er dich sicher auf, zur Polizei zu gehen und zu erklären, wie es sich wirklich verhalten hat. Dass du das Opfer gewesen seist und nicht Danielsson. Du hast Akofeli dort im Schlafzimmer erwürgt«, fuhr

Bäckström fort und deutete mit dem Kopf zur geschlossenen Tür am anderen Ende ihres Wohnzimmers. »Nachdem du ihn erst mal ordentlich rangenommen hattest, damit er auch richtig geschwächt war, als du ihm eine abschließende Rückenmassage angeboten hast. Bevor ihr also zur Polizei gehen wolltet, um die Karten auf den Tisch zu legen.«

»Das war wirklich die unglaublichste Geschichte, die ich in meinem ganzen Leben gehört habe«, sagte Britt-Marie Andersson. »Da ich sie außerdem als zutiefst kränkend empfinde, hoffe ich wirklich, dass der Herr Kommissar sie nicht herumerzählt hat, sonst sähe ich mich nämlich gezwungen, den Kommissar wegen Verleumdung anzuzeigen. Üble Nachrede, nennt man das wohl auch. Wie würde das aussehen?«

»Keinesfalls. Das hier bleibt unter uns«, log Bäckström. »Ich habe keiner Menschenseele etwas davon erzählt.«

»Da bin ich wirklich froh«, sagte Britt-Marie Andersson und lächelte fast schon wieder wie zuvor. »Warum glaube ich plötzlich, dass wir beide eine Lösung für dieses Problem finden könnten? Heißt es nicht, gleich und gleich gesellt sich gern?«, sagte Bäckströms Gastgeberin und goss sich ihren dritten kleinen Cognac ein.

»Ich habe übrigens unlängst deinen ehemaligen Schwager getroffen«, sagte Bäckström. »Eine sehr interessante Person.«

»Das kann ich mir beim besten Willen nicht vorstellen«, sagte Britt-Marie verächtlich. »Er ist doch die letzten fünfzig Jahre nicht mehr nüchtern gewesen und hat auch vorher nie ein wahres Wort gesagt.«

»Ich möchte dir aber trotzdem erzählen, was er gesagt hat«, sagte Bäckström. »Und ich an deiner Stelle würde zuhören.«

91

Als ich die Notizen in Kalles Taschenkalender sah, hatte ich den Eindruck, dass Sie über Bea sprechen wollen«, sagte Halvan und kippte sich einen großzügigen dritten Schnaps in seine Kaffeetasse. »Und dann liegen Sie mir plötzlich mit lauter Kameltreibern in den Ohren, die nicht das Geringste mit der Sache zu tun haben. Was soll denn das? Haben wir hier etwa den elften September?«

»Bea«, erwiderte Bäckström. »Das müssen Sie mir erklären.«

»Meine ehemalige Schwägerin. Britt-Marie Andersson. Alte Solnabraut. Die größten Hupen in Solna und der beste Fick im Stockholmer Norden, jedenfalls damals, als Männer noch Männer waren und die Schwulen noch nicht das Sagen hatten. Und was haben wir jetzt? Eine Lesbenplage.«

»Ich verstehe immer noch nicht.«

»Bea. Britt-Marie Andersson. Man nannte sie immer nur Bea. Sie besaß den Salon BeA, mit großem A. BeAs Schönheitssalon in Sundbyberg. Die ganzen Weiber haben sich da ihre Dauerwellen legen lassen, und wenn man nach Feierabend kam oder vorher einen Termin vereinbarte, dann konnte man hinter dem Vorhang im Salon eine Nummer schieben. So hat sie mein Bruder auch kennengelernt. Rolle hatte ihm den Tipp gegeben. Rolle musste allerdings nie zahlen. Das hätte gerade noch gefehlt. Schwedischer Meister. In den Zeitungen wurde er schon als nächster Ingemar Johansson gehandelt. Sie hätten mal seinen Bolzen sehen sollen, Bäckström. Hätte Rolle bei einem Kampf seine Hosen runtergelassen, dann hätte er Ingo mit seinem Ding mit einem Schlag auf die Stehplatztribüne katapultieren können.«

»Aber Ihr Bruder hat sie trotzdem geheiratet?«

»Klar, er war ganz verrückt nach ihr. Das war ungefähr zu dem Zeitpunkt, als Rolle den Mumm verlor und erst anfing, mit den Armen zu wedeln, wenn er schon auf dem Rücken lag. Da hat Bea also meinen Bruder geheiratet. Sie hatte nämlich den Eindruck bekommen, mein lieber Bruder, Per Adolf, besäße eine Menge Knete. Er wirkte also wie eine bessere Partie als Rolle Stålhammar, der recht bald darauf durch Solna Centrum schlurfte und lallte, früher sei alles besser gewesen.«

»Was ist dann passiert?«, fragte Bäckström. »Ich habe gesehen, dass Ihr Bruder vor etwa zehn Jahren gestorben ist.«

»Stimmt. Alle waren erleichtert. Die anderen Burschen und ich hatten ihn schon abgeschrieben. Eines Abends, als Mario zu einem Fest eingeladen hatte, hat er Mario als Nigger bezeichnet. Da haben wir ihn Råsunda-Hitler getauft und ihn rausgeschmissen. Per Adolf hieß er, und einen Schnauzer hatte er auch. Mein Bruder heiratete also, und sie zogen in das schöne Haus am Råstasee. Hypothek bis zum Gehtnichtmehr, aber das wusste Bea nicht, als sie ihn ein paar Jahre später beim Ficken so rannahm, dass er tot umfiel. Sie glaubte, sie würde ihn beerben, aber da mein Bruder keine Krone besaß, landete sie schlussendlich im Hasselstigen eins bei Kalle Danielsson, der eine bessere Partie war.«

»Der hatte also ein paar Kronen?«

»Zu diesem Zeitpunkt zogen die Geschäfte an«, meinte Halvan und nickte. Er goss sich einen vierten Schnaps ein.

»Was wurde dann aus Kalle Danielsson? Und aus Bea, meine ich?«, sagte Bäckström.

»Er schnappte genauso über wie mein Bruder. Die kleine Ritwa mit ihrem Jungen war plötzlich vollkommen uninteressant. Er hatte nur noch eins im Kopf: Bea nageln. Dass sie ihn rangelassen hat, das hat ihn sicher im Laufe der Jahre die eine oder andere Million gekostet. Das haben Sie doch vermutlich in seinem Notizbuch gelesen?«

»Ich verstehe immer noch nicht.«

»HJ, FR, FI«, sagte Halvan. »Ich habe plötzlich den Eindruck, Sie stehen auf der Leitung, Bäckström.«

»Manchmal fällt mir das Nachdenken einfach etwas schwer«, erwiderte dieser. »Könnten Sie vielleicht die Güte haben, mir auf die Sprünge zu helfen?«

»HJ wie in Handjob«, sagte Halvan und führte es vor, indem er Luftgitarre vor seiner Hose spielte.

»FR wie in Blasen«, fuhr er fort und spitzte die Lippen.

»Und dann noch Ficken«, schloss Halvan. »Kalle führte über seine Treffen mit Bea ein Sextagebuch. Ist das so schwer zu verstehen? Fünfhundert für einen normalen Handjob, zweitausend fürs Blasen und fünftausend für einen altmodischen Fick. Es steht ja sogar da, dass er zehntausend blechen musste, als es ihm mal erspart blieb, einen Pariser zu benutzen. Kalle kann zum Schluss nicht mehr ganz dicht gewesen sein. Also wirklich, zehntausend für eine ganz normale Nummer!

Vergessen Sie die Araber, Bäckström«, meinte Halvan und leerte seine Tasse in einem Zug. »Hier geht es darum, dass Kalle Danielsson meine ehemalige Schwägerin Britt-Marie Andersson gefickt hat. Sie nahm im Übrigen ihren Mädchennamen wieder an, als ihr aufging, dass mein Bruder keine Krone besaß. Zehn Jahre lang hieß sie Söderman, und ich war wirklich heilfroh, dass sie dann wieder zu Andersson wechselte.«

»Augenblick«, sagte Bäckström, dem plötzlich etwas aufgefallen war. »Wieso FR für Blasen. Da müsste doch BL stehen? Wie erklären Sie das?«

»Typisch Kalle«, meinte Halvan grinsend. »Er war immer etwas vornehmer. Auch Britt-Marie spielt doch immer die feine Dame. Wenn man zu ihr ging, dann war das nicht einfach Blasen, sondern sie besorgte es einem französisch. FR, typisch Kalle, wenn Sie mich fragen.«

»Wirklich bemerkenswert«, meinte Bäckström.

92

Fraaanzösisch«, sagte Bäckström und spitzte die Lippen, um das Gespräch mit Britt-Marie Anderssons Ex-Schwager zusammenzufassen.

»Weißt du was, Bäckström«, sagte Britt-Marie Andersson und beugte sich vor, präsentierte ihre zweifellos beachtlichen Reize und legte Bäckström ihre braungebrannte Hand auf die Innenseite seines in einer Leinenhose steckenden linken Oberschenkels.

»Ich habe den Eindruck, dass du selbst gar nicht so abgeneigt bist«, fuhr sie fort, während ihre Hand die gelbe Hose Bäckströms, ausgezeichnetes Schneiderhandwerk, hochmarschierte.

Weshalb ruft sie nicht an?, dachte Bäckström und schielte auf seine Armbanduhr. Verdammte Powerlesbe, dachte er, als auch schon ein Handy zu piepsen begann.

»Deines oder meines?«, fragte Bäckström. Zog sein eigenes Handy aus der Tasche und hielt es sicherheitshalber in die Höhe.

»War nicht meines«, sagte er dann, schüttelte den Kopf und steckte es wieder in die Tasche.

»Da hat sich sicher jemand verwählt«, sagte Britt-Marie Andersson, obwohl sie einen Augenblick lang eine ebenso misstrauische Miene aufgesetzt hatte wie seine Kollegin Annika Carlsson, eben jene Kollegin, die gerade bei dem dritten Handy angerufen hatte, das nur dazu verwendet worden war, Gespräche von Karl Danielsson und Septimus Akofeli entgegenzunehmen, und zwar in genau der Sekunde, in der sie Bäckström dazu angewiesen hatte.

»Weißt du was, Bäckström«, sagte Britt-Marie, setzte sich plötzlich auf seinen Schoß und fuhr ihm mit ihrer solarienbraunen Hand über Kragen und Brust. »Ich überlege mir gerade, ob wir zwei uns nicht vielleicht zusammentun sollten.«

»Erzähl«, sagte Bäckström, ohne mit der Wimper zu zucken, obwohl sie sich bereits mit ihrer Hand an seinem Schlips zu schaffen machte. Gewarnt ist auch gerüstet, dachte er.

»Wir sind gleich alt«, sagte Britt-Marie Andersson. »Ich kann dich auf Reisen in Länder einladen, in denen du noch nie gewesen bist, und ich spreche hier von Sex, nicht von gewöhnlichen Reisen. Wir könnten uns Danielssons Geld, das er ganz normalen Schurken wie beispielsweise diesen schrecklichen Arabern, die dich fast ermordet hätten, gestohlen hat, teilen. Wir könnten ...«

»Um wie viel geht es denn?«, unterbrach sie Bäckström, der immer noch die Ruhe weg hatte, obwohl die Frau auf seinem Schoß bereits beide Hände an seinem Schlips hatte. Braungebrannte, starke und für eine Frau ungewöhnlich große Hände wie die Hände eines Mannes.

»Reine Neugierde«, fuhr Bäckström fort.

»Wir sprechen von einer knappen Million«, sagte Britt-Marie Andersson, während ihre Hände zärtlich über Bäckströms blauen, mit gelben Lilien gemusterten Schlips fuhren.

»Bist du dir da ganz sicher?«, fragte Bäckström. »Ich habe mich heute morgen mit dem Staatsanwalt unterhalten. Meine Kollegen haben sich vor einigen Stunden dein Schließfach bei der SE-Bank in Solna Centrum angeschaut. In dem Schließfach haben sie Karl Danielssons Aktenkoffer gefunden, und in dem lagen zwei Millionen. Tausender, zwanzig Bündel zu je hunderttausend.

Dieser Handy-Anruf übrigens«, sagte Bäckström. »Als das Handy in deiner Handtasche eben piepste, kam das von einer Kollegin, die dasselbe Handy anrief, das Danielsson und Akofeli immer angerufen haben. Danielsson, um von dir Sex zu kaufen, und der kleine Akofeli vermutlich, weil er dich liebte.«

»Weißt du was, Britt-Marie Andersson?«, sagte Kommissar Evert Bäckström. »Ich habe plötzlich den Eindruck, dass ich mich mit einer äußerst ungewöhnlichen Gestalt in meiner Branche unterhalte.«

»Und zwar?«, fragte Britt-Marie Andersson, die plötzlich noch unwirscher aussah als Kollegin Carlsson, als sie erwogen hatte, den Kollegen Stigson zu verprügeln, weil er sich in einer für Frauen entwürdigenden Weise über Britt-Marie Andersson geäußert hatte.

»Einer Doppelmörderin«, sagte Bäckström. »Im Augenblick gibt es keine einzige Frau in Schweden, die aus diesem Grund zu lebenslänglicher Haft verurteilt worden wäre«, stellte er fest. »Tatsache ist, dass es seit dem letzten Mal vierzig Jahre her ist. Damals handelte es sich um eine finnische Hure. Dieses Mal ist es eine ihrer schwedischen Kolleginnen.«

In diesem Augenblick zog sie zu. Vermutlich aus Wut und aus einem puren Reflex heraus. Aus Wut über das, was er gerade gesagt hatte. Es musste ihr klar sein, dass das Spiel bereits verloren war. Sie packte seinen Krawattenknoten und zog mit aller Kraft an, dann fiel sie hintenüber, als der kleine Plastikverschluss, der die Krawatte hielt, nachgab.

Es war der klassische Polizistenschlips, obwohl dieser zehnmal soviel gekostet hatte wie die, die sein versoffener Vater immer getragen hatte. Der hatte immer einen blauen Schlips mit fertig gebundenem Knoten im Dienst getragen, damit ihn die Ganoven nicht erwürgen konnten, während er sie verprügelte und in die Ausnüchterungszelle auf dem alten Revier im Stadtteil Södermalm warf. Selbst zu Hause an den Wochenenden hatte er einen solchen Schlips getragen, als er es nicht mehr fertiggebracht hatte, eine normale Krawatte zu binden.

»Okay, Bea«, sagte Bäckström, zog Handschellen aus der Jackentasche und packte ihre Hände, um sie ihr anzulegen. »Jetzt immer mit der Ruhe.«

Aber mit Ruhe war nichts. Sie warf sich auf dem Boden herum, brachte ihn mit einem Fußtritt zu Fall, setzte sich dann rittlings auf seine Brust und legte ihm die Hände um seinen schlipslosen Hals. Dann drückte sie mit ihren Händen zu, die größer und stärker waren als seine.

Ihr kleiner Hund warf sich aus seinem Korb, um seinem Frauchen beizustehen. Er zerfetzte ein Bein seiner teuren gelben Hose. Dann nahm Britt-Marie Andersson, eine Frau über sechzig, die, kriminologisch gesehen, für einen Doppelmord gar nicht in Frage kam, eine Cognacflasche, die auf dem Tisch stand, und schlug sie ihm mit voller Kraft ins Gesicht.

»Verdammt, Annika!«, brüllte Bäckström, während es ihm abwechselnd schwarz vor Augen wurde und er nur noch Sternchen sah. Eigentlich wäre er lieber gestorben, als um Hilfe zu rufen, während eine Frau versuchte, ihn umzubringen.

Kriminalinspektorin Annika Carlsson stürzte mit der Geschwindigkeit einer altmodischen Kanonenkugel in den Raum, versetzte dem kleinen Puttegubbe einen Tritt, sodass er quer durchs Zimmer flog, und zog seinem Frauchen ein paar mit ihrem Schlagstock über, traf zweimal die Schultern, zweimal die Arme. Dann legte sie Britt-Marie Andersson Handschellen an, packte sie bei den Haaren, riss ihren Kopf hoch und gab ihr die einzige Botschaft, die bei Frauen in einer akuten Krisensituation galt.

»Nimm dich zusammen, du alte Kuh, sonst schlag ich dich tot«, sagte Annika Carlsson und klang nicht im Geringsten wie eine solidarische Frau oder auch nur eine Polizeibeamtin.

Was sie an zärtlicher Sorge bereit hatte, galt ihrem Chef, Kommissar Evert Bäckström.

»Ich befürchte, die Alte hat dir das Nasenbein gebrochen, Bäckström«, sagte Annika Carlsson, während Felicia Pettersson und Jan O. Stigson Britt-Marie Andersson aus ihrer Wohnung führten.

»Geht schon«, schniefte Bäckström, während ihm das Blut aus beiden Nasenlöchern lief. Er fasste in seinen Hemdausschnitt und zog das Diktiergerät hervor, das unter seinem ausgezeichnet sitzenden Leinenjackett an seiner Brust klebte.

»Alles ist okay, solange das Tonband funktioniert hat«, meinte Bäckström. »Besorg mir ein Pflaster, dann können wir zur Dienststelle zurückfahren«, sagte er und hielt sich die Nase mit seinen kurzen Fingern zu.

93

Bäckström hatte sich kaum seine Nase verpflastern lassen und eben erst sein Dienstzimmer betreten, da stürmte schon sein Kollege Niemi atemlos herein.

»Was ist los, Bäckström?«, fragte Niemi. »Du siehst aus, als hätte dich jemand durch die Mangel gedreht.«

»Scheiß drauf, Niemi«, erwiderte Bäckström. »Was kann ich für dich tun?«

»Es hat sich ein Durchbruch bei der Ermittlung ergeben«, sagte Niemi. »Die Kollegen vom Staatlichen Kriminaltechnischen Labor riefen vorhin an und sagten, sie hätten an den Spülhandschuhen, die dieser Pole im Müllcontainer gefunden hat, DNA gesichert. Es handelt sich um die DNA einer Frau«, sagte Niemi.

»Danielssons Putzhilfe«, schlug Bäckström vor, der es seit einigen Tagen besser wusste.

»Das dachte ich auch«, erwiderte Niemi.

Dieser finnische Hinterwäldler ist wirklich ein ziemlicher Schwachkopf, dachte Bäckström. Dieser Hampelmann hat doch etliche Tage in Danielssons Wohnung zugebracht. Es wird doch niemand eine blinde Putzhilfe anstellen?

»Dann haben wir aber dieselbe DNA unter den Fingernägeln von Akofeli gefunden«, sagte Niemi. »Das einzige Problem ist nur, dass wir keinen Treffer in unseren Datenbanken haben. Wir wissen nicht, wer sie ist.«

»Schnee von gestern, Niemi«, sagte Bäckström und lehnte sich in seinem Schreibtischstuhl zurück, obwohl seine Nase dabei höllisch weh tat. »Sitzt bereits hinter Schloss und Riegel«, fuhr er fort. »Es ist übrigens gut, dass du kommst«, meinte er dann, »kannst du nicht bei ihr vorbeigehen und ihr eine Speichelprobe abnehmen, wenn du schon mal hier bist? Dann wäre es mir sehr recht, wenn ihr, du und dein Freund, dieser Kollege aus Südamerika, ihre Wohnung durchsuchen könntet. Dort hat sie nämlich Akofeli ermordet. Und falls ihr dann noch etwas Zeit übrig habt, dann steht auch noch das Auto, mit dem sie die Leiche weggeschafft hat, unten in der Garage.«

»Ist das die Möglichkeit, Bäckström!«, sagte Niemi.

»Ich bin schließlich Polizist. Ich habe das schon vor vierzehn Tagen gecheckt.«

Dann kam Toivonen.

»Gratuliere, Bäckström«, sagte Toivonen. »Ich habe langsam den Eindruck, dass wir sogar wie gesittete Menschen miteinander umgehen könnten, wenn du nur den Mund hältst.«

»Danke«, sagte Bäckström. »Du musst wissen, dass so etwas einem alten Wachtmeister wie mir das Herz erwärmt.«

»Keine Ursache«, erwiderte Toivonen grinsend und ging.

Ich bringe dich um, du verdammter Fuchs, dachte Bäckström.

Dann rief die Staatsanwältin an.

»Hallo, Bäckström«, sagte die Staatsanwältin. »Ich habe eben gehört, dass Sie den Täter festgenommen haben, oder die Täterin, sollte ich vielleicht sagen.«

»Ja«, erwiderte Bäckström.

»Ich habe mich mit Niemi unterhalten«, fuhr sie fort. »Ich habe vor, sie bereits morgen früh dem Haftrichter vorzuführen. Wahrscheinlich läuft es auf dringenden Tatverdacht hinaus.«

»Schön für Sie«, sagte Bäckström und legte auf.

Anna Holt suchte ihn sogar persönlich in seinem Büro auf.

»Gratuliere, Bäckström«, sagte Holt und nickte lächelnd. »Du hast den Drachen für mich getötet.«

»Danke«, erwiderte Bäckström. »Gibt es eine Pressekonferenz?«

»Ich glaube, wir sind ausnahmsweise einmal etwas bescheiden«, meinte Anna Holt und schüttelte ihren Kopf mit den kurzgeschnittenen, dunklen Haaren. »In letzter Zeit war es etwas viel. Ich glaube, wir sollten uns mit einer einfachen Presseerklärung begnügen, morgen nach dem Termin beim Haftrichter.«

Klar, dachte Bäckström. Erst bringt ihr mich um die Ehre. Dann um den Ruhm. Mir hat ein Hund die Leinenhosen zerrissen, mein Couchtisch liegt in Trümmern, mein Teppich ist voller Blutflecken, und das, was einmal mein Zuhause war, weist Einschusslöcher in Wänden und der Decke auf. Zum Dank habe ich eine Vase aus Bleikristall erhalten, die ich an meinen versoffenen Nachbarn weitergereicht habe, und eine Dienstmarke, die einmal einem verrückten schwulen Kollegen gehört haben soll, der nicht einmal Manns genug war, Farbe zu bekennen, sondern der mit anderen Gleichgesinnten im Trikot ringen musste, um nicht aus der Rolle zu fallen.

»Was hältst du davon, Bäckström?«, fragte Anna Holt.

»*Fine with me*«, erwiderte Bäckström und schlüpfte wieder in die Rolle von Sipowicz, als sie sein Büro verließ. Sieh zu, dass du weiterkommst, du mageres Klappergestell, dachte er.

»Was machen wir jetzt mit Seppo Laurén«, sagte Alm, hochrot im Gesicht und nur zwei Minuten, nachdem Holt Bäckströms Büro verlassen hatte.

»Gut, dass du kommst, Alm«, sagte Bäckström. »Jetzt machen wir Folgendes. Hör mir jetzt genau zu.«

»Ich höre«, sagte Alm.

»Erst legst du alle Papiere, die du über den kleinen Seppo zusammengestellt hast, auf einen Stapel. Dann rollst du sie zusammen, streifst ein paar Gummibänder darüber und steckst sie dir in den Arsch.«

Nicht nur, dass er nicht alle Tassen im Schrank hat, dachte

Bäckström und sah seinem Kollegen Alm hinterher, dem Typen fehlt auch jeglicher Humor.

»Respekt, Chef«, sagte Frank Motoele, wandte seinen Blick nach außen und nickte Bäckström zu.

»Danke«, sagte Bäckström. »Das weiß ich wirklich zu schätzen.« Wenn ich diese Augen hätte, dann bräuchte ich so eine kleine Sigge gar nicht, dachte er. Ich könnte einfach dastehen und die Schurken anstarren, während diese um Gnade betteln.

»Noch einer übrig«, meinte Motoele. »Um den kleinen Farbod kümmern wir uns nach dem Prozess. Ich habe einige Freunde in den Anstalten, auf beiden Seiten. Das ist also kein Problem.«

»Wenn du meinst«, sagte Bäckström. Einer übrig, was sagt er da?, dachte er.

»Respekt«, wiederholte Motoele. »Wenn es mehr Leute wie Sie gäbe, Chef, dann hätten wir diese Probleme erst gar nicht.«

»Pass auf dich auf, Frank«, sagte Bäckström. Glückwünsche, Evert, dachte er, jetzt bist du plötzlich der beste Freund des unheimlichsten Kollegen geworden, den die westliche Hemisphäre je gesehen hat.

»Sitzt du hier und schmollst, Bäckström?«, fragte Annika Carlsson. »Wie geht es übrigens deiner Nase?«

»Ganz okay«, sagte Bäckström und fingerte vorsichtig an dem Pflaster.

»Was hältst du davon, irgendwo ein Bier trinken zu gehen? Ich kann dich auch einladen.«

»Okay«, sagte Bäckström.

94

Dann nahm er Kollegin Carlsson in seine Stammkneipe mit, das war auch ganz in Ordnung so, da sein weißer Tornado nach Hause nach Jyväskylä gefahren war, um die Verwandtschaft zu treffen. Sicherheitshalber hatte sie ihren finster dreinblickenden Ehemann mitgenommen.

Welcher normale Mann würde auch sein monatliches Großreinemachen plus eine gute Nummer einmal wöchentlich für eine durchschnittliche Lesbe riskieren?, dachte Bäckström, auch wenn diese vorgab, eine Anhängerin des Freistils zu sein.

Trotzdem wurde es ein richtig netter Abend.

»Weißt du was, Bäckström«, sagte Annika Carlsson. »Ich habe noch nie jemanden in einem Hästensbett gefickt. Also, was hältst du davon?«

Dann nahm sie plötzlich seinen Arm und drückte mit ihren langen, sehnigen Fingern zu. Es fühlte sich an, als hätte ihm jemand ein Stahlseil um den Arm gelegt und zugezogen.

»Ich weiß nicht«, erwiderte Bäckström, dem seine Nase so weh tat, dass es schon nicht mehr darauf ankam, ob ihm jemand auch noch den Kiefer zertrümmerte, bevor er zu Hause in seiner kaputtgeschossenen Wohnung, die einst sein Zuhause gewesen war, in seinem Bett ins Koma fiel.

»Darf ich ganz offen sein«, sagte Bäckström.

»Aber sicher doch«, erwiderte Kollegin Annika Carlsson.

»Ich weiß nicht, ob ich mich traue«, sagte Bäckström. Jetzt ist es endlich heraus, und meinen Unterkiefer habe ich auch noch, dachte er.

»Wie bereits erläutert, Bäckström, habe ich eine sehr offene Einstellung zum Sex«, sagte Kollegin Carlsson. »Wenn du willst, kann ich auch ganz, ganz lieb sein. Solltest du dich eines anderen besinnen und etwas Neues ausprobieren wollen, dann kann ich auch richtig gemein werden.«

»Lass mich darüber nachdenken«, sagte Bäckström, dem unter seinem gelben Leinenjackett bereits der Schweiß zwischen den Schulterblättern herunterlief. Eine Frau, die so redet, das ist ja schrecklich, dachte er.

»Schon okay«, sagte Annika Carlsson und zuckte mit ihren breiten Schultern. »Solange du dich nur entscheidest, bevor wir gehen.

Keine Sorge, Bäckström«, versicherte sie dann und fuhr ihm mit den Fingernägeln über den Handrücken. »Außerdem hatte ich dir ja schon versprochen, die Zeche zu zahlen.«

Dann steckte sie plötzlich eine Hand in die Hosentasche und zog einen Tausender heraus. Er glich in verblüffender Weise jenen, die sie vor einigen Wochen im Tresorraum der Handelsbanken am Valhallavägen bestaunt hatten.

So ist das also, dachte Bäckström, der schon vor mehr als fünfzig Jahren aufgehört hatte, an die Menschheit zu glauben.

»Wie hast du das Geld aus dem Tresorgewölbe geschafft?«, fragte Bäckström.

»Mit der üblichen Methode, derer sich Mädels schon immer bedient haben«, sagte Annika Carlsson und lächelte ihn an. »Du hattest ja überdies die Güte, nach oben zu laufen, um Toivonen anzurufen, es war also kein Problem. Ich nahm ein Bündel vom Stapel, rollte es zusammen, stopfte es in einen Plastikhandschuh und schob es die übliche Stelle hoch.«

»In die Maus«, sagte Bäckström, obwohl er die Antwort bereits kannte.

»Aber erst habe ich es noch im Mund angefeuchtet«, sagte Annika Carlsson. »Das ist ein Tipp, den mir früher mal jemand gegeben hat. Ich habe mal als Aufseherin im Frauenarrest gearbeitet, bevor ich auf der Polizeihochschule angenommen wurde. Du hast keine Ahnung, was man zwischen den

Beinen meiner Kundinnen alles finden konnte, als ich dort gearbeitet habe.«

»Es war allerdings ein Alptraum, als wir dann noch zu Niemi mussten«, sagte Annika Carlsson. »Ich bin nämlich ziemlich eng da unten, es hat also fürchterlich gescheuert.

Also, Bäckström«, sagte Carlsson dann. »Irgendwie habe ich nämlich den Eindruck, dass du und ich das perfekte Paar wären.« Sicherheitshalber fuhr sie mit den Fingernägeln ein weiteres Mal über seinen Arm.

»Ich muss nachdenken«, sagte Bäckström. Wie soll das mit der Menschheit bloß enden? Wohin ist Schweden des Weges? Was wird aus der Polizei?, dachte Bäckström.

Und was zum Teufel ist aus der Prinzessin und dem halben Königreich geworden?, dachte er.